The Bride Who Got Lucky

by Janna MacGregor

孤独な伯爵と純真な令嬢

ジェナ・マクレガー

島原里香[訳]

ライムブックス

THE BRIDE WHO GOT LUCKY
by Janna MacGregor

孤独な伯爵と純真な令嬢

主要登場人物

エマ・キャヴェンシャム……………………………公爵の娘
ニコラス（ニック）・セント・マウアー……………サマートン伯爵
ランガム公爵（セバスチャン）……………………エマの父親
ジニー………………………………………………エマの母親。ランガム公爵夫人
マッカルピン侯爵…………………………………エマの長兄
ウィリアム…………………………………………エマの次兄
アレクサンダー（アレックス）……………………ペンブルック侯爵。ニックの友人
クレア………………………………………………ペンブルック侯爵夫人。エマのいとこ
ダフネ………………………………………………アレックスの妹。エマの友人
レントン公爵………………………………………ニックの父親
レナ・イートン……………………………………エマの友人。故人
アルトン伯爵………………………………………レナの夫
サイクストン伯爵（ジョナサン）…………………レナの兄
メアリー・バトラー………………………………レナのメイド
セント・ジョン・ハウエル、………………………ニックの同窓生

プロローグ

一七九七年
バークシャー

父が自分に会うために名門イートン校まで来てくれることは、便器を掃除させられるよりずっと好ましいと思うのが普通だろう。

ただ、その父がレントン公爵ドレイク・セント・マウアーとなれば話は別だ。

サマートン伯爵ニコラス――ニック・セント・マウアーは、ひとり自室にこもり、気弱さから来る手の震えを無視してモスリンのカーテンを開いた。手のひらは汗ばんでいた。あらためて膝丈ズボン《ブリーチズ》に手をこすりつけたが、不安はおさまらない。彼は臆病者ではなかった。どんなに気が進まなくとも、父と対面するつもりでいた。

公爵の姿を見逃さないよう、ニックはまばたきもせずに黒塗りの馬車を見おろした。馬車には自分の名前と同じくらい慣れ親しんだ紋章がついていた。うしろ足で立つ二頭の獅子《しし》が、いつ敵が来ても戦えるよう互いに背中を向け、家名の入った盾を掲げている。幼い頃、ニックはこの紋章を見るたびに実家を誇らしく思い、また畏怖の念を抱いたものだ。しかし今日はそれを目にしたとたん、厳しく責められた気がした。

父は一時間以上前に到着していた。いまのところ学長からの呼び出しはない。ニックは緊張を解き、目の乾きを癒すためにまぶたをかたく閉じた。頭の中を次々に打ち消しようのない悪い予感がよぎっていく。胸を締めつける恐怖がやわらぐよう、彼は虚《むな》しく咳《せき》払いをした。

いまは本来ラテン語の試験を受けている時間だった。いつものニックなら、自分の能力の高さを証明するべく、真面目に取り組んでいただろう。だが、いまそんなことはどうでもよかった。何しろ父が来ているのだ。

恐れ多くもレントン公爵がイートン校を訪問したとなれば、それは学校の年鑑に記録されてしかるべき出来事で――皆既日食よりも珍しく、またそれに匹敵するほど不吉なことだった。父はこれまで、ニックに会いに来たことがない。

ただの一度も。

一〇年にわたる学校生活において、ニックに会いに来た人間はひとりもなかった――今日という日まで。彼を気にかける者は皆無だった。休暇で学校が閉まるとき、いつもニックが最後に残る。みなが忘れた頃に公爵家の馬車が車道に駆け込んできて彼を乗せ、屋敷へ連れて帰るのだった。

一五歳のニックにとって、学校が世界のすべてだった。彼は特に数学の才能に秀でており、これまで数多くの一流校を転々としてきた。新しい学校の数学をやり尽くしてしまうと、学長から、きみはもっと水準の高い学校へ行ったほうが学びがいがあると丁寧な口調で勧められる。いやになるほど転校を繰り返すうちに、彼は世捨て人のように振る舞うほうがはるかに楽だと気づいた。別れを惜しむ友人がいなければ、何もつらいことはない。人生が簡単になる。

しかし、その考えはイートン校に来て変わった。指導教官はニックの才能を見込んで特別に目をかけてくれた。生まれて初めて、彼は自分の居場所を見つけた。

レントン公爵から邪険にされていることは周知の事実だった。相手を〝父上〟とも〝お父さま〟とも呼ぶことを許されなかったニックは、幼い頃から生みの親に向かって〝公爵閣下〟と呼びかけるようしつけられた。レントンホールでは、使用人たちでさえ、公爵のたったひとりの子どもであり世継ぎであるニックに寄りつかなかった。下手に近づけば、自分たちまで見捨てられると恐れていたのだろう。

喉を締めつけるおなじみの感覚が強くなった。ニックがそれを初めて体験したのは、スコットランド国境に近い学校前で馬車をおろされたときのことだ。馬車が去っていくとき、誰からもなんの挨拶もなく、慰めの言葉もなかった。ニックは馬車が見えなくなるまでずっと見送っていた。

まだわずか五歳だったというのに。

それからずっと、ニックは悲しみを感じないよう自分を鍛えてきた。大きく息を吐くと、胸の重苦しさが少しだけやわらぐ。

静かな校庭に、ふいに声が響いた。学長のミスター・デイヴィスが、去っていこうとする公爵を追いかけながら呼びかけたのだった。ニックは冷たいガラス窓に額をつけ、必死に会話を聞き取ろうとした。馬車のそばで控えていた公爵家の従僕が、主人を見て客車の扉を開いた。

運命はまさに自分の手にかかっている。ニックはあわてて窓を離れ、部屋の扉を開いた。寮の階段を駆けおりる途中、年上の哲学科の生徒ふたりとぶつかった。

「失礼」口から出たのはブタの悲鳴そっくりの甲高い声だった。ふたりの学生は壁にぶつかり、ニックに向かって毒づいた。彼はすでに階段を半分おりていた。急ぎすぎて足がもつれ、最後の三段を踏み外してしまった。膝を強く打ち、脚全体に激痛が走った。手のひらの皮がすりむけ、焼けつくほど痛んだ。だが、そんなことはどうでもいい。ただ父に会い、成長した自分を見せることしか頭になかった。

一人前の紳士になるための道を、ニックはまわりを見ながら学んできた。ことによれば、父は息子の成長ぶりを見て誇らしく思ってくれるのではないだろうか。

勢いよく開いた表玄関の扉が石の壁に叩きつけられ、大きな音がした。ニックはその場で止まった。父が振り向き、自分に目を留めてくれる瞬間を待って。

しかし公爵はこちらへわずかに視線を向けただけで、馬車に乗り込もうと片足をあげた。いま何もしなければ馬車は行ってしまう。「公爵閣下」

近づいていくと、学長が脇にどいた。

「公爵閣下」ニックは父に片手を伸ばしたが、恰幅《かっぷく》のいい従僕にあいだに割って入られた。父がわずかな時間でも屋敷に迎えてくれるのではないかという淡い期待はすぐに消えた。それでも彼は、父が何か言葉をかけてくれると信じていた。せめて少しだけでも。

「お願いです、閣下」ニックは懇願した。

相手が振り向いた。四〇代初めの父は、体じゅうに強さと活力をみなぎらせている。まさに〝力の権化〟だ。輝くようなブロンドと高貴な顔立ちはニックも受け継いでいるが、いかめしい表情だけは昔からどうしてもなじめない。

「なんだ？」公爵が嚙みつくように言った。

ニックは喉にこみあげるかたまりをのみ込んだ。五歳でレントンハウスを出たときから、彼は泣いたことがなかった。いまここで涙を流し、父に弱さを見せて喜ばせるわけにはいかない。相手に求められたい、受け入れられたいと思っていることは明かしたくない。

「閣下、ぼくに会う必要はなかったのですか？　できれば……少しだけでも話がしたかったのですが」

ああ、声に必死さが出てしまっている。父は息子にも、息子の学業成績にもいっさい関心がないのか。こんなことなら悩む必要はなかった。レントン公爵はたったひとりの息子のことに、その息子が必死の思いで書いた二〇〇ポンドを求める手紙ごときに余分な時間を割いたりしない。大金をせがむ手紙を投函《とうかん》してからというもの、ニックはずいぶん苦しんだ。でも、ほかにどうしようもなかった。

ニックの唯一の友人ポール・バーストウは、同じく公爵の息子だった。ポール卿はまわりがうらやむほどの大胆ぶりを発揮し、地元のパブで質《たち》の悪い連中とカードゲームをして負けた。有力者サザート公爵の次男であるポール卿の誘いにつられたニックは、愚かにもそこに同行していた。

ゲームに勝った大男は、賭け金を払わないなら命をもらうとポール卿を脅した。友人の目に絶望を読み取ったとき、ニックの中で何かが起こった。紳士なら誰でもそうするように、彼は話に割って入り、ポール卿を守るための借用書にサインした。友人なら、そうするのが当然だった。ポール卿が一週間以内に金を用意するという約束で、ふたりはならず者たちに危害を加えられることなく一緒にパブを出た。

必ず払うとポール卿は繰り返し言ったのに、金はなかなか用意されなかった。二週間前、カードゲームに勝った男が寮に現れ、ニックの部屋に押しかけた。そして彼の腹に拳を一発お見舞いし、金を払わなければふたりがどんな目に遭うかを説明した。相貌が変わり、手足が折れるという誠に具体的かつ恐ろしい脅しだった。やむをえず、ニックは父に送金を頼んだ。

「わたしがおまえに会う必要がなかったかだと？」公爵のその声は、聞き覚えがあるにもかかわらず、ひどく遠い感じがした。「賭けに負けて借金を抱えたろくでなしに、なぜ会う必要がある？　この恥さらしが――」公爵はそこで唇を引き結んだ。ニックの目を冷ややかに見据えながら、ビーバーハットを目深にかぶり直す。

窓が次々に開き、学生たちがふたりのやりとりを聞こうと窓枠から身を乗り出した。ニックは必死に平静を装って周囲を見まわした。小さくはなをすすり、左目をすばやくぬぐう。その手が濡れているのを、公爵が鋭く目に留めた。父の言葉に息子が傷ついたことが明らかになった。

公爵が頭を振った。「おまえのような弱虫は、わたしの跡継ぎにふさわしくない。サマートン伯爵と呼ばれる価値さえない。この儀礼称号は厩番《うまやばん》にでも与えたほうがましだ」

ひとりで生きてきた月日のうちに生じた抑えきれない反抗心がついに顔を出し、ニックは一歩前に出た。これ以上の侮辱に甘んじるつもりはなかった。体重では父のほうが少なくとも三〇キロはうわまわっているものの、ニックは相手とほぼまっすぐ目を合わせられるほど背丈があった。

「おまえのことはさほど好かん」公爵が低い声で言う。「おまえはレースで勝てない見かけ倒しの競走馬のようなやつだ。見た目ばかりでなんの価値もない」

ニックは無意識に一歩さがった。同級生が何人か校庭の隅に集まっていた。死肉に群がろうとするハゲタカのような彼らの姿を見て、ニックはつかのま公爵から視線をそらした。特に性格の悪い連中が公爵の言葉を聞いて笑った。ほかの生徒はただ怯《おび》えて見ている。若いペンブルック侯爵が前に出たものの、思い直したようにうしろにさがった。侯爵の顔に、一瞬哀れみに似た表情がよぎった。意地悪な連中の中心人物であるセント・ジョン・ハウエルは中央にいた。ニックより一五センチほど背が高いが、それよりも目を引くのは胸だ。樽《たる》のように分厚くたくましい。

父の残酷な言葉に傷ついたことを隠すため、ニックは同級生たちをにらみながら言った。「少なくともぼくには、愛してくれる親がひとりいた」

「それはどうかな。おまえの母親はわたしに何も言わなかった」公爵が嘲るように言う。「そして数式でも考えるように、指先で頬を叩いた。「考えてみれば当然だ。出産のとき、おまえが彼女を殺したのだから」

顔がかっと熱くなった。いまこの瞬間、自分の頬を涙が伝うのを同級生に見られようと、もうどうでもよかった。ニックはただ拳を握りしめ、目の前に立つ男をにらんだ。

「わたしに手をあげようなどと夢にも思うな」公爵が声を荒らげる。

「それならそっちからかかってこい」ニックは挑発した。父の青緑色の瞳に、憎しみとは異なる何かが見えた。苦しみ、もしくは怒りのような感情が。

先に目をそらしたのは公爵だった。彼はまずいものでも吐くように地面につばを吐いた。「ここまでだ。おまえはもう二度とレントンホールの敷居をまたぐな。今後はいっさい頼ってはならない。わたしは見限った」

「何を？」信じられなかった。公爵は自分のたったひとりの家族なのに。

「おまえだ。これからはひとりで生きていけ。他人のつまらない借金を肩代わりするくらいなら、自分の面倒くらい見られるだろう」公爵は背を向けて馬車に乗った。屋根を一回叩くと、四頭立ての馬車が動きだした。

馬車が学校の敷地から出ていくのを呆然《ぼうぜん》と見送りながら、ニックはたったいま自分の身に何が起こったか理解しようとした。うるさいほど耳鳴りがする。彼は周囲の小さな音に懸命に意識を向けた。

「うまくいかなかったな」ポール卿が肩を叩いた。「まったくいやな親だね。ぼくが今日、実家に頼んでみるよ。すまなかったな」

「まだ頼んでいなかったのか？　もう何週間も経っているのに」まるで井戸に向かって話しているみたいに、自分の声が頭にこだました。ニックは靄《もや》にのみ込まれまいとするように頭を振った。

「次の仕送りを待っているんだよ。そのほうが面倒もないし――」

「誰にとって？」こみあげる不快感が最後の理性を奪おうとする。ニックは懸命に自分を抑えた。「なんて自分勝手なやつだ」

「いまはよせ」ペンブルック候爵アレクサンダー――アレックス・ホールワースが言った。最近、父親から爵位を受け継いだのだ。その彼が、いつのまにかふたりのやりとりに加わっていた。

ポール卿は肩をすくめ、寮に戻っていった。

ニックは黙ってペンブルックに背を向けた。胸の苦しさはまったく消えない。

「家族にさえ、かまってもらえなくなったな」ハウエルが冷やかした。「どうやら公爵は幼児紐《ひも》をほっぽり出したらしい」

意地の悪い冗談に何人かが笑ったが、そこにはロンドンの濃い霧のごとく不安が漂っていた。ハウエルの残忍さは有名で、誰もが次なる標的にされるのを恐れているのだ。

「やめろ」怒気をはらんだ声でペンブルックが言い、ハウエルを含むほとんどの生徒がそそくさと寮に戻っていった。

ニックとペンブルックは特に親しくもなく、廊下ですれ違うときにうなずき合う程度の関係だった。だがこのとき、ペンブルックはまるでニックの同志のように隣に寄り添った。彼は公爵の馬車が去った方角を見つめた。「何かぼくにできることがあれば——」

「行け」ニックはただひと言、絞り出すように言った。

ペンブルックは応えなかった。やがて彼はニックに背を向けて立ち去った。

屈辱がじわじわと心をむしばんでいく。無視しようにも強まるばかりで、そのまま地面に膝をついてしまいそうな気がした。すばやくあたりをうかがうと、ちょうど残りの生徒たちが去っていくところだった。学長も頭を振りつつ、その場から消えようとしていた。

これぞわが息子と、父に自慢してもらえる人間になろうと努力した結果がこれなのか。公爵家から勘当されるなんて。

大粒の冷たい雨が降りだした。雨が服に染み込み、肌を冷たく濡らしていく。もし天が自分のために泣いているのだとしたら、とんだ見当違いだ。ニックはすでに自分のすべきことを決めていた。

今日という忌まわしい日の記憶は、丸ごと鍵付きの頑丈な檻《おり》に閉じ込めて心から切り離そう。決して壊れないこの頑丈な檻を開くことができるのは、自分だけだ。

父が命じたとおりにしよう。レントン公爵領には二度と足を踏み入れない。また公爵も、二度と自分に近づくことは許されない。同じく、父が自分を見捨てたときにあざ笑った連中も絶対に許さない。

やつらなど地獄で朽ち果てるがいい。

ニックはもうひとつ心に誓った。この先どんな苦労に耐えても、どんな犠牲を払っても、父が持っている以上の富を築いてみせる。

さらに、それをひとりでやりとげる。誰の助けも借りることなく。

1

一四年後
ロンドン

レディ・エマ・キャヴェンシャムは、ビーズ飾りのついた手さげ袋《レティキュール》を開いて中身を二度確かめた。大切に貯めた五〇ポンド分の紙幣が、きれいに折りたたまれて入っている。馬車がメイフェアを駆け抜けていく中、彼女は大きくため息をつき、夜になってからずっとこらえていた緊張を吐き出した。すると軽くなった心に、ヴォクソール・ガーデンズの夜空に散る花火のごとく歓喜がこみあげた。

とても念入りな計画が必要だったが、これまでの努力が報われそうだ。今夜、エマは〈ブラック・ファルスタッフ・イン〉で『ベンサム随筆集』の初版を買うことになっていた。あと四五分以内に目的地に着き、本を買い、レディ・ダルトンの舞踏会に引き返せば、すべてが二時間で終わる。彼女はさらに、ビールグラスで祝杯をあげるつもりだった。宿に併設されているパブで、一般の客のように。もっと言えば、男のように。

自分が若くて、未婚で、女だからなんだというのだろう？　ランガム公爵家令嬢だから、どうしたというの？　いまからしようとしていることは世間的には身の破滅なのだろうけれど、自分はなんの不都合も感じない。女性に品行方正な振る舞いばかり求める世の声に従っていたら、今夜の目的はいつまで経っても果たせない。

ポール・バーストウに会うために自分がこうしてロンドン郊外の宿に向かっていることは誰も知らない。レディ・ダルトンの舞踏会に同行してくれた、いとこのクレアさえも。喉から手が出るほど欲しいと思っていた本をポール卿が持っているとわかり、エマは夕刻前に彼に宛てて手紙を書き、取り引きしたいと持ちかけた。宿なら自分の顔を知る者もいないので、待ち合わせに最適だった。

エマのすばらしい計画は、万事予定どおり順調だった。よくやったと自分で自分を褒めてやりたいくらいに。ベンサムの本とともに、この冒険を貴重な人生経験にし、いなくなったことをクレアにも誰にも気づかれることなく舞踏会に戻る。レディ・ダルトンの屋敷の前から乗せてくれた御者と馬丁は秘密を守ってくれる。

「どうどう！」突然、御者席から大きな声がした。公爵家の四頭立ての馬車が急停車し、エマは床に投げ出された。

急いで窓から外をのぞくと、前方の四つ辻に自分たちと似たような馬車が停まっていた。乗り物を停めるにはおかしな場所のうえ、あたりに人がいる気配はない。馬丁や御者も見当たらなかった。まるで誰かがそこに乗り捨てていったかのようだ。

「どうしたの、ラッセル？」エマはランガム公爵邸の馬丁に尋ねた。

ラッセルが御者台から身を低くして答える。「わかりません、エマさま」

「よけて通れる？」

「無理です」

そのとき、どこからか男性の低い声がして、ラッセルがそちらに注意を向けた。ここでエマが窓から顔を出せば、ひとりでいるところを見つかって大変なことになる。彼女はのぞきたいのをこらえ、外のやりとりに耳を澄ませた。誰かもわからない相手の抑揚のない話し声を聞いているうちに、ふいに腕に鳥肌が立った。貴重な時間が指のあいだからこぼれ落ちていく気がした。もうこれ以上は待てない。

「ラッセル――」その先を言う前に客車の扉がぱっと開き、黒ずくめの背の高い男性が乗り込んできた。彼が扉を閉めると、馬車がふたたび進みだした。

「あなたは誰？」エマは心臓が飛び出すかと思うほど激しい動悸《どうき》に襲われた。

彼女に背を向けたまま、見知らぬ相手はただひとつ灯っていたランタンの明かりを消した。

そして、なめらかな動きで向かいの席に座った。

ああ、大変なことになってしまった。

「なぜ明かりを消すの？」声に隠しきれない不安がにじんだ。

暗がりの中に見える男性は、いまにも襲いかかってきそうな亡霊か何かに見えた。彼はエマを見たまま帽子を脱いで、かたわらに置いた。

「誰なの？」せっぱつまった声でふたたび尋ねる。

「レディ・エマ」相手がたしなめるように言った。「明かりを消したのは、きみがいることを外から気づかれなくするためだ」

深く豊かだが、どこか陰鬱なささやき声が気になった。馬車を乗っ取ったこの謎の男性はいったい誰だろう？　けれども街灯のそばを通り過ぎたとき、エマの好奇心はあっさりぬぐい去られた。

「サマートン卿」思わず声をあげてしまった。誰にも見つかりたくなかった今夜にかぎって、社交の場にめったに顔を出さないサマートン伯爵に見つかってしまったなんて。ただ運が悪いという話ではない。運命の女神が底意地の悪いいたずらを仕掛け、高笑いをしているとしか思えない。

ターコイズブルーの瞳と引きしまった体を持つサマートンがハンサムであることは間違いなかった。とはいえ、彼やその見た目に気を取られている場合でない――とりわけ今夜は。サマートンの親友はクレアの夫、アレックスなのだ。つまりエマの両親は、今夜のうちに娘の冒険について知ることとなる。

これはもう観念するしかない。

「レディ・エマ、きみのために馳《は》せ参じたよ」サマートンがゆっくりと言った。

「来てと頼んだ覚えはないわ。そちらのご用は？」彼女は深く息をつき、内心のいらだちを抑えた。本をあきらめるわけにはいかない。少し愛敬を振りまいてみよう。「サマートン卿、失礼なことを言ってごめんなさい。何しろ驚かされたから」

直進するはずの馬車が急に右へ曲がり、エマの体が革張りの座席の上を滑った。きっと床に投げ出されると思い、体がこわばった。

サマートンのやさしく力強い手にウエストをつかまえられ、彼女は息をのんだ。まるで壊れやすい陶器の人形のように、軽々と座席に戻される。

「ありがとう」エマはささやいた。

「礼はいい。ぼくはきみを無事に屋敷へ連れ戻すと約束し、それを実行しているだけだ」彼はカーテンを少し開いて外を見た。まもなくカーテンから手を離し、座席に深く身を預ける。

「誰に頼まれたの？」答えを聞くのが恐ろしかったが、ともかく尋ねた。

「きみのいとこと、その夫だよ」

エマは大きく息を吐いた。決して簡単ではないけれど、両親に黙っていてもらうようクレアを説得できなくはない。問題はクレアの夫であるアレックスと、いま目の前に座っている謎多きサマートンを信用できるかどうかだ。

エマとしては、どうしても今夜をあきらめたくなかった。サマートンの存在はたしかに邪魔だが、彼に自分を引き止めることはできない。

「サマートン卿、お申し出はありがたいけれど、わたしには別の予定があるの。どこか行きたい場所はある？〈ホワイツ〉がいいかしら？」ああ、なんて落ち着いた声が出ること。

「いや、けっこう」

しかたがない。こうなったら全部白状しよう。本当の目的を伝えれば、好きにさせてもらえるかもしれない。男性なら、本を求める気持ちをわかってくれるはず。たとえ本の虫と思われてもかまわない。求めているものが手に入るなら。

「わたしはいまから『ベンサム随筆集』の初版を買いに行くの。何年も前から探していた本なのよ」暗くて相手の表情が見えず、どう思われているのかわからなかった。サマートンがランタンを消さないでくれたらよかったのに。

「その本をどこか別の……もっとまともな場所で手に入れようとは思わなかったのかい？たしか世の中には本屋というものがあるはずだが」彼が皮肉めかして言った。

エマは唇を嚙み、罵りたいのをこらえた。それをやったらおしまいだ。「お願いよ。本を手に入れるには、こうする以外にないの。ロンドンじゅうの本屋に片っ端から問い合わせたけれど無駄だった。どこにも置いてなかったわ。〈グッドウィンズ〉のミスター・グッドウィンが売り主を見つけてくれたけど、途中で相手の気が変わってしまって」

「〈グッドウィンズ〉だって？」サマートンが笑う。「あんな店で、いったい何を買っているんだ？　若い女性が出入りするようなところじゃないぞ」

顔は見えないながらも、相手が目の前に迫るのを感じ、エマは背もたれに身を押しつけた。

「グッドウィンの名が知られているのは、品ぞろえがいいからじゃない」少しかすれ気味の声で、彼は脅すように言葉をひとつひとつ区切って言った。「彼の本業は情報提供――いわゆるたれ込み屋だ。それでたっぷり稼いでいる」

ぶしつけな脅しを真に受けるつもりはない。エマはサマートンをたしなめようと身を乗り出した。そのとき急に馬車が揺れ、相手の顎に額が当たった。

「気をつけて」伯爵がエマの頭のうしろに手を添えて引き寄せた。彼の匂い——社交界のほかの男性とは違う、清潔でスパイシーな男らしい香りがエマを包んだ。彼女は動かずにじっとしていた。

サマートンも同じだった。

「わたしをさらったりできないわよ」エマは必死に身を起こした。彼がとても近くて、息がキスのように頬にかかる。彼女は何も考えずに相手の唇を指先で撫でた。これまでまったく気づかなかったが、サマートンは完璧な唇をしていた。キスしてみたいと思わせる唇。そこまで考えたところでわれに返り、すばやく手を離してささやいた。「ごめんなさい」

まったくどうかしている。

街灯の明かりが窓から入り、伯爵の表情とその瞳に浮かぶ妖しい光が見えた。

「あなたはわたしの保護者じゃないわ」小声で訴える。「お願いよ。行かせて」

「今夜の目的地へ？」サマートンがささやいた。「ポール・バーストウに会うために？」

「なんですって？」エマは早く悪夢から覚めたいと願うように頭を振った。「彼から本を譲ってもらうことをどうやって知ったの？」

「レディ・ダルトン邸の客のひとりがきみの計画をたまたま小耳にはさみ、ぼくに教えてくれたんだ」

「なんて不運かしら」彼女はつぶやいた。舞踏会のように人が大勢いるところで、友人のレナとダフネに話すべきではなかったのだ。エマは腹をくくって言った。「わたしが嘘をついていると思うなら一緒に来て。お願い。わたしはその本がどうしても必要なの」

ふたたび沈黙が流れ、馬の蹄《ひづめ》の音だけが響いた。やがてその音も、馬車がゆっくりと速度を落として停まると同時にやんだ。外に目を向けると、屋敷に帰ってきたのがわかった。前庭を取り囲むランタンの光が客車の窓から入ってくる。

目の前の大きな男性に一縷《いちる》の望みをつなぐため、エマは懸命に自尊心を抑えた。手慰みをしないよう両手をかたく握り合わせ、サマートンの目をじっと見つめた。

「閣下、このとおりお願いします。わたしの身が心配だというなら、どうか一緒についてきて。わたしはただ本が欲しいだけなのだと、きっとわかってもらえるから」彼女はレティキュールを開き、五〇ポンドを取り出した。「あなたにお金を払うわ。これで足りなければ、もっと……」

サマートンが深く息をつき、かたく握り合わされたエマの手を見つめた。

説き伏せることができたと思っていいのだろうか？　相手が葛藤しているのがありありと伝わってくる。彼女は座席の隅に小さくなって、伯爵の同意を待った。最後のひと押しをするように言い添える。「お願い」

「申し訳ない」彼はエマの手に自分の手を重ねて強く握った。「中まで送っていくよ」付き添ってもらっても、なんの慰めにもならない。エマは長いあいだ身じろぎもせずに宙を見つめていた。いまから両親に厳しく叱責され、相応の罰を受けることになるのは必至だ。心が床に落ちてしまいそうなほど重く沈んだ。罰なら、すでに受けている。ベンサムの随筆集に、また手が届かなくなってしまったのだから。

「レディ・エマ」サマートンがふたたび手を握った――やさしいながらも断固たる力で。「行こう」

彼はエマを馬車からおろし、玄関まで送っていった。絞首台へ連行される人さながらに、エマは内心の絶望を見せまいと頭を高くあげた。

「おやすみ」サマートンがささやいた。「悲しい思いをさせたことを謝るよ」エマの手を取り、頭をさげる。

「閣下？」エマの呼びかけに彼が反応し、目を合わせた。その真摯な瞳を見たとき、彼女は思わず息を止めた。なぜか混乱してしまい、すばやく視線をそらす。「わたしはここまで送ってもらったお礼を言うことができないわ。どうぞわかって」彼女は向きを変え、ランガムホールに入った。

なんとか自尊心を保ったままで。

翌日

島流し。

エマは厨房のネズミのように始末されようとしていた。

唯一の違いは、それが本人のためと両親が思っている点だ。ネズミに向かって、それを噛んで含めるように説明する人間はいない。

明日以降、彼女は残りの社交シーズンを公爵家に代々伝わる領地、ファルモントで過ごすことになった。父と母はこの決定について一致団結していた。昨夜とんでもない行動に出た娘の評判を守るために。

たった一冊の本を求めただけなのに。

問題の本は、エリザベス朝時代のわいせつ本でも、くだらない恋愛小説でもない。まして
や政権奪取をもくろむ改革論者の書でもない。

ただ個人の自由について論じた随筆集だ。

木陰のもと、エマはランガムパークのお気に入りのベンチの背に頭を預け、雲ひとつない青空を見あげた。外から完全に遮断されたこの緑地は公爵邸をぐるりと囲んでいて、手入れの行き届いた庭園と果樹園で知られ、エマの大切な逃避場所になっていた。庭師やほかの使用人たちは、いつもそっとしておいてくれる。今日も彼女はひとりでいる必要があった。

よく肥えた赤リスが頬いっぱいに食べ物を詰め込んで、ベンチを駆けのぼってきた。リスは自分の縄張りに侵入されたかのようにエマを見つめ、太くて赤い尻尾をひらめかせてうるさく鳴きたてた。

ここでもまた叱られてしまった。彼女の反応を待つかのように、リスはその場から動かな

い。

「明日から、ここは全部あなたのものよ」自分が追い出されることにより、少なくとも誰かが恩恵を得るわけだ。「もしあなたが本物の紳士なら、そんなふうにまくしたてたりしないわ」

「なんなら、その不届き者を退治してあげようか?」低い声が耳元で響いた。「戦いに身を投じる前に、麗しきレディ・エマの本日のご機嫌を尋ねていいかい?」

「田舎で過ごしてもらうと言われたんですもの、みなのご想像どおりの気分よ」かすかな風が頬を撫でたが、エマは振り返らなかった。やってきた相手が昨夜の興ざめを作った張本人であることは見なくてもわかる。このシルクのようになめらかな声は聞き間違いようがない。

「サマートン卿、またあなたに見つかってしまったのね。何をしに来たの?」

「公爵夫妻に来てくれないかと頼まれてね。ペンブルック夫妻もいるよ」彼は言った。「ふたりとも、ぼくが止めるまでにきみがどのくらい遠くへ行ったか知りたがっていた」

「わたしのいとこで〝歩く完璧〟ことペンブルック侯爵夫人クレアと、完全無欠の夫ペンブルック侯爵、人呼んで〝社交界一のおしどり夫婦〟ね」ここまで辛辣な言い方をするつもりはなかった。でも、まさかサマートンもここでエマに愛想のいい返事を期待してはいないだろう。

彼から逃げるのに比べたら、目隠しをされたキツネが猟犬から逃げるほうが、まだ勝算がある。エマは大きくつばをのみ込んだ。社交シーズン途中で領地に追いやられることだけでも恥ずかしいのに、それがサマートンに見つけられた結果であることが悔しくてならない。この裏切り者。

「明日、ファルモントにやられるの」エマは重い気分で言った。話を面白いと思ったのか、リスが座り込んで木の実を割った。

「その一件に、ぼくが一部関わっていることを申し訳なく思うよ」すぐそばから話しかけてくる伯爵の息が、耳たぶにかかった。

不快感はなかった——どう考えても、あって当然なのに。代わりに、これまで感じたことのない何かが胸の奥に芽生えた。背筋に震えが走る。エマは姿勢を正した。「謝らないで。こうなるかもしれないと初めから覚悟していたから」

サマートンの息が今度は頬にかかる。エマは目を閉じ、相手の匂いに意識を向けた。背の高い伯爵は、彼女と話をするために身をかがめている。ベイラムのコロンと革の男性的な香りが漂ってきた。その中で泳いでみたい。

「ゆうべのことで、きみとレディ・ペンブルックがぎくしゃくしなければいいが」サマートンが言った。「彼女はきみのことをとても好いているよ」

「心配ないわ」エマは立ちあがって相手と向き合った。「わたしとクレアは姉妹も同然だもの。姉妹は憎み合ったりしない。少なくとも、わたしの母はそう言ってる。あなたがうちの家族と長くつきあえば、真実かどうかわかるわ。でも万が一、あなたとあなたのお友だちのペンブルック侯爵が、わたしのしようとすることに指図できると思っているなら——」

「レディ・エマ、そう向きにならないでくれ」まるで彼女を押しとどめるように、サマートンは手袋をはめた両手を胸の前で広げた。「レディの立ち居振る舞いについて、いまさらとやかく言う気はない。特にぼくはね」

昼間の正装姿の伯爵はなるほどハンサムだが、その声はランガム邸の馬丁が怯えた馬をなだめるときに使う響きを思わせた。こういうことは初めてだ。エマが男性からどんなふうに接してもらいたいか率直に伝えたとき、普通の相手ならば振り向きもせず去っていく。

彼女があまりにも常軌を逸しているから。

「ペンブルックがきみのいとこと結婚したからには、この先われわれはいろいろな場所で顔を合わせる」サマートンが言った。「きみに不愉快な男と思われるのは残念だ」

その声はもはや馬をなだめる馬丁ではなく、泣き叫ぶ妖精バンシーさえもうっとりさせてしまうような深い声に変わっていた。

「こんな結果になっても、わたしはあなたに感謝するべきなんでしょうね」エマは素知らぬ顔で言った。

「きみが高い知性を備えているのは前から知っていたよ」皮肉めかした言い方をしつつ、彼はふたりを隔てるベンチをまわって近づいてきた。「読書家であることは少しも悪くない」

昨夜のサマートンの行動は紳士的だったし、こちらに敬意も払ってくれた。こんなことになっても、彼にはなんの落ち度もない。にもかかわらず、エマは心の中で彼を責めずにいられなかった。

「ぼくとしては、きみに残ってもらいたかったんだ」サマートンがなだめるように言う。「きみのいないロンドンは恐ろしくつまらないだろう」

彼女の思い違いでなければ、それは少しためらうような、苦し紛れの言い方に聞こえた。なんて大嘘つきな人。親友のレナを除けば、エマがいなくなることに気づく人がいるかどうかも怪しいものだ。

「ロンドンも社交シーズンもたいしたことないわ」実際、エマは大の苦手である芽キャベツと同じくらい社交界を軽蔑していた。温室栽培のモモでも見るように自分を値踏みしてくるうぬぼれ屋や、持参金目当ての男たちには心底うんざりしている。

「ご両親は厳しかったかい?」サマートンの問いかけが、シルクのようにふわりと彼女を包んだ。

「ええ、それはもう。親友のレディ・レナ・イートンに別れの挨拶をするのも許してくれないの。今夜一緒にレディ・ファロルドの舞踏会へ行く予定だったのに」エマは舞踏会が嫌いだが、レナは舞踏会が大好きで、エマはレナが大好きだ。親友のためなら、退屈な催しも我慢できた。「社交界にお披露目したときから、舞踏会はいつも彼女と一緒に行っていたの」

レナに会えなくなることは、説教や屈辱的な罰よりもこたえた。身をふたつに裂かれるにも似た気持ち。レナと自分は切っても切れない友情で結ばれている。

エマは手慰みをやめた。「ゆうべの件から、わたしがひとつ大切なことを学んだと聞いたら、あなたは喜ぶかしら。こっそりどこかへ行きたいとき、実家の紋章が入った馬車を使うべからず。貸し馬車を雇うべし」

「きみがどんな馬車に乗っていようと、ぼくは見つけていた。ゆうべのことが広まったら、きみはおしまいだった」言い方は穏やかながらも、サマートンが脅しているのは明らかだった。「どこかの大胆なしゃれ者の花嫁になりたいとは思わないのかい？」

「さらさら思わないわ」二二歳という高めの年齢ながら、エマは公爵家令嬢として、いまも一級の花嫁候補だ。自分さえその気になれば、夫を見つける機会はいくらでもある。ただ、果たして自分が本当に夫を求めているのかさっぱりわからない。ファルモントに行けば、うるさい社交の誘いに邪魔されずに好きなだけ本が読める。でも隣にレナがいてくれなければ、先祖代々の屋敷で長く寂しい夜を過ごすことになるだろう。

「昨日の罪滅ぼしのために、きみに贈り物を持ってきた」サマートンが言った。

「だめよ、贈り物なんて」いったいどういう風の吹きまわし？　急に礼儀作法を気にしている自分が滑稽だった。

彼は微笑み、上着の内ポケットから何かを取り出した。

胸の高鳴りを耳の奥で感じつつ、エマはそれをおずおずと受け取り、包み紙を開いた。なんと、サマートン伯爵は魔術師だった。彼女がずっと欲しかった本、昨夜追い求めた本を彼は見つけてくれたのだ。「『ベンサム随筆集』」エマはつぶやいた。

「初版だよ」

「どこで見つけたの？」なんとも残念なことに、頭の中に常識が割り込んできた。これはとても希少で高価な本だ。贈り物として受け取ることはできない――ことに彼からは。「サマートン卿、これをもらうわけには――」

「かまわないさ。これはぼくの蔵書だ。もう読んでしまったから、遠慮しなくていい」彼は立ちあがり、エマが開いたページをそばから一緒にのぞき込んだ。

本気なの？　こんな宝物を。

「きみに持っていてもらいたい」サマートンが微笑むと、少し気難しそうに見えた表情がなんとも魅力的に変わった。「さあ、遠慮しないで。ぼくの親友ときみのいとこが結婚したんだ。ぼくたちはいわば――」

「友人」エマは続きを口にした。

たしかにサマートンはこれまで会った男性と違う。エマが欲しがった本に興味を向けてくれたのだ。彼女は伯爵をこっそり賛美の目で見あげた。昨夜は彼の下唇に魅せられた。日の光の下で見ると、それは圧倒的にすばらしい。上唇の曲線は完璧だ。唇と唇を触れ合わせるのはどんな感じだろう？　彼はどんな味？　確かめる方法はひとつしかない。

報酬として、キスを申し出なければ。エマは勇気を奮うように本をかたく胸に抱いた。

「あなたに対価を払うわ。あなたは公平な取り引きを好む人でしょう？」

サマートンが眉をあげる。

「キスと引き換えに本をいただくわ」かすれたような声が出て、彼女は驚いた。自分が男性の気を引いているなんて！　こんなことをするのは初めてだ。でも生まれて初めてのキスの思い出とともにファルモントへ発《た》てるなら、長旅も耐えられる。

伯爵が笑いを嚙み殺すように胸を震わせた。「キスだって?」

それ以上何か言われる前に、エマはつま先立ちになって相手の唇に唇を押しつけた。顔が熱くなり、心地よいしびれが足のつま先からゆっくりと広がっていく。それが胸まであがってきたとき、相手が動いた。

サマートンは身を引き、明らかに衝撃を受けた表情で何かつぶやいた。

なんて甘いキスだろうとつぶやいたのか、それともさっさと逃げようと思ったのか?

ここ最近すっかり運に見放されているのに、どうしてキスなど試したりしたのだろう?

これまで出会ってきた中でもとびきりハンサムな男性から、キスを奪ってしまった。後悔にさいなまれ、エマは顔をそむけて恥ずかしさを隠した。サマートンと会ったことそのものが間違いだったのに、それをさらに悪化させてしまった。いまとなっては、相手がどういう反応をしようと違いはない。彼はいまのキスを不快に思ったのだ。

出し抜けに伯爵に前を向かされ、やわらかな唇を重ねられた。サマートンはやさしいながらも力強い手でエマの顔を上向きにし、彼女の唇に沿って口を動かした。エマの頭からあらゆる思考が消えた。この世で求めるものが、彼とのキスだけになった。

相手に触れたいという抑えきれない衝動がこみあげ、サマートンの髪に両手を差し入れた。彼女自身の髪色よりも明るい、シルクのような金髪が指をすり抜ける。エマは両手をためらいがちに彼の広い肩におろした。すると、その部分の筋肉が盛りあがった。

「キスは初めてかい？」低いささやき声に、彼女はめまいを覚えた。興奮が小さな波のように体を駆け抜け、すぐに決まり悪さがこみあげた。

そんなに下手だったかしら？「ええ……」

「それはいい」唇に舌が軽く押しつけられた。頭が空っぽになり、エマはため息とともに彼を受け入れた。まさに天国だった。サマートンは舌をそっと動かして彼女の舌を刺激し、戯れた。それまでよりも深く、熱く。彼が自分にこんなふうにキスをしていることが信じられない。彼は探索している。教えている。エマの下唇を楽しむように歯を行き来させている。相手にもっと近づこうと、彼女は強くしがみついた。

ふいに快楽のひとときが終わった。

目を開けると、鮮やかなターコイズブルーの瞳が自分を見つめていた。彼の豊かな濡れた唇に視線が吸い寄せられ、胸に迫る感情を抑えるのがさらに難しくなった。それでも、エマは目に入ったものをつぶさに記憶した。がっしりとした顎、鋭角的な頬骨で形作られた顔。長身のため、ヴァイキングの王のようにも見える。

けれどもサマートンの何よりの特徴は、はっとするような青緑色の瞳だった。見つめられるたびに、彼が強い意志の持ち主とわかる。日頃はめったに姿を見せない社交の場にサマートンが現れると、女性たちはわれ先に気を引こうとする。それでも彼はどちらかといえばひとりでいるのが好きなのだと、エマは気づいていた。彼は決して女性と親しくなりたがっているように見えない。

サマートンがまばたきして軽く頭を振り、まるでジャングル探検で珍しい生き物を見つけたかのように彼女を見た。「ゆうべぼくが馬車を止めたとき、きみにはほかの誰にもないような情熱があった」

「家族はそれを情熱ではなく無鉄砲さと呼ぶわ」

「彼らにはそう見えるかもしれない。だが、ぼくの目から見ればどうか？　たぐいまれな美点だ」彼は咳払いをした。

礼儀正しく褒めてくれた相手に対する作法どおり、エマは言った。「ありがとう、サマートン卿」

「それはキスのお礼かい？　それとも本の？」

彼女は相手にすばやく目を向けた。伯爵は青緑色の瞳をきらめかせ、茶目っ気たっぷりの表情をしている。

「両方よ」エマはささやいた。

「礼などいらない」サマートンが手を差し出した。

よくわからないまま、彼女は手を差し伸べた。伯爵は女性に対する作法ではなく、男性同士が別れの挨拶をするときのように握手をした。

その仕草にエマの鼓動が乱れた。サマートンは瞳を輝かせ、これまで見たこともないほどあたたかい表情をしている。彼女は笑いたいのをこらえて唇を噛んだ。この別れ方は自分たちにぴったりだ――敵ではなく、対等な人間同士として。

「たった一冊の本のために、ここまでするんだね」彼が身をかがめ、エマの耳元でささやいた。「ゆうべぼくに止めてもらって、きみは運がよかった。でなければ、どんな目に遭っていたかわかったものじゃない」

彼女は肩を怒らせた。自分がどんな立場であろうと、これ以上説教を聞かされるのはたくさんだ。相手がリスでも、紳士でも——特に、たったいまキスをしたばかりの。

「お気遣いには感謝するけれど、心配ご無用よ。窮地に立たされるのは慣れているから」

サマートンは誰もいないことを確かめるようにうしろを向き、ふたたび振り向いてまぶしい笑みを浮かべた。「ぼくの屋敷に、きみが興味を持ちそうな本がほかにもまだあるかもしれない」

ひょっとして気を引いているの？　これまでサマートンに目を留められたことは一度もない。エマはもうかれこれ四年半も社交に出ているのに。彼女は震える息を吸った。

「それはどういう本かによるわ」

「大丈夫、ぼくは本の趣味がいいんだ」思わせぶりな言葉に、エマの鼓動がさらに速くなった。

「わたしもよ」彼女は返した。サマートンの声はあまりにも魅力的すぎる。

「では……」離れがたいかのように、彼は自分のブーツを見おろした。「ロンドンに戻ってきたら、この庭園をゆっくり案内してもらえるだろうか？」

少し自信のなさそうな言い方が意外だった。「喜んで」

「楽しかったよ。ではまた会う日まで、すてきなエマ」

その言葉をあとに、サマートンは立ち去った。エマは最後にもう一度、緑地を振り返った。田舎で謹慎するあいだ、この美しい景色をどれほど恋しく思うことだろう。

リスが尻尾をさっとひと振りし、ふわふわの耳を動かしながらクルミの殻を落として、近くのカシの木に駆けのぼった。あとにはもう何も見えない。

エマはぶらぶらと屋敷に戻っていった。ファルモントへの旅に向けて、これまで集めてきた本や随筆をすべて荷造りしなければ。ロンドンから遠く離れる期間、それらを読む時間はたっぷりある。『ベンサム随筆集』とアンジェラ・タルトの『ある娼婦の手記』は長い道中のお供になるだろう。

本は、この世で最もすばらしい冒険の旅へ連れていってくれる。

2

三年後
ランガムホール

エマはクリスタルガラスのペーパーウエイトを両手にのせて転がした。手のひらにガラスの角が当たるのが心地いい。動くたびにガラスが光を反射し、虹色の筋が図書室の隅から別の隅へと動く。マホガニー材の机の前に座ってからどのくらい時間が経ったのか、はっきりとはわからない。だが玄関ホールの時計はこれまでに少なくとも三回、時を告げた。

机は新聞やお気に入りの本で埋め尽くされていた。ロンドンで一番売れているタブロイド紙『ミッドナイト・クライヤー』が、開いた状態で目の前にある。二ページ目の二行の見出しを見たときは体が凍りついた。三カ月間の服喪を終えたアルトン伯爵キース・マーンが、新しい伯爵夫人を探しはじめているという記事だった。

嫌悪がこみあげ、胸を焼かれるような気がした。

エマは机のほかの物にはいっさい目もくれず、レナが亡くなった三カ月前にメイドのメアリー・バトラーが送ってきた手紙だけを見ていた。

日付は一八一三年七月八日。差出人は前アルトン伯爵夫人レナ・イートン。この世に生まれることなく亡くなった娘に宛てたものだ。女性として厳しい現実を生きる娘が身を守れるよう、レナ自身が得た知恵と教訓のすべてを注いで書いたものだった。

生まれてくるのが女の赤ちゃんとわかっていたのか、レナは子どもにオードラと名前をつけていた。

〝最愛のオードラへ

あなたと一緒にいられる時間はかぎられているかもしれません。運命は最後の瞬間までわからないから。でも、わたしのお腹が大きくなっていくにつれて、あなたはわたしの一部となり、空気のように欠かせない存在になっています。たとえあなたを一度も抱いてあげられなかったとしても、わたしが愛していたことをどうか忘れないでください。

あなたを腕に抱く幸せを奪われるかもしれなくても、伝えておきたいことがあります。精一杯生きた命は、生きる価値のある命だということを人生は教えてくれます。強い意志と決してあきらめない心があれば、世界はあなたのものです〟

すでに悲しむことに疲れ果てていたエマは、涙をこらえきれなくなる前に二ページ目を飛ばした。

〝そんな心を持つ友人がいます。彼女はわたしに女性であることの喜びと誇りを教えてくれました。レディ・エマ・キャヴェンシャムはわたしの人生の指針です。ぜひ、あなたにとってのエマを見つけてください。

長い人生を生きていくためには、何か目的が必要になるでしょう。支援や友情を求めている女性の力になってあげてください。そのような努力が、あなたにもすばらしい見返りをもたらすでしょう。

夫選びは慎重に。さもなければ自由を失います。この世では妻の立場は弱いのです。現実は過酷です。夫が自分で選んだ花嫁に飽きたとき、彼女をアウター・ヘブリディーズ諸島の人里離れた山小屋に追いやっても、誰にもとがめられません。食事や服を与えたくなくなれば、与えなくともかまいません。イングランドの妻より狂犬のほうが、まだ敬意を払ってもらえるのです。あなたの利益はあなたにしか守れないということを、どうか忘れないでください。与えられた人生がより生きやすいものになるよう、あなたのために特別にお金を用意しておきます。

恥ずかしいのは恐怖を感じることではなく、それに正面から向き合わないことです。お金は、いざというときの心強い味方になります〟

エマは頭をあげ、壁に虚ろな目を向けた。友人の取りつかれたような言葉が頭の中で繰り返される。どうしてレナは結婚などしたのだろう？　なぜ自分を他人の所有物か邪魔者、あるいはサンドバッグのように扱われる立場に置いたの？　エマはレナが生きていた頃から、それを裏づけるものを見てきた。心の冷たい夫に嫁いだ女性は、未婚女性より過酷な運命をたどる。

アルトンが新しい花嫁を求めているという情報は、ただちに計画を実行しなければならないとエマに告げていた。これ以上は待てないし、その思いは亡きレナも同じだろう。この行動を起こすのに、独身を貫く覚悟をしているエマほど最適な人間はいない。ここ数カ月、彼女は情報を集め、計画を練ってきた。もう何年も前、サマートンからグッドウィンの本業は情報収集だと教えてもらった。教えてもらって本当に助かった。過去一カ月にわたってグッドウィンに協力してもらい、エマはレナのメイドだったメアリー・バトラーがいまもアルトン伯爵のもとで働いていることを突き止めたのだ。メアリーをロンドンに連れてきて裁判の証人になってもらえれば、二度と女性がアルトンの犠牲にならずにすむ。

「ちょっといいかしら？」いとこのクレアが胸に本を抱えて前に立った。赤褐色の髪と濃いグリーンの瞳の彼女は、前ランガム公爵夫人だった亡きスコットランド人の母親似だった。エマにとって、クレアはいとこ以上の存在だ。姉妹のように仲のいいふたりに、いとこという言葉はそぐわない。

「どうぞ」エマはクレアに近い椅子から雑誌や本をどけた。話し相手、特にクレアのような相手が来てくれたことで、気分が少し軽くなった——ほんの少しだけれど。

二度目の妊娠をしているいとこは慎重に腰をおろした。生まれてくる赤ちゃんは三人目の子どもになる。クレアと夫のアレックスは愛らしい双子の両親なのだ。

エマの目から見れば、子どもたちはなんとも愛おしく非の打ちどころがない。ふたりの名づけ親であるエマは彼らがかわいくてしかたなく、いたずらや行儀の悪さに目を光らせるべき責務をほとんど果たせていなかった。でも、それはほかの家族も同じだ。

エマは手を伸ばしてクレアの手を握った。「気分はどう?」

「とても幸せで、お腹が大きいということ以外に? わたしの人生は最高よ」クレアがエマの手を取って自分の腹部に触らせた。「赤ちゃんがいまちょうど蹴ったわ。わかる?」

エマは首を横に振った。未来の母親に向かって、あなたの赤ちゃんは丸い岩みたいだと失礼にならないよう伝える方法などあるだろうか?

クレアが茶目っ気のある笑みを浮かべる。「あなたにはそれほどでもないでしょうけど、わたしにとってはまさに奇跡なの」

「あなたとアレックスが幸せであることがうれしいわ。ふたりとも、すばらしい父親と母親よ」

クレアが本を置いて机を見まわした。

エマはただ重いため息をつき、相手の言葉を待った。いとこは問題を察する能力が非常に高い。特にエマのことになると勘が鋭くなる。三年前のベンサムの件が、そのいい例だ。エマが本を買いに行ったことに気づいたのはクレアだった。

「ここで何をしているの？」クレアが尋ねた。ペーパーウエイトを手に取り、エマの届かないところに注意深く置く。「手慰みをしないようにするためよ。もう何時間もここにいるんでしょう？」

エマはうなずいた。ほんの少しでも話しはじめたら大泣きしてしまい、クレアも泣かせてしまいそうだ。でも、おそらくそれはない。これまでのところ、エマはレナの死についてほとんど涙を流していなかった。あれほど親しかった友人を失ったのに、自分はいったいどういう人間なのだろう？

実際、エマは毎日鏡を見るのもつらくなっていた。

「思っていることを話したら楽になると思わない？」顔を近づけたクレアの目のまわりには、エマを心配していることをうかがわせる小じわがくっきりと出ていた。

そろそろ心の内を少し打ち明けてもいいかもしれない。いえ、少しではなくたくさん。いったいどうすれば、自分につきまとう憂鬱と罪悪感の雲が晴れるのかわからない。友人の死を初めて知らされたときから、苦しみは増しこそしないけれど、一向にやわらいでいなかった。

エマは大きく息を吸って勇気を出した。簡単ではないだろうが、レナの死と自分自身の使命について話すためには痛みは避けられない。

「どこから話せばいいかしら……」ペーパーウエイトがなくなったいま、自分の指しかいじるものがなかった。指がもつれてほどけなくなる前に、クレアに手を押さえられた。

「わたしになら打ち明けられる？」

エマはうなずいた。クレアなら話を受け入れ、正しい方向へ向かわせてくれる。

「これから言うことは誰にも言わないで。約束してくれなければ話せないわ」

クレアがまぶしいくらいまっすぐなまなざしを向けた。「アレックスにも言ってはいけないの？」

「彼はわたしの両親に話すかしら？」エマはささやいた。クレアは信頼できる相手だけれど、いつも自分が正しいと信じたことをする。ベンサムの本の一件で、それが証明された。

クレアが首を横に振った。「わたしが口止めをすれば、アレックスは誰にも話さないわ。ともかくあなたの話を聞いてみないことには、彼の助言が必要かどうかわからない」

「いいわ」エマは図書室の窓の向こうに広がるランガムパークへと目を向けた。そこはいつも、ほかでは得られない安らぎを与えてくれる。今日のランガムパークは彼女に必要な支えとなり、とりでになってくれた。「こうなったら、傷を開いてありのままを見せるのが一番ね」

それがエマにとってどれほどつらいかわかっているというように、クレアがあたたかく微笑んだ。

「レナは死ぬ間際、すべての手紙をわたしに届けるようメイドに頼んだの」エマは目の前の手紙の束を示した。「彼女のお兄さまに宛てた手紙、わたしの手紙、亡くなった娘のオードラに宛てた手紙。それらすべてを、メイドのメアリー・バトラーが添え書きをつけて、わたしに送ってくれたのよ。はっきりとは書かれていないけれど、彼女の言わんとすることはわかったわ」

ちらりと目をあげると、クレアが先を促すようにうなずいた。

「アルトンがレナを殺したのよ。なぜ殺したのか、どうやって殺したのかはわからないけど、とにかく彼がやったの。あの人はレナに暴力を振るっていたのよ、クレア。実際にわたしが訪ねていったとき、レナが痣《あざ》をこしらえていたのを見たこともあるわ」

「レナは階段から落ちて亡くなり、赤ちゃんは死産だったと聞いていたけど？」クレアはエマを支えるように手を強く握った。

「彼女はわたしが知る中で、誰よりも立ち居振る舞いの美しい人よ。階段を踏み外したなんて信じられない」話すにつれて、苦しみはやわらぐどころかますます強くなった。それでも彼女は泣くことができなかった。

もしかしたら永遠に泣けないのかもしれない。それほどまでに、心が空っぽになってしまった。

「レナは亡くなる一週間前にわたしに手紙をくれたの。そのときすでに出産が近づいていた。手紙をもらったのは、ランガム家で毎年恒例になっている夜間ガーデンパーティーの三日前だったわ。彼女に会いに行ってもいいかどうか母に尋ねたら、〝パーティーが終わってからにして〟と言われたの。レナはあのとき、わたしを求めていたのに」自分の罪を語りながら、エマは勇気を出してクレアの目を見つめた。「口に出して言ったことは一度もなかったけれど、レナはアルトンを恐れていたと思うの。わたしにそばにいてほしいと手紙に書いていた。夫に危害を加えられるとわかっていたんだわ。彼女は自分の身と赤ちゃんを守りたかったのよ」

「ああ、エマ」クレアは明らかに衝撃を受けていたが、エマの手を放さなかった。

クレアの力に支えられ、エマは苦しい胸の内を明かした。

「わたしはレナのもとへ行ってあげなかった。屋敷にとどまったの。彼女を救うことができたはずなのに、それをしなかったのよ」最後にもう一度、庭園に目を向ける。「母の夜間ガーデンパーティーは水曜日だった。その翌朝、レナの死を知らされたの」

クレアがやさしく抱き寄せてくれた。それでも涙は出ない。

「あなたがそんなふうに感じるのは自然なことよ。でも、わたしは違うと思うの」クレアの声に非難の響きはなかった。「あなたにはなんの責任もないわ」

エマは強くかぶりを振った。「わたしが助けなければ、レナは夫から離れられなかった。ほかにどんな逃げ場所があったというの？　彼女の兄のジョナサンはいま、フランスで戦っているのよ。ひとりで逃げてもアルトンにつかまってしまったでしょう」

クレアが沈んだ表情でエマを見つめた。「あなたがその場にいたとして、何ができたと思う？　次の犠牲者にされたかもしれないわよ」

「そうね、何もできなかったかもしれない。でもひょっとしたらアルトンを止められたか、レナをうちに連れてくることはできたかもしれないわ。お父さまが彼女を守ってくれたかも」エマの父であり、クレアのおじであるランガム公爵は、政治家としての高い見識で知られている。アルトンといえども、父を敵にまわすことはないだろう。

「それで何かが変わったとは思えないわ」クレアは握り合わせた両手に視線を落とし、深く息をついた。「わたしがいまから言うことを、あなたはおそらく気に入らないでしょうけれど――」

「いいの、言って」エマは覚悟するように目を閉じた。いまは厳しい言葉も甘んじて受け入れなければならない気がする。

「わたしはあなたがその場に居合わせなくてよかったと思ってる。たぶん深い心の傷になったでしょうから」クレアが顔をあげた。「両親が亡くなった馬車の事故で……わたしは生き延びたけれど、いろいろな意味で心が麻痺してしまった。でもその悲しみを誰かほかの人のためになることに振り向けることができたら、心の重荷が少し軽くなるわ」

エマはうなずいた。「ここ数カ月、わたしはずっとあることを考えていたの。女性の経済的な自立を助けられる機関を作りたいと。そういうものがあれば、これまで許されなかったいろいろな自由が女性に与えられるようになるわ。アルトンのような男性が決して手出しできない仕組みを作ろうと思うの」

「それはいったいどういうもの？」クレアが椅子を近づける。

「女性による女性のための銀行よ。わたしが調べてみたかぎり、必ず成功するはずなの。設立に必要な融資の返済計画も含めた趣意書も作ったわ。一度目を通して、意見を聞かせてもらえる?」

「すばらしいじゃないの。もちろん読ませてもらうわ」

エマはうなずき、大きく息を吐き出した。女相続人であるクレアには、優れた経営感覚がある。この事業はよいと彼女が判断してくれたなら、心の負担がずいぶん軽くなるだろう。

計画の細部を詰める時間はとても充実していた。一八一一年からの統計調査を調べたところ、ロンドンの人口は急激に増えている。エマは、使用人が新しい雇用主を探す〈雇用博覧会〉にも足を運んだ。おかげで、自分が考えているような銀行が世の中から必要とされていると確信できた。労働者階級の女性たちは、雇われ先や家庭で暴力を振るわれたとき、そこから逃げるために必要な資金をほとんど持っていない。その事実は特に驚くにあたらなかった。

ただ、自分が思い描く銀行についての正確で詳しい経営計画と、世の中に与えうる影響を具体的に示さないかぎり、誰からもまともに取り合ってもらえそうになかった。特に悩ましいのは両親から反対される不安、そして自分自身の否定的な考えだった。

「もしかしたら、わたしがその銀行を支援できるかもしれない。とても気に入ったわ」クレアが身を乗り出して、エマの頰にキスをした。

「あなたがいてくれて本当に心強いわ」

やはり家族の支えがあってこそ自分は悲しみを乗り越えられると、エマはあらためて思った。家族の力を借りてこのつらい時期を耐え、自分の責任を果たす方法を見つけよう。癒しに向けての第一の課題は、レナのメイドだったメアリー・バトラーに会って話を聞くことだった。エマがにらんだとおりならば、父に協力してもらってロンドンの法廷でメアリーに証言してもらう。メアリーの証言と父の影響力がそろえば、アルトンも妻の殺害を認めるはずだ。

次なる課題が銀行だった。自分は女性が残酷な男性から逃げるための手伝いをする。レナに対してできなかったことを、ほかの女性たちにするのだ。

「いまから別の話をしましょう」クレアが言った。

今日初めて、エマは自分が笑顔になっていることに気づいた。「ずっとわたしの話を聞いてくれたものね。喜んでお返しをするわ」

「ジニーおばさまとセバスチャンおじさまが、ラトゥーレル伯爵からの結婚の申し込みを検討しているの」クレアはいつになく早口だった。「それで来週に――」

「やめて」エマは手をあげた。自分の家なのに、心安らぐこともできないのだろうか？

「その話はお断りよ。わたしの気持ちは変わらないわ」

「エマ……心の準備をしたほうがいいわよ」クレアが諭す。

「ああ、ここは空気が悪いわね」いとこの言葉を無視し、エマは席を立って庭に通じるガラス扉を開いた。ひんやりとした秋風に包まれて空を見あげる。季節の移り変わりに抵抗するように輝く太陽は、レナのことや世の中を変えたいという自分の夢を忘れてはいけないと思わせてくれた。つまらない結婚話で時間を無駄にしている場合ではない。

低い男性の声が聞こえてきて、エマは振り向いた。彼女の上の兄で、父の跡継ぎのマッカルピン侯爵マイケル・キャヴェンシャムが、妹の領域である図書室にふらりと入ってきた。うしろからクレアの夫、アレックスもやってくる。

「エマ、いまから――」マッカルピンはそこで口をつぐんだ。エマが読んでいた手紙が置かれたテーブルの脇で足が止まる。瞳が哀れむように陰ったが、兄が顔を向けてきたとき、その表情は元に戻っていた。

「双子たちと散歩に行くから、きみも一緒に行こう」アレックスが微笑んだ。クレアのウエストに腕をまわして引き寄せたとき、彼のグレーの瞳が銀色にきらめいた。

結婚当初の試練を経て、いまやアレックスとクレアはこの国で一番幸せな夫婦に違いなかった。世の中には本当に奇跡が起こるものだ――赤い月《ローズムーン》のように。

「息子と娘は、大好きな名づけ親のきみが一緒に散歩してくれないと知ったら大暴れするだろう。一緒に行ってもらうと約束してしまったからね」アレックスが促す。

「おいで、エマ」マッカルピンがやさしく言った。「ぼくはあと二日でファルモントに行ってしまう」

エマはもう一度だけ、オードラへの手紙に目を向けた。レナのためにも、自分に与えられた自由と人生を精一杯楽しむべきだ。「コートと手袋を取ってくるわ」

けれど何より、レナのためにメアリーをロンドンに連れてこなければ。アルトンが新しい妻を探していると知ったからには、ことはますます急を要している。明日の朝一番に〈グッドウィンズ〉を訪ねよう。書店主のグッドウィンから手紙が届いていた。ポーツマスでレナのメイドが見つかったのだ。

3

「こっちよ、エリアル」エマはメイドを伴って馬車をおり、〈グッドウィンズ〉に向かった。

秋のロンドンの曇り空から太陽が顔を出していた。これは幸先がいい。彼女は光沢のある真鍮《しんちゅう》製の取っ手を握り、みすぼらしい書店に足を踏み入れた。呼び鈴が客の来訪を告げる。山積みの革表紙の書籍の横で足を止めたとき、スカートの裾だけが前にふわりとふくらんだ。一冊一冊に秘められた不思議な世界へ、エマをいざなうかのように。

痩せた中年の店主が、びっくり箱さながらにカウンターのうしろから顔をのぞかせた。エマに向かってひょいと頭をさげたとき、わずかに残っていた髪が揺れ、はげあがった頭頂部が見えた。「おはようございます《グッド・モーニング》、マイ・レディ」

「本当にすてきな朝《グロリアス・モーニング》ね、ミスター・グッドウィン」隠しきれない期待が声に出た。

グッドウィンは微笑み、通路の中央に積まれた箱を注意深く避けながら店の奥に入っていった。そして、倉庫への通路にかかっているすり切れたカーテンを開いた。

「エリアル、ここで待っていて。どのくらいかかるかわからないから」エマは言った。

「いけません、お嬢さま。ほかにお客が誰もいないのに」いつもはおとなしいメイドが、猫が興奮するか怯えるかしたときのような耳障りな声をあげた。鋭い靴音を店内に響かせる。

「奥さまに見つかったらどうなさるんですか?」

「しいっ。わたしたちがここにいることは誰にもわからないわ。すぐに戻るから」エマは店先にメイドを置いて奥に入っていった。エリアルの非難がましい言い方はウェールズ人特有だ。エマはひるまなかった。少々のことであきらめてはいけない。

倉庫の入り口で足を止める。胃が逃げ場所を求めて落っこちたような気がした。これまで店の奥に入ったことはない。彼女は深く息をつき、持ち前の怖いもの知らずの性格を武器に――残念なことに、これが社交界で不評だった――不安を塵《ちり》のように吹き飛ばし、グッドウィンのあとに続いた。必ずうまくいく。絶対に失敗しない。

あたりには本のかびくさい匂いが漂い、ふたりの影が次なる犠牲者を待ち伏せる追いはぎのように長く伸びた。〝あり金を置いていけ〟という声がいまにも聞こえそうだ。エマは手袋を引っ張りながら、妙な空想を頭から追い払おうとした。深夜にゴシック小説を読む習慣はやめなければ。

「あなたのにらんだとおりでしたよ。友人のパーカー夫妻に手紙で問い合わせてみました。彼らはポーツマスで本屋を営んでいましてね。わたしがロンドンに持っているような人脈を、彼らはポーツマスで持っているわけです。おかげで、メアリー・バトラーが最近レディ・アルトンの実家に戻ったことがわかりました。兄のサイクストン伯爵は、いまもフランスに出征中です」グッドウィンの額には汗の粒が光り、顔のあばたが目立った。

「そのお友だちに協力してもらえるかしら?」光の筋に照らされた埃がふわふわ舞うのを無視して、エマは相手を見つめた。

「ええ」笑顔のグッドウィンは目が細くなり、モグラのように見える。「ふたりとも、あなたに会うのを楽しみにしていますよ。宿は〈ルビー・クラウン・イン〉を手配しました。宿の主人もまた、わたしの友人です。あさって宿泊できるよう部屋を準備してあります」

「完璧だわ」エマは言った。実際、これ以上の機会はなかった。両親と兄たちが明日から数日間、留守にするのだ。

グッドウィンの左目の下が痙攣《けいれん》した。まるで連続してウインクしているように見える。

「サイクストン伯爵の留守中に図書室の模様替えが行われているんです。パーカー夫妻は蔵書目録を作るために自由に出入りしています。屋敷の様子やメアリーの動きを見るには申し分ない。彼らは検視報告書の写しも手に入れるでしょう。レディ・アルトンは夫の屋敷で亡くなっていますから、情報を入手するのはそう難しくありません。アルトンコートはポーツマスから六キロ半しか離れていないですから」

「あなたの協力なしには何もできなかったわ」エマは硬貨を出そうとレティキュールの中を探った。「本当にありがとう。よければこれを――」

「いいんですよ、マイ・レディ。謝礼はいりません」グッドウィンが顔を赤くする。「あなたのように立派な若いご婦人のお役に立てて光栄です」彼は喜びを分かち合うように身を乗り出した。「あなたを見ていると妻を思い出します。あれもとても冒険心に富んだ女で、いつもまわりの人を助けようとしていた」

あたたかい言葉にエマの心が躍った。〝冒険〟とはずいぶん控えめな表現だ。グッドウィンに近づいたのは間違っていなかった。彼は国じゅうに人脈を持つ伝説の人だ。依頼してから数週間のうちに、メアリーの居所を突き止めてしまった。

「ありがとう、ミスター・グッドウィン」エマは言った。相手に不満や疑いがないか表情を探ったが、そこに見えるのは共感だけだった。

「それからもうひとつ。宿主のミスター・フェントンは、海岸へ行く時刻を日没に予定しています」グッドウィンが紙包みを取り出した。「亡き人を忘れないための最高の方法です。あなたのようなご友人がいて、レディ・アルトンは幸せだ」

「いろいろな意味で特別な友人だったの」エマは感傷的にならないと決めていた。そんなことはレナもいやがるだろう。「あとの段取りもよろしくお願いします」

「承知しました、マイ・レディ。先方に伝えますよ」店主は微笑み、紙包みをより糸で縛った。「この小説は旅のいいお供になるでしょう」

「ありがとう」もはやたいていのことでは驚かなくなっているエマにとっても、今日は数少ない特別な日だった。この人はなんて思いやりがあるのだろう。「もう行かないと」

店内を行ったり来たりしているエリアルの靴音に、呼び鈴の音が重なった。この紙包みはメイドの怒りを静めるのにもってこいの贈り物になりそうだ。エリアルはエマの本を借りて読むのが好きだった。エマが計画を進めるあいだ、これを読んで暇つぶしをしてもらおう。

店へ戻るために狭い通路を歩きながら、エマは旅の計画に思いを馳せた。手元の包みに目を落とし、茶色い包装紙のしわを指でなぞる。

「エリアル、いい知らせが――」次の言葉が出る前に、大きな壁にぶつかった。

「痛っ！」鼻を押さえてうしろにさがろうとしたが、何かに肩をつかまれて動けない。無意識に前のものを押しのけようと手を伸ばした。指がフェルトのベストに触れ、ベイラムのコロンと革の匂いがした。

サマートン？

涙で視界がぼやけていたものの、考えが当たっているか確かめようと顔をあげた。

どうして！　悪態をつきたいのをこらえて歯を食いしばる。こんな最悪な事態になるとは夢にも思わなかった。もう一生ポーツマスに行けない。だが、否定的な考えを振り払うように頭を振った。いいえ、ポーツマスへはなんとしても行く。

「大丈夫かい？」聞き慣れた低い声がした。美しいターコイズブルーの瞳が心配そうに見つめている。大きな手に両腕を支えられ、エマはうしろにさがることもできなかった。

「ええ」

よりによってサマートンに会うなんて運が悪い。彼の心配そうなまなざしが好奇心を示したのを見て、彼女は身をかたくした。

床がこれほど不潔でなければ吸い込まれてしまいたかった。なんの用でここにいるのか、当然尋ねられるだろう。そしてサマートンはアレックスに話し、アレックスはクレアに話す。

もし両親の耳に入ったら、ポーツマス行きを実行するのはイングランドの次期女王として王冠をかぶるより難しくなる。二五歳にもなって両親に付き添い《シャペロン》をつけられることになったら屈辱だ。

ああ、まったく。

こんなことなら、明日の『ミッドナイト・クライヤー』に全面広告を載せても結果は同じだった。

いいかげん、サマートンに慣れるべきなのだ。アレックスとクレアの双子の名づけ親として、彼とは頻繁に顔を合わせている。屋敷の予定には、いつもサマートンが加えられていた。三年前のキス以来、向こうはほとんど連絡をよこさなかった。それはちっともかまわない。こちらも同じように連絡しなかったのだから。

この嘘つき。

エマはすばやく相手の体に視線を走らせた。金髪のアドニスを前にしたとき、世の女性は何をするのだろう？　サマートンが着ているぴったりした黒の上着は広い肩を際立たせ、グレーのブリーチズがほどよく筋肉のついた長い脚を包んでいる。まさに完璧だ。

もし自分が女王なら、このハンサムな伯爵に同行を命じ、王室のヨットでポーツマスに出かけただろう。彼をシャツ姿にし、ヨットの帆を張ったり索具をつけたりさせて、たくましい筋肉の動きを見物する……。

エマは長いため息をついた。レナが自分を笑っているような気がして笑みが浮かぶ。サマートンが身を寄せて瞳をいたずらっぽくきらめかせ、物問いたげな顔をした。

もちろんエマは女王ではない。従って、エリアルだけを連れて裏通りの書店にいるそれらしい理由を考える必要があった。でも、女王の向こう意気の強さにあやかるのもいいかもしれない。

あらためてサマートンの全身を眺めた。喜ばしいことに、服の詰め物はいっさいない。じつに立派な体だ。

「もう検査はすんだかな？　それともうしろを向いて、裏も見てもらおうか？」サマートンが挑むように眉をあげた。

「ええ、あなたさえよければ。表はたっぷり見せてもらったわ」エマはまともに彼の目を見つめ返した。こういう挑発はどうかと思うけれど、旅の計画を知られないようにしなければならない。これで相手が動揺してくれたら、自分がここにいる理由から注意をそらすことができる。

だが伯爵は気を悪くした様子もなく、小さく微笑んだ。「レディ・エマ、グッドウィンの店で会うとは驚きだ。メイドのほかに誰か付き添いは？」

「そんなつまらない話で、あなたの時間を無駄にするつもりはないわ」狙いどおりの展開になったと思ったのに、雲行きが怪しくなってきた。エマの防御を崩そうとしているのか、サマートンは微笑み返したくなるような魅力的な笑顔をいっそう輝かせた。彼女は自分の笑みも魅力的に見えるよう願いながら微笑み返した。サマートンは背中で手を組み、じっくりと彼女を見ている。背中をクモがくねくねと這うように、なんとも居心地が悪い。それでもエマは負けなかった。顎をあげ、背筋をぴんと伸ばす。

彼が顔を近づけて、店の片隅を指し示した。「あちらできみと折り入って話がしたい」この様子だと、いつまで経っても店から出られそうにない。エマは肩をそびやかし、甲板を歩く船長のごとく泰然と運命に向き合うことにした。

伯爵がなめらかな動作で彼女を店の隅に導く。「きみはこんな地域に近づいてはいけない」彼は体を近づけながら言った。「グッドウィンのように怪しい噂のある男の店にも。ぼくが入ってきたとき、きみはエリアルにいい知らせがあると言ったね。メイドに伝えたくなるほどのいい知らせとはなんだろう?」

エマが落ち着きなく紙包みをいじっていると、サマートンはさらに大きく微笑んだ。結局、彼女の笑顔は効き目がなかった。彼が何を考えているのかわからない表情で、覆いかぶさるようにエマを見おろす。彼女のなけなしの魅力もまるで通用しなかった。ひょっとして、この場所でエマに見つかったことに、彼自身がいらだっているのかもしれない。

「ただ買い物をしていただけよ。エリアルはいつも、わたしの本に興味を持つの」悪いことをしていない証拠を示すように、エマは紙包みを見せた。そのまま向きを変えて一歩踏み出したが、長身のサマートンが逃げ道をふさぐように細身の体をずらし、本棚に手をつく。彼女は話を続けるしかなく、相手の目を見つめた。「来週の母の夕食会にランガムホールへ来るんですってね」

「話をそらさないでくれ」頬に彼の息がかかった。シナモンとコーヒーの甘い香りが漂う。

「ここで何をしていた？」

エマはサマートンのあたたかな体のすぐそばまで身を乗り出した。こんな質問をされているのでなければ、一日じゅうでもこうしていたいほどだ。でも、ポーツマス行きを実現するまであと一歩。どんな相手に出会っても計画はやめられない。「ここで会ったことは、お互い秘密にしておきましょう」

彼の頬も眉も、屋敷の玄関ホールを飾る大理石のアポロ神のごとく静止していた。賛同が得られず、エマはさらに強気に出るしかなかった。

「でないと、あなたがしつこくつきまとってくると言いふらすわよ。あなたはうちの屋敷にしょっちゅう来るから、みんな信じるわ」伯爵がぎょっとした瞬間を彼女は逃さなかった。

「ではまたね、サマートン卿」

昔ふたりの兄から逃げるときに習得した逃げ足の速さを発揮し、エマはすばやくサマートンの腕の下をくぐってメイドのところへ行った。背中に彼の視線が突き刺さる。

「行きましょう、エリアル」

脅しは思ったとおりの効果があった。結婚したがっていると思われるのを恐れ、サマートンは社交の場を避けている。これまでの経験上、エマは自分が優位に立つためにあらゆる武器を使うことについて、なんら恥とは思わなかった。

ところが扉にたどり着く前にサマートンが横に並び、彼女の腕をやさしくつかんだ。

「レディ・エマ、もうひとつききたい」人の悪そうな笑みを浮かべてエリアルに命じる。「外で待っていてくれ」

メイドがためらった。「お嬢さま、よろしいんですか？」

エマはうなずいた。ここはとにかく早く片をつけたほうがいい。勇気が不安に勝った。エリアルが出ていって店の扉が閉まると、エマはサマートンに近づいた。こうなったらゲームにつきあおう。「何かしら、閣下？」

彼は左の眉をあげ、手袋をはめた手を伸ばしてエマの手を取ると、親指で甲を撫でた。涼しい顔の彼女に対する威嚇射撃だ。喉に砲弾を撃ち込まれた気がした。大胆な行為に気が動転し、手を引っ込めることができなくなった――また、そうしたいとも思わなかった。

これがサマートンの悩ましいところだ。彼はどういうわけか、エマの心を引っかきまわす術を心得ている。まるで駿馬《しゅんめ》の障害競走のよう――刺激的だが、とても危険だ。

「もういいかげんにして。これ以上、何を言えば気がすむの？」ここへ来た本当の理由を明かせば、ファルモントで半永久的に足止めを食わされる。

「誤解しないでもらいたい。きみの買い物の目的を、ぼくは必ず突き止める」彼の声はホットバタード・ラムのように豊かでなめらかだが、瞳は冗談交じりに鋭くきらめいていた。口の端がかすかに笑みを浮かべている。「真実を解明したあかつきには、みなに話すのが楽しみだ」

脅し文句で魔法が解け、エマは彼の手を振りほどいた。

「サマートン卿、たしかにわたしたちは同じ身内や友人とのつながりを持ち、名づけ親としての責任も共有しているわ。でも、なんでもかんでも共有することはないでしょう」もはや返事を待つ余裕はなかった。「わたしの私的なことに首を突っ込んで、戦争でも始めるつもり？　もう放っておいて」彼女は短くうなずいた。「さようなら」

店の外に出て馬車に乗るときまで、サマートンの笑い声がずっと聞こえていた。

まったく頭に来る男だ。

レディ・エマの目まぐるしい変化を楽しんでいたニックは、バレーボールのごとく叩きつけられた宣戦布告にこらえきれずに笑った。絶大な力を誇るランガム公爵のひとり娘は、堂々と胸を張って馬車に向かった。ロンドンのこんなうらぶれた場所でも、いつもと少しも変わらない。さながらこの街の大地主のようだ。

前に女性とこれほど楽しく会話をしたのはいつだろう？　きっと前回、エマと会ったときに違いない。

以前の彼女はいつ会っても魅力的だった。そしていまは、男から言葉を奪うほどに美しい。ふっくらとした赤い唇はキスをせがんでいるようで、ピンク色の頬の輝きにもそそられる。みずみずしい体の曲線や、優雅な身のこなしが目を引くのは言うまでもない。自分なら何時間でも見ていられる。

だが、今日のエマはどこか違った。いつもの輝きや自信が影を潜めているように見えた。

伸びやかさが失われ、かたさ、もしくは用心深さが感じられた。ニックは否定するように首を横に振った。エマがここにいる理由を深読みしすぎだ。以前、初恋は本だったと本人の口から聞いたことがある。この店で本を買うことがあるとも。それだけでも、今日ここで会った理由になる。

深く息をつくと、彼は店の窓から離れた。噂によれば、ラトゥーレル伯爵はエマに求婚する許可をランガム公爵に取りつけたらしい。公爵夫妻が一向に結婚しない娘のことで悩んでいるなどと吹聴《ふいちょう》している。

その噂はいつも冷静なニックをいらだたせ、説明のつかない痛みをもたらした。あんなろくでもない男は彼女にふさわしくない。砂糖菓子やブラマンジェに目がない気取り屋だと、まわりからも評されている。

そろそろ自分も名乗りをあげるべきかもしれない。どのみち、いつかは世継ぎも必要だ。いったい何を考えている？　ニックは息を吐き、気まぐれな考えを抑え込んだ。

自分の未来に結婚などありえない。ニックの仕事はわがまま放題の愛人に似ていた。自由な時間はほとんどない。夜はロンドンの街を歩き、貨物船や航路や金になる積み荷の情報を集める。その情報をもとに投資案件を選び、利益を最大にするためにどの商船を出すか決定し、東洋からの貨物の割り当て分を買う。いまの暮らしには満足しているし、下手に女性と関わって人生を複雑にしたくなかった。たとえ相手がエマのように魅力的でも。これまでに築いた財産は、近く父の資産をしのぐはずだった。もうすぐ勝利を味わえるのだ。

エマを乗せた馬車が遠ざかっていくのを見送りながら、ニックは考えずにはいられなかった。彼女はいったいどんな理由があって、グッドウィンを訪ねたのだろう？　ただ本を買ったのではない気がする。グッドウィンの店の本は古いが、稀覯《きこう》本のたぐいではない。なぜ実家に近くて評判もいいメイフェアの本屋ではなく、わざわざこの店で本を買うのか？　もしくは、どうしてわが蔵書から借りようとしない？　読みたい本があればいつでも借りに来ていいと言ってあるのに。

ニックはカウンターに近づいてベルを鳴らした。ベルが鳴りやむ前に、薄汚いカーテンの向こうから店主が現れた。

「ごきげんよう、閣下」グッドウィンはそう言いながら、額の汗を腕でぬぐった。「いつもごひいきにあずかり光栄です」

ニックは挨拶代わりにうなずいた。「何かわかったか？」

店主が咳払いをする。「船はゆうべ着いて、乗組員が積み荷の一部をおろしましたよ。船長の指示で、残りは明日おろすことになっています」

「積み荷の目録は？」

グッドウィンが前歯を見せて微笑んだ。「船長が港湾長の推薦でわたしの弟、ロドニーを雇い入れてくれました。〈スプレンダー号〉の航海は成功です。ロドニーからじきに詳しい報告があるでしょう」彼はカウンターに頭をさげて声をひそめた。「航路は特に危険もなく、敵船にも遭いませんでした。風向きにも恵まれ、予定より一週間も早く到着しました」

「よし」ニックは指先でカウンターを叩いた。〈スプレンダー号〉の購入を決めるのに最後のひと押しが必要だったのだ。これで自分が所有する商船に、さらなる強い一隻が加わることになる。知らせに満足して、彼はポケットに手を入れると、硬貨がたくさん詰まった重い財布を取り出した。「追加の報告をくれたら、もう一ギニーはずんでやろう」

グッドウィンの顔に、肉屋の骨を待つ飢えた犬のような表情が広がる。

それを見るうちに、ニックは自分もそう変わらないと気づいた。ふたりとも金と、金がもたらす力を追いかけている――そう思うと口の中に苦い味がした。

「なぜレディ・エマがここへ？」

人懐っこい笑みを浮かべていたグッドウィンが、一瞬のうちにとぼけた表情になった。

「ただ本を探しに来たんですよ」

芝居につきあうほど、ニックは気が長くなかった。さっさと仕事に戻りたい。

「二ギニーで思い出せるか？」

店主はあきれるほどあっさり答えた。「レディ・エマはポーツマスにある本を探しているんです」

「なぜ？」

グッドウィンが顔をゆがめる。「わかりません。彼女は日記を集めているんです。もう勘弁してくださいよ。あの方は海賊の女王、アン・レディントンに夢中なんです」

「海賊の女王だって？」体じゅうの皮膚がざわめいた。「誰がそんなものを持っているんだ？」

店主は息を切らしたようにささやいた。「ポーツマスで本屋を営んでいる個人の蒐集家《しゅうしゅう》です」

エマの最近の興味について、クレアもアレックスも何も知らないのだろう。知っていたら、自分も何か聞いたはずだ。エマの兄たちはどう関わっているのだ？「ほかにその日記に興味を持っている人間はいるのか？」

グッドウィンが不安そうな目をした。「わたしが知るかぎりはいませんね」

「彼女がここへ来るときについてくる人間は？」

「メイドだけです」

「彼女はきみにいくら払う予定だ？ ぼくがその倍出す」ニックは硬貨が鳴るように財布を揺すった。

予想に反して、店主がいぶかしむような目で見つめた。「閣下、ときには美しい女性を助けることそのものが報酬になるんですよ」

「こちらからはなんでも金を取るじゃないか」ニックは挑発した。

「あなたとは商売ですから」グッドウィンがまばたきもせずに言う。「それに、わたしにも守るべき評判ってものがある」

「というと？」

「わたしはこれでもご婦人に人気なんですよ」

ニックは目をぐるりとまわしてみせると、財布を放り投げた。「とにかく彼女が何を考えているのか探ってくれ。報酬はそれで足りるはずだ」

グッドウィンが財布を片手で受け止めた。「承知しました」ウインクをして大げさにお辞儀をする。

そのあとニックは店主には目もくれず、足早に店の外へ出た。なぜエマがそんな無茶な旅を計画しているのか、さっぱりわからない。

ひんやりした朝の空気を吸い込むと、こんがらがった頭が少しさえた。まさにこれがエマなのだと覚えておかなければ。何しろ彼女は三年前、一冊の随筆集を手に入れるために身の危険と家族の怒りを顧みず、ひとりで出かけたのだ。あれほど信念を持って行動する女性に会ったことはない。どんな考えがあるのか知らないが、彼女はたいていの男が意気地なしに見えてくるような一途さで何かを追い求める。

ランガムパークでキスしてきたときもそうだ。あれから何年も、ニックはあのキスを懐かしく思い返してきた。思い出すたびに、そのあと数時間は足元が妙に頼りなくなった。

レディ・エマ・キャヴェンシャムは、これまで目に留めてきた女性の中でとにかく最高だ。問題を解決する方法はひとつしかない。その日記を自分が手に入れ、彼女に贈ろう。わずかひとつの買い物で、海賊の女王をめぐるろくでもない冒険に終止符が打たれるのだ。エマがポーツマスまで旅をする必要もなくなり、自分は彼女を危険から守って、評判に傷がつくことも防いでやれる。

少しは愉快なことだろうし、血に飢えた海賊の女王の日記を話の種に、エマをからかうこともできる。彼女はバラ色の頬を真っ赤に染めるに違いない。

ただ、少しうしろめたい気持ちもぬぐえなかった。いったい自分はなんの権利があって、彼女の私生活に首を突っ込もうとしているのか？

それについては考えないことにした。彼女を助けてやろうとしているだけだ。ひょっとしたら努力が報われて、またキスをしてもらえるかもしれない。

4

運悪くサマートンに遭遇したあと、エマとエリアルはアレックスの妹、レディ・ダフネ・ホールワースの買い物につきあうために彼女と合流した。馬車の窓のカーテンを開いて外を見ると、通りには馬も馬車も見えなかった。歩いている人すらいない。

上流階級の人々がベッドから起き出すには、まだ時刻が早いのだ。どうしてサマートンも見習わないのだろう？　身を隠したいときにかぎって彼に見つかってしまうのはどういうこと？　この世のどんなものも——そう、あのいまいましいサマートンさえも、メアリーをロンドンに連れ戻すのを阻止することはできない。メアリーはアルトンに公正な裁きを与える決め手だ。銀行を設立するのも誰にも邪魔はさせない。ひとりでも多くの女性がよりよい人生を歩み、レナと同じ運命から救われることに力を貸せるのであれば、それがエマの生きる目的になる。

彼女はため息をついた。「わたしはどうして買い物につきあう気になったのかしら？　たぶん、あなたの真の友人だからね。これが本屋か図書館なら、自分が行きたいから行くもの」馬車が静かに停まると、ふたたび外を見た。隣に座るダフネは魅力的な銀色の瞳と漆黒の髪を引きたてる淡いプラム色のドレスで装い、夢のように美しい。

アレックスとクレアが結婚して以来、エマとダフネは親しい仲だ。ここ数年は家族の集まりや祝いごとで顔を合わせるたびに、互いの秘密や願いごと、将来について語り合ってきた。退屈すぎる舞踏会では、ふたりで気晴らしをした。レナと同じく、ダフネもエマと違って社交界の催しが好きだ。けれども彼女は、エマが思ったことをありのまま打ち明けても非難せず、誰にも口外しないと信じられる。

「〈グリグビーズ〉に新作の手袋や、これから人気が出そうなピンク色のシルクの長靴下が入荷したのよ」ダフネがエマの手を押さえ、手慰みをやめさせた。「クレアの話では、見たこともないほどすてきな色で、シルクの生地も蝶《ちょう》の羽のように繊細なんですって」

エマはいぶかしげにダフネを見つめた。「それでこんな朝早くから出かけて、一番いいのを選ぼうというわけ？」

「レディ・エモリーの舞踏会のためにひと組必要なの」ダフネが少し体を寄せて言う。「おしゃれなレディは、運よく意中の相手が現れたときに足首を見せられるよう、ぬかりなく準備しておかないと。そう思わない？」

ダフネが男性の楽しませ方を説くあいだ、反対側の席でおとなしくしていたエリアルが笑顔になり、自分の主人よりダフネの意見に賛成であることを明かした。「レディ・ダフネは男性をとてもよくごらんになっていらっしゃいます。男性の気を引くのに本屋は役に立ちません」

目を大きく見開いて無邪気に話すエリアルは微笑ましかった。エマにとって、彼女はただのメイドではない。なんでも話せる友人であり、相談役だ。それゆえエリアルは、主人をよくわかっている。同じ本を読み合う間柄だけれど、エマが一生夫を持たずに生きていきたいと言ったとき、エリアルは衝撃を受けていた。それでもレナが亡くなってからは、夫に苦しめられる人生など願いさげだとエマが繰り返しても辛抱強く聞いてくれた。一方的に決めつけず、人柄も信頼できるエリアルは、エマにとってかけがえのない相手なのだ。

「少し歩きましょうか？」ダフネがきいた。

あたかも命令を受けたかのように馬車が停まった。三人は〈グリグビーズ〉に向かって歩きだした。店主のグリグビー夫妻は、ロンドンに暮らす女性のために上質な装飾品を取りそろえている。

「今日は虫の居所が悪いのを隠そうともしないのね」ダフネがエマの耳元でささやいた。

「どうしてそんなに浮かない顔をしているのか教えて」

「とてもつらい一週間だったの」歩道に感情をぶちまけないよう、エマは店のウインドーを見あげた。

ダフネがエマの手をきゅっと握る。「レナのことを忘れるなんて、わたしはなんてひどい友人かしら」

「そんなことないわ。あなたはすばらしい友人よ」エマは応えた。「ここしばらくひとりで過ごしていたの。それに、今朝はあることがうまくいかなくて」

ダフネが腕を絡ませてくる。「いったい何があったの？」

「今朝〈グッドウィンズ〉にいたとき、たまたまサマートンが現れたの。なぜそこにいるのかしつこく尋ねてくるから、放っておいてと言ってやったわ。彼がそのことをあなたのお兄さまに話したら教えてね」

ダフネが返事をするまでに、ひとりの若い女性が宝石店〈ガラーズ〉から顔をまっすぐあげて出てきた。女性は店のウインドーの前を通り過ぎたが、建物の側壁に来たところで力が抜けたようにれんがに背中をつけ、両腕を水平に伸ばして体を支えた。まるで天を支えるギリシアの神、アトラスのように。

エマは駆け寄った。「大丈夫ですか？」

「ええ」女性は咳払いをし、壁から身を離した。「ちょっと息切れがしただけです」

背の高いその女性は、着ている茶色のコートは流行遅れだったが、メイフェアの高級店のなじみ客らしい気品があった。

「馬車まで付き添いましょうか？」ダフネが尋ねる。

「いいんです、ありがとう。本当になんでもありません。換金できると思っていたのに、当てが外れてしまって」真っ赤な頰と震える手が動揺を表していた。女性は小さな宝石箱をポケットにしまった。「がっかりしているのが顔に出ているでしょうね」

何か差し迫った事情があるとわかったからには、社交儀礼を続けても意味がない。エマは手短に自己紹介をした。「わたしはレディ・エマ・キャヴェンシャム、こちらは友人のレデイ・ダフネ・ホールワースです。それとわたしのメイドのエリアル・ハリス」

長身の女性は優雅に一歩さがり、膝を曲げてお辞儀をした。「わたしはミス・マーチ・ローソンです。お会いできてうれしゅうございました。では、失礼します、レディ・エマ、レディ・ダフネ」彼女は返事を待たなかった。エリアルにうなずきかけると、角を曲がってすぐに見えなくなった。

エマの心が重く沈んだ。ミス・ローソンはせっぱつまった表情をしていた。本人は気丈に振る舞っていたけれど、誰が見ても明らかだ。レナが結婚生活で感じたに違いない絶望が胸をよぎった。そのとき、一枚の紙が風に乗って壁に当たり、宙に舞った。またどこかへ飛んでいく前に、エマはその紙をつかまえた。

「なあに?」ダフネが眉をひそめ、兄にそっくりの表情をした。

「屋根の修理代二〇ポンドの支払いを催促する通知だわ。期日が過ぎてる」これでミス・ローソンが何に困っていたのかはっきりした。「あの女性はお金が必要だったのね。それで手持ちの宝石を売ろうとしたのよ」

「本当にミス・ローソンに宛てられたものですか?」エリアルがきく。

エマはうなずいた。「六カ月前にローソン卿がレイトンに所有する屋敷で行われた修理と書かれているわ。ローソン卿って誰かしら?」

ダフネがエマの肩越しに紙をのぞき込んだ。「そういえば、さっきの女性の名前に聞き覚えがあると思ったの。彼女はローソン卿の姉のひとりだわ。ローソン卿はまだ八歳か九歳くらいの子爵よ。レイトンにいるクレアの友人が、前にその屋敷のことを話していたの。どうやらその家はひどいことになっているそうよ。後見人からも管財人からも完全に見放されてしまって」ダフネはミス・ローソンが去った通りに目を向けた。「気の毒な人。何かに怯えているというか、ほとんど呆然としていたわね」

「多くの女性が同じような苦しみを味わっているわ」エマはミス・ローソンが曲がって見えなくなった通りの角に目を凝らした。

「彼女は銀行へ相談しに行くべきなのよ。なんとか状況を打開する方法を考えてもらえるかもしれない」ダフネがつぶやく。

「父親や弟が子爵でも、一文なしの女性にお金を貸してくれる銀行はないでしょう」エマは指摘した。

「そうね。誰も貸さないわ」

「わたしは貸すわよ」エマはきっぱりと言った。

ちょうどそのとき、銀行を設立するのに必要な資金の集め方が思い浮かんだ。これがうまくいけば、アルトン告発のためにメアリーがロンドンで証言台に立つとき、彼女を顧客第一号にして生活を保障してやれる。そしてほかの女性たちについても、レナと同じ目に遭わないように居場所を見つける手助けもできる。

そろそろ両親に出資を頼むべき時期かもしれない。

エマは催促状をポケットに入れた。「世界は多くの機会を逃しているわ。スカートをはいている人間を軽く見ているもの」

銀行の計画について話し合うために、エマはランガム公爵夫人の客間に入っていった。母に目を向けたとき、足が止まった。「どうしたの？」

いつもなら光り輝いている母の顔が今日は青ざめ、セルリアンブルーの瞳が涙に濡れていた。一緒にいた父が脇のテーブルにティーカップを置き、立ちあがった。額に等間隔にしわが刻まれている。

「わが愛する娘は、今日はどんなご機嫌かな？」父がかすかに微笑んだ。

「最高よ」エマはつま先歩きで父に近づいて頰にキスをし、母の前にひざまずいた。両親が何に心を痛めているのか教えてもらうまで、その場を動かないつもりで。彼女は母の冷たい両手を取り、そこにもキスをした。「いったいどうしたの？」

「心配しないで。今朝、ブランチから手紙をもらったの」母は何事もないかのように微笑もうとして、みじめに失敗した。

「おばさまがどうかしたの？」母の子ども時代からの親友は、とんだ人でなしと結婚した。夫のチェルストン伯爵は妻を祖先から受け継いだ領地に引っ込ませて、自分はロンドンで公然と愛人を囲っている。たまにロンドンへ来ることを許された夫人は客間で寝泊まりさせられ、愛人が夫人の寝室を使っているという。

まったく世の中には、自分の快楽しか頭にない見さげ果てた男がいるものだ。その最たる例であるチェルストン伯爵のもとから妻が逃げるべき理由はほかにもあった。

　手紙の中身を信じたくないかのように母が目を閉じる。「ブランチがわたしたちに来てもらいたがっているの。どうやらチェルストンはお酒に酔うと……」

「おばさまに暴力を振るうの？」エマは拳を握りしめて立ちあがり、父を見た。ここにもまた、夫の理不尽な仕打ちに苦しむ女性がいる。誰かが守ってあげるべきだ。

「暴力ではなく暴言を吐くらしいわ。それでブランチは参っているの。それより、あなたは今朝何をして過ごしたか聞かせてちょうだい」母は娘の日常に興味を向けるそぶりを示したが、その目は別のことを考えていた。

　エマは顔をしかめた。「ダフネにつきあって、ピンクの長靴下を買いに行ったわ。でも、その話はあとで。レディ・チェルストンの屋敷にはいつまで滞在するの？」

　父が母の手を取り、甲にやさしくキスをして隣に座った。「三日間だ。そのあとは、いったんロンドンに戻ってファルモントへ向かう。早ければ、あさって出発しようと思う。明日は家族そろって夕食をとりたい」

「楽しみだわ」エマの胸が高鳴った。「来週のパーティーは取りやめになるの？」

「何日か留守にするだけだもの、来週の予定は取りやめないわ。とても大切なことだから」

母はそこでつばをのみ込んだ。努力のかいあってか、先ほどまでの悩ましげな表情は消えている。「お父さまとわたしから、あなたに大切な話があるの」

「ラトゥーレル卿が、来週開かれるレディ・セッションの夜会に先立ってわが家に来ることになった」父が言った。「おまえの将来について話したいそうだ」

一瞬のうちに肺から空気が逃げた。象に胸を踏みつけられたかのように。踏みつけられるべきは父の提案のほうだ。でも、この場をしのぐには気持ちを落ち着けなければ。エマは必死に平静を保った。「わたしは結婚したくないわ」

いまは結婚など考えられない。ラトゥーレル卿は、少し大げさなところはあるけれど、間違いなくいい人だ。愛らしい三人姉妹がいるところも悪くない。でもエマにしてみれば、相手が誰であれ、〝神聖なる結婚〟は〝肝油〟とそう変わりなかった。生涯、もしくは永遠に夫と連れ添わされるなんて、考えただけで鳥肌が立つ。

言うまでもなく、どんな相手とでも〝永遠〟という時間はあまりに長い。

「この先もずっとしたくないの」鼓動が森を駆けるウサギ並みに速くなった。

「おまえの母親とわたしの考えは違う」

ええ、ロンドンのほかの人と同じようにね。紳士クラブ〈ホワイツ〉の賭博台帳によれば、ラトゥーレル伯爵がエマを射止める可能性が高いという。紳士の皮をかぶった間抜けな連中の賭けの勝敗が、もうすぐ明らかになるだろう。

「エマ、わたしたちはこれまでおまえをずいぶん大目に見てきた。だが、もうそろそろ限界だ」父は声をやわらげた。「ラトゥーレル卿との結婚は、今年一番の話題になる」

「これまでも招待を先延ばしにしてきたのよ」母が相づちを打つように続ける。「あなたもわかっているでしょう」

エマは唇を引き結び、ランガムパークを見おろす窓辺に近づいた。心は打ちのめされていた。次にどんな言葉が来るか、すでに予測はついている。

「エマ」この話になると必ず出す声色で母が言った。「多くの夫婦が、最初のうちは互いに居心地が悪いものよ。あなたもクレアとペンブルック侯爵を見て、いろいろ学んだでしょう。あのふたりも最初はどうなることかという感じだった。でも、いまではすっかり理想的な夫婦になったじゃないの」

エマは無理やり笑みを作って母のほうを振り返った。結婚は女性を無防備にする。「ええ、とても多くを学んだわ。多くの女性は結婚の誓約書に署名した瞬間、自ら考え行動する力を失うということを」

父の顎がこわばった。「わたしたちはそのような結婚はしていない。わたしがおまえをそんな男に嫁がせると思うか？」ほとんど大声になっていた。「そろそろ自分の将来を真剣に考えるときだ」

母が父を落ち着かせるように腕に手をかける。「セバスチャン」

「わたしの将来を勝手に決めないでもらいたいの」エマは腕組みをして、自分が間違っていないことを強調した。「わたしのことはわたしに決めさせて」

黙っていたほうがいい、と慎重な心が訴えた。けれど、自由を犠牲にしてもいいと思えるほどの男性が世の中にいるとはどうしても思えない。

「夫選びは巡回図書室で本を選ぶのとは違う」父の顔が、ウソドリの胸毛を思わせるほど赤くなった。「おまえには結婚してもらう。それも、そう遠くないうちに」

母がふたたび父をなだめる。「もうこの話はやめましょう。わたしがブランチの話をしたのがいけなかったのよ」

「わたしは結婚以外にしたいことがあるの」口調は丁寧ながら、エマは自分の強い思いを隠さずに訴えた。部屋が水を打ったように静まり返る。「自分がこれからどんな生き方をしたいのか、何をすれば幸せになれるかよく考えてみたのよ。わたしは女性による女性のための銀行を始めたい。女性が抱えるいろいろな問題と向き合って、経済的な支援ができる仕組みを作りたいの」

「なんですって」母の驚きの声がつかのまの静けさを破った。

「エマ」父が頭を振る。「どういうわけか、わたしは驚かないよ」大きく息を吐くと、父は紅茶のトレイが置いてあるテーブルまで歩いていって、ラズベリータルトを取った。「面白い考えだとは言っておこう。しかし、なぜだ?」

その単純な問いかけには、エマの提案に対する興味以上の何かが含まれていた。いよいよ駆け引きの始まりだ。背が高く、栗色の髪のこめかみあたりが白くなってきた父は威圧感がある。だが、意見の対立をなかったことにしようとするときに父がよくやる、体の力を抜いて巧妙に中立的な態度にすり替える瞬間をエマは見逃さなかった。

心の準備はできている。父は自分にとって、今日まで間近で見て学んできた最高の手本だ。彼女は父の物腰をまねた。「考えてもみて。ランガム公爵が女性の地位向上に貢献する事業を支援するなんて、進歩的だと思わない？」

「その銀行の経営を男に任せるつもりはあるのか？」公爵は優雅に妻の隣に腰をおろした。さりげなくソファの背もたれに腕をまわし、母の銀髪に指を絡ませる。すると母が父に頭をもたせかけ、たちまち夫婦で一枚岩の体をなした。

父の余裕たっぷりの態度を見習って、エマはふたりの向かい側に座った。「いいえ。これは女性だけの組織よ。紳士クラブの女性版のようなものだと考えてちょうだい。ロンドンに暮らす女性のための民間銀行よ」

「面白い発想だ」父は片方の足を膝にのせてエマを見つめた。

「それをあなたが経営するつもり？」母が尋ねる。「クレアとわたしが力になれるかもしれないわ」

母が肯定的に受け止めてくれたので、エマは大きく息を吸った。協力すると言ってもらえるのは、この事業を起こす利点があるからこそだ。母を味方につければ、父が折れるのは時間の問題だろう。

父が指で膝を叩きながら言う。「先に資本金について話そう。どこからいくら出資してもらうつもりだ？」

父は鮮やかなブルーの瞳でひたとエマを見つめた。いまから本格的な審議を始めるという合図だ。兄のマッカルピンとウィリアムはこれを〝粉砕〟と呼んでいるが、エマは父の厳しい質問に耐える自信があった。

膝の上に両手を重ね、天気について尋ねられたような涼しい表情を作る。「お父さまから か、わたしの持参金用の蓄えから一万ポンド借りるつもりでいたの。わたしの計算では、借入金を返せる時期は――」

「持参金ですって」母が声をあげた。「あれはいざというときのための大切なお金よ」

父が膝から足をおろし、肘をついてエマを見つめた。「つまりおまえは、結婚する代わりに事業を起こすというのか？」

「ええ」きっぱりと言った。

「おまえのその考えは、レディ・レナを失った悲しみから出てきたに違いない」無関心を装っていた父の顔が心配そうな表情に変わる。

エマは姿勢を正した。「それは……イエスでもあり、ノーでもあるわ。たしかにわたしは、多くの女性がレナと同じ目に遭わないようにしたいと思ってる。勤勉な女性が不運に見舞われたとき、生活を立て直す手助けをしてあげたいの。ちょうど今日も、屋敷の修繕費を工面しようと必死になっている幼い子爵の姉に会ったのよ」

「ほう、それは誰だ？」父がきいた。

「ミス・マーチ・ローソン。弟の子爵はまだ幼く、彼女がいっさいの責任を負っているの。でも、銀行を作りたいと思うもうひとつの理由はアルトンに裁きを下すためよ」

父と母がいきなり立ちあがった。

「いけません」母が叫ぶ。

「許さん」父も声を荒らげた。

ふたりは同時にまくしたてた。怒声が部屋に響き、エマのティーカップの紅茶が揺れる。

でも、彼女は紅茶ほど繊細ではなかった。立ちあがって言い返す。「わたしがしなければ誰がするの？」

父が絨毯《じゅうたん》をにらんだ。赤と青の織り模様のあいだに答えが見つかるかのように。父は母の手をやさしく取った。

エマは父の言葉を待ったが、口を開いたのは母だった。「それはあなたがすることではないわ。サイクストン卿の役目よ」

「彼はいまフランスよ。戦地から妹のために何ができるというの？」世の不条理に怒りをぶつけたいのをこらえ、エマは部屋を歩きまわった。サイクストン伯爵ジョナサン・イートンはエマの次兄ウィリアムと同い年で、レナが結婚してまもなく出征した。

父が進み出てエマの手を取り、歩くのをやめさせた。「おまえの母親が正しい。サイクストン卿がやるべきだ。われわれが介入すれば侮辱に当たる」

「侮辱ですって？」彼女はあきれたように声をあげた。

「エマ、やめなさい」それ以上の反論を拒むように、父は手を振りあげた。「わたしたちもおまえが傷ついていることはよくわかっている。しかし、これはおまえの戦いではない」

「お父さまやお母さまがわたしのために選んだ夫が、もし恐ろしいことをする人だったらどうなの？　そのときはどうするの？」エマはふたりに詰め寄った。

「むろん、そいつを八つ裂きにする」父の答えは明快だった。

「手遅れになったら？」なおも食いさがる。

父はため息をついた。顔の赤みが少し引いている。「エマ……」

「わたしはほかの女性みたいに結婚を望んでいないの」かつては両親のように幸せな結婚を夢見ていた。父と母が愛し合っているのは傍目《はため》から見ても明らかだ。ふたりはどんなことでも話し合う。農業のこと、領地のこと、政治についても。

けれど社交の場に出るようになってから、結婚に憧れる気持ちは急速にしぼんだ。結婚相手になりそうな男性は、誰もがつまらなかった。みな理想の妻はかくあるべしといった古い考えに凝りかたまっている。女性を対等の相手と認めている男性はひとりもなかった。レナの死は最後のとどめだ。求婚者はすべて断り、自分の思いどおりに生きていく決心がついた。やるべきことはいくらでもある。女性は安心して暮らせる環境が整ってこそ生き生きと輝き、自らの夢を追いかけて成功できる。今日のミス・マーチ・ローソンの状況を考えても、エマの事業は必ず成功するはずだ。それでアルトンに一矢を報いることができる。

「エマ、わたしたちはあなたにいやなことを押しつけるつもりはないのよ。ただ、あなたに幸せになってもらいたいだけなの」母がいつもの声に戻ってなだめるように言った。「来週のパーティーは、どうか素直な心で迎えてちょうだい」

「そのとおりだ。あまり早々と判断を下すんじゃないぞ」父は議論を締めくくろうとしていた。「わたしたちはおまえにとって最高の道を望んでいる」

エマはうめきたい気分だった。

結婚話につきあわされている暇はない。サマートンに悩まされている場合でもない。そんなことより、ポーツマス行きに全神経を集中させなければ。

この計画にサマートンがあの完璧な鼻を突っ込んできたらどうするか。ポーツマス行きを止められると思っているなら、道端の腐ったリンゴのように踏みつぶしてやる。

5

〈グッドウィンズ〉での用事をすませたあと、ニックはロンドンにいるときのいつもの過ごし方をした。手紙に目を通し、耳寄りな情報を拾い、船の積み荷目録と倉庫の在庫目録を突き合わせて考える。暖炉の火が朝の冷気を締め出し、書斎は居心地よくあたたまっていた。そのまま四時間仕事を続けたあと、彼は脚を伸ばそうと席を立った。

「失礼します、旦那さま。ペンブルック侯爵がお見えになりました」執事のハムがいつものように舌打ちをした。「ゆうべは食事をされませんでしたね。何か軽いものをお持ちします」

「ありがとう」自分にはハムがいてくれるのに、なぜ妻など必要だろう？「彼を通してくれ」

机の上に積みあげられた、増える一方の手紙や報告書に目が向いた。父のレントン公爵からの未開封の手紙が、どうか手に取ってくださいと訴えるように書類のあいだから飛び出している。ニックはそれを抜き出し、いつものように暖炉に投げ入れた。こんなものは読む価値はおろか、燃えていくのを見る価値もない。公爵からの手紙は、これまでひと月に一回の頻度で送られてきた。しかし、近頃は週に一度になっている。

「おはよう、サマートン」ペンブルックが書斎に入ってきた。彼はニックの共同経営者だが、それ以上に親しい友人でもある。ニックは勘当されてから学業の継続が難しくなり、年下の生徒を教えることで学費が免除になるよう学長が取り計らってくれた。ある晩、寮の階段で高熱を出して倒れていたニックをペンブルックが見つけてくれた。部屋のベッドまで運んで医者を呼んでくれ、少額の金まで受け取らせた。それ以来、彼とはずっと親友だ。

ペンブルックは椅子にかけ、片脚を椅子の肘から突き出した。

「今日はどんな用件で来た?」ニックは机を離れ、いつものカップにコーヒーを注いだ。

「ランガムホールの明日の夕食へ招待しに来た。身内しかいない。この暗い墓場から出て、二時間ほど楽しんでくれ」

ニックは身をかたくしながらカップを手渡した。

「クレアもぼくも、きみがずっとこの屋敷にこもっているので心配しているんだ」ペンブルックは少し黙ってから、いつもの説教を始めた。「ぼく以外の誰ともつきあおうとしないだろう。たまにはこの巣穴から出るべきだぞ。きみにもちょっとした気晴らしや話し相手が必要だ」

ニックはペンブルックから暖炉へと視線を移した。怒りを静めるために五つまで数える。自分の人生はすべて計画してある。そこには誰も含まれていない。特に妻は。ペンブルックとその家族との交流があれば、それでじゅうぶんだ。

ニックは友人に視線を戻した。「きみが奥方とともに真の幸せを見つけてくれたことはとてもうれしい。だが、結婚だけが唯一の充足だと勘違いしないでくれ。ぼくはきみとは異なる生き物だ」

ペンブルックはコーヒーをひと口すすり、それから残りを飲み干してカップをおろした。

「父親の残酷な言葉にいつまでも縛られるなよ」

「ペンブルック」ニックは警告した。いまだに父親を気にしていると指摘されたことに体がこわばった。「父はまったく関係ない」

「関係はあるとお互いにわかっているだろう。父親に見捨てられたことで、きみの人生は変わった」ペンブルックは頭を振った。

「ぼくは自分の人生に満足している。必要なものはすべて手に入れた」ニックは目論見書を手に椅子に座った。友人が雰囲気を察して出ていくか、せめて話題を変えてくれることを願いながら。

ペンブルックが大きく息を吐く。「公爵のあの仕打ちはまったく理解できない。きみは紳士として当然のことをした。友人が殺されないよう、賭け金の支払いを保証する署名をしただけだ」

「残念ながら、ポール卿はぼくに金を返さなかった。父にしてみれば、ぼくは昔もいまも変わらず浪費家なのさ。それがぼくの罪だ」父のことを口にするたびに苦々しさがこみあげる。落胆はない。これほど月日を経てもなお、父のしたことを思うと熱い怒りが体を駆けめぐるのだ。ニックは目論見書を握りしめた。〈ジェントルマン・ジャクソンズ〉でボクシングをして、思いきり汗を流したい気分だ。ポール卿が賭けに負け、ニックが二〇〇ポンド払ったのを父に責められたことは、さらなる怒りとなった。ポール卿に裏切られてから、ニックは何があろうと他人につけ入る隙を与えない人間に変わった。父に見捨てられてから、自分以外の人間は誰も信用しなくなった。ペンブルックだけは例外だが。

「きみがやってきたことは立派だよ。文句なしの大金持ちになったんだ」ペンブルックはコーヒーをもう一杯注いだ。「もうそろそろ次の段階に進むときだ」

ニックはしわの寄った目論見書を机に戻した。「ぼくは貿易に関わっているときが最も充実している。埠頭《ふとう》やカフェで仕事をしていると、ふと父のことを思う。自分のたったひとりの跡取りが俗世間にまみれて商売をしていることに気づき、ぞっとしているだろうと思うといい気味だ」唇を曲げて笑みを作る。「それに、金がありすぎて困ることなどないだろう？」

「きみには金以外のものが必要だ」ペンブルックが冷ややかな目をした。「過去にとらわれるな。父親に似てきているぞ」

「けっこうじゃないか」

「まるで八〇歳の老人みたいだ」ペンブルックが眉をあげて続ける。「今夜のレディ・エモリーの舞踏会へ一緒に行こう。レディ・エマも来る」

ニックは応えなかった。いつになったら見込みなしとわかってもらえるのだ？

「興味がない」

ペンブルックは二杯目のコーヒーを一気に飲み干した。「彼女がいると、きみはいつもより少し……なんというか、元気になる」

「レディ・エマだって？」落ち着かない気分を隠そうと、ニックは別の目論見書を読むふりをした。書類が上下逆さまだと気づいたとき、首筋が熱くなった。書類を手放し、〈グッドウィンズ〉で彼女に会ったことを話すかどうか迷ったが、やはりやめておいた。エマのいつもと違う様子が引っかかり、もう少し秘密にしておくほうがいいような気がする。少なくとも、あと一日か二日くらいは。

「彼女は面白い」ペンブルックがふたたび椅子に座った。「少し会話をしただけで、男を金縛りにかけてしまうんだ。政治に対する鋭さなど、父君の公爵さながらだよ」

「きみの言う〝面白い〟は怪しいな」ニックはたしなめた。ふいに、〝縛る〟という言葉から頭の中でみだらな連想が始まった。ネッククロス。シルクのタイ。そして〈グッドウィンズ〉で自分を見つめたときのように肌を赤く染め、ニックのベッドに縛られているエマ。その光景を頭から消すため、彼はふたたび目論見書を手にした。

「彼女とじっくり話してみるといい」ペンブルックがにやりとした。「面白いことがわかるよ。そういえば、これを見てくれ」彼はコートのポケットから書類を取り出し、机に投げた。「意見を聞かせてほしい。エマが女性のための銀行を設立する計画をクレアに相談したんだ。妻はすっかり乗り気で、出資するつもりでいる」

「いいとも」これは屋敷を訪ねるいい口実になる。〈グッドウィンズ〉での一件もあることだし、あのおてんば娘と顔を合わせるのも無駄ではない。エマは本を探しているとは言わなかった。くだらない海賊の女王の日記のために本気でポーツマスへ行こうとしているなら、そのばかばかしい遊びをなんとか終わらせよう。その本を彼女への贈り物用に買うと、すでにグッドウィンに伝えてある。首巻き《クラヴァット》がニシキヘビのように締めつけてくる気がした。エマについて話すたび、待っていましたとばかりに息苦しくなる。「彼女が今夜来るのか?」

「ああ、ダフネと一緒にな」ニックが胸中穏やかでないことに気づかぬように、ペンブルックが言った。「エマがレディ・アルトンの死を苦にしているのはみな知っている。最近の噂を聞いたら、もっと苦しむだろう。アルトンがまた花嫁を探しているんだ」彼はため息をついた。「きみがエマに興味がないなら、ほかのレディに姿を拝ませてやれよ」

「頼みもしない助言にいつも感謝するよ」ニックは退屈そうな顔をした。社交界の催しはどうも苦手だ。あらゆる未婚女性、ときに既婚女性が向けてくる視線は競りにかけられた種馬を値踏みするようで、虫酸《むしず》が走る。自分が求めたい相手は自分で決める。誰の指図も受けたくない。

そこまで考えたとき、例によってブロンドとグリーンの瞳の魅力的な女性の姿がまぶたに浮かんだ。情けないことにうめき声がもれ、友人がにやりとした。

「ぼくはきみにも幸せを感じてもらいたいだけだ」自身の努力に満足したのか、ペンブルックが作り笑いを浮かべた。普通ならいやな気がするところだが、彼とは長いつきあいだ。からかわれるのは慣れている。

自分がペンブルックと同じ立場になるなど想像もできなかった。愛する女性と結婚し、かわいい子どもがふたりできて、さらにもうひとり生まれようとしている――まさに幸せの絶頂じゃないか。

「きみが身をかためてくれたら、ぼくもクレアもうれしい」

「頼むからやめてくれ」ニックは深い息をついた。「おせっかいなきみと奥方の気がすむよう、舞踏会には顔を出すよ。だが、何も変わらない。ぼくはあくまでもぼくだ」

ニックの心の防御をすり抜けるように、ふいにエマのまわりをブロンドの子どもたちがはしゃぎまわっている光景が目に浮かんだ。グリーンの瞳の女の子は母親似で、男の子は自分そっくりだ。

まったく。ペンブルックが〝金縛り〟などと言うからだ。


エマは夕方の蒸し暑さにあらがうように扇をはためかせていた。おかげで、まわりを飛び交う意味のない会話を遠ざけることができた。まわりにはラトゥーレル伯爵、ハニーカット卿、グレイソン卿その他の男性数人、そしてダフネがいた。

退屈だったのは、必ずしもまわりの男性たちのせいではない。エマはたいていの男性に好感を持っていた。かつらに化粧粉をまぶした従僕たちも、強い下町なまりの労働者も、パン屋も、商店主もみんな好きだ。鼻が大きく太鼓腹の貴族さえも。

嫌いなのは、舞踏会を渡り歩いて女性を狩ろうとする、いわゆる紳士と呼ばれる人々だった。社交界にお披露目したばかりの若い女性、誰にも相手にされない壁の花に狙いをつけて結婚を迫る連中は特にひどい。結婚しないと公言しているエマは無事だが、舞踏室の女性の一部はか弱い子羊だ。オオカミたちはむせるような強いコロンをつけ、きつすぎるブリーチズをはいて獲物を狙っている。

正気を保つには、舞踏室から出るしかない。

ダフネが察して助けてくれた。エマが今夜の舞踏会に来たのは、ダフネがいるからにすぎない。ダフネは社交シーズンの催しがいかに楽しいか毎回熱く語るけれど、どうしてこんな人だらけの騒がしい場所を好むのか、エマにはまったく理解できなかった。

「ごめんなさい、レディ・エマと大切な話があるので失礼するわ」白目《ピューター》を思わせるダフネのグレーの瞳がシャンデリアの光を受けてきらめき、美しさをいっそう際立たせた。彼女はエマの腕を取り、舞踏室が一望できる片隅の入り口へ足早に連れていった。

白いシルクのカーテンがすべての窓枠をうねるように美しく縁取り、部屋全体をやわらかい光に包んでいた。どのテーブルにも、温室栽培の赤とピンクの花が大きな銀の壺《つぼ》にいけられている。とても美しいと同時に、どこか陳腐に見えた。部屋も、客も、花も、あまりにいつもと変わらなくて息が詰まるようだ。この部屋の熱気と同じように。

「見て、エマ。珍しい人がやってきたわ」ダフネが舞踏室の向かい側を扇で示した。「すぐに雌オオカミに取り囲まれるわよ」

エマはダフネの真珠色の扇の先に目を向けた。優雅なドレスと黒いタキシードの海の向こうの段差のところで視線が止まる。黒い縁取りのグレーの上着と黒いブリーチズをはいた背の高い男性の姿が目を引いた。モスグリーンのベストの銀糸の刺繍《ししゅう》が、部屋じゅうのろうそくに照らされている。金髪は天使の後光のような輝きを放っていた。もしそれほど魅力的な天使がいたらの話だけれど。

珍しく社交の場に現れたサマートンは、それだけで会場に華を添えていた。エマはもっとよく見ようと位置を変えた。彼の物腰はトラを思わせる——自信に満ち、危険で、息をのむほど魅力的だ。

これが今朝〈グッドウィンズ〉で飛びかかってきたトラだということは、よく覚えておいたほうがいい。

サマートンは一度もこちらを見ることなく、舞踏室の人々のあいだを縫うようにやってきた。エマとダフネの隣まで来ると、彼は短いが完璧なお辞儀をした。

「あなたがこういう場所に来るなんて、わたしもエマも興奮しきりよ」ダフネが言う。「ひょっとして、ブタがテムズ川の上を飛びでもしたかしら？」

「すてきな歓迎の言葉をいただき光栄です、レディ・ダフネ」サマートンは余裕たっぷりにエマを見ながら、そのままダフネに話しかけた。「レディ・エマをお借りしてもいいですか？」

最も恐れていたことが起こった。彼は本気で〈グッドウィンズ〉の一件を暴くつもりだ。相手の姿を目にした瞬間に逃げ出さなかったのは失敗だった。エマはすぐさま背筋を伸ばした。いいえ、わたしは誰からも逃げない。

ダフネがにっこりする。「ええ、もちろん。どうぞ楽しんでくださいな。エマは誰よりダンスが上手よ」

サマートンが微笑むと、表情がたちまちやさしくなった。男性がこれほど美しいなんて罪なことだ。

「同感です。彼女が一番上手だ。レディ・エマ、いますぐぼくと踊ってもらえますか？」

頬が燃えるように熱くなった。「この曲はジョージ――ラトゥーレル卿と約束していたかもしれないの」いやだ、これまで言葉がつかえたことなどなかったのに。落ち着かなければ。サマートンとは普段からしょっちゅう顔を合わせている。よく屋敷を訪ねてくる知り合いというだけだ。

ラトゥーレルの名前が出ると、サマートンの顎の筋肉がこわばり、鋭角な頬骨がさらに目立った。「彼の姿はどこにもない。でも、ぼくはここにいる」彼はエマの体に目をやり、ふたたび顔を見た。それから顔を近づけてささやいた。「ぼくらはいろいろ話すことがある。違うかい？」

ダンスの誘いは挑発だった。そしてエマは挑発をやり過ごせない性分なのだ。しつこく小突きまわして、いったい何を聞き出そうというの？　わたしの秘密？　計画？　真実の告白？　誰が明かすものですか。

サマートンがダフネにお辞儀をし、エマの手を自分の肘にかけた。ふたりのあいだに電気が流れたように緊張が走る。エマは手袋をはめた指を彼の腕に這わせた。腕の筋肉がこれほどかたいなら、ほかの部分を見せてもらうために毎月お金を払ってもいい。シャツを脱いだサマートンは、一年分のこづかいを払う価値がありそうだ。

いったい今夜はどうしてしまったの？　彼女は突飛な考えをなんとか頭から追い払った。このダンスにはポーツマス行きがかかっている。冷静な判断と機転が必要だ。それに自分には男性などいらない。以上。

とはいえ、サマートンが近くへ来るたびに吸い寄せられるように見てしまうのは事実だった。彼はまるで異国の花の蜜、温室育ちのバラではなく南国の花蜜だ。あらがえるハチなどいない。

またばかなことを考えている。

とにかく、このワルツを早く終わらせよう。サマートンの姿や物腰はすばらしいけれど、しょせんそれだけのこと。自分の計画が揺らぐことはない。曲の最後の音が鳴りやむまでに、彼をすっかり手なずけるか逃げ出させるかしてやろう。

サマートンは人々のあいだを縫って、ダンスフロアの奥まった一角に彼女を導いた。

エマは自分を守るように大きく息を吸い、目の前のトラをなだめるつもりで言った。

「さあ、何を話しましょう、閣下《マイ・ロード》？」わざと軽くきいてみる。

「エマ、いまさらマイ・ロードだのマイ・レディだのと呼び合う間柄じゃない」彼はエマから目を離すことなく、軽やかに踊りながら言った。「ニックと呼んでくれ」

一瞬だけ胸が震え、彼女は目を伏せた。こちらを動揺させようという作戦にはまってはいけない。エマは相手から体を離し、腕一本分の距離を保とうとした。だが、ウエストにまわされた手に力強く引き戻された。サマートンを見あげると、好きなシャンパンを飲んだときのように胸の奥が甘くうずいた。

ふたりの動きに合わせ、真珠の縫い取りが一面に施された重厚な象牙色のシルクドレスが揺れた。幸い、その重みがエマをかろうじて地上につなぎ止めてくれた。本能では、サマートンに身を任せたかった。彼の親指がウエストを撫でるのがドレス越しに熱く伝わる。突き抜けるような青緑色の瞳に魅入られてしまった。

「ニック……なぜこんなことを？」

「人はなぜダンスをするか？　退屈を紛らわすため。美しい女性と一緒に過ごすため。権利を主張するため。警告するため」彼が眉をあげ、ゆっくりと微笑む。「この場合はどれだと思う？」

これと同じ表情を、エマはいやというほど見てきた。兄のウィリアムが、いたずらをしたエマに鉄槌《てっつい》を下すときに。「早く教えて。この苦痛から解放してちょうだい」

「ひどいな、エマ。きみほど魅力的な女性から、そんな無粋な言葉を聞かされるとは。ぼくがいつきみを困らせるようなことをした？　ぼくはただ、きみと踊りたかっただけだ」サマートンは瞳を罪深いほど怪しくきらめかせた。「ここにいる男たちは、わずかでも望みがあればきみと踊りたいはずだ。たとえ鞭《むち》打ち刑になる危険を冒しても」

からかわれたことで、エマの慎重さが溶けてなくなった。「大げさね。あなたは鞭打ちの刑になってもいいの?」

「ああ、何度でも」すばやく答えると、サマートンは彼女のウエストにまわした手に力をこめた。「だが、今夜ここへ来たのは別の理由からだ」

エマはまばたきし、ゆっくりと目の焦点を合わせた。

「きみのゲームはお見通しだよ」その言葉が、たっぷり油を塗った九尾の猫鞭のように空《くう》を切り裂いた。

彼女はすばやく相手をうかがった。「ゲーム?」この男性はまさに熾天使《セラフ》——いえ、堕天使《ルシファー》だ。

サマートンがエマをくるりとまわしてめまいを起こさせる。「ポーツマスのことは知っている」

脚から力が抜け、バランスが崩れた。

彼がしっかりと支え、エマは倒れずにすんだ。サマートンは微笑み、何事もないかのようにダンスを続け、彼女の自信を打ち砕く言葉をささやいた。「きみがある日記を手に入れるために冒険をくわだてていることはわかっている。まったく、気はたしかなのか? 本のためにまた無謀な冒険をすれば、公爵家が前代未聞の騒ぎに巻き込まれるぞ。ポーツマスはうら若きレディのための海辺の保養地とは違うんだ」

「日記ですって? いったいなんのことを言っているの?」数字と投資にのめり込んだせいで、とうとうこの伯爵は頭がどうかしたに違いない。

手袋をはめた手をエマの背中にまわしていたサマートンが、ぐいと引き寄せた。

「きみが海賊の女王の日記に取りつかれていることはグッドウィンから聞いた」彼の唇がわずかに耳に触れる。ささやき声に肌をくすぐられ、エマの体がこわばった。

なんの話かはっきりするまで、彼のゲームにつきあおう。「わたしがどういう種類の本を探しているかが、どうしてあなたの関心事になるの？　理解できないわ」

サマートンの低い笑いが胸に響いた。さらに強く引き寄せられたとき、彼女はあらがわなかった。周囲に目を向けると、レディ・スウェイルデールがこちらをまじまじと見つめていた。

「ペンブルックがきみの銀行の事業計画書の写しをくれた。喜んで協力させてもらうが、代わりにばかげたポーツマス行きを中止するんだ。こんな意味のない、厄介事が目に見えている冒険をやめないなら、いっさい協力はしない。それに、ぼくはすでにきみのためにその日記を注文してある」

ワルツが終わりに近づいていた。ミスター・グッドウィンが何をしたかすぐにわかった。エマが訪ねていった本当の理由を明かす代わりに、他愛もない理由をでっちあげたのだ。彼女はほっと息をついた。こうなったら、自分に指図しようとした傲慢な伯爵を懲らしめてやろう。

エマはまつげを伏せて、しおらしく言った。「閣下、わたしに正しい振る舞いを教えてくれているの？」

「ポーツマスは警官や船乗り、そのほかにも愉快じゃない連中が多い町だ」

「あなたに心配してもらえるなんてうれしいわ。でも、安心してちょうだい。わたしの予定について知るべき人にはきちんと伝えてあるから」サマートンが彼女に指図できると本気で考えていることに、不愉快さとおかしさの入り混じった思いがわいてきた。「あなたがそこに入っていないだけよ」

音楽がやんだが、彼はエマをほとんど抱きしめるように引き寄せた。彼女はレディ・スウエイルデールの注意が別のものに向くことを願った。でないと、自分たちは明日の朝までに結婚させられかねない。

サマートンが唇を耳に触れんばかりに近づけてささやく。「かつて、ぼくはきみを破滅から救った。あと先を考えず、ひとりで本を手に入れに出かけたらどうなるか忘れたのか？ぼくはきみの秘密を守ったし、これからも守るつもりだ。きみが〈グッドウィンズ〉に行ったことも誰にも言わない。その代わり、きみはポーツマス行きをあきらめろ」

エマはうしろにさがり、まっすぐ彼と向き合った。唇を血の味がしそうなほど強く嚙む。怒りの炎が爆発して、ふたりをのみ込みそうになった。

自分が決して負けないことを相手に、何より自らに示すように、彼女は顎を突き出した。「あなたの指図には何ひとつ従えない。あれこれ首を突っ込まれるのも受け入れられないわ。しかも、たかが本一冊で。いまのわたしは、キスくらいでおとなしくなるような昔のわたしとは違うのよ」

「あの日、キスをしてきたのはきみのほうだ。それに」サマートンの深い声が、気まぐれなエマの体に音叉《おんさ》のように響いた。「あれはきみにとって特別な、初めてのキスだった」彼が声をやわらげる。「何もぼくは、あんなキスをまたしてもらいたいわけじゃない。こちらの言うことをおとなしく聞いてほしいと頼んでいるだけだ。だが、こんな美しいレディがまた同じ取り引きをしてくれるというなら、どうして断れるだろう？　ぼくからの唯一の条件は、キスをする時と場所はこちらが決めるということだ」

エマは彼からさらに離れた。体の隅々まで熱に包まれたようだ。怒りのあまり、船長も赤面しそうな罵詈《ばり》雑言《ぞうごん》が口から飛び出しかけた。相手の高圧的な命令が心に焼きつき、女はおとなしくすべきという見下した考え方に叫び出したくなる。彼女は必死の思いで大きく静かに息をついた。こんな人をばかにした要求に黙って従うつもりはない。

「なぜそこまでしてわたしにかまうのか説明してちょうだい。あなたはわたしの看守じゃないわ」

サマートンが身をこわばらせた。虚を突かれたのだ。彼がすぐに応えられずにいることに、エマは喜びを感じた。

やがて彼が、いつものうっとりするようなまばゆい笑みを浮かべた。「きみはぼくがこの世で一緒にいて楽しいと思える数少ない人間だからだよ」

エマの心臓が理性に反して鼓動を速めた。もう自分を抑えるすべをなくしてしまったのだろうか？　なんとか平静を取り戻そうとつばをのみ込む。

ふいに頭の中の霧が晴れた。どうしてもっと早く思いつかなかったのだろう？　サマートンをうまく操縦するためのとっておきの方法がある。エマはここぞというときにしか使わない最高の笑みを浮かべた。めったに見せない顔なので、これまでにいつ見せたか覚えている。一度目は、七歳の誕生日にまだら模様の子馬、ロバートを贈られたとき。二度目は、切り分けてもらったクリスマス・プディングから金の指輪が出てきたとき。三度目は、女王陛下に謁見したとき。あれはまさに奇跡だった。女王陛下はエマとの会話を二〇分も楽しんでくれたのだ。

今夜、その笑顔は特別にサマートンへ向けられた。

すると彼は目を見開き、魅力的な笑顔がさらにまばゆく光り輝いた。なんてこと。この男性はいろいろな意味で本当に危険だ。

エマは澄ました顔で言った。「ああ、驚いた！　てっきり何か大切なことを言われるかと思ったわ」皮肉が伝わるよう、しばらく間を置く。「ひとつ言わせてもらっていいかしら？」

今度は相手の返事を待つことなく、ふたりのあいだの空気を一掃するように扇をひらめかせた。「あなたなんて、どうぞ地獄に落ちて」

エマはくるりと向きを変え、滑るようにその場をあとにした。先ほどの笑顔をすれ違う幸運な人々に見せながら、ダフネを探す。ダフネは中二階のテラスの入り口にいた。舞踏室全体を見おろせる奥まった場所だ。

「どうしてそんな顔をしているの？」ダフネが尋ねた。

「なんでもないわ」まだサマートンとの対決の緊張が解けず、エマはため息をついた。

ダフネが茶目っ気たっぷりの笑みを浮かべる。「サマートンがそこまで不愉快な人とは思わなかったわ。ほとんど催しには出てこないけれど、レディとの会話の基本くらいわかっておいてもらいたいわね。あの人ったら、まるで火事でも消しに行くみたいな勢いで出ていったわよ」

「サマートンの話はもういいわ」エマは扇を広げた。これ以上かき乱されたくない。「今朝は話が途中までになっていたけれど、じつはメアリー・バトラーがポーツマスにいるの」

ダフネの瞳がかすかに潤んだ。「ああ、エマ」彼女はすばやくエマの手を取り、握りしめた。「それがどれほど大切かわかるわ」

「わかってくれるのはあなただけよ。ほかの誰にも言っていないの」エマも友人の手を握り返した。

「クレアも知らないの？」

「お腹の大きな彼女に心配をかけられないもの。彼女はアレックスやわたしの両親に話すでしょう」クレアはエマをとても愛してくれるけれど、心配しすぎるところがある。レナが亡くなってからは特に。

「メアリーにかまうなとご両親に言われたら？」

「そのことは考えたわ。わたしの両親は、助けを必要としている使用人を追い払うような人たちじゃない。メアリーをロンドンに連れ戻さないと。きっと追いつめられていると思うのよ」

「クレアの旅行用の馬車を用意できるわ。わたしが一緒についていきましょうか？」ダフネが申し出た。彼女はエマのためならなんでもしてくれる。エマも同じだ。

「だめよ、危険すぎるわ。それより、その馬車を修理に見せかけて鍛冶屋に送ってほしいの。明日の晩に出発できるように準備させておいて。エリアルとわたしが翌朝に行って、ポーツマスへ向かうわ。その日から両親が旅行でロンドンを留守にするの」

「あなたのいとこが馬車のことを尋ねてきたら？」

「クレアはあなたのお兄さまと結婚してから、その馬車を使っていないわ。それにわたしは公爵家の馬車を使えない。そのことではずいぶん懲りたわ。従僕と公爵家の紋章付きの馬車で出かけたら、ランガム公爵が乗っていると触れまわっているようなものだもの。ロンドンから一〇キロも行かないうちに、父の耳に入ってしまうでしょう」

「悩ましいわね」ダフネが顎に指を当てる。

「あとは、誰がポーツマスまで連れていってくれるかが問題なの。昔あなたの御者だったハリーはまだロンドンにいる？」

「エマ、それは無茶だわ」ダフネは首を横に振った。「ハリーは信頼できる人よ。あなたは彼のお気に入りでもある。でも、メイドひとりしか連れていかないなんてだめ。誰が御者の助手をするの？」

「一日だけの距離なら、ハリーひとりで務まるはずよ。必要になったら誰か雇うわ」友人が信じがたいという表情を浮かべたが、エマはかまわず続けた。「最後まで聞いて。あさっての朝にハリーと落ち合い、彼にロンドンの外まで連れていってもらうの。最初の宿で別の御者を雇い、ポーツマスまで行って戻ってくるわ」

ダフネが顔を曇らせる。「エマ、やめて。マッカルピンかウィリアムに連れていってもらえないの？」

「マッカルピンは二週間、留守にしているわ。ウィリアムは反対するに決まってる。この機会を逃すわけにはいかないのよ。そもそも何も危険なことはないわ」エマは目を大きく見開いて必死に訴えた。「何か行動を起こさないと、もう舞踏会にも来られそうにないの。もしこういう場所でアルトンに会ったら、自分でも何をするかわからない。彼を放っておいたら、じきに婚約発表をするわ。それをやめさせないと。メアリーがきっと協力してくれるはずよ」

ダフネが何も言わずにエマを見つめた。

「それにわたしは、こんな男の人たちに囲まれて金の鳥籠に入っていても心の平和を得られないのよ」

「まあ、そこまで悲観することもないでしょうに」ダフネが扇で舞踏室を示す。「ここに並みいる紳士たちを見て。この中にあなたを満足させる隠れた宝があるわよ」

「隠れた宝なんてないわ。ここにいる男性たちはみな、あなたやわたしやほかの女性たちを踏み石としか見ていないんだから」エマは怒りを覚えながら頭を振った。「わたしたち女性は全員、名刺に持参金の額を書いてドレスにピンで留めておけばいいのよ。そうすれば物事がずっと簡単になるわ」

「それには賛成しかねるけれど、協力してあげる」かすかな笑みを浮かべたダフネは、まだ少し心配そうだった。「ハリーに送っていくように頼んでおくわ。だけど、できることはそこまでよ。わたしを信じて秘密を打ち明けてくれてうれしかった。どうか気をつけてね。少しでもおかしなことになったら、わたしはまっすぐ兄に伝えに行くわよ。あなたの安全が何より大事ですもの」

エマはほっとして目を閉じた。「ありがとう」


翌朝、エマは玄関ホールのテーブルに小さな花束がいくつか飾られているのを目にした。昨夜の舞踏会で一緒に踊った男性たちが送ってきたのだ――お礼のしるしとして。特別な思いがこもったものはない。

胃がぐうと鳴り、ほかにもっと気にするべきことがあると訴えた――トーストとジャムだ。

朝食室に入った彼女は、そこに飾ってある特大の花束を見て息をのんだ。濃い黄色のバラと無数のルドベキアがテーブルを占領している。花瓶にエマ宛の包みが立てかけられていた。開いてみると、手紙とマルハナバチの小さな絵が入っていた。

〝レディ・エマへ

サマートン"

きみのひと刺しは強烈だった。また一から仕切り直そう。

彼女はバラの甘い香りをかぎ、ルドベキアの黒い花芯を撫でた。ハチに刺された傷を癒すのに、多くの人がこの花を使う。

なんていまいましい、しかも気の利く人だろう。

小さなため息がもれた。昨夜のサマートンのぶしつけな、もっと悪く言えば独裁的な態度は許してあげるしかない。ここまで考え抜いた贈り物をする人は、それなりに報われるべきだ。たとえ何か下心があるとしても。

実際、彼が目的を達せられなかったのは気の毒だった。エマは明日の朝一番にポーツマスへ発とうとしている。

彼が信じているところの、海賊の女王の日記を求めて。

実際にはそこにメアリーがいる。何があろうと、彼女をロンドンに連れてこよう。

6

その夜、家族とごく親しい知人たちが食事前の歓談を楽しんでいる図書室にエマも入った。少ない人数ながら、みなが公爵家の慈愛に包まれているのが会話の空気でわかる。

彼女はダフネやアレックスがいるところに近づいた。ダフネが位置を変えたとき、その向こうに……サマートンが見えた。泥沼に膝まで浸かったように、エマの歩みが止まる。いったいどういうつもりで来たのだろう？　恐怖がわき、それまでの明るい気分が吹き飛びそうになった。

たくましい顎に小さなえくぼを浮かべて微笑んでいたサマートンが鮮やかな瞳をこちらに向けたので、エマは現実に引き戻された。伯爵はすばやく集団を離れてやってきた。どうか謎の海賊の女王の日記やポーツマスの話をされませんように。少しでもまわりの耳に入ったらおしまいだ。

「レディ・エマ、きみが一緒に食事をしてくれるか心配だったよ」彼はいつものようにさりげなくエマの手を取り、お辞儀をした。

「花と絵をありがとう。とても気に入ったわ」何事もなかったような顔をするのは思いのほか簡単だった。

サマートンはウインクをして、ポーツマスの件はまだ終わっていないと釘を刺すようににやりとした。思わせぶりな仕草で揺さぶりをかける気だ。その手には乗らない。

ずっとそんなふうに肝に銘じておけば、なんとか今夜を乗りきれるだろう。

「謝罪を受け入れてもらえたのかな?」彼はおどけたように瞳をきらめかせ、すぐに何か別の、後悔にも似た表情を浮かべた。

「それはこのあとの態度で判断させてもらうわ」閉じた扇で伯爵の腕を軽く叩く。「ゆうべのあなたはずいぶん悪人だったもの。本気で反省しているかどうか、わかったものじゃないわね」

話しているあいだに、みなが移動を始めた。使用人を含めて、図書室はすぐに誰もいなくなった。ちょうどいい。ポーツマスの話をされる前に、サマートンを追い返してしまおう。エマは一歩前に出て彼との距離を縮めた。うっとりするほどいい香りが、誘惑するように彼女を包み込む。

ずいぶん昔に手に入れた一八世紀の有名な高級娼婦の手記に、しつこい愛人を追い払う方法が書かれていた。相手の男からキスを奪って結婚話を持ちかければ、数時間以内に別れ話になるという。

官能をめぐる娼婦の冒険はさておき——それ自体も学ぶところはあったけれど——男性の追い払い方はとても気が利いていた。サマートンがエマの魅力に屈しないなら、さらなる努力を重ねて——興味を失わせ、離れていくように仕向けよう。

「ゆうべ話したキスを、いまここでしてもらえる？」あまりにも大胆なせりふに自分でもどきどきしたが、逃げ出さないよう足を踏ん張った。

サマートンは言葉を失ったように硬直していたものの、やがて肩の力を抜いて体を近づけた。「扉が開けっぱなしだ。きみは頭がどうかしたのか？」ささやき声が、どこかなまめかしく響く。

「いいえ、まったく正常よ」大きく息を吸うと、エマは目を閉じた。彼の口が触れるのを待って。あのやわらかな唇がやさしくまさぐってくるのを。

彼女は待ちつづけた……だが、何も起こらない。

つかのまの興奮が失望に変わった。サマートンがキスをしたがらなくても別に驚きはしないが、それでも心が傷ついた。初めてのキス以来、エマは誰ともキスをしていない。ふいに悲しくなり、ため息が出た。がっかりするまいと思っても、心が言うことを聞かない。目的はサマートンにキスしてもらうことではなく——追い払うことだった。彼はとっくに背を向け、音もなく出ていったのだろう。

けれども目を開けると、サマートンは先ほどよりさらに近くにいた。驚いてあとずさりする。彼が残忍な笑みを浮かべた。籠の中にいた最後のカナリアを食べ終わった猫のように唇に羽根をくっつけていたとしても、少しもおかしくない。

エマの首から顔までが真っ赤になった。

「このおてんば娘め、ぼくとゲームをするつもりか?」サマートンは人差し指の背で、彼女の赤くなった頬を撫でおろした。低いささやき声がどこか背徳的だ。「キスをすれば、お互いに楽しいだろう。だが決定権を持っているのはぼくであって、きみではない。きみはこのゲームに勝てないよ」

そう言い残すと、彼は振り向きもせずに部屋を出ていった。

エマは呆然として口を閉じた。ゲームのつもりなどない。これ以上かまわないでもらうためにやったのに。

付き添いもないまま食堂へ向かう。サマートンの言葉にすっかり動転していた。相手に悟らせないためには、何事もなかったように振る舞うのが一番だ。なるべくほかのことに注意を向けるしかない。ランガムホールのいつもの食堂で過ごすうちに、気持ちも落ち着いてくるだろう。普段の小さな食堂で家族と食事をすることがエマは大好きだった。その場所は屋敷の中で磁石の役割を果たしている。あらゆる祝いごと、集まり、追悼がその小さな部屋で行われた。人はこうした日常から生きる力を得ている。それにいまはまだ誰も知らないけれど、明日は彼女にとって節目になる日だ。ポーツマスへの旅立ちの日。女性の存在意義をイングランドに広く知らしめる日だ。

エマはテーブルの脇に集まる人々に加わった。サマートンが隣にやってくる。エマをちらりとも見ることなく、彼はランガム公爵の質問に答えながら彼女のために椅子を引いた。そしてわざと注意を引くように自分の椅子を引き、エマを見つめた。その海のような瞳の色に、彼女は吸い込まれそうになった。胸がどきどきして、心臓が真っ逆さまに落ちていくような気がする。彼はエマの席に自分の椅子を近づけた――作法に反するほどに。誰か離れた場所の人と席を代わってもらいたい。隣の部屋でも、まだ近すぎる。

さっきは失敗してしまった。テーブルの下をくぐって逃げ出したい。もうこの屋敷に来ないで、外でも近づかないで、とはっきり告げればよかったのだ。どうすることもできず、エマはずっとサマートンの隣にいることになってしまった。

それでもどうにか、家族たちとともに七皿のコース料理を食べ終えた。従僕がデザートを運んでくる頃には、いつもの自分を取り戻していた。色鮮やかな果物の薄切りとチーズ、珍しいナッツがテーブルを彩る。中でも最高に魅力的なのは、ブランデーに浸したオレンジのケーキだった。

エマはケーキを頰張り、目を閉じて口に広がるすばらしい味を楽しんだ。そのとき兄のウィリアムが咳払いをして、一同の注意を引いた。目つきからして、エマの気に入らない話をしようとしているのがわかる。彼女は身をかたくした。ポーツマスのことを言われるかと思ったが、兄の攻撃は予想外の方面から来た。

「ぼくはここにいるみんなの意見に興味がある。この中で、いずれ女性に投票権が与えられると信じている人は?」兄はエマに向かって眉をあげた。

父が興味を引かれたようにウィリアムに目を向けた。それまでの会話は政治的ではなく、気楽な食事の席にふさわしい当たり障りのないものだった。兄は椅子の背にもたれた。エマの勘違いでなければ、その頭には悪魔の赤い角が生えている。兄にはお似合いだ。

エマは食卓を囲んでいる面々を見た。ほとんどの人は目の前のデザートに集中している。兄の話に興味を示しているのは父、アレックス、ダフネだけだ。もしこの場に家族しかいなければ、たちまち敵味方に分かれて討論が始まっただろう。日頃の父は、こういう話題を夕食時に持ち出して意見を戦わせるのが好きだ。けれども今夜はサマートンとダフネの手前、あくまでも礼儀正しくそつのない招待主《ホスト》として振る舞っていた。

母を見ると、彼女はエマに向かって小さく首を横に振り、話に加わらないよう警告した。母は小さく咳払いをして、自分は取り合わないとウィリアムに態度で示した。

エマは大きく息を吸い、発言したいのをこらえた。正直なところ、ウィリアムの人をばかにした態度にはらわたが煮えくり返っていた。サマートンとのやりとりで失敗したこともあり、爆発するまで、そう長くかからない気がする。

「エマ、何も言わないのか？」ウィリアムが挑発した。

誰かが兄の相手になり、その鼻をへし折ってやるべきだ。

でも、それはエマではない。特に今夜は。彼女は自分の皿を見つめた。

「ということは、ぼくの意見が正しいようだ」兄の言葉が不快に響く。

もう我慢できない。なぜこの場で黙っているように親に求められるのだろう？　ウィリアムのふざけた芝居に誰も腹を立てないなら、自分が言ってやる。

「お兄さま、いまこの場にいる人間の半数を敵にまわしたわよ」なごやかな食卓の空気を破り、エマは決闘の合図のようにナプキンをテーブルに投げた。「さっきの問いに答えると、時期はすでに遅いくらいだわ。少し知性のある人なら、みな賛成するでしょう。国家や同胞や家族の未来を左右する問題について、もちろん女性も声をあげる権利がある。すべての国民が教育を受ける権利と生得権と平等な社会的地位を女性に認めたとき、思想と行動の自由が真の意味で人々の手に渡るのよ」

ウィリアムがいかにも意地の悪い笑みを浮かべた。

「どうしたんだ、エマ？ まったく、頼むよ」兄はダフネとサマートンに視線を移した。「残念ながら、これは家族の責任だね。こんな難しい問題について、経験も能力もないままいっぱしの口を利く妹にしたのは」

「ウィリアム」父が押し殺した声を出した。息子の悪ふざけが限度を超えつつあるとほのめかすように。

一同から次々に目を向けられ、エマの頬がかっと熱くなった。みなが予期するまでもない。こうなったらウィリアムを血祭りにあげてやる。

彼女はわずかに体をひねって兄をにらみつけた。「お兄さま、オックスフォードでもう少し真面目に勉強するべきだったわね。鋭い知性と洞察力を備えた女性は歴史上、大勢いるわよ。ブーディカ、カルティマンドゥア、クイーン・エリザベス、メアリ・ウルストンクラフト、ほかにも大勢いるわ。どの女性も自由を愛し、それぞれのやり方で人々に自由をもたらした。もちろん女性の権利は男性に比べればまだ不完全で、よりよい世界に向けて、今後も世の中を正していくべきよ」

エマはそこで口をつぐみ、誰でもいいから議論に加わってくれることを祈った。でも聞こえてくるのは、公爵家の心づくしのデザートを味わうために客たちがフォークを動かす音だけだ。

「エマ、あなたの言うとおりよ。でも、この話はまた別の機会にしましょう」母が穏やかな声で言った。ただし、ウィリアムにいまにも絞め殺さんばかりの目を向けながら。

「もうひとつだけ言わせて」エマはすかさず言った。父が話題を変えようとしたのがわかったからだ。

そのときサマートンが身じろぎし、自分の脚を彼女の脚につけた。体温が伝わり、エマの顔がさらに熱くなった。見ると、伯爵は唇をかたく引き結んでいる。兄もサマートンも呪われるがいい。ふたりの言うことなど、二度と聞いてやるものですか。

「メアリ・ウルストンクラフトはひどい中傷を受けたわ。でもほかの女性たちは、王家の血を受け継いでいたので自分の意見を口にし、行動する権利があった。ともかく、どの女性も勇敢さを称《たた》えられるべきよ」彼女は兄を見据えた。「いずれ女性が首相になる日が来るわ」

「女も戦争に行くのか？　投票する権利があるなら、祖国を守る義務も負うべきだろう？」ウィリアムがきいた。リンゴをひと切れ口に放り込んで咀嚼《そしゃく》する。それでも気取って見えることに変わりはなかった。

「もちろん女性も国を守るために戦ってきたわ。スペインのアルマダ艦隊が襲撃したときのクイーン・エリザベスの統率力は、わが国が世界に誇れるものよ。軍を支持した多くの女性たちのことを考えてみて」

熱弁のあと、拍手とウィリアムの笑い声が食堂に響いた。笑い声は次第に大きくなり、とうとう兄は体をふたつ折りにした。父も笑顔になった。アレックスさえ、声に出して笑いはしなかったにせよ、エマの発言をおかしく思ったようだった。

彼女の体を烈火のごとき怒りが貫いた。「もしイングランドに長子相続権がなかったら、世の中がどれほど変わるか考えてみてちょうだい。最初に生まれた男性も、先に女性が生まれていたら生活のために働かなければならないのよ」

みなが目を丸くしてエマを見た。まるでフクロウの群れが食堂に飛び込んで、巣を作りはじめたかのように。

「世の中が違えば、いまごろクレアがランガム公爵になっていたわ」どうあっても最後まで言いきるつもりだった。「そして長女のレディ・マーガレットに、マッカルピン侯爵の称号が与えられるの」

誰も何も言わないまま、その場が重い沈黙に支配された。やがて不気味な静寂を破るように大時計が時を告げた。

「レディ・エマ、ウィリアム卿、今夜われわれには、もてなすべき大切なお客たちがいることを忘れていないか？」父が低く絞り出すように言う。

「閣下、わたしはとてもためになるお話だと思いました」ダフネがウィリアムを見つめながら言った。「レディ・エマ、もしわたしが間違っていたら教えてね。あなたの仮説に従えば、わたしの兄がペンブルック侯爵なら、跡取りとしてレディ・マーガレットにトゥルーズデール伯爵の称号も与えられることにならない？」

「そのとおりよ」目の奥がつんと痛くなり、エマはまばたきをしながらうなずいた。ダフネの友情は王冠の宝石以上の価値がある。

「エマ、ぼくはちょっとからかっただけだ」ウィリアムの声に少し後悔がにじんでいた。

「それにしても、おまえの話はあまりにも荒唐無稽で――」

「あら、一夜の雨でミスター・クレイトンのトラの斑点が変わるほうに一〇〇ポンド賭けるような人がよく言うわね」これを言うと騒ぎになるかもしれないけれど、それでもいい。

「そんなばかげた話は真に受けるくせに、女性にも自由と自治が与えられるべきという考えは受け入れられないの？」

「賭けたのは、冬に斑点が薄くなるかどうかだ」ウィリアムが椅子にもたれて妹を見つめる。

「エマ、少し言葉に気をつけろよ。このまま未婚の人生を歩んだら、いつかぼくの屋敷に住まわせてほしいと泣きつくことになりかねないぞ。そんな境遇になっても自由と言えるのか？」

彼女はつばをのみ込み、目をかたく閉じた。膝に火の玉でも落ちてきたように、胸から顔にかけて熱くなる。兄に鋭い真実を突きつけられた。

テーブルの下で、右手が何かあたたかいものに包まれた。指が絡められ、やさしく握りしめられる。一瞬、気持ちが落ち着いた。サマートンは何をしているのだろう？　まさか家族の前で彼女を慰めようとしているのだろうか？

「レディ・エマはとてもいいことを言いましたよ」サマートンが口を開いたとき、テーブルから笑いが消えた。「いまのわが国と領土には不穏な空気が広がっています。機械破壊論者《ラッダイト》の暴動がいい例だ。こういうものを無視しつづけたらどうなるか、フランスやアメリカを見て考えなければなりません。他人の意見を真面目に受け止め、心を開いて議論することが広く世の中のためになるでしょう」

父が眉間を撫でた。

母は女性たちを居間へ連れていこうと席を立った。男性陣はポートワインを楽しみながら、このまま議論を続けるのだ。

エマの喉に苦いものがこみあげた。こうした習慣も自分の言いたいことを端的に表している。国の政治や経済や戦争などについて男性が本格的に議論するとき、女性はテーブルを離れる。それが冒すべからざる伝統だという思想のもとに。

どうして自分たちは議論に加われないのだろう？　女性が男性と異なる感じ方やものの見方を示すことで、男性も世界をより深く理解できるのに。

これが世の理《ことわり》？

違う。エマはくだらない習慣に憤っているのではなかった。女性の果たす役目、女性が安心して暮らせる権利が軽んじられているのが許せないのだ。彼女の家族も、レナの身に起きたことを他人事にしている。

いつのまにか、エマはサマートンの手を強く握っていた。「ごめんなさい」彼女はささやいた。

返事の代わりに彼はエマの親指に自分の親指を滑らせ、そっと手を離した。野生馬のように荒れ狂う心を隠し、彼女は静かに席を立った。

執事のピッツが近づいてきて、ビュッフェ台のリンゴをふたつ手渡してくれた。

「あとでお腹が空いたときのためにどうぞ、お嬢さま。今日の午後、ファルモントから届いたものです」

「ありがとう」エマは静かに言った。

力なく息をつき、ランガムパークのベンチまで歩こうとショールを手に取る。夜の散歩は高ぶった心を静めるのにちょうどいい。

折りしもその日の午後、ミスター・グッドウィンから手紙が届いていた。明日、エマが〈ルビー・クラウン・イン〉に到着する手はずがすべて整ったという。天候さえよければ一日で行ける距離だった。

こうなったら、頭がどうかなってしまわないうちにポーツマスへ行ってしまおう。

7

ニックは背後のうるさい会話を無視して窓の近くに立っていた。外は墨を流したように暗く、ポートワインを楽しむランガム公爵とウィリアム卿が窓ガラスに映っているほかは何も見えない。

窓に近づいたとき、収穫月が明るく輝いているのに気づいた。次第にニックの体から緊張がほどけていった。ウィリアム卿がエマとやり合ったときに火のついた怒りが、ゆっくりとおさまっていく。

デザートまでは、とても楽しい時間だった。公爵夫人もエマもクレアも会話の達人だった。話が途中でだれてくると、三人のうちの誰かが難なく新たな話題を見つけてくる。夕食前にエマを図書室に残してきたあと、彼女なら自分を何日でも楽しませてくれると確信できた。

「心ここにあらずだな」ポートワインのグラスをふたつ手にしたペンブルックが隣にやってきて、ひとつをニックに手渡した。「ビリヤードでもするか？」

「きみの無作法には、ほとほとあきれたよ」ニックは吐き捨てるように言った。「妻のいとこを笑うなんてひどいぞ」

窓に向き直ったとき、小さなランタンの明かりが闇をよぎるのが見えた。いますぐに出なければ。ここは息が詰まるほど暑く、話し声もうるさすぎる。あの明かりを追いかけていこう。きっとエマが緑地へ向かったのだ。

ペンブルックがランタンの明かりを目で追うニックを見つめた。「きみが正しい。あとでエマに謝らないといけないな。ただ、言い訳をするわけじゃないが、彼女はやけに本気だった。マーガレットがマッカルピン侯爵になると彼女が言ったときは――」彼はそこで急に言葉を切り、眉根を寄せた。「ダフネは伯爵を男性形で言ったか、それとも女性形で言ったか？」疑問を振り払うように頭を振る。「どちらにせよ、おかしくてたまらなかった。あのランガム公爵でさえ――」

ニックは手をあげてさえぎった。「きみはあのとき、奥方や妹君や公爵夫人の表情を見たか？　もし見なかったのなら、彼女たちにも謝ったほうがいいぞ」

「よしてくれ、そこまでひどいことはしていない」ペンブルックはしばらく黙っていたが、ふたたび眉間にしわを寄せ、難問にぶつかったような顔をした。

「もし謝らないなら、今夜きみが奥方の寝室から締め出されても驚かないね。それでは失敬。外の空気を吸いに出てくる」ニックは短くうなずき、真っ暗な外に向かった。ランガムパークを目指して。

彼は急ぎ足で敷地を進んだ。ひんやりした秋の空気が夜露を連れてくる。オレンジ色に輝く月は、今夜のデザートに出たケーキを思わせた。月明かりに導かれてエマが通っていった整形庭園の小道をたどる。石造りのアーチと雑木林の向こうに御影石《みかげ》のベンチが見えた。エマに初めてキスをした場所だ。今夜はそこに、三年前とまったく異なる女性がいた。

突然、リンゴが空を切って飛んできた。眉間を直撃される前に、ニックは右手をあげて受け止めた。

「ろくでなし!」エマがベンチにのって、もうひとつリンゴを投げつけてくる。

彼はもう片方の手で受け止めた。「武器庫は空になったかい? 違うならバスケットを取ってこないと」

エマはベンチの背もたれに手をつき、なめらかに飛びおりた。「ウィリアムかと思ったの」

「そのようだね」れんが敷きの歩道に生えた苔《こけ》が、ベンチに向かうニックのブーツの音をやわらげた。

「いまのわたしは、いい話し相手になれないわよ」月を仰ぐエマの声は低くしわがれていた。

ニックは歩調をゆるめた。「それは残念だ」

彼女はあいかわらず空を見つめている。

エマを会話に引き入れる方法を考えようとしたが、結局ニックは何も言わず、黙って彼女を見つめた。日頃は沈黙が気にならないほうだが、今夜は決まりが悪い。何を言い、どう振る舞えばいいか見当もつかない。

エマは特に困った様子もなく話しはじめた。「リンゴを投げてごめんなさい。それから夕食のことも。ウィリアムが相手だと、ついまわりのことも考えずにとことん言ってしまうのよ」

「気にしなくていい」月の光に照らされた彼女は、どこかこの世のものではない存在に見えた。

「七歳になったとき、ここで好きに過ごしていいと母が言ってくれたの。それからずっと、ひとりになりたくなったら来ることにしているわ」ようやくニックのほうを見て、大切な秘密を打ち明けたようにかすかに微笑んだ。「いくつになっても昔と変わらず、この場所が大好き」

「おやすみを言う前にポーツマス行きのことを話そう」ポーツマスには行かないと約束させたら、ひとりの時間を邪魔して悪かったと言ってすぐに帰ろう。

「またその話？」エマの声が小さくなった。「ここにいて。お願い。お互いに楽しい話題を見つけましょう。仕事とか、銀行とか、それ以外でも何かあなたの好きな話を……」

ニックは微笑んだ。きっと自分はいま、間抜け面をしているだろう。彼女がそばにいてもらいたがるとは意外だ。図書室で皮肉られたのが不快だったのが、夕食時の態度に表れていたから。彼はベンチに座り、エマの武器、つまりリンゴをかたわらに置いた。

ふたたび月明かりが彼女の髪を輝かせた。あと少しの刺激があれば、ヘアピンをひとつひとつ抜き、肩に落ちかかる豊かなブロンドに手を差し入れてしまいそうな気がする。髪を指にはさんで滑らせ、顔を上向かせて、めくるめくキスをしたい。エマが動き、銀色の月明かりが顔を照らした。ニックにどんな魔法をかけようか考えている妖精のようだ。

現実を突きつけられ、背筋が寒くなった。気をつけないと、このまま流されてしまいそうだ。彼はただエマが大丈夫かどうか確認し、謝り、ポーツマス行きは忘れるよう念を押して帰るつもりだった。片づけなければならない仕事が書斎に山積みだ。

しかしいま、ニックの意識は彼女のやわらかな肌に向いていた。ここでふたりきりでいるのを誰かに見つかる可能性は？　おそらくない。エマがそっとしておいてほしがるのを家族はわかっている。

不埒《ふらち》な考えを止めるには鞭で打たれる必要があった。あろうことか公爵の娘を誘惑し、わずかに残った理性まで失いそうになっている。完全に魔法にかけられてしまったらしい。

「もう遅いから……帰るよ」立ちあがりながら、ニックは自分の無様さにうんざりした。月より淡い光がもれるランガムホールに目を向ける。まるで初めて誰かを好きになった男子学生のようだ。

これまで誰かを好きになったり、恋に落ちたり、のぼせあがったりしたことはなかった。そんなややこしい感情を、いったい誰が適切に扱える？

おかしなことを口走る前に、この場から逃げよう。それが唯一の賢明な解決法だ。純粋な厚意を別の感情と取り違えてはいけない。自分はこの女性をすばらしい人間と思い、彼女が心ない兄から恥をかかされたことに憤りを感じた。ポーツマスの件もあるが、エマをここまで追ってきた本当の理由はそこだ。

ニックは論理的な思考で知られているものの、今夜はすっかり彼女に振りまわされていた。ペンブルックは正しい。エマは言葉ひとつで男を金縛りにかけてしまう。今回の場合はまなざしひとつだ。

「お願い、行かないで」彼女がまっすぐに見つめた。「あなたがここに来てくれてよかったわ」

ニックはふたたび引き寄せられるようにベンチに座った。

エマがドレスをいじりながら言う。「夕食のとき、味方になってくれてありがとう。あなたが言ってくれたことで、ウィリアムにかまわずあの場を離れることができたわ。わたしはときどき、考えるよりも先に言葉が出てしまうの。みんなを不愉快にさせてしまったわね」

彼女はため息をつき、ニックを見る力を取り戻したように顔をあげた。笑みを浮かべても、傷ついた心は隠せていない。やつれた捨て子のような顔だった。「外に出てきてよかった……大好きなオレンジケーキを最後まで食べられなかったのは残念だけれど」

エマ・キャヴェンシャムがこれまでに公の場で恥をかいた回数は、片手で数えられるほどだろう。彼女の気さくな人柄は多くの人を引きつける。男であれ女であれ、彼女を無視する人間は愚かだ。当の本人がそれを意に介さないのがまたいい。エマは醜聞の罠が待ち構える社交の場でもまったく変わらず、誰にでも微笑みかけ、屈託なく笑う。

いつのまにか、意志が体を残してどこかへ行ってしまっていた。エマの横にいると、危険を察知した理性が〝撤退せよ〟と叫ぶのに、体がまったくついていかない。今度こそ暇乞《いとまご》いをするのだと思って彼女を見たとき、深い光を宿した瞳におぼれそうになった。エマがつけるローズウォーターの清潔な香りがふわりと漂う。その香りを深く吸い込んで、ニックはうめき声をもらした。理性が働かなくなり、彼女のそばから離れられなくなった。ついに白旗をあげて降参し、彼はエマに顔を近づけた。

エマの胸はランガムホールの人々に聞こえそうなほど高鳴った。サマートンの顔が近づいてきて、海の波が押し寄せるように感覚が研ぎ澄まされる。彼女はただおとなしく待ってはいなかった。

慎重にサマートンの頰に手を当てる。夜になって、ひげが少し伸びかけているのが意外だった。ちくちくして、何を触っているのか意識しないわけにはいかない。キスしたいと思わせる、力強くたくましい男性だ。

エマはゆっくりと体を近づけた。胸の奥はできたてのプディングのように震えている。目を閉じ、頭を空っぽにして、彼の唇だけに意識を集中させた。ひげが伸びた頰と対象的に、唇は何年も前の記憶どおりやわらかだった。

最初のキスは、記憶の底に鍵をかけてしまわれていた。エマはそのことを誰にも話さなかった。レナにさえも。エマにとって生まれて初めてのキス――初めて味わうサマートンの唇。あの日から、自分たちはつながっていると思っていた。あのキスを、あれから心の中で何百回も、何千回も――何百万回も思い返してきた。

唇を唇でなぞり、舌で相手の唇を愛撫し、エマはかつて教わったように誘った。サマートンが静かに口を開いて迎える。彼女が舌を絡めると、同じように返した。エマのキスは対話であり、彼はきちんと耳を傾けた。戯れを許し、誘惑に応えた。やがてやさしいキスに物足りなくなったのか、サマートンが深く唇を合わせる。彼女は主導権を放棄した。

低いうめき声をあげ、彼がエマを強く抱きしめた。それでも足りない——彼女はもっとサマートンに近づきたかった。

突然彼が身を離し、すぐにでも逃げそうな姿勢になった。

「どうしたの?」長いキスでほてった唇から、まともに声が出たのが不思議だ。

小道から衣《きぬ》ずれの音が聞こえた。

「誰か来る」サマートンがささやく。「明日、銀行のことであらためて来るよ」

「わたしはいないわよ」どうして言ってしまったのだろう? 理由はひとつだ。彼とのキスがあまりにもすてきだったから。

「ポーツマスか?」真新しい剣を思わせる鋭いまなざしがエマを射抜いた。

「ダフネとわたしで……知人を訪ねるの」口ごもりながら答える。

「夕食のとき、誰もそんなことを言わなかった」サマートンの完璧な眉が片方だけあがった。

「どういうことなんだ?」

「お願い、やめて。これはわたしにとって大切なの」エマは小声で懇願し、彼の腕に手をかけた。「あなたが考えているようなことじゃないわ」本当の目的を伏せながら、相手の怒りをなだめなければならない。

「きみの遊びは終わりだ」サマートンがぴしゃりと言う。「ポーツマスへは行かせない」

「エマ、どこにいるの？」クレアの声がふたりのいる場所に届いた。

彼の瞳が怒りに燃えた。「どういうことか早く言ってくれ」

「お願い」弱々しく言う。「もう帰って」

「エマ？」クレアの声が近づいてきた。

「ニック、お願い」彼に懇願してうまくいったことはこれまでもなかったけれど、とにかくこうするしかない。エマは髪を手で整えてクレアに返事をした。「アーチのところよ」

サマートンの表情は冬の凍てついた川のように厳しく冷たかった――さっきの熱いキスが嘘のようだ。

彼は小道ではなく緑地を突っ切って立ち去った。サマートンの怒りを目の当たりにしたのは初めてだが、手のつけられない野火のような感じだ。

できることは何もない。まもなく、いとこが目の前に現れた。

「唇を腫らしているわね」座りながらそう言うクレアの声は、ほとんどささやきに近かった。

「ドレスも乱れているわよ」

エマは体をこわばらせた。「ウィリアムとあと一秒でも一緒にいたくなくて、ひとりになるためにここへ来たのよ」震えるように息を吐く。「泣いていたの。ドレスが乱れて見えるのは気のせいよ」

「これ以上、後悔するような間違いはしないで。次に品位を疑われることがあったら、ファルモントで謹慎どころではなくなるわよ。お願いだから、自分の評判を大切にしてちょうだい。でないと取り返しがつかなくなるわ。本当よ」クレアはエマを引き寄せて、強く抱きしめた。

「本当になんでもないの」

クレアはエマのほつれた髪を耳のうしろにかけ、ドレスの袖を整えた。「あなたさえその気なら、彼は迷わず結婚するわ。わたしが心配するのはあなただけ」

「何を言っているの?」サマートンが誰かと結婚するなんて、考えるのもばかげている。クレアはどうしてそんなことを言いだすのだろう?

「彼は複雑で、妥協をしない人よ。あなたも同じだわ」クレアはいたずらっぽくエマの鼻をつついた。「そういうのを強みとは言えないわね」

エマは闇の中のクレアの言葉に返事をしなかった。クレアがエマのドレスの乱れを整え、胸元が見えすぎないように直す。それからふたりは言葉少なに屋敷へと戻った。

いとこの忠告は苦い薬のようにあとを引いた。のみ込むには苦いけれど、それは身を守るために必要なものだ。クレアが結婚の機会を何度も逃して社交界の噂の種にされたとき、エマは人々の容赦のなさをつぶさに見てきた。婚約が次々にだめになったとき、多くの知人や〝親しい友人〟までが、クレアは呪われているとしたり顔で吹聴したのだ。クレアはいばらの道に耐え、ずっと結婚しないと思っていたところへペンブルックが現れて、すべてが変わった。

今夜なら、同じ呪いが自分にかかってもかまわないとエマは思った。それで自身の生き方をサマートンに邪魔されないなら。

8

湿気を帯びた冷気が肌を刺した。エマはベルベット張りの座席にもたれ、大きく伸びをした。この調子で行けば、あと三時間以内にポーツマスへ着く。

両親がレディ・チェルストンを訪ねていったあと、エマは鍛冶職人の工房へ行き、ペンブルック侯爵家の元御者ハリー・ジョンソンとダフネに会った。気が利くことに、ダフネはエマのために食べ物を詰めたバスケットとベルベットの上掛けを持たせてくれた。

今日は一日人に見られないようにしてほしいとエマが頼むと、ダフネはただうなずいた。昨夜サマートンに、今日はダフネと一緒に知人を訪ねると言ってしまったことも話した。お粗末な口実だが、彼に正面切って問いただされたとき、ほかに思いつかなかったのだ。もしダフネが屋敷にいるのを彼に見られたら、ポーツマス行きがわかってしまう。

ダフネはエリアルがエマと一緒でないと知って動揺した。でも、急な発熱と悪寒に見舞われたメイドを連れてくるわけにはいかなかった。グッドウィンの友人が向こうにいてくれるなら、まったく心配はないはずだ。

あと一回休憩をはさめば〈ルビー・クラウン・イン〉に着く。明日はパーカー夫妻に会い、検視官の報告書を読む。それからメアリーを訪ねる。エマが会いたがっていることを、パーカー夫妻はメアリーに手紙で知らせてくれていた。

エマは銀のロケットペンダントを見つめた。両手であたたまったその簡素なペンダントは、レナの思い出とともに光を放っている。中にはレナのやわらかな茶色の髪と、彼女が初めて男性からもらった花束の花びらが入っていた。同じ年に社交界にお披露目したとき、エマもよく花束を受け取ったものだ。

エマはペンダントを丁寧にレティキュールにしまった。何か手慰みがしたくなり、座席のやわらかな濃紺のベルベット地に触れる。クレアは最近、夫の馬車の内装に合わせて自分の馬車の内装を変えていた。

エマから見ればつまらない出費だ。いとこの馬車なら、いとこの好みにすればいいのに。自分だったら、クリーム色の革と青緑のベルベットにする。向かいの席にいたずらっぽい笑みを浮かべたハンサムな男性が座っているのを想像してみた。彼の瞳の色は内装の色にぴったり合っている。

その完璧な幻が、やがてサマートンに姿を変えた。ランガムパークでの二度目のキスのあと、エマの理想の男性像はそのままサマートンになった。彼女ははっと身を起こした。彼は白昼夢の最中でさえ、自分をそっとしておいてくれない。

夜が明けて、クレアの忠告に新たな重みが出てきた。昨夜、彼はふたりでいるところをクレアに見られないよう、あっというまに姿を消した。まともに別れの挨拶もせずに。あの状況でまともな挨拶とはどんなものだろう？　熱いキスでレディの心をかき乱したあとに、どんな挨拶をすれば礼儀にかなうの？

ウィリアムとやり合った夕食の席で彼女の援護射撃をしてくれたサマートンは自信に満ちていた。まさか彼が、女性の権利や参政権を声高に訴えるエマの味方になるとは思わなかった――しかも、皮肉もいましめる言葉もいっさい口にしなかった。

サマートンは孤独を好み、世間からますます謎めいた人物と思われている。外見は完璧に近く、物腰はやわらかく親切だ。もちろん、そうした印象がすべてではない。彼のことを、相手の無能さにつけ込んで荒稼ぎをする人でなしと見る向きもある。でも、他人にはわからない好機をものにできるのは才能だ。サマートンがアメリカやローワーカナダ（カナダの元英国植民地）に航路を開くために商船を買ったとき、ロンドン社交界の一部は愚かなことをすると笑った。けれども彼は、それらをかつてないほど収益性の高い交易へと発展させたのだった。

サマートンをぜひとも解き明かしたい魅力的な謎と考えている人々もいる。特に女性たちだ。

エマは彼をありのままに見ているつもりだった――すなわち、信用ならない相手だと。

これまで彼女は、どんな紳士の魅力にも屈しないと自負してきた。でもサマートンの熱い瞳に見つめられると自分を見失い、秋風に吹かれた木の葉みたいに思考を飛ばされてしまう。彼の瞳には、どこか約束めいたものが宿っていた。エマの世界、高い志を打ち砕く秘密を握っているかのように。

サマートンがまっすぐ見つめてくるとき、そのまなざしにはただならぬ深みがあり、彼女の心の奥にまで届いた。彼に磁力があって、エマはその軌道になすすべもなく引き寄せられていくようだ。ただ危険というだけでは言い表せない。

あの甘いキス、やさしい抱擁。さしたる努力をするまでもなく、サマートンはまなざしひとつでこちらの意志を萎えさせてしまう。そのことをよく覚えておかなければならない。

明るい日差しを顔に感じて、エマは目を閉じた。サマートン伯爵のことはひとまず置いておこう。今日という一日を、何にも邪魔されることなく存分に味わいたい。ポーツマスでやるべきことが目前に迫っている。

リンゴとシナモンとバターのいい匂いがペンブルック邸の朝食室から流れてきて、ニックは大きく息を吸い込んだ。タルトには目がないのだ。「アップルタルトかな？　ビュッフェ台には見当たらなかったと思うが」

ペンブルックが書類から目をあげる。「ダフネはいないから違うだろう。エマとふたりで知人を訪ねると言って、今朝出かけていった。明日には戻ってくる」

焼きたての菓子のトレイを持った若いメイドが扉の向こうを通り過ぎた。メイドは階段をあがっていく。おかしい。クレアと養育係は、さっき幼いトゥルーズデール卿とレディ・マーガレットを散歩に連れ出した。

みぞおちが締めつけられた。いま上階には誰もいないはずなのに。しかもタルトはダフネの好物だ。

「うまそうなものが通ったぞ」ニックはついてくるよう友人に手招きした。

「きみのタルト好きは異常だな」ペンブルックがため息をついて立ちあがる。

ふたりはこっそりメイドのあとをついていった。何も気づかないメイドはダフネの部屋に入っていき、まもなく手ぶらで出てくると挨拶をして扉を閉め、ふたりには目もくれずに立ち去った。

ペンブルックが妹の部屋の扉をそっと開く。ダフネは入り口に背中を向けて椅子に座っていた。机にはたっぷりの朝食がのったトレイと、湯気をあげる山盛りのタルトがあった。彼女がタルトを取って口に運ぼうとしたとき、ペンブルックがその手首をつかんだ。

「何――」ダフネが目を見開いて兄を見る。「ここで何してるの？」顔がみるみる青ざめた。

「それはこちらの質問だ」ペンブルックが眉をあげる。「何か違う質問を考えろ」

「ちょっと具合が悪いの」ダフネがはなをすすった。

「風邪にタルトは効かないぞ」ペンブルックが怒りをあらわにする。

ダフネが黙り込み、ただならぬ気配が漂った。

「続きは図書室で聞こう。サマートン、一緒に来るか？」ペンブルックは息子や娘が逃げ出さないようつかまえるときと同じくダフネの腕をつかんで部屋を出た。図書室の扉の前まで来ると妹を放し、先に入るよう手で促す。彼女のドレスの裾が兄の脚をかすめたとき、静電気の火花が見えた。扉が閉まったあとに爆発するであろう怒りの炎を暗示するかのように。

扉を閉めると、ニックは振り返って部屋の内装を見た。無言の兄と妹からカードゲームのような緊張が伝わってくる。ペンブルックは眉をあげてダフネを見つめ、何か言葉を口にするよう暗に迫っていた。ダフネも負けまいと兄を見返し、足で床を鳴らしながら薄笑いを浮かべている。

とうとうペンブルックが沈黙を破った。「おまえが行くと言った場所にいないことを母上は知っているのか？　もし知っていたら、母上はバースへ湯治に行かなかったはずだ。おまえは今日から二日間、エマとミス・カサンドラ・フラーを訪ねると家族の前で言っていた」

ダフネの抵抗は、先週のビスケットのようにもろく崩れた。彼女が天井を仰いで目を閉じる。やがて、兄と同じ突き抜けるようなグレーの瞳でにらみつけた。

「エマの旅の計画がうまくいくよう、今日から二日間、自分の部屋にこもるつもりだったのよ」ダフネは重いため息をついて兄を見た。「お母さまに言わないと約束して。それまでは何も話さないわ。お母さまは公爵夫人に告げ口するから」

張りつめた沈黙のあと、ペンブルックがうなずいた。

「エマはクレアの馬車でポーツマスへ向かったわ」ダフネは腕を組み、ふてぶてしく頭を振った。「向こうで二泊して、あさって帰ってくる予定よ」

ニックの不安が怒りに変わって炎をあげた。「海賊の女王の日記を手に入れるために？　いつ発ったんだ？」

ペンブルックが困惑した顔でニックを見つめ、続いて妹を見る。「海賊の女王の日記だって？」

「落ち着いて、サマートン」ダフネがなだめた。「海賊の女王の日記ってなんなの？」

「本屋のグッドウィンから、彼女がアン・レディントンという海賊の女王の日記を追いかけていると聞いた」鼓動が乱れた。ばかなまねをするなとあれほど忠告したのに、なぜエマはこんなことをする？「ぼくの名前でグッドウィンに注文してある。彼女がポーツマスへ行かないよう、贈り物にするつもりだった」

「サマートン……」ダフネが声をやわらげて頭を振る。「エマはレディ・アルトンのメイドを説得してロンドンへ連れ戻すために行ったのよ」

「レディ・レナ・アルトンか？」ペンブルックが大きく息を吐いた。「なるほど、そういうことか」

「なぜメイドなんだ？」ニックもアルトンにまつわる噂は聞いていたし、最近妻を亡くしたことも知っていた。だがアルトンがまた結婚するつもりでいるとペンブルックに聞いてから、彼のことはほとんど忘れていた。

ダフネが自分の体に両腕をまわして大きく息をつく。「エマはレナの死に関する証人として、彼女のメイドだったメアリー・バトラーに裁判に出てもらおうとしているの。メアリーが主人の最期を目撃したに違いないとエマは思っているのよ。レナの死後、メアリーはひどく怯えて、未投函になっていたレナの手紙をエマに送ったの。それによれば、レナは赤ちゃんが生まれる前に夫に殺されると思っていたみたい」

ニックは獣のようになりたいのをこらえ、天井を仰いだ。なぜエマは打ち明けてくれなかった？　ポーツマス行きのことであそこまで追いつめなければ、彼を信用して本当の目的を話してくれただろうか？

ペンブルックが眉をひそめる。「マッカルピンはエマの動きを知っているのか？」

「エマが手紙を書いたわ」ダフネは澄んだグレーの目を細めた。「サマートン、どうしてポーツマス行きのことを知っているの？　わたしもつい二日前に打ち明けられたばかりなのよ」

「彼女はメイドだけを連れて〈グッドウィンズ〉にいた。なかなか理由を明かさないので、グッドウィンに問いただしたんだ。どうやら彼は、ぼくをごまかそうとしたらしい。われらがレディ・エマは店主とずいぶん懇意のようだ」

ペンブルックが口の端をあげてにやりとする。「われらがレディ・エマだって？」

ニックは手で振り払うような仕草をした。つまらないからかいはあとでいい。

「〈グッドウィンズ〉でエマに会ったのはいつだ？」ペンブルックがきいた。

ニックは部屋の中央に鎮座する大きなオーク材の机に腰かけた。「レディ・エモリーの舞踏会があった日だ。ぼくはポーツマスに行かないよう忠告し、言うことを聞かないならランガム公爵に話すと脅した」

いつもの彼らしく、ペンブルックが遅ればせながら怒りを爆発させた。

「ダフネ、おまえはエマを止めるか、誰かに相談するかしなかったのか？　アルトンの屋敷はポーツマスからたった三〇分の距離だぞ。もしアルトンがエマの目的を聞きつけたら、それこそ何をするかわからない」

ダフネが反抗的に顔をあげる。「アルトンがエマに何をするというの？」

妹を見つめたまま、ペンブルックは獲物をつけ狙うパンサーのようになめらかな動きで近づいた。ダフネはたいていの女性より背が高いが、兄はさらに高くそびえ立っている。

「六カ月前、アルトンはロンドンの目抜き通りで自分の馬を殴り殺した」ペンブルックは声を落とした。「その馬がいったい何をしたか教えようか？　蹄鉄《ていてつ》を落としてつまずき、乗っていたアルトンを地面に投げ出してしまっただけだ。さあ、これであいつがエマを脅威に感じたときに何をするか想像できるか？」

ダフネはふたりの前を行き来した。「偉そうに言わなくてもわかるわ。エマは……〈ルビー・クラウン・イン〉にひとりで泊まる予定よ。一緒に行くはずだったメイドのエリアルが朝に体調を崩したの。エマはどうしてもエリアルを残していくと言って聞かなかった。いまにも死にそうな顔をしているからって。彼女はわたしも、ほかの誰も連れていこうとしなかった。一緒に行ったのはハリーだけよ。事情を知る人が少なければ少ないほどいいと考えたみたい」

こうしているあいだにもエマはポーツマスに向かっており、ニックはダフネの説明を理解する必要があった。もし途中で何かあって足止めされたらどうするつもりだ？　あまり紳士的ではない連中、悪くするとアルトンがエマを見つけ、助けを申し出たら？　胸を叩いて叫びたい衝動が突きあげてくる。それを懸命にこらえ、自分の呼吸に意識を集中させた。いまここで暴れても意味はない。

「あんな老人しか付き添いがいないのか？」ペンブルックが暖炉の前に移動し、声を部屋じゅうに響かせた。「あの男をもっと早く引退させるべきだったな」

ダフネが窓辺に近づく。「ハリーはエマを守ってくれるわ。昔から彼女のことを好いていたから」

ペンブルックが手で顔をぬぐった。「居間へ行け。あとでまたききたいことがある」

「お兄さまはわたしの看守じゃないわよ」ダフネが首をかしげて窓の外を見る。

「ぼくはこの屋敷の家長だ。言われたとおりにしろ」ペンブルックの言葉が部屋にこだました。「今シーズン中におまえの夫を決めさせたいのか？　ぼくの選択基準はおまえの好みとは違うぞ」

「いまのお兄さまの言葉で、エマの言っていることがよくわかったわ。わたしも彼女と一緒に逃げるべきだった」ダフネは昂然《こうぜん》と頭をあげ、背筋をぴんと伸ばして部屋から出ていった。

扉が閉まると、ニックは緊張を破った。「いまのはいくらなんでもひどいぞ。自分の妹じゃないか」

「そうとも。ぼくはエマと妹の両方を守ろうとしているんだ。ふたりとも、誰の説教にも耳を貸さないからな。エマが本当に危険な目に遭う前に、そしてこの一件がランガム公爵の耳に入る前に、誰かがポーツマスへ行かなければ」ペンブルックが続けた。「ぼくは今夜、クレアを慈善行事に連れていくと約束してしまった。申し訳ないが、きみが妻に付き添ってくれないか？　ぼくがいまから出発すれば、日が暮れる前にポーツマスへ着くだろう」

「ぼくがエマを追うよ。きみがクレアにつきあわなければ、人が妙に思うだろう。それにぼくは責任を感じている。もっと早く、きみかランガム公爵に話すべきだったんだ」

ペンブルックがうなずく。「そう言ってもらえてありがたい。何かできることがあったら言ってくれ」

「公爵夫妻に話すつもりか？」ニックは大きく息を吐いた。公爵夫妻は激怒するだろう。ここ何カ月も苦悩してきたエマが、このうえ罰せられるのは見たくない。しかしそれはまず避けられないし、そこに自分がまたしても加担することになる。

しばらく間を置いて、ペンブルックが言った。「いや。マッカルピンに知らせて、ウィリアムが何か知っているか尋ねてみる。公爵夫妻には黙っているよう、ふたりに頼むつもりだ」

ニックは安堵《あんど》した。あとは公爵夫妻がエマの行動を知る前に、なんとしてでも彼女をロンドンに連れて帰らなければ。「一時間以内に出発する。状況をその都度連絡するよ」

ペンブルックがニックを玄関まで送り、従僕がコートを差し出した。外では厩番がニックの馬を引いて待っていた。

黒い牡馬《ぼば》のプロテウスが、早く出発したそうに地面を蹴る。ニックが鞍《くら》にまたがると、馬は命令される前に駆けだした。時間とは、さながらわがままな愛人だ。仕事は山積み、エマの追跡に二日かけるどころか、ひと晩たりとも無駄にすべきでない状況だった。順調にいけば日没前にポーツマスへ着くだろう。彼女を見つけ出し、明日の早朝に戻ってくる。それですべての問題から手を引こう。ランガム公爵の厄介な娘からも。

困ったことに、そう考えても心は重いままだった。エマがポーツマスに発ったのは、すべてニックのせいだ。昨夜、しっかり約束するまで彼女をひとりにするべきではなかった。もしエマに万が一のことがあれば、永久に自分を許せないだろう。

これまで目にしてきた彼女の愚行の中でも、今回は極めつきだ。ポーツマスでたったひとり、殺人者に裁きを下すためメイドに証言させようとするなんて。自ら危険を招いているようなものじゃないか。

しかも、エマはニックの自制心に対しても危険だった。ゆうべはもう少しでキスの現場をクレアに見つかりそうになった。奇妙なことに……結婚に対していつもの不安がよぎることはなく、いまは何か別の思いが心を占めている。けれどもそれがなんなのか、ニックにはよくわからなかった。

エマと結婚することで自分の人生がだめになる気はしない。キャヴェンシャム家の人々のうち、いや、それを言うならすべての女性の中で、エマといるのが一番心地いい。あのあたたかい笑い声や機知に富んだおしゃべりは、あたかも彼を安全な場所へ連れ戻してくれる特別な光か磁石のようだ。

だが、どこから連れ戻すのだ？　自分はいま、どこをさまよっている？　まるで恋わずらいをしている愚か者の気分だ。人生において必要とするものは、すべて手に入れたはずだった。しかし、ニックはとうとう真実と向き合った。自分はエマを求めている。

　問題は、誰かを幸せにできる自信がないことだ。

　そのことは大昔に父からはっきりと突きつけられた。


　エマはこざっぱりとした居間と寝室からなるスイートルームに落ち着いた。八時ぴったりに、ハリーが〈ルビー・クラウン・イン〉の食堂へ行くために迎えに来た。彼女は食堂の板張りの壁に興味深げに目を向けた。部屋じゅうに船からおろされた記念品や土産物が飾られている。

　それらの品々を何時間でも眺め、この宿の歴史を学ぶこともできたが、部屋は騒がしい音でいっぱいだった。男性たちの大きな歌声が響き、騒々しい笑い声に変わる。あちこちから〝もっと歌え〟という叫び声が飛んでいた。

　そんな地元客ばかりの食堂にエマとハリーが入っていくと、とたんにまわりが静かになった。ひとり、またひとり、すべての男性と、同席している数人の女性、給仕係がふたりに視線を向けた。半分ビールが残ったジョッキがテーブルに置かれ、誰も口を利かない。何年にも感じられたそのひととき、エマはそこにいる全員の視線を浴びた。

　彼女にはもともと会話を止める才能があった。ただしそれは舞踏会で、女性が自分の持参金を自由に投資する権利を持つべきという持論を展開したときのことだ。公共のパブで見知らぬ人々に混じっているときではなく。

ハリーはエマの二歩うしろに控えていた。彼の低いささやき声が、その場にいた人々の耳に届いた。「マイ・レディ、ここはどうも雰囲気がよくありません」

いやらしい笑みを浮かべたふたりの大男が、椅子から立ちあがって近づいてきた。すえた汗と垢《あか》の匂いが鼻をつき、吐き気がこみあげる。脈が速くなって耳の奥がどくどくしたが、エマは毅然《きぜん》とした表情を保った。怖がっているところは見せられない。

「どうしたんだろうな、ジャスパー？　この小さなご婦人は寂しそうだぞ」

ジャスパーと呼ばれた男が笑みらしきものを浮かべたが、エマに見えたのはぼろぼろの汚い歯だけだった。

「ああ、マーレー。この小鳩ちゃんは誰かに慰めてもらいたそうだ」ジャスパーが身を乗り出した。「それに、なんともいい匂いがするぜ」

ハリーが息をのみ、前に出てきた。「向こうへ行け、このお嬢さまはおまえたちなど相手にしない」

マーレーがビーズ玉のような小さい目をハリーに向けた。「年寄りが口出しするな」巨体に似合わないすばやさで、ハリーをいともたやすく突き飛ばす。そして樽のような胸板の相棒とふたりでエマの行く手をふさいだ。

この場で向きを変えて出ていくのが賢明だ。エマはふたりの男をにらみ、走って逃げる勇気を呼び起こそうとした。そのままどのくらい時間が経っただろう。やがて宿主のフェントンが彼女に寄り添った。

「そこまでだ。このご婦人と従者を通せ」彼は言った。「一緒にお座りください、マイ・レディ。わたしのテーブルに席が空いています」

「フェントン、ちょっと楽しもうと思っただけだ」ジャスパーがうめくように言う。

「うちの客に迷惑をかけるな」フェントンが抑えた声で命じた。年の頃は中年で、見事に引きしまった体をしている。巨体と曲がった鼻筋と大きな手から、彼が無作法な客を店から放り出すのをいとわないのがうかがえた。顔つきこそ無表情だけれど、その目はいったん怒ったら容易にはおさまらないことをほのめかしている。

エマは体がすくんで、その場から動けずにいた。ほかの客たちはフェントンの登場にひとまず安心し、ジャスパーとマーレーの反応を待った。

「行こうぜ。どうせたいした女じゃない」マーレーが相棒を引っ張った。「面倒はごめんだ」

ジャスパーはニレの木のように突っ立っていた。しばらくすると、彼は引きさがってフェントンから目をそらした。床につばを吐き、マーレーと連れ立って出口に向かう。そこから最後にもう一度エマを見た。ジャスパーは悪魔も震えあがるような恐ろしい笑みを浮かべ、食堂を出ていった。

あたかも芝居の幕間《まくあい》になったかのように人々が安堵のため息をつき、陽気な会話に戻った。

エマは恐怖をのみ込んでハリーに向き直った。「大丈夫?」

ハリーの熟したリンゴのような顔色は、ならず者たちをうまく追い払えなかったことに対する動揺を表していた。「はい、マイ・レディ。早く食事をして引きあげましょう」

「ついてきてください」フェントンが手を振り、エマを奥のテーブル席へ導いた。

「助手のミスター・ジョンソンもご一緒させていただいてかまいませんか？」彼女は尋ねた。

「もちろんです」フェントンはエマのために椅子を引き、〝助手〟と紹介されて胸を張るハリーに手を貸した。彼は給仕係の娘に向かってうなずきかけながら指を二本立て、ビールと食べ物を追加するよう伝えた。

「地元客のことは気にしないでください。酒を飲みすぎると、特に港にあがってまもない連中は礼儀を忘れてしまうんです。町の外から来る人は、めったにこういう場所で食事をしませんから」数分前のことなどなかったように、宿主は熱心に話を続けた。「グッドウィンによると、あなたはポーツマスに仕事の用がおありとか」

エマは先ほどの恐怖が薄らいだ。「ええ。でも、個人的な理由から訪れたい場所もあります」

「わたしが思うに、どちらもあるのが一番ですよ」フェントンが彼女を見つめ、微笑みを浮かべる。「グッドウィンとは昔からの知り合いでね。彼に力を貸してほしいと頼まれて、ふたつ返事で引き受けました。グッドウィンはあなたのことをとても褒めていましたよ。それに彼の友人はわたしにとっても友人です」

「ご親切にありがとうございます。ミスター・グッドウィンの助けがなければ、わたしはいまここにいません」エマは言った。「さっきはあのふたり組を追い払ってくれてありがとうございました」男たちが出ていった扉に目を向ける。これまで自分はどんな状況にも対処できると思っていたけれど、もうあまり自信がなかった。あのときフェントンが助けてくれなかったら、どうなっていただろう？　ハリーの年齢と体格では、あのふたりにかなうはずがない。「あなたが来てくださらなかったら、どうなっていたか――」

「マイ・レディ、もうすんだことです」フェントンが短く微笑み、ハリーに目を向ける。

しばらく三人の他愛もない会話が続いた。エマとハリーは新鮮なカキとタラ、そしておいしいポテトシチューで空腹を満たした。自家製のジャムが添えられた焼きたてのパンも平らげた。食事の締めくくりとしてエマには熱い紅茶、ハリーにはビールがもう一杯振る舞われた。

「ご主人、ちょっと帰りの支度をしてきます」ハリーが立ちあがり、すっかり形の崩れた帽子を握りしめた。「わたしが戻るまで、お嬢さまに付き添っていただけると助かるのですが」

「お安いご用ですよ。彼女は安全です」フェントンがおごそかに誓いを立てるようにうなずく。

ハリーはすっかり安心し、足早に食堂から出ていった。エマと宿主はふたりで会話を続けた。

「書店主のパーカー夫妻が明日、あなたの訪問を待っています。うちの給仕係のベスがメイドを務めますから。正直で働き者の娘です。あなたのお世話をしっかりさせていただきます」

「ありがとうございます」窓の隙間からそよ風が入ってきた。エマは食堂を見まわし、潮と海の香りを深く吸った。レナがその匂いについて何度も話してくれたものだが、今日ここへ来てようやく友人の言葉の意味がわかった。ポーツマスにはどこか不思議な力がある。まるでレナがそこにいて――エマに挨拶してくれたかのような。

「少し失礼してかまいませんか？」ひとりの女性が食堂に現れたのを見て、フェントンが立ちあがった。「妻がわたしに用があるようです」

「もちろんですわ」

彼はうなずき、妻のもとへ行った。

ふたり組の男に絡まれた先ほどの恐怖は遠のいていた。給仕係たちが混み合う店の中を踊るような足取りで料理のトレイを運んでいき、空になった皿をのせて戻っていく。エマはぼんやりと窓に目を向けた。まわりの会話が心地よく遠のいていった。

「レディ・エマ、ご一緒してもよろしいかな？」聞き覚えのある男性の声がテーブルの向こうから聞こえ、ようやく手に入った安心に水が差された。

声の主を見るまでもなく、彼女は椅子の縁を握りしめた。そうでもしないと体をまっすぐ支えられない。本能的にどこかへ逃げ出したくなった。

許可を待たずに、アルトン伯爵キース・マーンがなめらかな身のこなしで向かいの席についた。ニックや兄たちのように大柄ではないが、エマよりずっと背が高い。彼女は相手から目をそらすまいとした。アルトンの黒い髪と闇のようなブルーの瞳のどちらが濃いか、見分ければ難しかった。どちらもスコットランドの湿原地《ムーア》にあるよどんだ湖を連想させる。

アルトンは、まるで自分が王で客たちが忠実な下僕であるかのように食堂を見渡した。「結婚してまもない頃、まさにこの場所で妻とすばらしい食事をしたよ。彼女は〈ルビー・クラウン・イン〉のカキのシチューが大好物だった。マイ・レディ、きみはここの料理を気に入ったかい？」

「閣下」エマの声はかすかに震えていた。「ここでお会いするとは驚きました」

「本当に？」彼が尋ねた。唇の端がわずかにあがり、それまでの平然とした表情が皮肉めいた笑顔に変わる。「きみが泊まっているのは、ぼくたちが新婚初夜を過ごした部屋だ。妻がとても恋しいよ」いまも妻の死を悼んでいることを強調するかのように、彼はため息をついた。

フェントンかハリーが戻ってきてくれないかと、エマはさりげなく出入り口に目をやった。

「きみがグッドウィンを訪ねていると知ったときのぼくの驚きがわかるかい？　従僕にきみをつけさせたのさ。馬車を鍛冶屋に隠したのはなかなかの知恵だが、用心が足りなかったな」アルトンは彼女と秘密を分かち合うかのようにテーブルに身を乗り出した。松材の天板をほれぼれと眺め、板の裂け目を人差し指でなぞる。「マイ・レディ、ポーツマスでのきみの用というのはなんだ？」

「あなたには関係ありません」鼓動が馬の襲歩並みに速くなっていた。椅子の背にもたれ、平然とした顔を取りつくろう。

給仕係の娘のひとりが足を止め、ふたりのやりとりを見つめた。娘は汚れた皿を片づけていた男性に何か耳打ちし、食堂から出ていった。

アルトンがうっすらと微笑んだが、楽しいわけでないことはお互いにわかっていた。

「死んだレナのメイドだったメアリー・バトラーに用があるのかな？　もしそうなら言っておくが、彼女はもうポーツマスにはいない。船乗りとどこかへ逃げたよ」

「礼儀上、教えてくれたことにお礼を言っておきます」とはいえ、こんな人でなしに感謝の念はまったくなかった。この男の中にこれほどの邪悪さが巧妙に隠れ、脅威を感じたとたん火を噴くとは思ってもみなかった。

「さて、もう邪魔はしない」アルトンが出し抜けにテーブルの上からエマの手をつかんだ。

彼女は手を引っ込めようとしたが、相手の力は強かった。

「メアリー・バトラーが家を出ていったあと、死んだ妻の持ち物がほとんどなくなっているのに気づいた。具体的には宝石と手紙だ」アルトンが手を滑らせてエマの手首を握る。「万が一きみが関わっているなら、ぼくはとても不愉快だ」

指に力がこもり、手首が強く握られた。わざと敏感な部分に力をこめられ、彼女は痛みに顔をしかめた。

「何が言いたいの？」ささやきながら、手首をねじって逃げようとする。アルトンが手を離したが、手首はずきずきしていた。

「別に何も。ただ、きみの評判にいま以上に傷がついたら困るだろうと思ってね」

「脅しているの？　わたしの父は家族を脅されて黙っているような人ではないわよ」

アルトンが立ちあがった。「建設的な助言と考えてほしい」そこで何か重大なことを思案するように首をかしげる。「もしくは個人的な指導だろうか。言うとおりにしないなら、ぼくの部下のマーレーかジャスパーが、もっと効果的な方法できみを従わせるだろう。では、おやすみ、レディ・エマ」

彼はおどけたようにお辞儀をして帽子をかぶった。それから出口へ向かってゆうゆうと歩いていく。脅迫など日頃からいくらでもやっているとばかりに。

アルトンが扉に着く前に、こわばっていたエマの体から力が抜けた。思わぬ出会いから受けた衝撃に全身が震えだす。手袋をはめた手首が熱を帯びてきた。

「マイ・レディ、さっきとは別の客に脅されているとベスから聞きましたが？」フェントンが戻ってきて心配そうに尋ねた。

「わたしを知り合いだと思って話しかけてきた男性がいました。でも、相手の勘違いでしたわ。大丈夫です」もちろんアルトンがエマをよく知っており、公正な裁きを求めて努力している彼女を甘く見ていることは伏せておいた。エマは落ち着いた態度で席を立った。「それでは部屋に戻ります、ミスター・フェントン。とても疲れる一日でした。明日の朝一番に書店へ行きます」

「階上《うえ》までベスが送りますよ」フェントンが応じた。

エマは小さくうなずいた。人数が多いに越したことはない。こんないやな夜はさっさと忘れてしまおう。明日に気持ちを向けるのだ。

ベスがブランデーのグラスを持ってテーブルの脇に来た。強い酒の匂いが鼻をつく。

「マイ・レディ、今夜はこれが必要かと思います。ほかにご入用なものはありますか？」

エマの頭に拳銃とナイフと剣と大斧《おおおの》が浮かんだ。

9

宿に着いてまもなく、ニックはエマのスイートルームを見つけた。彼女がウィリアムに見せた負けん気の強さからしてどんな反応が返ってくるか想像がついたので、足音を立てないように部屋へ近づいた。

階段の上まで行ったとき、明らかに酒に酔ったふたり組の男がエマの部屋のすぐ外にいた。ひとりは紐を何本かと汚れた布を持っている。

「マーレー、おれが口を押さえるから、おまえは両手を縛れ。ふたりで力を合わせてクリスマスのガチョウみたいに縛りあげようぜ」

「そいつはどうかな……ジャスパー。どこへ連れていく？　また宿の亭主を怒らせるのは気が進まねえ」廊下にしゃっくりの音が響く。「あの男はこういうことを嫌うだろう」

「ああ、こっちもだ」ニックの厳しい声にふたりが振り返った。「扉から離れろ」

ジャスパーが布を落とし、胸の前で両手を広げる。「落ち着いてくれ、まだ何もしてねえよ」

マーレーも同じ仕草をした。「きっと部屋を間違えたんだ」

ふたりはゆっくりと扉から離れ、ヘビのように壁伝いに移動した。

ニックの脇まで来ると、ジャスパーが言った。「本当に間違いなんだよ、旦那」

ふたりが逃げようとする方向にニックは立ちはだかった。男たちが武器を手にしていないことを確かめ、一歩近づく。マーレーがすばやくジャスパーのうしろに隠れた。ニックがさらににらみつけると、ふたりはうなだれた。

「もうひとつ」ニックは殺気を帯びた声で告げた。「間違いがないように言っておく。今度彼女に近づいたり、ちらりとでも目を向けたりしたら、ふたりともその場で殺してやるからな」

男たちが顔もあげずにうなずいた。ニックは脇にどいて彼らを通した。ふたりの足音が階下の騒がしい音にかき消されるまで、しばらく待つ。そのあと部屋の扉をすばやくノックした。向こう側から人がゆっくり近づいてくる音が聞こえると、彼は声をあげた。

「サマートンだ」

扉がわずかに開いた。

「閣下?」ハリーが返事を待たずに続ける。「ああ、助かった! さあ、早くお入りください!」

ニックはすばやく入って部屋を見渡した。隅に簡易ベッドが置かれたこぎれいな居間で、反対側の壁に扉がある。「レディ・エマはどこだ? 無事なのか?」

ハリーは何度も首を横に振った。

一日じゅう馬で駆けてきたせいで、疲れが骨まで染みていた。とにかくエマのことが心配だ。「ハリー、ちゃんと答えろ」

「申し訳ありません、閣下。とても長い夜でした。わたしはレディ・エマからここに泊まるよう約束させられまして」ハリーは大切な秘密を打ち明けるように身を乗り出した。「あのお嬢さまは、ひとりで泊まるのを怖がっているんです。いまは向こうの部屋にいらっしゃいます。歩きまわっているのか、ずっと物音がしていますよ。大丈夫か様子を見ようと扉をノックしても入れてもらえません。今日の夕方、男ふたりに怖い目に遭わされたものですから」

「たったいま、部屋の外にふたり連れの男がいたぞ」ニックは扉に目を向けた。あの獣たちがエマに何をしようとしていたか考えただけで、すさまじい怒りがよみがえった。彼は大きく深呼吸した。何があろうと彼女を守ってみせる。

ハリーが息をのむ。「わたしは何も聞こえませんでした。もし連中が――」

「馬の準備をしてくれ」うろたえている御者を慰めている場合ではない。「ぼくが彼女についている。すぐに出発だ」

ハリーは首を横に振った。「恐れながら、それは無理でしょう。レディ・エマは何があってもしばらくここに滞在するつもりです。それというのも――」

ニックは説明を待たなかった。「だったら明日の朝に発つ」

老人はうなずき、年齢のわりに機敏な動きで部屋から出ていった。

ニックはすばやく部屋を突っ切った。反対側の壁の扉を静かにノックし、返事を待たずに入った。礼儀などかまっていられない。とにかくエマの無事な姿を見ないことには気がすまなかった。

室内はろうそくの光に満ちていた。無数の明かりが警告するようにまたたいている。エマはベッドの真ん中に座り、野生児のように虚ろな目をしていた。髪はおろされ、蜂蜜色のやわらかな巻き毛を腰まで垂らした魅惑的な姿だった――ただし、ニックに向かって拳銃を構えているけれど。

こんなエマは見たこともないし、この先も見たくない。彼女はとことん怯えきっている。武器の重さに耐えかねたように両手を震わせていた。

「ぼくの顔めがけてリンゴを投げたのもひどかったが――」ニックは銃を指した。「これはまったく受け入れがたい」

エマが目を大きく見開き、唇をわななかせた。

「どこから持ってきた？」怯えた馬をなだめるように静かに尋ねた。

彼女がニックを認識するまで数秒かかった。エマは大きく息をつき、武器をおろした。ふたたび顔を覆うように手をあげる。彼女の肩が震えだすと、ニックは近づいて手からそっと銃を取りあげた。それをサイドテーブルに置き、隣に座る。彼女が顔をそむけて離れようとした。

「エマ」ニックは彼女を引き寄せて腕に抱いた。エマの体のぬくもりに疲れが癒されていく。

彼女はニックの胸に手を当て、これ以上近づけないほどぴったりと身を寄せてきた。一定のリズムで背中をやさしく撫でてやると、エマはしゃくりあげながら静かに泣いた。泣く女性に対しては、この接し方で正しいのだろうか？「もう大丈夫だ。こちらを見てごらん」

ようやく彼女が身を離す。ニックはコートのポケットを探り、ハンカチを出して手渡した。

エマはハンカチを見つめ、象牙色のモスリン地に刺繍されたSの頭文字を指でなぞった。なぜかニックは、彼女が恐怖ではなく彼の持ち物に意識を向けていることに心が慰められた。

「特別に注文して作らせたんだ」気づけば、なぜかそう口にしていた。

「美しいわ」エマは両手で涙を拭き、ふたたびハンカチを撫でた。「わたしの刺繍の腕前は、いつまで経っても一人前のレディのようにならないの」

いつものクリームのような肌は青ざめ、鼻水も出ている。ニックは彼女の手からそっとハンカチを取り、日頃トゥルーズデール卿やレディ・マーガレットにしてやっているように鼻を拭いてやった。「けがをしているのか？　誰かに――」

エマが首を横に振る。「大丈夫よ」

大丈夫なら、寝るときに銃が必要なわけがない。彼は穏やかに言った。「ぼくに銃口を向けるほどのことをしたからには、正直に答えるべきだ」

「あなたは――ここへ何をしに来たの？」こぼれた巻き毛が誘いかけるように揺れる。ニックはその髪を耳にかけてやった。最近手に入れたアイボリーの珍しい絹織物のように、やわらかな髪だった。絹織物は高値で売れる予定だが、なめらかさでは彼女の髪にかなわない。

エマのグリーンの瞳が陰り、ふたりきりの部屋がやけに静かに感じられた。どんな力が働いたのかわからないが、ニックにやるべきことがふたつ見えた――部屋を出て二度と振り返らないか、彼女を抱きしめて二度と放さないか。その考えに衝撃を受けて身をこわばらせると、エマが同じことを考えていたように目をそらした。

内気――彼女の性格を表すのについぞ使ったことのない言葉だ。だが、今夜はお互いに参っている。答えてもらうべきことは山ほどあるけれど、釈明の時間はじゅうぶんに与えるつもりだ。

身勝手なことに本音を言えば、ただエマとふたりきりの時間を過ごしたいだけだった。自分の力で彼女をふたたび笑わせ、不安を取り除いてやれるか試したい。彼女の笑顔がもう一度部屋を明るくするところを見たい。エマに寄り添っていると、自らの中に活力を感じられる。生まれ変わり、強くなった気さえする。

まったく、どうかしている。いまはエマの安全を気にするべきであって、キスしたいとか、自分のものにしたいとか考えている場合ではない。ニックは咳払いをし、暴走する馬車よりも手に負えなくなってしまった妄想を抑えようと試みた。「誰から怖い目に遭わされたんだ?」

「階下《した》の食堂でちょっといやなことがあったの。たいしたことではないのよ」エマは少しためらった。「ふたり連れの男性がわたしとハリーに失礼なことを言ってきて、宿のご主人が追い払ってくれたの」

怒りがこみあげ、すぐにでもふたりを見つけて半殺しにしてやりたくなった。だが、ニックは懸命に冷静さを取り戻した。怒りに任せたところで、エマの不安や彼の復讐心《ふくしゅう》がおさまるわけでもない。彼は大きく息をついた。「ぼくがここへ来たとき、扉のすぐ外にふたりの男がいた。ハリーは気づいていなかった」

エマは手で口を覆ったが、こらえきれずに鋭い息を吐いた。「わたしも気がつかなかったわ」

「銃はどうやって手に入れた？」

「給仕係の若い女性に頼んだの」エマは無造作に手を振った。武器、それも銃を手に入れることがそれほど特別ではないかのように。

「なんのために？」彼女は怖くないふりをしているか、もしくは今夜、自分の身に降りかかった危険を受け入れまいとしている。どちらにせよ、ニックは簡単に追及の手をゆるめる気はなかった。

「念のための用心よ」

いつまで経っても事情がはっきりせず、彼はうめきたいのをこらえた。「ぼくは男ふたりがきみの部屋に押し入ろうとして、きみが銃を振りまわしているのを見てしまった。きみはきちんと説明するべきだ」

エマが目をつぶって大きく息を吸い、ため息をつく。

ニックは彼女の背中を撫でていた手の動きを遅くした。触れるべきではないとわかっていたが、欲求が無視できないほど大きくなっている。指先がドレスの背中のボタンに触れた。

「話す気はあるのか？」

彼女がニックの顔を見て唇を開いた。瞳孔が開き、深い呼吸に合わせて胸が上下している。彼の中に強い衝動がわき起こった。ふたりのあいだにある否定しようもない磁力にあらがおうとしても、体が緊張して動悸がする。話題を変えなくては。

「きみは銃の撃ち方を知っているのか？」

「もちろんよ」エマが首をかしげ、やわらかに波打つブロンドがこぼれ落ちた。「父が武器の扱い方くらい知っておくべきだと言って、クレアとわたしに教えてくれたの」そこで眉をひそめる。「クレアといえば……アレックスも一緒なの？」

「いや、ぼくひとりで来た」ニックは声を落とした。「明日、きみを連れて帰る」

エマが形のいい鼻にしわを寄せた。「悪いけど、明日から数日間は予定があるの。明日は朝から書店でパーカー夫妻に会うことになっているわ。ハリーが付き添ってくれるの」彼女はニックの瞳を見つめた。そこに真実を探すかのように。「あなたも一緒に行ってくれていいのよ」

きみはぼくのものだ――ニックはそう叫びたかった。エマを抱きしめ、自分の目の届かないところへ行かないようにしたい。「パーカー夫妻というのは何者なんだ？」

「町の書店主よ。なんの危険もないわ」彼女は体の左右で両手をせわしなく動かし、視線をそらした。「一緒に行ってもらえたら――とてもうれしいけれど」

ずいぶん厚かましい頼みごとだ。ニックは大きな不安が引くまでこらえた。部屋の外にならず者たちを見つけたあとでは、エマを叱りつけたくもなる。今夜のようなことがあったのに、なぜ彼女がまだこの町にとどまろうとするのかまるで理解できない。

エマはどこまでも悩まされる相手だが、そのいつにないしおらしさに胸があたたかくなり、ニックは少しずつ緊張を解いた。彼女は安全だ。何があろうと自分が守る。

ほっとしたとたん、嵐のような勢いで疲労が襲ってきた。一日じゅう馬で駆けてきたせいで意識が朦朧《もうろう》としている――だから今夜はおかしなことばかり考えてしまうのだ。

ニックがベッドから立ちあがろうとしたのと同時に、エマが彼の腕をつかんだ。バランスを失い、彼はエマを下敷きにする格好でベッドに倒れ込んでしまった。彼女の顔を見つめ、ドレスの黒いベルベットの縁取りと対照的なクリームのように白い胸に視線をさげる。

もちろん、これまでもエマの魅力に気づいていないわけはなかった――前を行く彼女のヒップの動き、髪の色、胸のふくらみ、輝くグリーンの瞳――それらすべてがニックに魔法をかけた。そばにいると、どうしても触れたくなってしまう。紳士としての誇りを捨てても望みをかなえたいと思わずにはいられなかった。

エマの体温が伝わってきたことに焦り、彼は身を離した。こんなことは間違っている。今夜の彼女はひどく無防備だ。

ずっと胸につかえていた居心地の悪さがいっそうふくらんだ。いや、ふくらんだのはそれだけではない。いまエマに下腹部を見られたら、言い訳のしようもない。

「別の部屋で寝るよ」

「待って！　サマートン……ニック」エマは彼だけでなく自身の決まり悪さをやわらげるように言った。「わたしは決してそんなつもりでは……そういうことじゃないの」恥じらいながらも静かな威厳を保って続ける。「お願い、わたし……あなたにそばにいてほしいの」

さらなるうしろめたさが胸にこみあげ、口の中に苦い味を残した。彼女はただ、ひどく落ち込んでいるのだ。それは見ればわかることで、無理もないだろう。ニックはうなずいた。

「隣の部屋にいるよ」

ハリーと給仕係の女性が一緒に戻ってきた。女性はエマの寝支度を手伝い、ハリーとともにすぐ出ていった。ニックは居間でひとり、エマにおやすみを言いに行くべきか、それともそっとしておくべきか迷いつづけていた。かがんで暖炉の火をおこし、立ちあがってろうそくの火をつける。炎が生き物のように揺らめいた。

これは気のせいか、それとも狭い部屋にエマのローズウォーターの残り香がするだけだろうか？　ろうそくの明かりが香りを招き寄せている――さっきよりも一段と強く。

ニックは彼女の姿を見るより先に、その存在を感じた。エマはナイトガウンを着て立っていた。二メートルと離れていない場所――彼がその魅力にあらがいようもないほど近くに。わずかに動くだけで抱きしめることができるほど、すぐそばに。

「ここへ来ることはマッカルピンに手紙で知らせたわ。自分の計画を誰かに知っておいてもらいたくて」エマの瞳には敗北感がにじみ、声はいまにも消え入りそうだった。彼女は運命に逆らうのをあきらめたように、震えながらため息をついた。「わたしだって、ただ屋敷を飛び出してポーツマスに来たわけじゃないのよ。何週間も前から準備をしていたの。このあいだ、ミスター・グッドウィンの店であなたに見つかったでしょう？　彼はわたしに協力してくれたのよ」

ようやく答えが聞けそうだ。

エマが首をかしげ、豊かなブロンドがふたたび肩にこぼれた。顔は不安に曇っている。

「もうあなたに隠しごとはできないわ」

「ここでどんなことをする計画なんだ？」それはすでにわかっているが、彼女の口から聞きたかった。

「書店に行ってから、サイクストン卿の屋敷を訪ねるつもりよ」エマはなんでもないことのように肩をすくめてみせたが、演技が下手なことが露呈しただけだった。「レナのメイドに会いに行くの。一緒にロンドンへ戻るよう説得するために。これがわたしの新しい事業の手始めになるわ。わたしは身寄りのない女性の力になりたい――男性に経済的に頼らずに生きていけると伝えたいのよ。それがわたしの――」

「なぜきみが経済的な自由を求めなければならないんだ？」彼女はランガム公爵の娘なのだ。何を求める必要があるだろう？

「そうじゃないの。これはわたしの昔からの夢なのよ。何か仕事をして、生きる目的が欲しいの」エマが深いため息をつく。「わたしは普通の女性とは違うのよ」

ニックは危うくうめきそうになった。エマに初めて会ったときからわかっていたことだ。彼女は負けん気が強く、自尊心が高い。公共の宿で『ベンサム随筆集』を買わなければならないと主張して、引きさがらないほどに。

ニックは自分が女性からどう思われているかわかっていた。要するに彼は金とレントン公爵夫人の地位を得るための踏み台だ。だが、エマはそういうものにいっさい目もくれない。そこに惹かれた。彼女のキスを受け入れたことになんの不思議があるだろう？　あの大胆な行動——いつも冷静な自分らしくない振る舞いには何週間も困惑させられた。これまで女性を追いかけたことは一度もない。エマとのキスを想像することもないではなかったが、実際に行動に移すなど夢にも思わなかった。

良家の令嬢などにはまったく興味がないと思っていたのに、それが嘘であることをエマ・キャヴェンシャムが証明してしまったのだ。いま、彼女の歯と唇を見て、ニックはまたしても己の良心が信じられなくなった。

「わたし……あなたに迷惑はかけないと約束するから……同じ部屋にいてくれない？」

もしエマが羽根ぼうきを手にしていたら、ひと振りで彼を倒れさせてしまっただろう。張りつめた沈黙が流れた。しかし、いくら彼女を見つめてもなんの解決にもならない。ここでなんと答えられるというんだ？　エマの不安がすっかり消えるまでずっと腕に抱いているのは大歓迎だが、そんなことをしたらペンブルックに生きたまま皮をはがれてしまう。とはいえ、もしノーと言えば、彼女はひと晩じゅう怯えつづける。

「お願い」エマの小さな声が彼の気持ちを静めると同時にかきたてた。「わたしが寝つくまででいいから」

彼女がナイトガウンの袖をまくった。すると細い左手首に手形のような痣がついているのが見えた。ニックはエマの目の前に立った。脅かさないよう、ゆっくりと手を取り、真っ白な手首が緑や青や黒に腫れている部分をやさしく撫でる。

それは完全に墓穴を掘る行為だった。

本当に寝つくまででいいの？　懇願するのは恥ずかしかったけれど、エマはひとりになりたくなかった。特に今夜は。

これほど怖い思いをしたのは九歳の頃、悪夢で目が覚めたとき以来だ。あのとき、両親とクレアはロンドンを留守にしていた。エマは兄たちを必死に説得し、彼らの言う中間地帯、すなわち子ども部屋に一緒にいてもらった。その代わり、エマは学校の休み期間に兄たちの友人が遊びに来てもつきまとわないと約束させられたのだった。

今夜、階下でふたりの男たちに出くわしたときは、これまで見たどんな悪夢より恐ろしかった。でも、アルトンに脅されたときは？　あの男の邪悪さは、ほかとは比べものにならない。アルトンとその手下なら、どんなことでもするだろう。そのとき自分は手も足も出ないはずだ。男たちが部屋の外にいたという事実を思い出し、エマはふたたび体が締めつけられるような気がした。ニックがやってきたときは冷静さを取り戻そうとしたけれど、まったくできなかった。それまでの不安が完全に恐怖に変わっていた。

「誰がやった？」ニックがそっと手首に触れながら尋ねる。

やさしく撫でられ、これ以上涙をこらえられそうになかった。やっとの思いで大きく息をつく。レナがアルトンと過ごした悪夢のような月日に比べれば、こんなけがはなんでもない。

「エマ」ニックが口を引き結んだ。「答えるんだ」

「あなたはベッドで寝て。わたしは椅子でいいわ」駆け引きは昔から苦手だ。

彼が眉をあげる。「まさか、あのふたりの男たちが――」

「アルトンがわたしに会いに食堂へ来たの。ふたり連れは彼に雇われたのよ」吐き出すように言った。自分の声が遠くに聞こえ、疲れのために体が重く、まるで恐ろしい川を流されていくような気がする。椅子ではとても満足に眠れないだろう。「ベッドを分け合ってもかまわないかしら？　わたしは窓側の端に寝るから、あなたは反対側で。ひとりは上掛けの下、ひとりは上で寝ましょう」目つきからして、ニックはすぐさま断ってきそうだった。瞳の色がコートと同じ濃いブルーになっている。彼女は最後にもう一度懇願した。「この話は明日にしない？　質問ばかりされたら眠れないわ」

「誰がやったにせよ、そいつをとことんぶちのめしてから殺してやる」彼はエマの手首の痣を見つめ、あらためて顔を見た。「この件についてはまた必ず話し合う。わかったね？」

彼女はただうなずいた。

ニックが几帳面《きちょうめん》な手つきで上着とベストを脱いだ。それらを椅子に放ったあと、陶製の洗面台の前に行き、冷たい水で顔を洗う。そして髪を手ぐしで整えた。

彼のそんな姿は、夫婦の日常のような親密な雰囲気を部屋にかもし出した。大きな手と長い指の動きを見ているうちに、エマの顔が熱くなった。ニックの背中に視線を移す。簡単な洗面の動作に合わせて、広い肩の筋肉が大きく動いた。彼は紛れもなく男性であり、自分はそんな彼といまからベッドを分け合おうとしているのだ。肺が爆発しないよう、エマはこらえていた息を静かに吐いて寝室へ向かった。

あとから来たニックが、ろうそくを一本だけ残して吹き消した。彼女はベッドの中央から上掛けの下にもぐり込んだ。「ありがとう」

ニックが黙ってベッドに目をやる。そしてどこか満足げにベッドの横でブーツを脱ぎはじめた。「それぞれ端に寝るという話はどうなったんだ？　きみは真ん中にいるじゃないか」

エマはうなずき、端に移動した。

彼がベッドに腰をおろし、その重みでマットレスが沈む。エマはふたたびベッドの中央に転がってしまったが、あらがわなかった。ニックはなぜかそれを無視して体をひねり、一本だけ残っていたろうそくの火を消した。室内は暗いものの、月の光がベッドに差し込んで、部屋全体をやわらかなブルーに浮かびあがらせている。ニックが深いため息をついて仰向けに横たわり、片腕を額にかけた。もう一方の腕はエマの隣に置かれている。

思いきってその手に触れると、ニックが指を絡ませた。潮が引いていくように、恐怖が少しずつ薄れていく。おかげで絡め合った指に意識を向けることができた。

「わたしはすぐに怯える性格ではないけれど、あなたがいると家を思い出さずにはいられないわ。自分がどれほど遠くへ来たかも。ひとりの家族の付き添いもなく遠くへ行ったことは一度もないの」

「エマ」ニックが口にする名前の響きは、真夏の蜂蜜のように甘かった。彼が横向きになってこちらを見た。長身の体を少し近づけ、彼女の手を口元に引き寄せてキスをする。「ぼくはきみを臆病だと思ったことは一度もない。きみは聡明《そうめい》で、情熱的で、これまでぼくが出会った誰よりも強い意志と信念を持っている」

やさしい言葉をかけられて体がむずむずした。ニックの隣で休むのはすてきな気分だ。体のぬくもり、革と男性の香り、息遣いまでが安心感を与えてくれる。

これほど近くにいると、彼の体を観察せずにはいられなかった。靴下に包まれた足は、少なくとも彼女の足の二倍の大きさがある。以前に読んだ高級娼婦の手記では男性の体のさまざまな部分の描写があったが、足やつま先についてはなかった。ニックの足は甲が高くて優美だ。そんな部分に注意が向くのはおかしいけれど、とても魅力的な足に見える。

エマは視線をあげていった。ぴったりしたブリーチズが長い脚を包んでいる。よく発達したふくらはぎと太腿の筋肉は、日頃からよく運動していることを示していた。ブリーチズの前の部分が盛りあがっているのがわかる。見間違いでなければ、それが目の前でふくらみはじめた。もちろん暗くてはっきりとはわからないし、これまでに見たことがあるわけでもない。あれは正式にはなんと呼ぶのだろう？　ああ、こんなことを考えていたら眠れなくなってしまう。

好奇心を抱いたことを恥ずかしいとは思わなかった。友人たちは男性のその部分の呼び方など考えたこともないだろうし、まして目にしたら衝撃を受けるか、いやな顔をするに違いない。でも、エマは違った。それに触れてみたかった。詩人たちが暗に表現したその偉大さを確かめてみたい。これは自分にとって、男性という生き物を知るための一歩なのだ。彼女が求めてやまない自由への一歩。

脈が速くなり、下腹部が熱くうずきはじめた。もっとニックに寄り添いたい。互いの体がどれほどぴったり合うか確かめたい。飼い猫のように身をすりつけて甘えたい。

エマの視線が彼の上半身をさまよった。ローンのシャツに包まれているが、どこもかしこも引きしまっているのがわかる。ナイフで削《そ》ぎ落とされたように一片の贅肉《ぜいにく》もない美しい肉体――豊かな曲線を描く彼女の体とはずいぶん違う。

観察を続けるエマの視線がターコイズブルーの瞳とぶつかった。ニックの端整な顔には、非難めいた色もふざけた表情もなかった。

「〈グッドウィンズ〉で会ったときと同じゲームを仕掛けているのかい？」低い声にはかすかに危険な響きがあった。「それとも、ランガムホールの図書室でぼくからキスを奪おうとしたときと同じなのか？」

エマは片方の肩をすくめ、さりげなさを装った。静かな夜だからか、彼の体から伝わる熱のせいかはわからないけれど、とにかくいまこの部屋で起きていることを経験しようと勇気を出した。「あなたは美しいわ」

ニックが眉をひそめる。「まさか」

彼のあまりに真剣な表情を恐ろしく感じても不思議はないのに、なぜかそう感じなかった。ふたりのあいだに流れるこの完璧な時間を、自分は死ぬまで忘れないだろう。手首の痣に気づいて、一緒に夜を過ごしてくれるのは、ニックが信頼できる人間である証拠だ。彼がそばにいてくれることで、ここ何週間も感じていた正体不明の不安がやわらいだ。

エマは彼に身を寄せた。なんの不安も迷いもなく、唇に軽くキスをする。まるでキスをするために作られたような、ニックの豊かな唇が誘いかけてきた。彼に微笑んでもらえるか、触れてもらえるなら、なんでも差し出したい気分だ。身を引いたとき、ニックが彼女の手を取って甲に唇をつけた。

「わたしたちは友人？」エマはささやいた。

「ああ」彼の低くかすれた声が室内に響く。

「友人として、お互い正直になりましょう」相手の返事を待たずに続けた。「女性といるときどんなふうになるのか、教えてくれる？」こんな大胆な質問をするなんてわれながら信じられなかったが、月の光のおかげで難しくなかった。青白い光がニックの顔をほのかに照らし、彼を信用するまいと思っていた気持ちがどこかへ消えている。

月の魔法のことは考えなくていい。

ニックが大きく息を吐いた。「それには答えられない」

エマは親指でニックの親指を撫でながら、彼の長い指が自分の顔を撫で、首筋を這うところを想像した。「誰かを求めるときはどんな気持ちがするの？　つまり、男性が女性を求めるときは」

「そんな話はするべきじゃない」ニックが脚を伸ばす。「話をしたくないんじゃなかったのか？　それほど話したいなら、手首のことを話そう」

「それは明日にすると決めたでしょう」彼女はさらに身を寄せた。ベッドのカバーと上掛けに隔てられているけれど、ニックのぬくもりに包まれて安心できた。「今夜は別の話がしたいの。男性の視点で教えて」

彼が小さく毒づいた。「お互いが楽しければ悪くない感じかな」

「〝悪くない〟だけじゃないでしょう」目にかかった前髪を払いのける。「でなければ、それについて歌ったバラッドやソネットが何世紀も続くはずないわ」

ニックが少し寂しげな笑みを浮かべる。エマはその寂しさを取り除いてあげたいと思った。クレアが以前から言っていたように、彼は孤独な人生を生きてきたのだ。親しい友人はほとんどなく、休日はもっぱらアレックスやクレアと過ごしている。そのふたりがエマの家族とファルモントで過ごすことになると、ニックも招待を受けてついてくるのが常だった。

部屋があまりに静かで彼も何も言わないため、エマは自分の乱れる鼓動の音を聞かれてしまいそうな気がした。「わたしも経験してみたいわ」声は小さいがはっきりしたその言葉が、ふたりを隔てているものを破った。これは誰も知ることはない。クレアやダフネも。

ニックが彼女の手を強く握った。「きみの初めての相手は夫であるべきだ」

「わたしは結婚しないもの」彼の頬骨と顎の線に影が落ちた。その顔を見て、エマの心に浮かぶ言葉は〝強さと意志〟だった。幸か不幸か、ニックは彼女に同じものを見いだしている。

「あなたとわたしは家柄も、家族も、世の中から何を求められているかも似ているわ」

「エマ」彼がため息にも似た息を吐いた。そろそろ我慢の限界に来たようだ。

「あなたは行為の相手を自分で選んだでしょう」ベッドに身を起こしてニックと目を合わせる。「そのとき、あなたは結婚していなかった。わたしも相手を好きに選び、結婚せずにいることはできないの？　どうしてわたしはあなたと同じようにできないの？」

ニックの瞳が月の光に反射して銀色に光る。彼はエマを引き寄せて抱きしめた。

「おやすみ。ぼくがついているから、どんな危険な目にも遭わないよ」

ふたたび部屋に静けさが戻った。今度の静寂は安らかで――心地いい。外では風がエマの置かれた状況に同情するように、切ない音をあげて吹いている。

ニックが彼女の頭に顔をつけた。エマの思い違いでなければ、彼は頭にキスをした。ニックの息遣いが深くなり、呼吸に合わせて上下する胸の動きがゆっくりになっていく。彼女は目を閉じた。彼の腕にエマを非難する気配はなく、ただ安らぎだけがあった。

本当に久しぶりに、世界が正しく修正されたような気がした。そしてエマには自分の進むべき道がはっきりとわかった。

10

窓から差し込む早朝の日差しがニックの顔を直撃した。顔をそむけたが、それでも逃げられない。やがて記憶がよみがえってきた。昨夜、彼はエマを腕に抱いたまま眠った。もし彼女に愛してほしいと頼まれていたら、いったい何をしていたことか。これまで紳士としての誇りを持ち、父を見返すつもりで生きてきたというのに。

エマ・キャヴェンシャムはその誇りを忘れさせた。初めてランガムパークでキスをしたときから。彼女の香りを深く吸い込み、ニックは考え直した。いや、エマが〈ブラック・ファルスタッフ・イン〉へ行こうとしていた夜から、彼はすでに魅了されていたのだ。

これまでニックは、あらゆる醜聞の種を避けて生きてきた。不適切な振る舞いをする人間とは距離を置き、つまらない噂話が事業に水を差す心配もないくらい仕事に打ち込んできた。しかしエマが相手となると、そうした信念を簡単に投げ出してしまう。彼女がニックにとって救済になるのか、致命傷になるのかはわからない。そんなことはどうでもいいような気すらしてくる。彼女を前にすると、信念はもとより、これまで用心深く形作ってきた仮面が徐々にはがされていくようだ。釣り針につけた餌が、少しずつ魚にかじり取られていくみたいに。

なおまずいことに、どうやら自分はそれを少しも気にしていない。エマの抱き心地はまさに天国だった。ふたつの体がしっくりとなじみ、なんとも自然に感じられた。今朝、もう一度彼女を腕に抱くためならどんなことでもできる。理性に邪魔される前に、ニックはエマを求めて手を伸ばした。

けれどもベッドの反対側は冷たく、部屋は静まり返っていた。ニックは今度こそ完全に目を覚ました。こんなに朝早くからどこへ行ったんだ？

動揺はすぐにおさまった。エマはきっと食堂でハリーと朝食をとっているのだ。ニックはベッドをおりて、ひげ剃り道具を手にした。剃刀《かみそり》を革で研ぐとき、シュッ、シュッという革の音がなぜか〝愚か者《フール》、愚か者《フール》〟と叫んでいるような気がした。

ゆうべのエマの言葉は、聖人をも罪人に変えただろう。ましてやニックは天使でもない。朝っぱらから彼女を抱いている自分の姿が頭から離れなかった。絡みつくやわらかな体を抱き寄せ、なめらかな曲線を描くヒップを愛撫している自分。エマは官能的な夢を見ているようにあえぎ、豊かな胸を彼の胸に押しつけている……。

われに返ったとき、もはや真実を認めざるをえなかった。もう彼女の魅力にあらがえなくなっている。

研ぎ終えた剃刀でひげを剃ろうと首筋に当てたとき、洗面台に置かれたメモが目に留まった。

〝サマートンへ

これからハリーと朝食をとります。今朝は書店まで散歩してから、レナのメイドに会います。あなたがよく寝ていたので起こしませんでした。暖炉の脇に紅茶とパンのトレイがあります。あなたが紅茶を上手にいれられるかわからないけれど、試してみてください。わたしでもできるのだから、あなたもきっとうまくできるはず。わたしにはハリーとベスが一緒についてきてくれます。心配しないで。

あなたも時間があるなら来てください。待っています。

ゆうべはありがとう。とても感謝しています。

E〟

ニックは鋭く息を吐いた。誰がおちおち紅茶とパンなど口にしていられるものか。エマが本物の危険に巻き込まれる前に見つけなければ。ここは港町で、イングランドでも最も治安の悪い土地なのだ。彼女が歩いているところをあのふたり組に見つかったら、ハリーなどなんの護衛にもならない。ニックはそこではっとした。もしアルトンが、またエマを見つけたら？

彼女がけがでもしたら、ニックはペンブルックに殺されるだろう。もちろんランガム公爵には生皮をはがれる。絶望のため息がもれた。

公爵家がエマを止められないなら、ニックが止めるしかない。彼女のばかげた冒険には慣れている。

何をいちいち理屈を考えているんだ？　彼女の身に万が一のことがあれば、誰より自分が自分を許せない。

エマにすっかり心を奪われてしまった。彼女の声が聞きたくてたまらない。そばにいないと胸が痛い。そんな己に我慢ならない。彼女を求めてはだめだ――何があっても。繰り返しそう言い聞かせれば、そのうちあきらめられるだろうか？

ポーツマスの通りには通行人や物売りや商品があふれていた。壺からオウムまで、欲しいものはなんでも手に入る。エマはよく考えた末に、雑踏と秋の景色に溶け込む茶色のドレスとコートをまとっていた。今日の彼女は公爵家の令嬢には見えず、また自分でもそんなふうに思えなかった。

今朝、エマはニックの腕の中からそっと抜け出し、ベッドをあとにしてきた。最後にもう一度彼の姿を振り返ったときは頬が熱くなったけれど、その寝顔にはっとした。眠っているニックは若く見えた。整った顔に、いつもの深刻な表情はない。その代わり、無防備な寝顔には安らぎがうかがえた。

一緒に来るように誘っても、ニックはきっと受け入れなかっただろう。それでよかった。

これからたくさんすべきことがあるのに、ロンドンへ帰ろうと言われては大変だ。彼は寝かせておき、ハリーとベスを付き添いにして出かけるほうが安全だった。

昨夜のようなことが起こるとは夢にも思わなかった。ニックが部屋に現れ、エマが彼にそばにいてほしいと頼み、彼に抱かれて眠るなんて。今朝は彼の腕の中にいたことばかり考えていた。ゆうべの出来事があってからは、この先ひとりで眠るのがとても寂しく感じられるだろう。

朝の時間がなくなっていくにつれて、いつまでも夢見心地ではいられなくなった。サイクストン卿を訪ねる前に立ち寄ったのは書店だった。うしろからベスとハリーが神妙な面持ちでついてくる。書店ではサイクストン卿の屋敷でメアリー・バトラーが雇われていることを確かめ、検視報告書をもらい、そのあとメアリーを訪ねる予定だった。

書店の主は小さくうなずいてエマたちを迎え、ほかの客の相手をした。驚いたことに、店にはおびただしい数の書籍があった。エマが何時間でも過ごせる環境で、彼女は実際にほかの客の買い物が終わるまで本を見て過ごした。

「おはようございます、お嬢さん。今朝はどのようなご用件でしょう?」背の低い中年の店主が声をかけた。

「おはようございます、ミスター・パーカー。ミスター・グッドウィンの紹介で来ました。わたしはレディ――」

店主が階段を振り返って叫んだ。「ミセス・パーカー! レディ・エマ・キャヴェンシャムが見えたぞ。早く来てくれ！」

狭い店に店主の声が響き、ベスがびくっとした。うしろに飛びのいてハリーにぶつかる。

彼女はかしこまってわびると、エマの隣に並んだ。

「なんでしたっけ。ああ、そうだ、レディ・エマ」店主が金縁の眼鏡越しに彼女を見た。にこやかな笑顔がたちまち安心感を与えてくれた。「あなたのお越しを女房と首を長くして待っていましたよ」

「ここに来られてうれしいですわ。わたしはあるものを探して――」

「ミセス・パーカー！　聞こえたか？」

「うるさいね、いま行くよ」階上から声が降ってきた。「ご婦人を立たせてないで、椅子を勧めなさいよ」

丸顔の店主があっけに取られたような表情になり、やがて茶色の目を見開いた。

「ああ、これは失礼しました、マイ・レディ」カウンターの脇にある頑丈そうなオーク材の椅子を示す。「どうぞおかけください」

「ありがとう、でも――」言い終える前に、女性が階段をおりてきた。

「マイ・レディ、ポーツマスへようこそ。わたしはミセス・パーカーです」彼女は丁寧にお辞儀をした。ミスター・パーカーが脇にしりぞくと、賢そうな茶色い目をした白髪交じりの小柄なミセス・パーカーがたちまち店の主役らしくなった。「奥に客間がありますから、そこでお話ししましょう」彼女は返事を待たずにカウンターの奥の扉へ向かった。エマもあとに続いて敷居をまたぐ。暖炉の前に小さな椅子が二脚とテーブルが置かれた美しい客間があった。

ハリーが扉の外から部屋をのぞいた。「レディ・エマ、あなたとベスはしばらくここで話をしていてください。通りの先に、じつにうまそうなミートパイを売る店がありました。ちょっと行って買ってきます。それから本屋の前で見張りをしていますよ」

「ありがとう、ハリー」エマは応えた。

ハリーが出ていくと、ベスが用心深げに部屋に入った。「マイ・レディ、わたしはどこにいればいいですか？」

ミセス・パーカーがベスの袖を引っ張る。「ミスター・パーカーが店番をしているあいだ、紅茶でも飲んでいたらどう？　窓から湾が見おろせるのよ。きっと気に入ると思うわ。読書にとっておきの場所もある。ゆっくり過ごしてちょうだい」

理由はどうあれ、ミセス・パーカーはエマとの会話を誰にも聞かれないようにするつもりらしい。それはエマにとっても都合がよかった。事情を知る人間が少なければ少ないほど、メアリーをロンドンに連れて帰りやすくなる。

「ベス、あなたは字が読める？」相手に恥ずかしい思いをさせないように、エマはやさしく尋ねた。

「はい、マイ・レディ。故郷の司祭の奥さまが教えてくれました」

「本を読みたい？」

ベスの顔が輝く。「まあ、ありがとうございます、マイ・レディ」彼女はすぐに赤くなった。「でも、お金がありません」

「どうかわたしに贈らせて。あなたに本を買ってあげられるなんてうれしいわ」身を乗り出し、秘密を打ち明けるようにささやく。「読書は女性に力をもたらすのよ」

ミセス・パーカーが力強くうなずいた。「レディ・エマはすばらしく賢い女性ですね」彼女はベスの手を取り、夫のところへ連れていった。「ミスター・パーカー、こちらのお嬢さんが新しい本をご所望よ」

「ほう、どんな本に興味があるかね？」ミスター・パーカーがエプロンで手を拭いて、ベスを本棚に案内した。「ホッブズの『リヴァイアサン』を読んだことがあるかい？ 彼は文字どおり恐怖のさなかに生まれた。わたしとしてはロックの『統治二論』のほうが好きだな。おお、マキャヴェッリの『君主論』は読んだかな？ みな、この本を誤解している」

ふたりが棚を行き来する中、ミセス・パーカーは扉を閉め、エマの隣に座った。暖炉の火が指を鳴らすように二度はぜる。店が忙しくなる前に用を片づけたほうがいいと促しているかのようだった。

「さて、マイ・レディ、用件に移りましょう」ミセス・パーカーはきびきびとした動きでふたつのカップに紅茶を注ぎ、ひとつをエマに手渡した。

完璧にいれられた紅茶に口をつけ、エマは椅子に深くもたれながら、朝起きてから初めてくつろいだ。「メアリー・バトラーについては何かわかりましたか？ 彼女は安全ですか？」

こざっぱりとした白髪交じりのミセス・パーカーは自信たっぷりにうなずいた。

「安全です」そこで考え込むような目をする。「ただ、サイクストン卿の屋敷から一歩も出ません。メアリーは怯えています」

「アルトン卿に、ですか？」エマは紅茶のカップをテーブルに置いた。

ミセス・パーカーが紅茶にクリームを入れた。「アルトン伯爵はメアリーを解雇せず、ここポーツマスにあるレディ・アルトンの実家に戻ることを許可しました。そのうち伯爵の領地の屋敷に呼び寄せるという条件で」

「サイクストン卿の屋敷には使用人が何人いますか？」屋敷に多くの人目があるなら、用心しないといけない。「特に気をつけるべき相手はいるでしょうか？」

「いいえ、マイ・レディ。最低限の数しかいません。昔から働いている信頼できる人間だけです。中には先祖代々奉公している者もいます。みな信頼できる人間ばかりですよ」ミセス・パーカーはエマに一枚の紙を渡した。「これがわかったことです」

エマは息をのみ、検視報告をまとめたものに目を通した。

それは想像以上にひどいものだった。

検視官はレナのことを、女児を死産した二五歳の女性と記録していた。死産という言葉に喉が締めつけられたが、エマは懸命にこらえて読み進んだ。友人と赤ん坊の死に胸が引き裂かれる。最初の嘔吐《おうと》がこみあげたものの、必死にのみ下した。

彼女は苦しみに耐えて続きを読んだ。検視官はレナの死因を、階段から落ちたことによる深刻な外傷と記していた。また、彼女の体から酒の匂いがしていたという書き込みもあった。母子の死について、アルトンや彼の責任に関する記述はいっさいない。

エマはため息をつき、暖炉の火を見つめた。これらの記述は公正な裁きにつながらない。母子の死の責任はレナ自身にあると断罪しているだけだ。エマは爪が手のひらに食い込むほど強く拳を握りしめた。大きく息を吐く。こんな嘘の証拠を前にして、卒倒するつもりはない。

「レナに飲酒の習慣などなかったわ。誰かに飲まされたのよ」エマはつぶやいた。何かぬくもりを――慰めを与えてくれるものを求め、暖炉に近づき両手をかざす。

ミセス・パーカーがやさしくうなずいた。

暖炉の火はほとんど慰めにならなかった。行く手に多くの戦いが待ち受けている。一瞬、エマは誓いを捨ててロンドンへ逃げ戻りたくなった。そうできればどんなに楽だろう。レナがエマを必要としたとき、同じことをした。でも、いまの彼女はもう臆病者ではない。エマは背筋を伸ばしてミセス・パーカーに目を戻した。「赤ちゃんについて何か発見はありましたか？」

ミセス・パーカーは首を横に振った。「申し訳ありません、マイ・レディ。このあたりの検視官は……全部息がかかっています。ここではアルトン卿が法律なのです」

「もちろんそうでしょうね」男性、特に貴族の男性の世界は怖いものなしだ――その心がどれほど邪悪だとしても。

ミセス・パーカーが頭を振る。「検視官は七〇歳前後の飲んだくれです。ですが、くれぐれも用心してください、レディ・エマ。アルトン卿にはろくな噂がありません。何もかも自業自得です。あの伯爵は誰かにサイクストン卿の屋敷を見張らせているかもしれません」

「あんたが誰だろうと知ったことか」突然、店のほうからミスター・パーカーの声が響いた。「店の奥に入れるわけにはいかん」そのとき敵軍が攻めてきたかのように、扉が音を立てて開いた。

エマは立ちあがり、騒ぎの原因を見つめた。ミセス・パーカーがゆっくりとそれに続く。精悍《せいかん》な顔つきのニックがそこに立っていた。全身に断固たる意志が表れている。彼を見たときはいつもそうなるように、エマの鼓動が乱れた。今日のニックの厳しい表情は、いつにも増して迫力があった。行く手に立ちふさがる敵を殺す大天使にも見える。

エマを見つけたとたん、それまでの鬼気迫る表情が見下した顔つきに変わった。すばやく部屋を見まわしてから、ニックはふたたび彼女を見た。「レディ・エマ、何か行き違いでもあっただろうか？　朝一番に話し合う約束をしたはずだが」

「閣下」エマはささやいた。「わたしは――」

「海賊の女王の日記は紙に包んで置いてあると申しあげたんだがね」ミスター・パーカーが鼻にしわを寄せる。「どうやらこの方は、うちの書店の品ぞろえをわかっていないようだ」

「ぼくはろくでもない日記を買いに来たんじゃない」ニックがうめいた。

「ミスター・パーカー、彼はわたしに付き添ってきてくれたんです」エマはあわててとりなした。「ご心配ありがとう。でも、わたしが今朝サマートン卿に同行をお願いしたんですよ」ミスター・パーカーがミセス・パーカーを見ると、夫人はうなずいた。「大丈夫よ、ヘンリー」

妻の言葉に安心したミスター・パーカーが引きさがり、その場の空気がたちまち静かになった。

「用意はいいかな、マイ・レディ?」ニックの声はなめらかだが、どこか突き放したような響きがあった。こういう高圧的な態度を前にすると、ゆうべ分かち合ったぬくもりと親密さは遠い過去のことに思えてくる。彼はかたい表情でじっと見つめていた。

エマはすっかり気落ちした。黙ってうなずき、持ち物を集めにかかる。ニックがこちらを厳しい目で見るのは責められないけれど、ふたりを隔てている距離に、思ってもみないほど心が傷ついていた。

「ミセス・パーカー、有意義な情報をありがとうございました」エマは相手の手を取り、強く握った。「いろいろとお世話をおかけしました」

ミセス・パーカーがうなずく。「またお目にかかれることを願っています、マイ・レディ」

ニックに近づくと、彼は命令するかのように腕を差し出した。サイクストン卿の屋敷へ行くまでに、なんとかこの重苦しい雰囲気の原因について話し合わなければならない。このままではメアリー・バトラーを怖がらせてしまう。

「ベスとハリーはどこ?」エマは導かれながら尋ねた。

「宿に戻らせた」ニックが吐き捨てるように答える。

「パーカー夫妻に謝礼をしないと」平常心ではいられなくなっている自分と、明らかに怒っているニックの両方をうまく操縦できる自信はない。検視結果を知ったときから、忍耐はすでに限界に達している。エマはレティキュールから硬貨を取り出した。

「ぼくが払っておいた。行こう」ニックは彼女の肘を取って、扉の外へ出ようとした。

「あとで返すわ」どんな状況でも彼に借りを作るのはいやだ――特に今日は。自分の意志と知恵で生きていく。それがレナに対するせめてもの罪滅ぼしだ。

ニックが首を横に振った。「いや、これは埋め合わせと思ってくれ」

「あなたはただ、わたしのことを心配してくれたのだとわかっているわ」エマはそっと見あげた。引き結んだ唇を見るかぎり、彼は相当に怒っている。

「きみは誤解している。埋め合わせというのは、ぼくがこれからすることに対してだ」

どういう意味か尋ねようとしたとき、ミセス・パーカーが口をはさんだ。「マイ・レディ、もうひとつ言っておくことがあります。アルトン卿の家政婦はメアリー・バトラーの母親です。彼女はいまもアルトン卿の屋敷にいます」

床にくずおれてしまわぬよう、エマはニックの腕を強く握った。

メアリーはいまもアルトンに支配されているのだ。

エマを見つけて、それまで胸に巣くっていたニックの不安はようやく消えた。やっと普通に息ができるようになった。彼女がいそうな場所を朝からあちこちのぞいたものの、ことごとく不発に終わった。パーカーは愛想のよい男だったが、エマが出ていったのに気づかなかったと言った。ニックは書店を出てから波止場に向かい、彼女が立ち寄らなかったか尋ねまわった。サイクストン卿の屋敷の扉をノックさえした。だが、応答はなかった。それでふたたび書店に引き返した。店に入ったとたん、奥の扉の向こうからエマの落ち着いた話し声が聞こえ、彼女がずっとそこにいたことがわかったのだった。

いまいましい店主はニックを追い払ったのだ。嘘をつかれたとわかり、彼は頭に来た。エマが誰かに傷つけられたり、言い寄られたりしている光景が頭に浮かんで、心配のあまり頭がずきずきしていた。彼女がミセス・パーカーと並んで立っているのを見て、ようやく世界が落ち着き、頭痛も嘘のように消えた。しかし、怒りはいまもくすぶっている。

通りは通行人や、クルミ、ワイン、リンゴ、タルトを売る屋台でにぎわっていた。ふたりはある物売りの前で足を止めた。アップルタルトはとっくに売り切れており、ニックは代わりにチェリータルトをふた切れ買った。ひとつをエマに差し出すと、彼女は静かに首を横に振った。

ニックはひとかじりで最初のタルトの半分以上を食べた。それを見たエマが、道行く人々が静まり返りそうなほど魅力的な笑みを浮かべる。そのときニックには、耳の奥を流れる自分の血の音しか聞こえなかった。だが、エマがそれでこちらの怒りをかわせたと思っているなら大間違いだ。

「今朝は紅茶もパンも口にしなかったの？　自分で食事の準備ができるように応援する手紙を書いておいたはずよ」

ひとつ目のタルトをのみ下したニックは、エマの甘い声に喉を詰まらせかけた。彼女の悪気のない挑発が、ただでさえくすぶっていた怒りを燃えあがらせる。「もっと大切な用があったんだ。つまり、きみを見つけることさ」

エマが首をかしげ、頬を少し赤らめる。ニックはせわしげに行き交う人々の波を縫って静かな路地に入った。彼女の前に立ちはだかり、壁に背中をつけさせた。

「きみはゆうべ、アルトンとのあいだに何があったか話すと約束した。それなのに朝起きたら、すでに出かけていた。きみは本当に危険な目に遭ったかもしれない。しかもぼくは、きみが誰に狙われているか見当もつかない状態だったんだぞ」

エマは目を細め、片方の下まぶたをかすかに引きつらせた。

「あなたはぐっすり眠っていたわ。ゆうべ一緒に来てほしいと言ったとき、あなたは返事をしなかった。だから、わたしの予定に興味がないんだろうと思ったのよ」

「それはきみが危害を加えられたと知る前のことだ」ぴしゃりと言う。「うれしそうに町を出歩く前に、ぼくが起きるのを待つべきだった」

いつもはクリームがかったピンク色の頬が怒りで赤黒くなった。「うれしそうに出歩いてなどいないわ。大切な用のために出かけたのよ。あなたの美容のための睡眠を邪魔できると思う？」エマはニックのブーツの先から頭のてっぺんまでをじろじろと見た。「まだあと一時間くらい横になっていたほうがよかったんじゃない？」

「きみを守ろうとしているぼくをばかにするのか？　ぼくはきみを連れ戻すよう、きみの家族に頼まれて来たんだぞ」これほどの怒りがなければ笑っているところだ。エマはわざと彼を怒らせようとしており、悔しいことに成功している。「きみは何を証明しようとしているんだ？　偉大なるレディ・エマ・キャヴェンシャムの前ではどんな男もかしずくと思っているのか？　ぼくには通用しないぞ」

このときすでに、ふたりとも怒りのあまり息を切らしていた。エマがほとんど鼻を突き合わさんばかりににらみつけてくる。彼女の瞳は感情の高ぶりに黒みがかって、クジャク石を思わせた。

「いいわ、アルトンのことを聞きたいんでしょう？　ゆうべ、ハリーが食事のあとに馬と馬車の手入れをするために出ていったの。わたしは食堂で待っていた。そこへアルトンがやってきたの。宿のご主人が彼の手下たちを追い払ったあとのことよ」エマは興奮したまま、息もつかずに続けた。「アルトンはわたしが手を引かなければ、ひどい目に遭わせるとほのめかしたわ。レナの死後、彼女の手紙をメアリーがわたしに送ったの。別れ際、アルトンはわたしの手首をつかんでひねり、痣をつけた。それでわたしがあの気の毒なメイドを放っておくと思ったら大間違いよ。戦う準備が整うまで、絶対に帰らないわ」

「わかった」ニックは言った。「ラングガムホールに戻らなくてもいい。ペンブルックの屋敷へ行け。ともかく、ここにとどまるのはだめだ。きみのパーティーは終わりだ。宿はどこもふさがっている。どんな方法でもいいからロンドンに帰るんだ。馬車でも、馬の背に揺られてでもかまわない。とにかくロンドンへ帰れ。いますぐに」

自分でも気づかぬうちに、ニックは残りのタルトを指代わりにして彼女に突きつけていた。エマがいきなり彼の手をつかみ、タルトを嚙みちぎる。あまりに反抗的な振る舞いに、ニックは呆然と見つめた。

「まだあたたかいわ」エマは小癪《こしやく》にも目を閉じ、タルトを味わいながらうっとりと声をもらした。

その瞬間、空が裂けて嵐が吹き荒れても、ニックは気づかなかっただろう。彼はエマの表情に魅了された。タルトが怒れる女をギリシア神話の女神に変えたのだ。彼女の陶然とした声がニックの全身に染み渡る。その攻撃の前に、彼は無力だった。エマのしたことは、これまで目にしたこともないほど官能的だ。さらに彼を悩ますかのように、チェリーソースが美しい唇の上についていた。

「失礼」ニックは手袋を外し、親指で彼女の口の上についたソースをぬぐった。

彼女は驚いたように息をのみ、いぶかしげにニックを見つめた。そしていかにもエマ・キャヴェンシャムらしく、予期せぬ行動に出た。彼の親指を口に入れ、ソースをなめたのだ。熱く濡れた舌を指に這わされ、たちまち全身の神経が研ぎ澄まされた。彼女がこちらを見つめたまま、ゆっくりと手を離す。たったそれだけの行為が、ニックの体に歓迎されざる連鎖反応をもたらした。喉が締めつけられ、下腹部がこわばった。稲妻に直撃されるとはこのようなものだろう――まわりの景色は見えているが、動くことも口を利くこともできない。

どうにか理性を取り戻すと、ニックは周囲に目を向けた。エマの振る舞いに衝撃を受けたり驚いたりしている人間はいなかった。それればかりか、自分たちがいることさえ誰も気にしていない――さっきまで戦争でも起こしそうな勢いで怒鳴り合っていたのに。

「わたしたち、ふたりでずいぶんいろいろなことをしたわね。そう思わない？」甘えるようなエマの声を聞いたら、誰でも嵐が過ぎ去ったと思って安心しただろう。

だが、ニックはそんなものにだまされなかった。

「あなたは清く正しく、誇り高いろくでなしよ」思ったとおり、彼女が言い放った。

返事を待つことなく、エマは歩兵も感心するような鮮やかさでくるりと向きを変え、足早に去っていった。茶色いウールのコートが戦場で強風を受けているかのようにはためく。ニックは彼女のぴんと伸びた背筋に感心したものの、女性らしく左右に揺れるヒップの動きを見て微笑んだ。せっかくの演技が台なしだ。

鼻をふくらませて大きく深呼吸すると、彼は自制心を呼び起こすために目を閉じた。エマと性愛を結びつけても何も解決しない。ロンドンに戻ったら、彼女を脇に抱えてペンブルック家の書斎の椅子に放り出してやる。あとは家族に任せよう。もうエマ・キャヴェンシャムには懲り懲りだ。

ようやく平常心を取り戻すと、ニックはあとをついていった。エマは怒りのせいで早足になっているが、歩幅の大きな彼にはかなわない。彼女が通りの端の曲がり角に着く前に追いついた。意外にも、〈ルビー・クラウン・イン〉とは反対方向だ。

「宿はあっちだ」エマの腕をやさしくつかんで南に向かわせる。

「わたしのことを間抜けながみがみ女と思っているんでしょう。宿の場所くらいわかっているわよ」彼女は体をひねってニックから逃げた。「これからレナの実家に行くの」

彼はふたたびエマの腕をつかまえた。ただし今度は東に向かわせる。「サイクストン卿の屋敷はこっちだよ」

「あら」彼女は口ごもり、顔を赤くした。「ありがとう」

ニックは黙ってうなずいた。こんな調子では、どこまでもついていくしかない。間違って海岸に出てしまっても、エマは意地になって海の底を歩き、フランスまで行ってしまいかねない。

11

部屋を歩きまわりたいのをこらえる足が、リズムを刻むように床を鳴らす。エマは美しい客間の中央で、真っ赤なケシの花畑を思わせる鮮やかなブロケード張りの椅子に身を沈めていた。目の高さがこのくらい低ければ、彼女より小柄なメアリー・バトラーの目をまっすぐ見ることができるだろう。

ニックは礼儀正しくうしろに控えていた。少し当惑しているようだけれど、背が高いので存在感はじゅうぶんにある。

うれしくない事実だが、ニックがこの場にいることで、エマはいま必要としている勇気を与えられていた。ポーツマスに来た理由はほかにもあるものの、これが最大の目的だ。どんなことがあっても、一緒にロンドンへ戻るようメアリーを説き伏せなければならない。ニックがいてくれることで、なぜかそれができそうな気がする。

彼女は椅子の中で向きを変え、ニックを見た。彼が微笑む。エマの中であとを引いていた怒りが消えた。ニックの怒りも消えているといいのだけれど。いつまでも仲たがいをしているのはつらい。彼の意志の強さがエマを奮い立たせた。あの強さがあれば、たとえ今日が人生で最もつらい日だとしても乗り越えられる。

扉が開いた。執事のノースとメアリー・バトラーがそろって入ってきた。

「レディ・エマ、おいでくださってうれしゅうございます」七〇代のノースが彼女を見おろした。いつもの気難しそうな顔がほころび、頬にしわが浮かぶ。はしばみ色の目が愉快そうにきらめいた。「サイクストン卿はあなたさまにお会いしそこねて、さぞかし悔しがられるでしょう」

「また来られてうれしいわ、ミスター・ノース」エマはゆっくりと立ちあがった。「こんにちは、メアリー」

「マイ・レディ」メアリーが伏し目がちにお辞儀をした。

「サマートン伯爵をご紹介してもいいかしら？」エマは尋ねた。

執事が頭をさげると、メイドも顔を赤らめて身を小さくしながら、ふたたびお辞儀をした。

「サマートン卿はわたしの……」ああ、いったいなんと紹介すればいいのだろう？　わたしの何？　彼がエマにとってなんなのか、説明のしようがなかった。〝家族ぐるみの友人〟と言えば当たり障りないけれど、その言葉はお互いに傷つく。ニックは間違いなく友人以上の存在だ。いままで、この手の悩みにぶつかったことがなかった。友人が恋人や婚約者になる予定の相手を紹介しようとして、こんなふうに言葉に詰まる場面は何度も見てきた。でも、ニックはそれとも違う。すばやく視線を向けると、彼が微笑みかけてきた。

「ぼくはレディ・エマの親しい友人です」ニックが助け舟を出すように言った。ノースとメアリーは見るからにほっとしている。

「わたしも同席したほうがいいかね、メアリー?」ノースが低い声できいた。

メイドは首を横に振った。

執事はうなずき、エマに告げた。「サイクストン卿はあと二、三週間でお戻りになります。戦いで負傷されたため、これ以上陛下のために戦うことができなくなりました」忠実な執事は頭をさげた。やがて小さくはなをすすって顔をあげる。「わたしの口から申すことではありませんが、旦那さまはあなたさまの再度のお越しを願うと存じます」

「わたしもそうしたいわ」そう応えながら胸が締めつけられた。サイクストン家は多くの苦難に直面してきた。レナの両親は病気のため、一〇年以上前に他界した。次にレナと赤ん坊が亡くなり、今度は兄が負傷した。家系が崩壊するまで、あとどれほどの苦難に見舞われなければならないのだろう?

「わたしは席を外します。何かご用があればお呼びください」執事はすばやく頭をさげ、部屋を出て静かに扉を閉めた。

「メアリー、ここへ来て隣に座って」エマはやさしく声をかけた。

彼女はニックのそばへ行かないよう気をつけながら、エマに近づいた。メイドが怖がっているのを察したのか、彼はふたりから離れたソファに座った。

メアリーがエマと一緒に座り、膝の上で手を重ねる。「お会いできてとてもうれしいです、マイ・レディ。レディ・レナとあなたさまがともに過ごされていた日々が懐かしゅうございます。奥さまはあなたさまとご一緒のとき、それは楽しそうでした」

「レディ・アルトンはとてもすてきな、いい友人だった——」

「この屋敷では、わたしどもはレディ・レナとお呼びしています」メイドが急に口をはさみ、無礼だったと気づいて頭をさげた。「申し訳ありません」

エマはメイドの手を握った。「いいのよ、メアリー。わたしにとっては、彼女はいつもレナよ。彼女もわたしたちにそう思ってもらいたいはず。きっとそうよ」

メアリーが顔をあげ、瞳を潤ませて微笑む。まばたきをしたら涙がこぼれただろう。

「メアリー……」せっかくの慰めが台なしになるのを承知のうえで尋ねる。「レナは……苦しんだ？」

「はい」またうなだれたものの、メイドは健気に顔をあげてエマをまっすぐ見つめた。「とてもひどいおけがでした。赤ちゃんは生まれましたが、出血がひどくて……」そこでこらえきれず白い顔に涙を流す。「伯爵は誰にも医者を呼ばせませんでした。あの方の家政婦であるわたしの母は、書斎まで行って懇願しました。するとあの方は、言うとおりにしないと推薦状なしで首にすると脅したのです」

いつのまにか、ニックがメアリーの隣に来てハンカチを差し出していた。エマは顔をほころばせた。きっと刺繍入りのハンカチだろう。彼は人にやさしい。自分もそうしてもらった。

メアリーを気遣うニックの姿に、エマも涙ぐみかけた。その心臓は、知らない女性に親切にす
気をつけないと心臓《ハート》を盗まれてしまいそうだった。

る彼に魅せられて高鳴った。

「アルトン卿は夕食のためにレディ・レナを寝室まで迎えに来ました。わたしは部屋に残りました。悲鳴がしたので、何があったのか急いで見に行ったんです」メアリーはかたく目を閉じて拳を握った。「伯爵は踊り場から見おろしていました。レディ・レナは階段から落ち、うつ伏せに倒れていました」大きく息を吐く。「赤ちゃんが生まれたあと、レディ・レナは手紙をあなたさまに送るようお言いつけになりました。あなたさまならどうすべきかわかるとおっしゃいました。ご自分はもう助からないと思われたのでしょう……」

予想もしない頭痛と苦悶《くもん》がエマを襲った。波のように何度も押し寄せ、体を麻痺させていく。レナの死後、慎重に積みあげてきた決意と信念の壁が、やむことのない悲しみの前にいまにも崩れそうだ。レナが苦しみながら死んだという事実が明かされ、これまで流されることのなかった涙が喉を焼いた。

「彼女は赤ちゃんを抱くことができたの？」身の内を引き裂かれる思いで尋ねる。

メアリーが床に目を落としてうなずいた。スカートに大粒の涙が滴り落ちる。

エマは嗚咽《おえつ》に身を震わせて目を閉じた。口に手を当てても悲しみが吹き出してくる。

「彼女は赤ちゃんをオードラと名づけたのね？」喉を詰まらせながらきいた。

ふたたびメアリーがうなずく。

ああ、自分がロンドンにとどまりさえしなければ。母の言うことなど聞かず、レナのもとへ行くべきだった。パーティーでは、たいしたことは何もなかった。けれどもレナの人生は、あの夜に打ち砕かれたのだ。

まさに拷問だが、尋ねないわけにはいかなかった。「赤ちゃんはレナと一緒に埋葬されたの？」

「はい」メアリーがささやいた。「わたしが亡骸《なきがら》のお世話をしたのです。おふたりとも安らかに見えました。わたしはレディ・オードラをお母さまの隣に寝かせてさしあげました。レディ・レナはなんとも言えないやさしい笑みを浮かべておいでした。まるで、それまでの苦しみから解放されて幸せになられたかのように」

抵抗をあきらめてがっくりと頭を垂れ、エマは熱い涙が流れるに任せた。肩に手が置かれ、強く握られた。彼女は目をあげることなく、ニックの手に自分の手を重ねた。心の痛みで意識がさらわれそうになっても、彼がしっかりと地上につなぎ止めてくれている。ニックはじっと寄り添ってくれた。とめどなく流れていたエマの涙が止まる。しばらくすると彼が離れていった。それでも近くにいてくれているのが感じられた。

「一緒にロンドンへ戻って。うちの屋敷で働けばいいから」エマは身を乗り出して、メアリーの手を握った。「元気を取り戻したら、一緒に父の顧問弁護士の事務所へ行ってもらいたいの。ロンドンでも屈指の弁護士たちよ。彼らがあなたを守り、レナのために公正な裁判をする方法を考えてくれるわ」

メイドは首を横に振った。「お願いです、マイ・レディ。わたしが感謝していないとか、いやがっているとか思わないでください。でも、わたしにはできません」

「メアリー、あなたは安全よ。誰からも危害を加えられないわ」涙を拭いて声をやわらげる。「約束するから」

彼女は態度を硬化させた。「マイ・レディ、わたしにはできないし、するつもりもありません。母がいまもアルトン卿のもとで働いています。それに、伯爵は毎週のようにわたしの様子を見に来るんです。サイクストン卿が戻ってくる前に、また伯爵の屋敷で雇われることになると思います」

ニックが近づき、メイドの隣に腰をおろした。「メアリー、きみのお母さんはぼくのところで働けばいい。うちは家政婦がいないから、屋敷の者たちも喜んで迎えるだろう」

やさしい言葉に、エマの胸が締めつけられた。心のどこかで張りつめていた糸が切れたような気がした。

だめ！　彼に恋をするわけにはいかないのよ。

部屋に入ってきたときから青ざめていたメアリーの顔に初めて希望の光が見え、頬に赤みが差した。けれども彼女は静かに首を横に振り、元の表情に戻った。「それはできません。ですが、お申し出には感謝します」立ちあがり、扉に向かおうとする。

エマは彼女の手を握って引き止めた。「なぜなの、メアリー？」

メアリーが背筋を伸ばした。濃いグレーの服と糊《のり》の利いた白いエプロンが姿勢を際立たせている。「アルトン卿は、言うとおりにしなければわたしと母を窃盗の罪で逮捕させると脅しました。わたしがレディ・レナの手紙と宝石を盗むところを見た証人がいると」

手紙はレナが指示して送らせたものだ。それにメアリーが宝石を盗んでいないのは明らかだった。レナに一〇年以上も仕え、揺るぎない信頼関係にあったのだ。「そんなことはさせないわ」

メアリーはすでに扉を開いていた。「申し訳ございません、レディ・エマ。お会いできて本当にうれしかったです」

出ていこうとするメアリーを、エマは駆け寄って抱きしめた。

「いつでもわたしを訪ねてきて。あとでもう一度、よく考えてみてちょうだい。困ったことがあったら、いつでも力になるわ。わたしは〈ルビー・クラウン・イン〉に泊まっているから、考えが変わったら知らせて。明日、迎えに来るわ。あなたをこのまま放っておいたりしない」

うなずいたものの、メアリーの茶色の瞳はその言葉を信じていなかった。「マイ・レディ、誰もわたしを助けることはできません」

エマの腕をすり抜け、メアリーは扉の向こうに消えた。

すべてがアルトンの邪悪な力に支配されている。

やがて、力強い手がうしろから伸びてきてエマの腕をつかんだ。またしてもニックの胸に引き寄せられた自分を、彼女は大目に見た。どんなやさしさを示されても悲しみは癒えない。目を閉じて、こらえていた息を吐き出す。「アルトンが何をしたかわかる？」

ニックが彼女の両腕を強く握った。「噂はいろいろ聞くが、わからない」

エマはごくりとつばをのみ込んだ。「あの男は殺人罪を逃れているのよ」

サイクストン伯爵の屋敷を出たあと、エマとニックはポーツマスの町を当てもなくさまよい、やがて港へ出た。彼女は海に目を向けていたが、いつのまにか空ばかり見ていた。風が強さを増してきたものの、寒さは感じない。太陽が西の空に傾き、美しい夕暮れの光を放ちはじめている。

ニックは無言だった。エマの心を読んだか、もしくはまったく読めなかったのかもしれない。正直なところ、彼女にも自分の気持ちがわからなくなっていた。どうすればメアリーの気を変えられるだろう？　せめてアルトンの脅しに怯えなくてすむようにしてやりたい。サイクストン卿の屋敷を出てからメアリーとの会話を頭の中で何度も思い返したが、答えは出なかった。

彼女の両手は目の前の手すりに置かれている。手袋をはめたニックの手が、その上に重ねられた。指の長さと手のひらの大きさから、彼の強さがはっきりとわかった。一瞬、エマはすべてに背を向けて、彼の胸に身を任せたくなった。背中に両手をまわして、きつく抱きしめられたい。

ばかげた考えを頭から振り払い、彼女は自嘲的に笑った。「これまで自分の知性はどんな男性にも負けない、女でも世界を変えてみせると思っていた。自分がいかに嘘つきか、ポーツマスが教えてくれたわ」

「自分を疑ってはだめだ。きみは少なくともメアリーに選択肢を示した。相手が望まないことを押しつけるわけにはいかない」ニックがエマの手を引き寄せた。「宿に戻ろう」

彼女は逆らわなかった――そんな必要はない。自分は愚か者だ。今回のポーツマス行きで罪滅ぼしができるなどと淡い希望を抱いていた。罪滅ぼしどころか、ここまでの自身の行動とメアリーの話でさらに罪悪感が深まり、感染症のようにじわじわと魂をむしばまれる気がした。

「宿にはまだ戻れないわ。人も船もいなくなったあとの海が見たいの。ロンドンへ帰る前にすることがあるから」エマは手を引っ込めたが、ニックをまともに見られなかった。彼にじっと見つめられたら、かろうじて残っている平常心も失ってしまう。「うんざりしているなら、先に帰ってくれていいのよ。わたしはハリーに頼んで――」

彼の指が顎に触れ、エマは気弱さを隠すように目を閉じた。今回の旅で罪悪感が消えると期待していたなんて、お笑い草だ。

「どこでもきみの好きなところへついていく」ニックが言った。

強い風が吹き、スカートの裾をはためかせた。彼女は潮風を胸いっぱいに吸い込み、自分を包み込んでいる憂鬱の霧が晴れることを願った。

「きみと一緒にいたい」ニックは手袋をはめたエマの手を取り、波止場を離れた。人前でこんなふうに手をつなぐのは非常識だけれど、彼と触れ合っていたい。今日はお互いにとって、とても疲れる一日だった。

「エマ、ぼくを見るんだ」芳醇《ほうじゅん》なウイスキーのような声が、心地よく彼女を包み込んだ。「そこまで落ち込んだきみを見ていると心配になる。レナを失ってからのきみの悲しみ方は尋常じゃない。何をそれほど苦しんでいるのか、ぼくに話してくれ」

どんなに言葉を尽くしても、エマは自分の手についた血が洗い清められることはないような気がした。

12

エマはニックとともに、ポーツマス港を見おろす小高い丘にのぼった。切れ切れの雲のかなたに太陽が沈みかけ、赤やピンクや紫の筋が夕空を彩っている。

まわりを取り巻く自然に対して畏敬の念がわき、五感が研ぎ澄まされた。ロンドンの舞踏室は、この美しさとは比べるべくもない。罪の意識と悲しみ以外に、今回の旅でそれを知ることができたのは、せめてもの慰めだった。

風が先ほどより強くなり、ほつれた髪が顔にかかった。砂埃が目に入る。エマは風に背を向け、なんとか体勢を立て直そうとした。それを見て気の毒に思ったのか、ニックが強風から守るように彼女を引き寄せた。彼女の乱れた髪を耳にかけ、頬に親指を這わせる。やわらかな革の手袋が、上質なベルベットのように感じられた。

「もうすぐだ」顔を近づけたニックの唇が耳に触れる。「ぼくから離れないで」

言われたとおり、エマは彼に付き添われながら海岸におりた。岩場からところどころ黒い頁岩《シェール》が見え、いびつな模様を描いている。町の喧騒《けんそう》から離れたこの場所からは、手つかずの広い海を臨むことができた。港近くに船が二隻、停泊している。どちらも船体のうしろに樽をつなげたロープを張っていた。それらの樽が水に浮いたり沈んだりしている様子が、母鳥をまねて餌を取るアヒルのひなを思わせた。

「すばらしい眺めだ」エマを風から守るように彼が寄り添う。彼女は安らいだ心地でニックの手を握り、景色に見入った。

「この眺めのためにここまで来たのかい？」

エマは首を横に振り、レティキュールを探った。オードラに宛てたレナの手紙が指に触れる。サイクストン卿に渡すつもりでいた、つかのまの形見だ。彼女はロケットペンダントを取り出し、ニックの前にかざした。指の先から鎖が垂れさがる。

「それはなんだい、エマ？」ふいに風がやみ、彼のやさしい声で胸のつかえが取れた。ニックが彼女の手を見つめ、それから目を見る。明らかに困惑している様子だ。

「ロケットペンダントよ。社交界にお披露目したとき、記念としてレナと交換したの。わたしたち、あんな形式的な行事を大切な思い出にしようとしたのね」

エマが自分で言いながら傷ついたことを察したのか、彼は表情をやわらげ、ペンダントに触れてしげしげと観察した。「きれいだ」

「レナはよく、いつかふたりでポーツマスから船出してイタリアに行こうと言っていたわ。なぜかそれをすばらしい冒険のように思っていたみたい」

ニックが笑う。「紺色の制服を着た水夫を見てみたかったんじゃないか」

エマはうっかり彼の瞳を見てしまった。青緑の瞳が暮れゆく空の色を映している。一瞬、彼女はわれを忘れた。安心を求めてニックに身を任せたくなったが、いまいる場所を思い出し、海に目を戻した。「レナはポーツマスを世界の中心のように思っていたわ――いわば彼女にとっての北極星ね」

時間が流れ、太陽は沈もうとしていた。エマは波打ち際に進み出た。目を閉じてペンダントにキスをする。亡き友人への愛が銀のペンダントに乗り移り、永遠に奪われた命に少しでもぬくもりと安らぎを届けてくれるよう祈った。あらんかぎりの力をこめ、彼女はペンダントを海に投げた。それがどこに落ちようと、このささやかな儀式によって、レナが少しでも自由と安らぎを享受してくれることを願って。

熱い涙と悲しみが、海のかなたから近づく嵐のようにゆっくりとこみあげた。息もできず、身が引き絞られる。苦しみから逃れたくて、エマは無意識に体をふたつ折りにした。それでもまだ救われない。

ふいにニックがエマを抱きしめた。彼女の目をじっと見つめる。「なぜだ?」

エマは顔をそむけた。けれど、その〝なぜ〟というひと言が、これまで誰からもきかれなかった真実を――レナの死に加担することになってしまった自分の不誠実さを告白するきっかけを与えてくれた。いまなら汚れてしまった魂をさらけ出し、当然向けられるに違いない厳しい非難の言葉も受け入れられそうな気がする。

ニックの目を見たとき、涙で視界がぼやけ、かえって言いやすかった。「わたしはレナを自由にしてあげるべきだった。彼女はアルトンと結婚するより、ずっといい人生を送れるはずだったのよ」

彼は急《せ》かさなかった。そんな必要はない。エマはすべてを話す覚悟だった。どれほどきつく非難されるとしても、友人のために何もしなかった自分の裏切り行為のほうがよほどひどい。

「わたしがファルモントに追いやられ、あなたがベンサムの本をくれたときのことを覚えている？」

「ああ」ニックが彼女の頭を胸に引き寄せた。規則正しい鼓動の音が聞こえる。この人なら信じられる。

「レナはあのときアルトンと婚約して、一カ月後に結婚したの。それから彼女が亡くなるまでのあいだに、わたしは一度だけ会ったわ。一週間ほど、彼らの領地に招待されたのよ」

彼がエマのほつれた髪に指を絡める。そうしてもらえたことがうれしかった。自分にそこまでの価値がないのはわかっているけれど。

「あんなひどい滞在はなかったわ。わたしたちと一緒にいるとき、アルトンは最初から最後まで辛辣だった。友人であるわたしの前で、レナの欠点や失敗をあげつらってばかにするの。夫が妻をいじめるなんて理解できなかった」昔の記憶がよみがえり、気持ちが乱れた。「わたしが過ごした一週間、レナはずっと肘の上まである手袋をはめていたの。どうしてそんなあらたまった格好をするのか尋ねたら、彼女はあれこれと理由を並べたわ。昼間用の手袋が汚れたとか、どこかにいって見つからないとか。わたしはてっきり、アルトンがお金に困って節約しているんだろうと思ったのよ。だから、ロンドンに戻ったら半ダースほど手袋を贈ってあげようなんて考えていた」自分の愚かさにあきれたように頭を振る。「でも、ある午後のお茶のとき、レナの手袋が肘までずり落ちて手形のような痣が見えたの。彼女は決まり悪そうにあわてて引っ張りあげたわ」

「どうしたのか尋ねたかい？」ニックがエマの頭に唇をつけながらきいた。

「ええ。レナは、壁にかかっていた絵が傾いていたから直そうとして椅子にのぼったと言ってたわ。そのときバランスを崩して落ちそうになり、アルトンが助けようと腕をつかんだら痣になったと」失望のまなざしを向けられることを覚悟して、エマはニックを見た。「わたしはそれ以上きかなかった。でも、レナが嘘をついているのはわかったわ。ロンドンへ戻るとき、一緒に来るよう何度も誘ったのよ。けれど、彼女はどうしてもアルトンを残していけないって」

声を詰まらせる彼女を促すように、ニックがウエストにまわした手に力をこめる。

エマは苦しみをこらえて続けた。「それからレナが送ってくる手紙には、いつも小さな事故のことが書かれていた」嗚咽がこみあげたが、なんとか最後まで言葉をつないだ。「わたしにはわかっていたの、ニック。それなのに彼女を助けなかったのよ」

ニックが顎をこわばらせた。「きみに何ができた？　たとえ実際に暴力が振るわれるところを見たとしても、誰にも止められなかっただろう。きみは〝親指の原則〟を知っているかい？」

エマは首を横に振った。

「世間の一部の人間は、夫が自分の親指以下の太さのもので妻を叩くことを容認している。ギルレイの風刺画にサー・フランシス・ブラーの『親指判事』というのがある。親指の太さの棒の束を持った判事のうしろで、男が妻をそのうちの一本で叩いている絵だ。これはあまりにひどいにせよ、一部の男性はこうした慣習を擁護している。アルトンのしたことは、その究極だ。誰かが止められたとは思えない」

「わたしが彼女をアルトンの屋敷から連れ出すか、どこかへかくまうべきだったのよ。もう一度機会が与えられたなら――」

ニックが彼女の顔をやさしく引き寄せた。「アルトンは何があろうと妻を探し出しただろう。必要とあらば裁判に訴えることも辞さない男だ。きみのお父上でも手出しはできなかったよ」

彼の顔を見つめたエマは、断固たる瞳とたくましい顎に希望を見いだした。この人の揺るぎない精神が、彼女の罪を消してくれるかもしれない。贖罪《しょくざい》を求める思いが熱く燃えあがった。「キスしてくれる?」

彼女の目を見つめたまま、ニックが顔に指を滑らせる。エマは返事を待たずに背伸びをした。彼の首に両腕を巻きつけ、唇を触れ合わせる。背中に甘い戦慄が走った。

ニックはうめき声をもらしたが、慰めを求められていることをわかっているように、やさしいキスを返した。エマは安堵して小さな声をあげた。彼がすぐに唇を離す。けれどもふたりのあいだに情熱が生じたことは、その目を見れば明らかだった。

「おいで。宿に戻ろう。でないと……」ニックが身を引きながら手を差し出した。

「何？」彼女はきいた。

彼が苦しげな顔をする。「きみをそこの草むらに押し倒して、自分のものにしてしまいそうだ」

「まあ」エマはつぶやいた。言える言葉はそれだけだった。


自分の体からローズウォーターの香りがすることに気づき、ニックは室内用の小さな浴槽に深く身を沈めた。海岸から戻って、彼はエマのために風呂の準備をするよう宿に頼んだ。明朝の準備のために厩舎《きゅうしゃ》へ行って戻ってくると、彼女はすでに閉めきられた寝室の扉の向こうだった。

エマが使った風呂の湯は、意外にもまだあたたかかった。ニックは銅製の浴槽の縁から湯をあふれさせないよう気をつけて頭を浸け、髪を洗った。そのまましばらくゆったりしていたとき、昨夜一緒に寝たときに彼女の香りが移っていることに気づいたのだった。

今日の出来事はニックに衝撃を与え、正直なところ怯えさせもした。これまで彼は、エマが見せた種類の苦しみを背負わないように用心しながら生きてきた。大切な人の死に打ちのめされるまいと、あえて他人を遠ざけてきたのだ。若いうちに父との断絶を経験した彼にとって、人との絆を失うつらさはすでに骨身に染みている。幸いペンブルックとは兄弟同然の関係だが、悲しむエマの姿に父から勘当された自分の姿が重なった。

今日、サイクストン邸でエマが泣いている光景は、用心深く守りつづけてきたニックの心を鋭くえぐった。たまらなくなり、気づいたときには彼女に近づいていた。メアリー・バトラーがいたので肩に触れることしかできなかったが。本当は力いっぱい抱きしめ、苦しみから遠く離れた世界へさらってしまいたかった。

そのあと向かった海岸でも、親友の死を悼むエマの美しさにニックは言葉を失った。彼女がキスしてきたときには、他人に心を開くことからずっと逃げまわってきた数々の理由が海のかなたに消えた。宿に戻ってからは、体の高ぶりがいつまで経ってもおさまらず、彼女に誠実であろうとする良心に戦いを挑みつづけている。

ニックは昨夜もエマを求めていた。今夜は……どうにもならないほど狂おしく求めている。正直に言えば、三年前に彼女の馬車を止めたときから求めていたのだ。

彼は恐れをなした。もう自分の理性が信じられない。エマに対する気持ちは次第に深くなっている。これは肉欲ではない。ただの肉欲なら、ほかの手段で静められる。彼女はどうしようもない飢餓感を呼び覚ますのだ。エマは人生に対して——いや、あらゆるものに対して情熱家だ。彼女の感じる幸せの強さ、悲しみの深さを前にすると圧倒されてしまう。

ここ数年なかったことだが、いまニックは手に負えないほどの欲望に振りまわされ、またそれを求めていた。せめて少しだけでも味わいたい。それで悔いなくロンドンに戻れる。

どんな魔法をかけられたのかわからないけれど、もうどうしようもないところまで来ていた。ああ、一度でいい、自分自身を縛ってきたくびきを解き放ちたい。行く手に待っている自由が欲しい。

ニックは立ちあがり、エマに使われることなくきれいに折りたたまれて置いてあるリネンのタオルをつかんだ。体の中心だけ手早く拭き、手足を伝う滴はそのままにした。タオルを腰に巻いてから、ぬるくなった浴槽を出る。

目をあげると、寝室の扉が開いていた。

エマが戸枠にもたれていた。特に誘いかけるでもなく、ただこちらを見つめている。そんなふうにまともに見られることに慣れておらず、ニックは首筋が熱くなった。濡れた薄いタオルは下腹部のこわばりを隠しきれていない。

「あなたは間違っているわ」エマが言った。

いったいいつから見ていたのだろう？　これまでニックは新しい後援者《パトロン》を欲しがる娼婦、花婿をつかまえるのに必死な女性、情事の相手を探している陽気な未亡人など、さまざまな相手から色目を使われてきた。でも、こんな視線で見つめてくる相手はいなかった。エマはとても冷静な、集中したまなざしで、恥も遠慮もなく見つめている。何より、このあとに待っているであろう快楽を予感させるような色気がまるでなかった。

口をわずかに開き、太陽のように明るい金髪を胸まで垂らした姿は、無垢《むく》な乙女が世間のしきたりで大人の格好をしているだけのように見える。〈グッドウィンズ〉で会ったときの彼女がいまと同じ目をしていたが、そのときは思い至らなかった。

「何を間違っている？」エマを怖がらせたくはない。しかし欲求が体内で拍動し、もはやあらがう自信がなくなっていた。

「ゆうべ、わたしはあなたを美しいと言った。あなたは〝まさか〟と言ったわ。でも」彼女は目を離すことなく言った。「さっき隅から隅まで見せてもらったの。やっぱりあなたは美しいわ」

ニックはお互いの距離を縮めた。甘いローズウォーターと彼女自身のすばらしい香りが手招きをしている。エマは目を大きく開き、怯える様子もなく見つめていた。彼は扉に手をついて体を近づけた。

引き寄せられるように、彼女のやわらかな頬を手の甲で撫でる。今夜は与えられた機会を逃すつもりはないし、情熱を拒む気もない。今夜はエマを称え、祝福するためにある。

「手を見せてくれ」

彼女が手を差し出した。色濃かった手首の痣はすでに薄くなっている。ニックはその手首をやさしく持ちあげ、やわらかな内側にうやうやしく唇をつけた。たちまちエマの脈が速まるのが唇に伝わり、彼女がキスに反応したのがわかった。

満たされた思いが、一気に野性じみた欲望へと燃えあがった。

エマが顔をそむける。

「ぼくを見てくれ」彼女の顎に手をかけて自分のほうを向かせた。ろうそくの火がエマの美しさと、瞳に宿る傷つきやすい心を照らし出す。

彼女が大きく息を吸った。それに合わせて薄いシルクのナイトドレスに胸の先端が浮かびあがった。ニックはエマの体に視線を落とし、女性らしい豊かな曲線を愛《め》でた。

彼女のグリーンの瞳が陰りを帯びる。

それに反応して、彼の全身がエマを求めてかたくこわばった。

けれどもそのとき、彼女の目から涙がこぼれた。

ニックは衝撃を受けてまぶたを閉じ、大きく息を吐いた。たとえ彼女にナイフで刺されたとしても、ここまで胸に痛みを感じなかっただろう。彼は手の力をゆるめ、ゆっくりとエマを抱きしめた。「きみを怖がらせるつもりはなかった。ぼくは……」

「わたしが怖いのは……この先、わたしに対するあなたの見方が変わることなの」エマが消え入るように言う。

「ぼくの見方は少しも変わらないよ。きみは鋼のように強い意志をあたたかな心に包んだ、すばらしい女性だ」本心からの言葉であることをわかってもらえるよう、ニックは彼女を遠ざけて目を見つめた。

エマが目を閉じる。「わたし、あなたにどう思われようと気にしないと心に誓っていたの」彼女は大きく息をのんだ。「でも、その誓いを破ってしまった」

13

ニックの手が背中を撫でた。反対の手がうなじを包み、エマは力強く引き寄せられた。唇がそっと重ねられる。

ロンドンでニックを誘惑しようとしたときは遠ざけるのが目的だったけれど、いまは彼を自分のものにするためならなんでも差し出せる気がした。やさしく触れてもらうことで気持ちは落ち着くが、彼の香りやぬくもりに反応して次第に欲求が高まっていった。

ニックの唇が喉から耳へと移った。「昨日と今日、ずっときみのことばかり考えていた。ぼくにとってきみは、決して満たされることのない望みだ。もう二度と放せなくなるかもしれない」

エマは唇で彼の唇を探り、キスをせがむように軽く触れ合わせた。思いがかない、小さな声をもらす。

彼女の気持ちを理解したかのように、ニックはふたりが昨夜一緒に眠ったベッドへとエマを導いた。かたい太腿の筋肉が脚に当たり、彼女の全身がとろけそうになる。彼はともにベッドに横たわり、エマに両腕をまわした。彼女は唇を離した。射るような目で見つめられ、どうしていいかわからなくなる。自分の鼓動しか聞こえなかった。ニックの熱い体にあたためられて、もう寒さは感じない。シルクのナイトドレスは体をほとんど隠せていなかった。それが恥ずかしくて、彼女はニックの首に両腕をまわして強く抱きついた。唇で顎を何度もなぞり、彼の味を確かめる。

ニックがエマの唇を奪い、頭を抱えて動きを封じた。それから顔を離して目を合わせる。「きみを恥ずかしがり屋だと思ったことはなかったが、どうやらそのようだね。体じゅうがピンク色に染まっているよ」

彼女は震え、さらに身を押しつけた。初めてキスをしたときからずっと、こんなふうにベッドで抱きしめてもらいたかった。いま、ニックは彼女のものだ。違うとは誰にも言わせない。

彼の体はどこまでもしなやかで、たくましかった。信じられないことに、そのすばらしさをひとりじめできるのだ。エマは胸の真ん中に手を当てた。力強い心音が伝わってきて、思わず目を閉じる。何をすればいいかわからない。でも、何か深くて美しいものが待っていると思うと不安はなかった。

「エマ」これまで聞いたこともないかすれた声でニックが言った。「やはりだめだ……」顔をゆがめて、彼女の手に自分の手を重ねる。

「いや、お願い……何も言わないで。離れていかないで」息が乱れ、思考を取り戻すのにしばらく時間が必要だった。けれど、ひとつだけはっきりしていることがある。エマを彼の腕から引き離すには、馬が何頭も必要だ。「これから先……」ニックの揺るぎない瞳を見るうちに素直な言葉が出た。「あなたは自分の道をしっかりと歩いている……でも、わたしはどうしていいかわからない。お願い。わたしにはほかの何より、あなたが必要なの。今夜が必要なのよ」

ニックが息もできないほどきつく彼女を抱きしめた。エマの口の横にキスをし、唇の合わせめを舌でなぞる。彼女がためらいなく口を開くと、ニックは舌を絡ませて、ゆっくりと味わうようなキスをした。

指と指を絡ませたまま、彼が見おろす。「ぼくはどこへも行かないよ」キスを続けながら、ニックは彼女の胸に触れ、親指で先端を撫でた。愛撫を受けた胸が重く感じられ、思考が鈍っていく。もっと彼に近づこうと、エマは夢中で体をそらした。ニックはさながら魔法使いだ。これまでただの一度も、男性に身を任せたいなどと思ったことはなかったのに。

「きみはなんて美しいんだ」

その言葉に胸がいっぱいになり、震える息を吐く。もう返事もできなくなっていた。彼の甘い言葉が頭の中で熱く渦巻く。希望と苦しみが混ざり、それまで信じていたものも変えてしまうほどすばらしい何かが未来に待っている予感がした。

ニックがむさぼるような熱いキスをした。エマは甘美な熱狂の渦にさらわれた。彼が横に移り、ぴたりと体をつけてくる。心地よい重みを奪われて、彼女は不満の声をもらした。

彼の胸を覆う純金のような毛が目に入った。下に向かうにつれて毛が粗くなり、タオルの下まで続いている。やわらかなリネンに、屹立《きつりつ》したものの形がくっきりと見えた。「天国にいるようだ」ニックがウエストを撫で、その手で胸のふくらみを包み込む。「きみが欲しい」

かたくなったものを押しつけられ、エマは完全に欲求に流された。この幸福感こそ、ゆうべ彼に与えてほしかったものだ。欲しいものがすべて、いまこの瞬間にあった。

思いを口にする前に、ニックが彼女に覆いかぶさり、鎖骨のくぼみに唇をつけた。そのまま肩まで唇を滑らせたあと、さらに下へと向かう。彼はナイトドレスの上から胸にキスをし、先端を深く口に含んだ。シルク越しに舌で刺激され、たまらずニックの髪をつかんで引き寄せる。「お願い」

彼が笑った。「もっとかい？」

エマはただうめくことしかできなかった。

ニックは顔を伏せたまま微笑み、かたくなったつぼみを親指で愛撫した。規則正しいリズムが全身に強烈な歓びを駆けめぐらせ、下腹部が甘くうずく。

先端をやさしく嚙まれて、エマはさらに驚いた。それまでとは次元の異なる、痛みにも似た刺激が言葉にならない歓びをもたらした。悲鳴をあげ、容赦ない愛撫から逃れようと身をよじる。彼の内側に逃げ込まなければ死んでしまいそうな気すらした。

愛撫がやんだとき、彼女はすっかり息を切らしていた。

ニックがふたたびキスをして、そのまま唇を耳に這わせた。ナイトドレスの裾をつかみ、じらすようにゆっくりと引きあげ、脚をあらわにしていく。エマの全身が愛撫を求め、声なき悲鳴をあげた。ナイトドレスがウエスト部分まであげられると、彼の指が脚のあいだの茂みをかき分けて、ゆっくりと愛撫しはじめた。

指が奥まで届くように、彼女は体をずらした。

「ここを自分で触ることがあるのかい?」耳を舌でなぞり、ニックが低くささやきかける。

「正直に言ってごらん」

恥ずかしさにのみ込まれるかと思ったけれど、そうはならなかった。ここまで親密になったいま、彼に隠すことは何もない。「あるわ」

ニックが指の動きを止め、額を枕につけた。深く息をつき、エマの髪をかき分けて、耳たぶを唇で愛撫しながらささやく。「どこで覚えた?」

怒らせたのかと思ったが違うようだ。ニックの青緑の瞳は色濃くなっている。

「フランスの娼婦の手記にそういうことが書いてあったの。それである晩……」そこで急に恥ずかしくなった。こんなことを言うのは初めてだ。ニックといると、自分の欲望まで打ち明けたくなる。

彼が表情をやわらげた。「自分で触れて気持ちよくなるのは悪いことじゃない。どうやって達するんだい?」

エマは驚いた。「達するって……どういう意味? わたしはただ……あることを考えながら触れると気持ちがよくなるの」

「どんなもののことを考える？」彼は別の種類のキスをするように、鼻と鼻を触れ合わせた。たったそれだけのことで羞恥心が消え、自然に言葉がこぼれた。

「ものではなく人よ」エマは目を閉じて、震えるように息を吐いた。「あなたのことを考えるの」

ニックが体を離し、かたわらに肘をついた。視線が絡み合い、互いの呼吸のリズムがひとつになる。ひとときの沈黙が流れ、彼女は頭がどうかなりそうな感じがした。まともに見つめられると、なんだか余計なことを言ってしまった気がしてくる。

すっかり丸裸になった気分で、ニックの返事を――女性としての自分の価値に審判が下されるのを待った。彼は自分がどれほど大きな力を持っているかわかっていない。それが恐ろしかった。これまでエマは、男性に対してこんな弱い立場に身を置いたことはなかった。一瞬、ニックの顔に生々しい感情がよぎる。彼はすぐにそれを隠そうとした。何か壁を築こうとしているようにも見える。それは用心深さなのだろうか？　せっかくふたりで作ってきたものを、いまここで止められたくない。

でも何にあらがっていたにせよ、ニックはその戦いを放棄した。そして怖がらせないように、ゆっくりとエマの体に両手をまわした。頬にキスをしながら腰をぴたりとつける。彼のその部分はとても熱く、かたくなっていた。「きみはいま、自分が何をしたかわかっているかい？」

彼女は首を横に振った。

ニックが真剣な表情になり、何かを自問するようにうつむいた。「きみが歓びを得る方法を教えてあげよう」

エマがうなずくと、彼はあらためて横向きになった。ニックの手が腰を撫で、そのまま下へ向かう。彼女は小さく息をのんだ。片肘をついた彼の瞳が危険な陰りを帯びる。

ニックの指が秘所を探り当て、小さな突起をそっと押した。

声をあげないよう、エマは唇を噛んだ。早く先に進んでと懇願したいのを懸命にこらえる。

「とてもすてきだよ」甘く熱っぽい声で彼が言った。「すっかり濡れている。きみの手はどこだ？　どうやるのか教えてくれ」ニックは彼女の手に手を重ね、ゆっくりと秘所に導いた。

「自分で触れてごらん」

彼の目は瞳孔が開き、青緑の虹彩《こうさい》が情熱にきらめいている。ふたたび顔を寄せ、唇を触れ合わせて言った。「きみが達するのを手伝いたい」

エマはまぶたを閉じ、ニックに手を重ねられながら、ゆっくりと手を動かした。最初は縦に動かし、そのあとふくらんだ突起のまわりに円を描くように愛撫する。同じ動きを彼の指が一緒にたどった。

「すてきだ」ニックが深く息を吸う。「とてもやわらかい」大きな指がエマの指に絡んだ。

彼はレース前の馬のように身を震わせた。

いま、彼女はすべてをさらけ出していた――体だけでなく、欲望も、欠点も。人生に対する恐れも、望みも、ニックにならすべて見せられる。何を尋ねられても答えられる。情熱が人をここまで無防備にするなんて、誰に想像できるだろう？

彼がエマの手を体から離し、主導権を取って愛撫を続けた。ニックの腕に守られて、彼女は何も怖くなかった。体の奥に切迫した欲求が生まれた。彼がふたたびキスをする。エマの唇を舌でなぞり、指の動きをわざと遅くした。彼女は必死に体をそらした。すてきな愛撫だけれど、もっと感じたい。切ない声がもれる。もっと熱く彼を感じたい。

ニックの指の動きは、焦ってはいけないと諭しているかのようだった。甘くみだらな言葉が耳元でささやかれる。エマは彼の手に体を押しつけ、必死に渇きを満たそうとした。これまでにない快感が大きくふくらんでいく。このままおぼれてしまいそうだ。

「お願い……やめて。もうだめ」

「あらがわないで。身を任せるんだ」

彼が愛撫を続けながら指を差し入れた。エマは泣くような声をあげた。

「しいっ」ニックがささやく。「大丈夫だよ」やさしい言葉にいっそう情熱があおられた。

彼の名前を呼びつつ目を閉じる。自分の名前が呼び返されるのがかろうじて聞こえ、ニックの手に完全に身をゆだねた。崖から落ちていくような強烈な歓びが身を貫く。心臓が激しく打ち、胸が張り裂けそうだ。けれどもやがて鼓動は元に戻り、あえぎもおさまった。

ニックはエマが落ち着くまで静かに待っていた。そして彼女を抱きしめ、焼き尽くさんばかりに熱くキスをしながら、かたくなったものを押しつけた。さらなる歓びを与えてもらえるとわかっていたかのように、エマの体がとろけていく。

彼はエマを見つめたまま、さっきまで彼女に触れていた指を吸い、また激しくキスをした。そのキスは彼女自身の蜜の味がした。

自分たちがどんなに大切な時間を過ごしたか、エマはようやく理解した。数分前には想像もつかない、かけがえのない時間だった。

ニックのすべてが欲しい――体も、心も、魂も。

彼はエマの両手を頭の上に引きあげ、指を絡ませてキスを繰り返した。額、頬、耳のうしろの敏感なところに巧みなキスが浴びせられる。でも、まだ足りない。彼女は互いの胸が触れ合うように体をそらした。なんてこと――こんな甘い責め苦が存在するなんて。

ニックの息が風のごとく顔にかかり、さらに欲望がかきたてられる。

しばらく前から、エマは言葉を話せなくなっていた。ニックの唇がそっとかすめては離れる。彼女は抗議のうめき声をあげた。察したように、彼がふたたび熱くキスをした。

エマは舌で彼の舌をくすぐり、大胆に絡めた。ニックも応えてくれた。むさぼるようにキスをし、彼女もそれに応じる。ここまで濃厚なキスは初めてだ――熱病に浮かされたみたいな、せっぱつまったキス。押さえつけられていた手が自由になり、エマは彼のやわらかな髪をつかんだ。もう完全にのめり込んでいる。本当に危険だった。彼の腕の中で気絶してしまいそうだ。それでもかまわない。

「だめだ」ふいにニックが身を離し、首を横に振った。「もうやめよう」

に立った。エマは急に寒さに襲われた。

「どうして？」抱きしめようと手を伸ばしたが、彼はやさしくその手をほどいてベッドの脇に立った。エマは急に寒さに襲われた。

「きみに触れるべきではなかった」ニックが髪に指を突っ込んだ。ブロンドが暖炉の炎に照らされて輝く。「やはりできない」

思いつめたその表情に、彼女は胸が締めつけられた。

「わたしの考え違いだったの？　あなたは楽しんでいなかったの？」エマはうろたえ、シーツをつかんで胸元を隠した。「わたしがあなたをいやな気持ちにさせたの？」不安そうな自分の声が恨めしかったが、彼の哀れむようなまなざしはもっとつらかった。ふたりのあいだに何が起こったのか理解しようとしながらも、受け入れがたい現実に胸が苦しい。「何がいけなかったのか言って」

「きみは何も悪くない。悪いのはぼくだ」かたい表情で立っているニックは、それ以上の会話を拒んでいるように見えた。「ふたりとも、休んだほうがいい。ぼくは隣の部屋で寝るよ。日の出とともに出発だ」

彼が態度を変えたわけを懸命に考えようとしたが、理性と感情がせめぎ合って混乱した。エマはベッドの上で膝を抱えた。ようやく気持ちが落ち着いたとき、彼女ははっとした。ニックが急に距離を置こうとした理由がわかったのだ。

「あなた、わたしと結婚させられると思ったのね」

ニックが首をかしげて目を細めた。強いまなざしがエマを射抜く。彼女は罠にかかったウサギのように、ただ見つめ返した。こんな拷問を受けるくらいなら、社交クラブ〈オールマックス〉の水曜の舞踏会に三〇回出かけるほうがましだ。それでもキャヴェンシャム家の人間らしく、エマは落ち着いたまなざしで彼を見つめた。

「そうじゃない」身がすくむようなニックの強い声が壁に響いた。「ぼくはきみと結婚すべきだと思っている」

14

エマの息遣いと小さな吐息はニックにとっては拷問だった。彼女のやわらかな肌、魅力的な唇、完璧な曲線を描く体がどうしても頭から離れない。エマを残して部屋を出ていくのは人生最大の試練だった。鍛冶屋の金床のように下腹部がかたく張りつめ、全身が解き放たれたくてうずうずしている。彼女が隣の部屋にいなかったら、この抑えがたい欲望を自らの手で癒していただろう。

目はさえる一方で、まんじりともせず一夜を明かすはめになりそうだった。簡易ベッドはでこぼこして寝心地が悪いが、ニックは暖炉の火を絶やさないようにすることさえ忘れていた。エマが自らを慰めるときに彼のことを思い浮かべたと打ち明けたときも欲望をそそられたが、彼女が悩ましげな表情を浮かべて熱いキスをしてきたとたん、ついに理性を保てなくなった。

われながら理解できない。

これまでずっと修道士のような生活を送ってきたわけではなかった。都合のいいときだけ会う特定の相手がいたこともある——時間を取られずにすむ控えめな女性だ。ニックはいつも単純に考えていた。相手が満足したら、自分も欲望を解放する。感情を伴わない単なる肉体的な行為だ。

よこしまな考えにふけったせいか、下腹部が猛《たけ》りたっているせいかわからないが、エマが激しい欲求に体をうずかせながら、隣の部屋で待っている気がしてならなかった。

本当にそうだとしたら？　いや、だとしても、彼女をわがものにするわけにはいかない。何を考えていたんだ？　エマの情熱を感じ、清らかでみずみずしい体を味わいたいという身勝手な欲望のために、危うく彼女の貞操を奪うところだった。せめてひと晩だけでも、己の人生の虚しさをどうしても忘れたくて。自分は高潔な人間だと自負していたが、今夜の振る舞いは紳士にあるまじき行為だ。

ニックは脚の位置を変え、うめき声をもらした。どうしても寝つけない。この部屋を出ていければいいのだが。いや、その程度ではだめだ。この街から離れなければならない。さもないとエマの魅力にあらがえなくなり、何もかも忘れてしまいそうだ――自分の目標も、名誉も、交わした約束も。

ペンブルックはニックがエマを無事に連れて帰ると信じている。ランガム公爵夫妻は孤独な彼を屋敷に迎え入れてくれた。それなのに、あろうことか厚かましくもエマに手を出してしまったのだ。

「ニック？」なんとも魅惑的な声で名前を呼ばれた。たとえ岩に叩きつけられて粉々になろうとかまわないとさえ思えてくる。

「なんだ？」分別を失ってはならないという緊張感で喉がひりひりした。

「なぜなの？」エマが言葉に詰まった。「どうして部屋を出ていったの？」傷ついたような口調だ。自信をなくさせるような振る舞いをしてしまったのだと気づき、自分が毒きのこにも劣る存在に思えた。

「出ていったわけじゃない。ここにいるよ」一瞬ためらったあと、大きく息を吸い込んだ。荒れ狂う血は一向に静まる気配を見せない。

「警戒しているのね」彼女が息をはずませ、かすれる声で言った。「わたしと結婚しなければならなくなるんじゃないかって。わたしはあなたと結婚するつもりはないと言ったらどう？　考え直してくれる？」マットレスを支える網がきしむ音がしたあと、静寂が訪れた。

「まったく、なんてことだ」ニックは立ちあがった。「ぼくはそんなことは――」どう言えばいい？　彼女を求めていないと言えばいいのか？　そんなものは見え透いた嘘でしかない。今夜、彼女を完全に手に入れたくてたまらないのだから。「あとのことを考えるんだ」

彼女の体の輪郭が近づいてくる。ニックは自分の意志では動けなくなった。

「くそっ、エマ！　ベッドに戻るんだ」

彼女がびくりとして立ち止まる。「本気で怒っているのね」

「ぼくをベッドに招き入れたいのか？　だとしたら、その先に待っているのは結婚だ。真っ先にきみのお父上のもとへ行き、結婚の許しを得なければならない」ニックは頭を振り、腕組みをした。「まったく、ぼくたちはとんでもないことをしでかしてしまった」

エマがふらふらとあとずさりした。大きく息を吸い、必死で言葉を探している。だが彼女が何を言おうと、起きてしまった事実はもう変えられない。

「エマ」祈るような気持ちで名前を口にした。寝室に戻ってほしくないが、かといってそばにいられるのも困る。彼女が次の行動に移るのをじっと待った。

「ごめんなさい。安心してちょうだい。もう迷惑はかけないから」

ありがたいことに返事ができなかった。そうでなければ、ふたたびベッドに戻りたいと懇願していただろう。

翌朝目覚めると、ニックは出発時間をハリーに告げに行った。部屋へ戻ってきたとき、エマは着替えをすませていた。きれいな茶色のドレスに、思わず目が釘づけになる。ニックはまぶたを閉じた。彼女のみずみずしい体と、肌に触れられたときの指の感触がありありとよみがえってくる。なんてことだ、何をしても彼女を思い出してしまう。歯を磨いていても、ブーツを履いているときも。女性に対してこれほど激しい欲望に駆られるのは初めてだった。エマはすばらしい女性だが、こんな火遊びはどちらにとっても危険すぎる。とにかく、ふたりのあいだに起きたことについて対処しなければならない。

昨夜は取り返しのつかない事態になる前に、どうにか踏みとどまることができた。エマは不幸な結婚をせずにすむだろう。自分には夫になる才能が完全に欠如していることは知らせないでおこう。それがみなにとって最善の決断だ。何しろ、彼は仕事と投資にしか興味がないのだから。

居間の窓の外から、馬小屋で馬具がじゃらじゃら鳴る音がしたかと思うと、馬番のかけ声とともに馬車と荷馬車が引きずられていく音が聞こえた。エマが暖炉の前の椅子に座った。視線をあげた目はよそよそしく、反抗心に満ちている。

「出発の前に話をしよう」

「いいえ、けっこうよ。長く引き止めてしまったわね。どうぞ準備を進めて。わたしは少なくともあと一日ここにとどまってから、ハリーと一緒にペンブルック邸へ戻るわ」

「ゆうべの一件のせいか？」彼女をひどく傷つけてしまったのだ。ニックの中で理性と感情がせめぎ合い、勝者がすべてを支配しようとしていたが、そこに罪悪感が加わった。「エマ――」

「そんなに心配なら、アレックスに付き添いを頼めばいいでしょう」エマが微笑み、一斉射撃を浴びせてくる。「これ以上、わたしのことであなたを煩わせたくないの」彼女は座ったまま、両手を組み合わせて指をくるくるとまわした。

ニックは暖炉に近づき、炎をじっと見つめた。ふたりのあいだにできた大きな隔たりが、互いの沈黙によってさらに広がっていく。ずっとひとりで生きてきた彼には、他者とのあいだにできた溝を埋めた経験がほとんどなかった。率直に彼の意見を主張するのは簡単だが、相手はエマなのだ。彼女とはきちんと向き合わなければならない。彼の人生において、エマは親密になった数少ない人間のひとりだ。彼女を激怒させてしまうかもしれないが、それはやむをえない。

しばらくすると、不安とかすかな怒りが薄らいできた。ふたりとも気が進まなくても、とにかく話をする必要がある。「この街にとどまることが、なぜそんなに重要なんだ?」

「ロンドンへ来るように、どうしてもメアリーを説得しなければならないからよ」エマが目をそらした。ためらいが多くを語っている。彼女は危険を察知できないほど鈍感な女性ではないものの、詳しく事情を理解せずにひとりにさせるわけにはいかない。

「すべてを危険にさらすつもりなのか? 自分の評判も、命さえも」片手で髪をかきあげる。「メアリーをロンドンに連れて帰ったところで、彼女の置かれた状況が容易に解決できるとも思えない。あきらめたくない気持ちはわかるが、なぜそこまでこだわるんだ?」

エマの目に苦悩とも不安とも取れる色がよぎった。ニックの先祖代々の屋敷、レントンホールの森を覆っている苔を思わせる色だ。

「この旅で、アルトン伯爵を裁きにかける方法を見つけられるかもしれないのよ。なんとしてもやりとげなければならないの。でないとわたしは――」彼女が両腕を大きく広げた。「この部屋の中に、人生のすべてが詰まっているかのように。「このまま放っておくなんて耐えられないのよ」

「エマ……」ニックはやさしい声で言い、忍耐力を総動員して彼女の真意を理解しようとした。「それはサイクストンが果たすべきことだ。きみではなく」

「これを逃すと、レナが救われる機会はもう二度とめぐってこないかもしれないし、わたしはこの先ずっと良心の呵責に苦しみつづけることになる。それにロンドンがどうだっていうの？　舞踏会も昼食会も、もうたくさんだわ。夜ごと自分の出来の悪さに悩まされるだけだもの」エマはまぶたを閉じて、背筋をしゃんと伸ばした。それから目をしばたたき、息を深く吸い込む。「わたしは自分の人生を無駄に過ごしたくない。メアリーのような女性たちの力になりたいのよ。これは生きがいのある人生を送るためのいい機会でもあるんだわ」

ニックは真向かいの椅子に腰をおろし、彼女をじっと見つめた。エマは詮索めいた視線に屈する様子はなかったが、ニックとしては彼女の思い込みを一枚ずつはがしてやりたかった。ふたりを包んでいる静けさを破り、彼は膝に肘をついて身を乗り出すと、エマの顔に顔を近づけた。

彼女の真価を証明したいという欲求が吹雪のような勢いで襲ってくる。

「きみにはすばらしい人生が約束されているし、きみは宝石のように輝いている。きみに求婚して妻にできる運のいい男がそのことに気づかないようなら、そいつは大ばか者だよ」エマの頬を両手で包み込む。やわらかくてあたたかい。彼女を腕に抱き寄せ、望みどおりの人生を送らせてあげると約束したい気持ちを必死にこらえた。

「宝石、ね」エマがふんと小さく鼻を鳴らす。「男性は年を重ねるにつれて力を手に入れるけれど、女性はもともとわずかしか持っていない力さえ失ってしまう。そんなものに価値はないわ」

「きみのご両親はそんな悲惨な結婚生活は送っていないだろう。クレアとペンブルックもだ。

なぜきみは、そんなに悲観的な考えを持つようになったんだ？」ニックは親指で彼女の口元から頬骨の線をなぞった。とうとうエマが彼の手に顔をうずめた。

「アレックスとクレアの場合は例外よ。あのふたりの結婚生活は、出だしからさんざんだったでしょう。彼らが幸せを見いだせたこと自体が奇跡だわ」苦笑いをもらし、ニックから体を離す。「わたしの両親は、父がランガム公爵を継ぐことになるなんて思ってもいなかった頃に恋愛結婚をしたの。そうでなければ母とは結婚しなかったはずよ」

エマはうわべだけの平静を破り、鋭く息を吸い込んだ。「公爵としての責務があれば、利益を最優先に考えて結婚しなければならなかったでしょうね。父は母と結婚しても、財産や地位が手に入るわけではなかったから」彼女は顔をそむけた。「ずいぶん勝手な言い草だと思っているんでしょう。でも、レナの人生を見て。彼女のように、わたしよりひどい運命に毎日直面している女性がたくさんいるの。わたしはただ――人生で何かをなしとげる機会が欲しいだけなのよ。なんらかの形で世の中に変化をもたらしたいの」

ニックはあきらめのため息をつき、室内は静寂に包まれた。「どんなふうに変化をもたらしたいんだ？」

「たとえば自分で銀行を立ちあげるとか」

「融資機関を設立しようと本気で考えているのか？　きみは金貸しになるつもりなのか？」ほかに言いようがあるだろうか？　「きみが作った計画書に目を通したが、あの手の機関を成功させるのはとてつもない大仕事だぞ。商業についての知識はあるのか？」

「ええ、それがそんなに意外?」エマが腕組みをし、いらだたしげに片足を踏み鳴らす。「銀行に関する本を何冊か読んだわ。わたしはのみ込みが早いほうなの。学ばなくても身についている知識もあるし」

「どんな知識だ?」

「女性の心理を理解しているわ。女性たちがどんな考えを持っているのかを。その知識を活用すれば、女性がよりよい人生と社会生活を送れるように手助けできると思うの。あなたは自分が高潔な紳士だと自負しているでしょう。言ってみれば、わたしは女性が苦境に立たされたときに頼れる存在になりたいのよ」

金貸しになるというエマの決意を聞いたとたん、商取引に精を出している自分がつまらない人間に思えた。金貸しは世間から忌み嫌われる職業だ。彼女の父親は怒り狂うだろう。それにしても大胆不敵な計画だ。いかにもエマらしい。

「きみの人生にもちゃんと意味がある」ニックは語りかけた。エマの目に警告の光が宿った。慎重に話を進めなければならない。彼女は刻々と怒りを募らせている。「それに女性の心理を理解していることだけが銀行経営のすべてではない」

「この目的を達成するために必要な能力や知性は養ったつもりよ。すべて独学で身につけたの。あなたはいろいろな機会に恵まれているでしょう。大学を出て、経済的に自立し、もちろん誰とでも自由につきあうことができる。でも、わたしにはそういう自由はないの。なぜなら女性だからよ」エマは息巻いた。

胸に指を突きつけられそうな勢いだった。

「わたしはもう一度メアリーに会ってから、この旅を終えるつもり。あなたにはもう迷惑をかけないわ」彼女は組み合わせた自分の指にちらりと視線を落とし、手慰みをしないように両脇に垂らした。「メアリーのためにできるだけのことをしてからでないと帰れない」

「ひとりの使用人のために、自分の評判と命をなおも危険にさらすのか？　相手はきみの助けを求めていないのに？」エマに無理じいするのは得策ではない。ニックはすぐさま怒りを抑えた。

「批判なら聞きたくないわ」声は荒らげていないが、厳しい口調だった。「これはわたしの人生なの。いまのところ、自分の人生は自分で面倒を見られるわ。結婚という足かせをはめられるまで、あとどれぐらいあるかわからないから、それまでは自分で物事を自由に決めたいのよ。あなたの結婚に対する考え方は、ゆうべはっきりとわかったわ。気休めになるかどうかわからないけど、わたしもあなたと同じ考えよ。ただ、あなたには選択の余地があるけれど、わたしにはない。だからいまは、つかのまの自由を謳歌《おうか》しているの」

いつまでこんなばかげた話を続けるつもりなのだろう？　彼女はこの状況を収拾する気はないようだ。「すまなかった。ぼくにはあんな言い方をする資格はないのに。だが、あいにくほかの選択肢はないんだ。一時間以内にロンドンへ向かって出発する」

その言葉を口にしたとたん、普段は表情豊かなエマの顔が、猜疑心《さいぎ》が強くて尊大な仮面のようになった。貴族の屋敷の空気がよどんだ廊下に飾られている肖像画のように。ただし、目だけはかすかに光っている。彼女を傷つけてしまったという単純な事実に、ニックは自分が無価値な人間になったような気がした。

「ほら、やっぱり。あなたはすべての決断を下す権利が自分にあると思っているのね。お気持ちはありがたいけれど、わたしは自分で判断できるわ。たとえそれが間違っていようとも、いまはこの権利を享受したい。わたしの特権だから」エマは手袋をはめた。戦闘に加わろうとしている将官のような荒々しい手つきで。

彼女が立ちあがって部屋から出ていこうとしたので、ニックもあとを追った。

「サマートン、あなたは心の痛みを抱えながら幸福な人生を送るのが怖いのね」心からの同情を示すように、エマが頭を振った。「あなたを見ていると、罪を犯さないために自分の手を切り落とした人なのかと思えるときがあるわ……ゆうべのようなめくるめく感覚から逃げ出すなんて。あなたはわが身をベッドから引き離して、わたしを置いてきぼりにした」ため息をつく。「寂しい人ね。あなたが自分で決めたことを、いつか後悔しなければいいけれど。わたしは自分の決断を覆して時間を無駄にするつもりはないの」

彼女の唇を奪い、ポーツマスにとどまるのをあきらめさせたくてたまらない。傷つけるつもりはなかったのだとわかってほしい。ニックの決断が正しいのだと認めさせたい。もどかしさに襲われ、彼はエマを抱き寄せた。

次の瞬間、勢いよく扉が開いたかと思うと、壁に扉が叩きつけられる大きな音が響いた。ニックは彼女を背後に隠した。扉のそばの壁にかかっていた小さな鏡がぐらぐら揺れたが、床に落ちずにどうにか持ちこたえた。

拳銃を持ったふたりの男が部屋に入ってきた。どちらも埃にまみれているが、上品な服装をしている。

一瞬の隙をとらえ、エマがニックの手を振りほどき、背後から出てきて様子をうかがった。

彼女の兄たち——マッカルピン侯爵とウィリアム卿——が肩を並べて立っていた。ふたりは探るような目つきでニックとエマを交互に見たが、すぐさま安堵の笑みを浮かべた。

「おはよう、エマ、エマ」マッカルピンが言った。

「エマ、なんてことをしでかしてくれたんだ」ウィリアムが間延びした口調で言う。「何かしてほしいことはあるか？」

ふたりがニックのほうに注意を向けたとたん、部屋が急に小さくなったように感じた。ニックより体重が一〇キロ以上も重いマッカルピンが足を肩幅に開いて立ち、いまにも殴りかかりそうな体勢を取る。想像力を働かせなくても、ニックは自分がどんな状況に直面しているのかすぐに察しがついた。マッカルピンとは〈ジェントルマン・ジャクソンズ〉でたびたび顔を合わせていたので、彼のボクシング技術についてはよく知っている。強烈な左フックが武器だ。しかし、ニックは体格差を俊敏さで補っていた。マッカルピンが一発目を繰り出す前に、すばやいパンチを二発お見舞いできるだろう。

ウィリアムのほうも、兄とよく似た体つきをしていた。彼は生きたままニックの皮をはぐか、教会の鐘のように頭をがんがん鳴らしてやろうかといった目でにらみつけている。指の関節が白くなるほど拳を握りしめているのが、部屋の反対側からでもはっきりと見て取れた。

「サマートン、妹の部屋で会うとは奇遇だな」マッカルピンが穏やかさを装った声で言った。「彼女の罵声が聞こえたが、きみに向けられたものだったのか？」

その瞬間、ニックはことの重大さを理解した。うっかり釣り針にかかったマスのように、釣り糸をぐいぐい引きあげられるのを感じる。ペンブルックは、昨夜のうちにニックがエマを連れてロンドンへ戻ってくることを期待していたのだ。でもだからといって、彼女の兄たちが決死の戦いに挑む雄牛のように勢いよく部屋に飛び込んでくるなど、誰が予想できただろう？

「じつはそうなんだ」ニックは片方の眉をあげると、ふたりが同時に飛びかかってきた場合に備え、足を開いて体勢を整えた。警戒心が高まり、熱い血が全身を駆けめぐる。それぞれに一発ずつ食らわせるまで、負けるつもりはなかった。


「おはよう、マッカルピンお兄さま、ウィリアムお兄さま。これはうれしい驚きだわ」エマは笑いを含んだヒステリックな声で言った。何事もなかったかのように振る舞おうと懸命に努力する。男性とふたりきりで部屋にいるのは、ごく自然なことのように。どうやら運に見放されたらしく、すぐさまロンドンへ連れ戻されるはめになりそうだ。

ニックとの口論によって胸苦しさを覚えていたが、兄たちの姿を見た瞬間、比べものにならないほどの恐怖に襲われた。ニックとふたりで部屋にいた理由を、なんとかひねり出さなければ。

「ふたりきりになろうと誘われたのか？」マッカルピンが疑うようなまなざしで彼女の顔をじろじろ見る。「正直に言うんだ」

「いいえ、わたしのほうからお願いしたの。サマートン卿は今日、ロンドンに戻られるそうよ。わたしはまだわからないけれど」

室内の緊張が一気に高まり、もうひとり人間が増えたのかと思うほどの息苦しさを覚えた。ウィリアムとニックがにらみ合う。

ニックの目が一瞬ぎらりと光ったが、意外なことに彼は落ち着いた態度を保った。

「ここにいるあいだは、レディ・エマの身の安全が最優先だったからだ」

ウィリアムが大きな笑い声をあげた。「さっきのあれは身の安全を守っていたわけか」

この状況をうまくごまかすには、ウィリアムから始めるのが一番だ。エマは二歩で次兄の隣に行くと、腕に手をかけてニックから注意をそらした。「わたしのためを思うなら、何もきかないで」

ウィリアムはつかまれた腕に視線を注いでから、ハヤブサのような目つきで彼女をじっと見つめ、やがて獲物を仕留めるために舞いおりてきた。「とにかく事情を聞いてからだ」声をひそめる。「どうして部屋にふたりきりになって、彼の腕に抱かれていたんだ？」

ニックが前に進み出て、不機嫌な声で言った。「きみは彼女の兄だろう。なぜここにいなかった？　事情はぼくが――」

「大丈夫よ、わたしが説明するわ」エマはニックをちらりと見て、話を続けさせてほしいと訴えた。彼が何か言った瞬間、世紀の大乱闘が起こりそうだ。「レナのメイドに会うためにここへ来たの。わたしのもとで働いてもらえないかと思って。ニックはわたしに付き添うために、あとを追ってきてくれたのよ。お兄さまたちが見たものはなんでもないわ。わたしがちょっと取り乱してしまっただけなの」

マッカルピンがゆがんだ笑みを浮かべ、ニックに視線を向けた。「きみらしくないな、ニック。結婚の危険をあえて冒すなんて」彼はエマのほうに向き直ったが、敵意はまったくうかがえなかった。「この窮地を脱する手立てはない。おまえは彼と結婚すべきだ」

一瞬、時間とともに心臓も止まったかに思えた。彼女はごくりとつばをのみ込んだ。

「結婚ですって？」

マッカルピンは大真面目だった。子どもの頃、エマはこの兄にいじめられたことが一度もなかった。大人になってからも、ひどくからかわれたことはない。たいていの人は信じないけれど、マッカルピンはつねに彼女の人生や関心のあるものに興味を示してくれた。実の兄ではあるが、エマは彼を友人だと思っていた。

男性たちは三すくみの状態にあった。エマがポーツマスにいることを――ましてや昨夜の出来事を――ランガム公爵夫妻に知られたら、ふたりともひどい衝撃を受けるだろう。両親には黙っておいてほしいと兄たちに頼むよりほかにないだろうか？「手立てならひとつだけあるわ。お兄さまたちがお父さまとお母さまに黙っていてくれたら、わたしたちは結婚しなくてすむのよ。サマートン卿は他言しないはずだもの」

ニックがエマに鋭い視線を投げてから、片方の眉をあげた。「きみはぼくのことをよくわかっているようだな。だが、きかれたら嘘はつけない」

ニックの足元で床板がきしんだ。その音で、四人のあいだのささやかな平和が乱された。

「サマートン、きみは死んだも同然なんだぞ」ウィリアムがすごみのある声で言う。明らかに敵意がこもっていた。

「やれるものならやってみるがいい。きみに行儀作法を教えてやろう」ニックはウィリアムをにらみつけた。この恥知らずな男が不敵な笑みを浮かべようものなら、一発お見舞いしてやるつもりだった。

エマがニックの前に進み出た。「もうやめて」聞こえる程度に声をひそめ、ウィリアムの注意をそらす。

彼女は思っていたよりも利口なようだ。予想外だったのは、エマがこの旅に家族全員を巻き込んだことだった。

エマが顎をあげ、ウィリアムと向き合う。「わたしがここにいることが、どうしてわかったの？」

すぐ近くに立っていなければ、彼女の声がかすかに震えているのに気づかなかっただろう。ウィリアムが体の向きを変え、妹に手を差し出した。「兄上がアレックスから事情を聞いたあと、ぼくにも知らせてくれたんだ。手紙を読んですぐに……ああ、エマ」

彼女は差し伸べられた手を取ろうとしない。「なんなの？」

「すまない」ウィリアムの目つきがやわらいだ。「もう父上に知らせてしまったんだよ」

エマがはっと息をのんだ瞬間、ニックも腹部を殴られたような衝撃を受けた。とにかく彼女を安心させたくてたまらなかった――ふたりで一緒にこの難局をなんとか切り抜けよう、と。兄たちの怒りを買う危険を冒し、彼はエマの手を取ってぎゅっと握った。彼女が握り返してきたので、思わず抱きしめそうになった。兄たちにどう思われようとかまうものか。

ウィリアムが顔をしかめる。「ぼくはどうすればよかったんだ？　おまえの身にもし何かあったら？　こっちはどんな状況なのかまったくわからなかったんだぞ」彼はニックに冷笑を浴びせた。「予想以上にひどい事態だったよ」

「アレックスがニックを――」エマが言い直した。「サマートン卿をここへ差し向けたのよ。わたしを連れて帰るように頼んだの」

ウィリアムが信じられないといった様子で目を細めた。「実の兄のぼくにではなく？」

「昨夜の夕食での一件があったあとで？　ウィリアムお兄さまがわたしのために通りを横切ると言っても、誰も信じなかったでしょうね」

ウィリアムが口元をゆがめて微笑む。「ああ、そうだな、ミスター・クレイトンの飼っているヒョウが道の向こう側にいたら、おまえのために通りを渡ろうとは思わなかっただろう。でもだからといって、ここへ来ておまえの無事を確認しないなんてことは絶対にありえない」ニックとマッカルピンには見向きもせず、ウィリアムはエマをじっと見つめた。「本当に彼は――」

「本当よ、ウィリアムお兄さま。サマートン卿はアレックスの代わりにここへ来てくれたの。彼は非の打ちどころのない紳士だったわ」

その言葉を聞いて、ニックはむせそうになった。エマと過ごしたこの数日間は、魅惑的としか言いようがない。腹を立てたふたりの兄と対面しているにもかかわらず、もう一度初めからやり直したいと思うほどだ。もっとも、マッカルピンとウィリアムは妹のことをよほど心配していたらしい――彼女のためなら暴力沙汰になるのもいとわないぐらい、その身を案じていたわけだ。彼らの愛情は、家族が強い絆で結ばれている証拠だろう。ウィリアムの激しい怒りが心からの心配に変わったとき、ニックは彼を見直した。この男は本当に妹を愛しているのだ。

ひとりっ子のニックにとってはなじみのない感情だが、キャヴェンシャム家の人々にとっては珍しくもなんともないのだろう。彼はエマの手を放した。彼女の指を失った感覚が、ふたりきりで過ごした時間の終わりを告げていた。

ポーツマスを訪れる前は、ひとりでいることにすっかり満足していた。ところがいまは寂しさに襲われ、充足感まで奪われている。今夜はエマが恋しくなるだろう。彼女の笑顔、率直さ、次第にほつれていく金色の巻き毛、クリーム色の肌をいっそう美しく見せている口元のほくろ、そして何よりもあの聡明さ。つまり、レディ・エマ・キャヴェンシャムのすばらしいところすべてが。

心臓が激しく打ち、彼女ともっと一緒にいたいと訴えている。問題は〝どうやって〟ということだ。互いの人生を台なしにせずに、どうすれば彼女を自分のものにできる？　ニックが築いた富は、もう一歩で父の財産をうわまわるところまで来ている。長いあいだ必死に努力して手に入れたものだが、妻などに気を取られていたら、取り返しのつかないことになるかもしれない。

ニックは深呼吸をした。とはいえ、元の生活に戻るなんて考えられない。

ロンドンに戻るまでのあいだ、エマと少し距離を置けば、理性を取り戻せるだろう。朝の時間がどんどん過ぎていく。「そろそろ出発しよう」

彼女が抗議の声をあげようとしたが、ニックは片手を振って反論を封じた。

「ハリーは二〇分も前から馬を用意しているんだ。すぐに出発するぞ。わかっているだろうが、ぼくたちには話し合うべきことがたくさんある」

15

馬車がきしみをあげ、わずかに横に揺れながら玉石敷きの私道に入った。ニックは窓のカーテンを開けた。もうじき旅が終わる。エマは物思いにふけっているようで、ポーツマスからずっと黙りこくっていた。少なくとも一〇回は会話に引き込もうと試みたが、ほとんどうまくいかなかった。質問を投げかけたり、意見を言ったりしても、毎回たったひと言の答えしか返ってこない。

マッカルピンは自分たちの帰宅をランガム公爵に知らせるため、馬で先に行っている。結婚という言葉が出ないように先手を打っておくとほのめかしていた。ニックは胸が締めつけられ、マッカルピンの尽力に対してきちんと礼を言うことさえできず、同意のしるしにうなずくのがやっとだった。ずっと眠ったふりをしていたウィリアムは、ロンドンに入ったところで紳士クラブ〈ホワイツ〉でおろしてくれとハリーに命じた。エマのポーツマス行きの事後処理に関わりたくないのだろう。

前方にランガム公爵の姿が見えた。手をうしろに組み、両足を開いて立っている。馬車が置き場に向かうと、エマの目に明らかな苦悩の色が浮かんだ。ふたりきりで話せる時間はあと数分しかない。エマの顔を撫でると、彼女はおとなしくされるがままになっている。それどころか、勇気が必要だと言わんばかりにわずかに身を寄せてきた。

「勇気を出すんだ、エマ」ニックは言った。けれどもランガム公爵と対面し、無事に切り抜けるためには、彼女の勇気だけではなく運も必要だった。ニックの筋書きでは、年老いた御者とともにエマを屋敷へ送り届けた男の役を演じるつもりだった。彼女の次兄が帰りの馬車の中で付き添い役を務めようとしなかったから、という理由で。昨夜の出来事を思い出し、罪悪感がひしひしと身に迫ってくる。真の紳士だという自覚があるのなら、ロンドンへ戻ってくるまでのあいだに、結婚しようとエマを説得しておくべきだった。彼女の兄がいることなどおかまいなしに。

エマのやわらかな肌の感触に背中を押されるように、ニックはゆうべのうちに告げておくべきだった言葉を思わず口にした。「結婚しよう」

彼女が目を見開き、無言のままこちらを見つめる。断られるのではないかという不安を、ニックは必死に抑えつけた。

そのとき、まだ馬車が完全に停まらないうちにランガム公爵が乗り込んできて、無駄のない動きで扉を閉めた。「子猫ちゃん」低い声が車内に響く。ランガム公爵は身じろぎもせずに娘をしげしげと見た。エマの唇が震えだすと、公爵らしい冷静な態度はどこかへ消え、さっと娘を抱きしめた。両手で彼女の頭を包み、胸に引き寄せる。「無事に帰ってきたな」

娘を抱きしめたまま、公爵はニックに視線を向けた。「ピッツにわたしの書斎まで案内させよう」

「お父さま――」エマがかすれた声で言う。

「静かに」公爵は彼女の頭のてっぺんに唇を押し当てた。「おまえの母親がお待ちかねだ」

愛情に満ちた瞬間を目の当たりにして、ニックは思わず視線をそらした。昨夜は本当にばかなことをしでかしたとつくづく思い知らされた。エマを慰めるべき立場にありながら、逆に遠ざけてしまったのだ。ここでもまた、ニックは部外者になった。それどころか、彼らにとっては単なる邪魔者でしかない。すぐにこの場から抜け出すべきだ。ありがたいことに、エマを責め苦から解放してくれたのはランガム公爵だった。彼はあっというまに外へ出ると、エマが馬車からおりるのに手を貸し、彼女を連れて屋敷の裏口へ向かった。

エマがちらりと振り返った。感情がこみあげたように瞳が潤んでいる。その瞬間、ニックは思った――たとえこの心臓がまっぷたつに裂けたとしても、いまほど苦しい思いはしないだろう。ずっと避けようとしてきた激しい胸の痛みだった。これまでの彼の人生には、そんな感情の入り込む隙間などどこにもなかったのだ。

エマが屋敷の中に入っていくと、ランガム公爵が馬車に戻ってきて、冷ややかな目でニックをじっと見た。「わたしを待たせないでくれ」

「お望みどおりにいたします、公爵閣下」生まれて初めて、ニックは首に輪縄をかけられたような心地がした。

ランガム公爵のあとに続いて使用人用の出入り口から屋敷の中に入っていくと、どこにでも姿を現す執事、ピッツが待ち受けていた。彼の案内で公爵の書斎へと向かう。書斎の扉が開き、部屋の中央にはペンブルックとマッカルピンが立っていた。

「サマートン」ペンブルックがウイスキーの入ったグラスを差し出してきた。

ニックはグラスを受け取り、暖炉の前の椅子に倒れるように座り込んだ。ペンブルックとマッカルピンも暖炉の前に近づいてくる。

「ランガム公爵が来る前に事情を説明してくれ」ペンブルックがすばやく顎をしゃくった。

「エマと御者のハリーの居場所を突き止めて、彼女を連れ帰ったんだ」グラスの中身を一気に飲み干す。喉が焼けるような感じがしたが、まだ物足りない。お代わりを求めて空のグラスを差し出した。「マッカルピンとウィリアムが、ぼくたちがふたりでいるところを見つけた。当然ながら、ウィリアムがぼくの頭をもぎ取ろうとした」

ペンブルックが琥珀《こはく》色の液体をさらに指二本分注ぎ、片方の眉をあげた。「結婚の特別許可証が必要な状況なのか？」

マッカルピンが不機嫌な声をもらし、慎重に答えるように警告した。ニックはふた口目のウイスキーにむせて危うく噴き出しそうになり、椅子の肘掛けに拳を叩きつけた。

「よしてくれ、ペンブルック」

「答えはノーに決まっているよな。きみがエマの評判を落とすようなまねをするはずがない」ペンブルックがニックをしげしげと眺める。「それにきみの頭はほかのことに夢中で、結婚には興味がないだろう」

「一瞬緊迫した空気にはなったが、ぼくがきみに頼まれて来たことをエマが説明してくれたんだ」ニックはグラスの縁を指でなぞったが、急にじっとしていられなくなり、立ちあがった。「マッカルピン、ことの経緯を証言してくれたことに心から感謝するよ。もっとも、ウィリアムはあまり快く思っていないようだが」

マッカルピンは自分のグラスからウイスキーをあおると、彼にしては珍しく不快感をあらわにしてニックを見た。

「無理もないな」ペンブルックが言う。

ポーツマスでふたりのあいだには何もなかったと、エマが兄たちに断言したときに感じた胸の痛みがいまだに尾を引いていて、なぜか心にぽっかり穴が開いたようだった。

「さっき、彼女に結婚を申し込んだよ」

ペンブルックが顔色を変えた。「なんだって？」

マッカルピンがテーブルに自分のグラスを置く。「なぜそんなことを？　父上にはもう事情を話してあるんだぞ。そんなことをしたところで、どうなるものでもないだろう」

「〈ルビー・クラウン・イン〉の彼女の部屋で、ふたりきりでいるところを見つかったんだ。重要なのは正しい行いをすることだよ。だから覚悟を決めて――」

「ウィリアムのことは心配いらない」いつのまにかランガム公爵が部屋に入ってきていた。公爵の拳が顔面に飛んできた場合に備えて、ニックは体勢を整えた。

「エマはジニーと一緒にいる。その件については母親が直接聞き出すだろう」公爵はいらだちを隠そうともせずに息を吐き出し、部屋を横切ってペンブルックの隣に立った。「今回のポーツマスの一件の責任はわたし自身にある。あの子はいま……ひどく動揺している」頭を振る。「サマートン、ペンブルックに頼まれてエマを連れ戻そうとしたそうだが、まるで歯が立たなかっただろう。あの子は恐ろしく独立心が強いんだ」

ペンブルックが公爵にグラスを手渡した。

いよいよランガム公爵の激しい怒りを受けるときが来た。ニックは大きく深呼吸をした。公爵はウイスキーを半分ほどぐいっと飲むと、グラスを近くのテーブルに置いた。そしてかっと燃えるような目つきをして、ゆっくりとこちらに歩いてきた。相手の右手がさっと伸びた瞬間、ニックは殴られると覚悟した。ところがその手は彼の肩をつかんだ。感謝の気持ちを表すかのように。

「彼女は何度か恐ろしい目に遭ったようですが、とにかく無事で何よりです」ニックは公爵を見つめ返した。「ご令嬢を守るためなら、なんでもいたします」神経がもつれて、胃が締めつけられる感じがする。「お許しをいただけるのであれば、レディ・エマに求婚させていただきたいのですが」

四人の男性はほぼ同じくらいの身長であるにもかかわらず、ランガム公爵は圧倒的な存在感を放っていた。ニックは針のむしろに座る思いで、公爵の判断をじっと待った。

「考えておこう」公爵がうめきにも似たため息をもらす。その苦しげな声が胸にこたえた。

公爵はニックから離れ、暖炉に近づいた。「ペンブルックから事情は聞いた。もう気づいているだろうが、エマは頑固で、一度こうと決めたらてこでも動かない。わたしも何度も言い聞かせてはいるが、ほとほと困り果てている。したがって、今回の件の責任はきみではなく、このわたしにある」

そう言われても、期待していた安堵感は得られなかった。それどころか覚えのある空虚感に襲われ、ニックの自信に満ちた態度が崩れた。「彼女は聡明な女性です。ぼくなどが助けになれるかどうかわかりませんが」

公爵は片手で顔をさすり、ニックのほうに向き直った。「ひとつだけ不満を言わせてもらうが——きみかペンブルックのどちらかが、もっと早くにわたしに知らせるべきだったな」

「心よりおわびいたします。ですが彼女が屋敷を出ていったことに気づいたときには、すでに手遅れでした」さっさと非を認めて、一刻も早くこのランガムホールから立ち去ったほうがいい。

「ありがとう、サマートン」公爵が手を伸ばして握手を求めてきた。

「礼にはおよびません」ニックは差し出された手を取ったが、かたい握手をしても、まだ安心できなかった。「当然のことをしたまでです」

「わたしはこれで失礼する」公爵は会釈をすると、グラスの中身を飲み干した。「必要なものがあれば呼び鈴を鳴らすといい」

「ぼくも行きます」マッカルピンが父のあとを追って扉に向かったが、一瞬ためらったあとニックに視線を向けた。「ぼくも妹を心から愛している。ぼくからも礼を言わせてもらうよ」

マッカルピンが部屋を出たあとに従僕が扉を閉めると、ニックは体の緊張を解いた。

「少なくとも、これで心配がひとつ減ったわけだ。ポーツマス行きの件は、外にはもれていないだろうな?」苦々しい表情を隠す気にもなれなかった。

「身内以外の人間は誰も何も知らないはずだ。ランガム公爵家の使用人たちは忠実だからね」ペンブルックの顔にいたずらっぽい好奇心が浮かぶ。「きみは自分の懐中時計よりきつくねじを巻かれて、のっぴきならない立場に追い込まれたな。エマを助けに行ったばかりに、進退きわまったわけだ」

激しい疲労感に襲われて、思わずニックは口にした。「ポーツマスでは本当に何もなかった」

「まるで『ハムレット』のガートルード王妃みたいだな――〝いかにも、誓いがくどすぎる〟」ペンブルックは天井を見あげ、おかしそうに笑った。「待っていてくれ、クレアに話してくる」

「スウィートハート、何があったのか話してちょうだい」母のジニーがエマの髪を指ですいた。

エマはベッドに入り、天蓋をじっと見あげた。かろうじて目に入ってくるのは、インド更紗《さらさ》の花柄だけだった。「サマートン卿との友情もこれでおしまいだわ」母の手から離れて顔をそむける。「それにお母さまとお父さまを失望させてしまったわね」

「お父さまがもうすぐここにいらっしゃるから、その件については一緒に解決しましょう。サマートン卿もいまは腹を立てているかもしれないけれど、いつか許してくれるはずよ。彼はあなたのことをとても大切に思っているもの」母がゆっくり目をしばたたくと、まつげが頬にかかった。「ブランチの屋敷に着いた直後に、あなたがいなくなったから帰ってこられないかとウィリアムから手紙をもらったの。まさか、あなたがこっそりいなくなるなんて、もう心配で心配で――」まつげが伏せられていた場所に、小さな涙の跡が残っていた。「疲れた顔をしているわね。あなたとサマートン卿は――」

エマはすばやく身を起こした。勇気を奮って母と視線を合わせる。「彼に結婚を申し込まれたの」

母が目を大きく見開いた。「それでなんと答えたの?」

「何も」か細い声で言う。ニックが口早に言った言葉がいまだに頭の中を駆けめぐっていて、彼女の確固たる信念とぶつかり合っていた。「話の途中で、お父さまが馬車に乗り込んできたのよ」

母が眉をあげた。「まあ、いつもは見事にタイミングを見定められる人なのに」

扉を短く二回ノックする音がした。エリアルが扉を大きく開け、ランガム公爵を部屋に通した。

「レディ・エマのためにお風呂の用意をしてちょうだい」母が指示を出すと、メイドは静かに立ち去った。

父がつかつかと部屋に入ってくる。ポーツマスを発ってから、エマはこの瞬間を恐れていた――両親と顔を合わせるのを。父の反応を警戒しながら、感情のうねりを必死に抑えつけた。ここで泣いたりしたら、娘がよほどつらい目に遭ったのだと父は思い、すっかり逆上してこの屋敷を叩き壊してしまうかもしれない。

父は母の隣に腰をおろすとかすかに微笑み、彼女の脚をぽんぽんと叩いた。「子猫ちゃん、おまえがわたしの一番いい狩猟馬に乗ろうとしたときのことを覚えているか？　おまえはやっとのことであの馬に鞍をつけると、みんなが起き出す前にひとりで出かけたんだ」

「ああ、セバスチャン……」母は涙をこらえるのをあきらめたようだが、目にかすかな明るさが宿った。「本当に大変な一日だったわね」

両親の顔からは心配がにじみ出ている。父の目の下にはくまができているし、母の美しい顔には深いしわが刻まれていた。

「こちらにおいで、ジニー」父が母を引き寄せて抱きしめる。ひと粒の涙が母の頬を伝うと、父がキスでぬぐった。「あのときは丸一日かかって、ようやくおまえを見つけた。タイタンはおまえを黒イチゴの茂みの中に放り出したんだ」父は低い笑いをもらした。「どういうわけか、おまえは茂みに絡まって身動きが取れなくなっていた。わたしが見つけたとき、おまえは引っかき傷だらけになって、腹を立てた子猫のようにシューシューうなっていた。覚えているかね？」

エマはうなずいた。秋の狩猟期に、自分も兄たちと一緒に馬に乗れることを証明したかったのだ。その件がきっかけで、父から〝子猫ちゃん〟と呼ばれるようになった。彼女は唇を嚙んでじっと待った。話がそれで終わるはずもなく、最後まで聞かなければならないだろう。

「わたしたちはあの日、五歳は年を取ったよ。そしてベンサムの本の騒ぎのときは、寿命が一〇年縮んだ」父がエマをじっと見つめる。「だが、どちらもささいなことだった。今回の件に比べればな」

「悲しい思いをさせてしまってごめんなさい」涙がこみあげて目頭が熱くなる。彼女はしきりにまばたきをして、涙をかろうじて食い止めた。自分は涙もろいほうではないとずっと思っていたけれど、ポーツマスの一件であまり自信が持てなくなっている。

父はエマを見つめつづけた。ブルーの瞳は澄んでいるが、ニックの瞳よりも濃い色合いだ。いったいどうしてしまったのだろう？　思考のすべてがニックのまわりをぐるぐるとまわっている。

「サイクストン卿の問題には首を突っ込むなと言っておいたはずだぞ」父がため息をつき、母をさらにきつく抱きしめた。「サマートンがおまえを見つけてくれて本当によかった。だが、なぜ昨日のうちに帰ってこなかった？」

エマは上掛けをいじった。「サマートン卿が目を覚ましてロンドンへ帰ると言いだす前に、ハリー・ジョンソンと宿屋の使用人に付き添ってもらって、メアリー・バトラーを――レナのメイドを訪ねたの。ロンドンに来て、わたしのもとで働いてほしいと頼んでみたのだけど、断られてしまったわ」

父が頭を振る。「エマ――」

「セバスチャン、その話はあとにしましょう。エマには休息が必要よ」母の心遣いとやさしい笑みに胸が痛んだ。

両親が立ちあがり、母が彼女の額にキスをする。「あなたが帰ってきてほっとしたわ」

「陛下で、おまえに求婚してもいいかとサマートンにきかれたよ」父が感情を交えない淡々とした口調で言った。「わたしたちはその件について話し合う」

ニックの名前を持ち出されて、エマの心臓が飛び跳ねた。「わたしにもまだ選択の自由はある？」

「おまえは疲れているだろう」父が身を乗り出し、昔と同じようにおやすみのキスをした。

「おやすみ」

うっすら伸びたひげが彼女の頰をかすめる。ぬくもりと懐かしい白檀《びゃくだん》の香りが、父に寝かしつけてもらっていた子ども時代を思い出させた。

だが、その安らぎもすぐに消え去った。ニックが求婚してきたことで、彼との関係が一変してしまうかもしれない。彼は紳士だから結婚を申し込んできただけだ。エマにとってクレアとダフネは大事な存在だけれど、ニックともまた違う形で親密な関係を作りあげていた。この数日間、彼と一緒に過ごしてみて、それをひしひしと感じた。彼との友情を失ったら、同じような感情をほかの男性に抱くことは二度とないだろう。

扉が閉まると、エマは枕に倒れ込んだ。いままで大切にしてきたものすべてが危険にさらされている――両親の言いつけを守る義務、家族の評判、社交界での自分の立場。何もかもが台なしになるかもしれない。彼女が取った行動のせいで。

とはいえ、アルトン伯爵を裁きにかけられるのなら、また同じことを繰り返す覚悟はできている。ポーツマスの一件が原因で何が起きようと、身から出た錆《さび》だ。けれど、非難や悪い噂によって家族を苦しめるべきではなかった。父に結婚しろと命じられたら、どうすればいいだろう？

日没前の夕焼けが窓から姿を消し、まもなく夜が訪れた。日中のあたたかさはただの思い出となったが、エマの頭の中ではニックのことが堂々めぐりするばかりだった。彼はいつもエマを対等に扱ってくれる。でもだからといって彼と結婚するのは、自分が経験から学んだことに反している。社交界では女性は商品と見なされ、男性は女性を支配しようとするのだ――兄たちやニックのような立派な紳士でさえも。レナの恐ろしい結婚生活を思い、エマはごくりとつばをのみ込んだ。やはり結論はひとつ――女性は間違った男性と結婚すると、何もかも捨てなければならなくなる。

何を考えていても不安が入り込んできて、安心したいというエマの願望をくじいた。ニックに正直に打ち明けたことで、レナの死に対する喪失感と罪悪感がほんの一瞬でも薄れたような気がしていたのに、ポーツマスから帰ったとたん元に戻ってしまった。

礼儀正しく高潔なニックは、エマをどんな人間だと思っているだろう？　哀れみを感じている？　それとも嫌悪感を抱いている？　どちらにしても、たいした違いはない。それなのに、なぜ彼は結婚を申し込んだりしたの？
彼女は枕を抱きしめて目を閉じた。
どうしたらニックとの友情を失わずに、求婚を断れるだろうか？

16

美しいエマの姿が頭にちらついて、まったく体が休まらなかった。二日前に彼女に会って以来、ほとんど眠れていない。ニックは書斎を行ったり来たりしながら、いらいらして両手で髪をかきあげた。エマへの求婚について、ランガム公爵はまだ決断を下していないようだった。あるいはすでに心を決めていても、わざわざニックに知らせる必要はないと考えているのかもしれない。

昨夜はベッドで何度も寝返りを打ったあと、結局は机に向かって、この二カ月間の積み荷目録をつけながら夜を明かした。エマのことをなるべく考えないようにするには、それ以外に手がなかったのだ。

夜が明ける頃には、次にどうするべきか判断できる程度には頭がさえていた。彼女のもとを訪ね、もう一度結婚を申し込むつもりだ。もし断られたら、残念だがこれで終わりにしよう。放っておくわけにはいかない重要な仕事を抱えているのだから、そちらに専念しなければならない。

仕事のことを考えているときだけは気分が落ち着いた。貿易業で得られる利益がこのまま順調に増えつづければ、資産は二年で倍になるだろう。ニックはテムズ川の港に事務所を開く計画を立てていて、サマートン伯爵の紋章を目立つように飾るつもりだった。自分の跡継ぎが許しを請うて公爵領を管理する方法を学ぶ代わりに商売の道に邁進していることを知って、父が困惑すればいい。どんなに荒れ果てようと、公爵領に未練はない。

とはいえ、仕事で気を紛らわせるのにも限界があった。ニックは机の奥に逃げ込み、腰をおろした。倦怠《けんたい》感を覚える原因はひとつしかない。

エマだ。

いっそ彼女が明日にでも別の男と結婚してくれればいいのに――相手は誰でもかまわない。この苦痛から逃れられるのなら。だが、先へ進むよりほかに道はない。こんな思いをするはめになるなら、彼女のあとを追ってポーツマスなどに行かなければよかった。

執事の声がして、ニックは物思いから現実に引き戻された。「ポール・バーストウ卿がお見えです。とても重要な用件がおありだそうで」

ニックはぴたりと動きを止めた。覚えのある怒りがじわじわとこみあげ、〈フォリー号〉の積み荷目録から視線をあげる。「ハム、会うつもりはないと伝えてくれ」

「サマートン、窓の外からきみの姿が見えたんだ」ポール卿がずかずかと書斎に入ってきた。「きみの貴重な時間をあまり取らせないと約束するよ」

もっとささいな理由で社交界から追放されている者もいるというのに、ポール卿がいまだに社交界にいられるのは公爵家の放蕩《ほうとう》息子だからだった。彼の兄の病状が急激に悪化したため、サザート公爵の次男である彼が父親の爵位を受け継ぐ可能性が高いのだ。ポール卿とニックは体格も顔や髪の色もそっくりだが、それ以外は似ても似つかない。奇抜な行動によって数々の不祥事を起こすポール卿の才能は、上流社会の人々にとって重要な娯楽になっている。ニックは彼のことを考えるたびに、拳で壁に穴を開けたいという衝動に駆られた。

ニックが椅子の背にもたれると、ポール卿は上着のボタンを外し、暖炉の前の椅子に座った。「今朝はやけに寒いが、乗馬でもどうだ？　美しい鹿毛の牝馬《ひんば》に乗ってきたんだ。星（額の白斑）がじつに見事で――」

「用件はなんだ？」ニックのほうは社交辞令で時間を無駄にする気はなかった。

ポール卿が手袋の指を一本ずつ外しはじめたのがすべてを物語っていた。招かれざる客の一挙一動が、どこか意味ありげなもったいぶった態度に見える。そのうえやけに真面目くさった顔つきをしているのに気づき、ニックはさらに警戒心を強めた。

「喜ぶべきだぞ、いい話を持ってきたんだから」

「金の話か？」両手で顔をこする。

「まったく、きみはアナグマみたいなやつだな。匂いをかぎつけたとたん、穴から飛び出してきて攻撃を仕掛けようっていうのか」ポール卿は手入れの行き届いた指の爪をしげしげと眺めた。「そのとおり、金のことだ」

そのとき、父から新たに届いた未開封のままの手紙が目に入ったが、ニックはその不愉快なものを念頭から払いのけた。まるでレントン公爵とポール卿が示し合わせて、ニックを怒らせようと計画したかのようだ。「もう帰ってくれ。ぼくの時間は貴重なんだ。前もって約束を――」

「今日、きみの事務弁護士に五〇〇ポンド分の紙幣を渡しておいたよ」ポール卿が咳払いをする。「大学時代にきみが肩代わりしてくれた二〇〇ポンドの借金はそれで帳消しだ。半年ごとの複利四パーセントで利息を計算して、およそ四〇〇ポンド。残りはきみに不快な思いをさせたおわびのしるしだと思ってくれ。何年も前に返すべきだったが、ずるずると引き延ばしてしまった。すまなかったな」

「なぜいまごろになって改心した？」ポール卿は計画的に返済することもできたはずだ。父親から金を受け取ったときや、ずっと前に母親の財産の一部を相続したときに。

「簡単な話さ。ついに自分の人生に責任を持つ気になったんだ」ポール卿はうつむいて床をじっと見つめた。「医師の話では、兄は一月末までもたないかもしれないそうだ。兄の最期の日々を、ぼくへの心配で曇らせたくない」

「兄上の病状が悪化しているという話は聞いている」ニックは言った。「何か必要なものや、ぼくにできることがあれば――」

ポール卿が首を横に振る。「ありがとう。だが、大丈夫だ。イングランド一の名医に診てもらっている」

もし占い師に料金を払っていまの会話を予言されたら、金を返せと要求していただろう。ポール卿のような男が自らの過ちを償うとは想像したこともなかった。

「きみが返してくれた金はレントン公爵に転送しておく」運がよければ、父は借金が返済された衝撃で一週間ほど寝込むかもしれない。

ポール卿が窓辺に近づき、外に目を向けた。「正直に言うと、ぼくが与えたもうひとつの損害についてはどうやって償えばいいかわからないんだ。ぼくのせいで、きみはレントン公爵に勘当されてしまった。ぼくにしてもらいたいことや言ってもらいたいことがあれば、明日の朝一番に取りかかるが」

父を乗せた馬車が目の前から走り去って以来、どうすれば関係を修復できるだろうかと一〇〇万回は考えてみた。しかし、いつも同じ結論に達した。もう手の施しようがないのだ。

ニックは咳払いをして、重苦しい雰囲気をどうにか払いのけようとした。

「償いなら、これでじゅうぶんだ」

ポール卿が顔をこわばらせた。淡いブルーの目に氷のように冷ややかな光が宿っている。

「じつはもうひとつ話し合いたいことがあるんだ」

ニックは忍び笑いをもらした。やはり金銭的な援助を求めに来たわけか。

「一緒に投資をしてほしいなら、きみのほうも二万ポンドは必要だぞ」

「いや、けっこう」ポール卿は大きく息を吸い込むと、笑みを浮かべた。「話というのは、レディ・エマの件だ」

頭の中ですさまじい音でベルが鳴り響き、ニックは机の前に座った。「なぜ彼女についてぼくと話し合う必要があるんだ？」

「きみの気持ちを聞いておこうと思ってね。きみはてっきりレディ・ダフネと結婚するものと思っていたんだが、どうやら最近はレディ・エマに夢中になっているらしいな」ポール卿は無表情のままニックの反応をうかがった。

「たしかにレディ・エモリーの舞踏会で彼女とダンスをしたが」エマを裏切らずにふたりの関係を説明するのは、予想以上に難しかった。「どうしてそういう結論に達するのか、よくわからないな」

「昨日、紳士クラブに顔を出したらアルトンがいた」ポール卿が何か思案するような顔つきになり、指先でテーブルをこつこつ叩く。やがて椅子の背にもたれ、ニックのほうを見た。「彼が噂を広めていたんだ」彼は身を乗り出し、刺すようなまなざしを向けてきた。「きみたちがポーツマスで一緒にいるところを見た、と。きみが彼女に言い寄っているのなら、ぼくは身を引くつもりだよ。でもそうでないなら、ランガム公爵邸を訪問して結婚を申し込もうと思っている」

ニックは腹を殴られたような衝撃を受けた。クレアとの婚約を公然と破棄して彼女に恥をかかせておきながら、ランガム公爵邸を訪れるつもりだなんて、どこまで厚かましくて無鉄砲な男なのだろう。幸い、あの晩はペンブルックがクレアを救った。しかしエマは？　彼女はどうなる？　この男は死にたいのか？　自分が生きているかぎり、そんなことは絶対にさせない。

「何も言うな、サマートン。驚くのも無理はないし、きみの言いたいことはわかっている。

だが、彼女の美しさとやさしさは否定しようがない。簡単に言うと、彼女にそそられるんだ」ポール卿は椅子に座ったまま緊張を解き、不愉快な薄笑いを浮かべた。「夏のラズベリーを思わせるあのふくよかな唇。気がついていたか？　彼女の下唇はハチに刺されたみたいにふっくらしているんだ。ほくろについては言うまでもないだろう」

ニックが勢いよく立ちあがった拍子に椅子がひっくり返った。「もうやめろ」

「やはりそうか」ポール卿が探るような目を向けてくる。「彼女に気があるんだな。だったら、きちんと断っておく。事実上のサザート公爵の継承者であるぼくからの求婚は、前向きに検討されるだろう。もともとはぼくがクレアと婚約していたのに、ペンブルックが横取りしたんだからなおさらだ」

ニックは机をまわり込んでポール卿と向き合った。頭の中には、ならず者を窓から放り出すイメージが浮かんでいた。せめてこの男をロープで縛り、船ではるか遠くの港まで運び去りたい。「クレアにあんなひどい仕打ちをしておいてか？　公爵に冷たくあしらわれるのが落ちだぞ」

「ひどい仕打ちをしたのはペンブルックのほうだ。まあ、そのうちわかるさ」ポール卿はいつものように自信たっぷりに言うと立ちあがった。「もっとも、いまとなってはどうでもいいことだ」狡猾《こうかつ》な笑みを浮かべる。「エマはまれに見る美人だ。きみたちが結婚して、ぼくが祝いの言葉を述べるなんてはめにならなければいいが」ポール卿の含み笑いが雷鳴のように低く耳に響いた。彼はクラヴァットとベストの乱れを直しはじめた。まだ何か言いたいことがあるようだが、なぜかためらっている。やがて気取った足取りで扉の前まで行くと、こちらを振り返った。「評判が落ちるのを最小限に食い止めるためにも、彼女はなるべく早く結婚すべきだ」

ニックは同意してうなずいた。「ごきげんよう」

ポール卿が机の前まで引き返してきた。「やはり、きみにすべてを知らせずに帰るわけにはいかないな。アルトンはきみたちが恋人同士だと触れまわっている。きみが彼女の部屋に入ったきり出てこなかったのを目撃したとかで、きみたちのことを風刺画にしてばらまくつもりらしい。彼女のためにも、ぐずぐずしている時間はないぞ」

ポール卿が立ち去ると、ニックは拳で机を叩いた。くそっ、なんてことだ。

「ハム、馬に鞍をつけてくれ！」張りあげた声がビリヤードのブレイクショットのように、部屋じゅうの壁に響いてこだました。

どうやって自分と結婚するよう彼女を説得すればいいだろう？

ニックはもう五時間以上も待たされていた。これだけ待っても謁見の場に呼ばれないのは、ランガム公爵が彼を懲らしめようとしていると考えてほぼ間違いない。洞察力の鋭い公爵のことだ、ニックが何もできない状況に置かれると頭がどうかなりそうになるのをわかっているのだろう。仕事の書類を持ってくるなどという考えは浮かばなかったので、ニックはひたすら待ったあげく、なおも待ちつづけていた。

そしてついにランガム公爵に呼ばれた。ニックは姿勢を正し、公爵の書斎に向かった。恐怖感が一気にふくれあがり、春先の野ウサギになった気分だ。公爵はのちのちまで語り草になるほど激怒しているだろうから、今夜は人生で最も長い夜になるに違いない。だが、そんなことはたいして重要ではなかった。とにかくエマを守らなければ。

お仕着せを着た従僕がふたり、厳粛な顔をして書斎の扉の前に立っていた。ニックが近づくと、彼らはこちらを見ようともせず、どっしりした両開きの扉を同時に開けた。円形のアトリウムに足を踏み入れたところ、ピッツが待ち構えていた。床から天井まである別の両開きの扉を抜け、ようやく公爵の書斎にたどり着いた。

「閣下、いまからお取り次ぎいたします」ピッツがすばやくうなずいたので、ニックは彼のあとに続いて部屋に入った。「公爵閣下、サマートン伯爵です」

この執事は声も高らかに来客を告げるのが好きなはずなのに、今夜はいつになく声が小さい。

不吉な兆候だ。

ランガム公爵は大きな張り出し窓のそばに立っていた。窓の外にはランガムパークの入り口にある三つの噴水が見える。

「ピッツ、もうさがっていい」公爵は窓に向かったまま告げたが、窓に映る顔には怒りが浮かんでいた。「サマートン、中に入ってくれ」

「公爵閣下」ニックはお辞儀をした。

ランガム公爵がこちらに向き直り、片方の眉をあげた。目の前にいる男の人となりを判断するかのように。

「謁見をお許しくださり、ありがとうございます。まず初めに、このたびはご迷惑をおかけして申し訳ありません。すでに噂をお聞きおよびのことと思いますが、本日はレディ・エマに結婚を申し込むためにうかがいました」〝もう一度〟という言葉が舌の先まで出かかったが、つけ加えないでおいた。

公爵が怒りに顔をゆがめた。顔色が赤みを帯び、目もぎらついている。「いまこの場できみを殴りつけたいぐらいだ」

「心からおわび申しあげます。彼女の名誉を傷つけるつもりは毛頭なかったのです。彼女は――」なんとか胸の内を伝えようとしたが、途中で言葉を失った。どう説明すればいいだろう？　エマのそばにいると空気がすがすがしくなり、水が甘く感じられる。つまり、退屈な人生が輝きだすのだと。彼女の魔法を説明できるはずがなかった。ニックはいつのまにか握りしめていた手をゆるめた。「この不始末の埋め合わせをさせていただきたいのです。彼女と結婚させてください」

公爵がふんと鼻を鳴らす。「埋め合わせだと？　まるで崩れた堤防から水がもれ出たような言い草だな。わたしは午後じゅうずっと、明日ばらまかれる予定になっていた例の恐ろしい風刺画を差し止めるために奔走していたんだぞ」

「どうかお願いします、公爵閣下」ニックは相手の視線をとらえた。「どうしても彼女と結婚したいのです」

公爵の怒りがみるみる消えていき、彼はゆっくりと目をしばたたいた。やがて机まで歩いていって腰をおろすと、こちらに向かって一枚の書類を差し出した。

ニックは断りもせずに机の前にある巨大な革張りの椅子に座り、書類を手に取った。そこには婚姻継承財産設定が、かなり寛大な条件で記載されていた。エマの持参金は五万ポンドもの価値がある。万が一ニックが死亡した場合に、彼女と嫡出子が財産を受け取れることを保証する標準的な条項も記されていた。

「きみが不利になるような小細工はいっさいしていない」公爵は低い声で言うと、羊皮紙に書かれた文書に向かって手を振った。「わたしの望みは、エマが大切にされて、幸せになることだ。わかっているな？」

ニックはうなずき、公爵から羽根ペンを受け取って文書に署名した。その瞬間、胸の中に埋まっていた氷のかたまりが溶けた。「ぼくの望みも同じですし、彼女が何不自由なく暮らせるように努めることを人生の使命にする心づもりでいます。今後はご令嬢のことを最優先に考えるとお約束します。ぼくの遺言書の内容も変更しましょう。ぼくがエマよりも先に死んだ場合は、彼女がぼくの全財産を受け取れるように。全部でおよそ四〇万ポンドになります。子どもに恵まれた場合も、彼女ならきっと子どもたちの将来にとって最善の決断を下してくれるでしょう」

ランガム公爵は腕組みをすると、片手をあげて親指と人差し指で顎をつまんだ。

「妻とわたしは、エマの悲しみを癒してやることができなかった。きみはその重荷を背負っていくことになる。あの子に救いの手を差し伸べられる者がいるとすれば、それはきみだと信じている」

「閣下に信頼していただけると、大きな励みになります」

公爵は息をつき、不気味なほど落ち着いた声で話を続けた。「〝埋め合わせ〟というさっきのきみの失言を挽回《ばんかい》する方法があるぞ」

ペンブルックの言葉を信じるならば、いい前兆とは言えなかった。「なんなりとお申しつけください」ニックは申し出た。

「サマートン、口をはさまずに最後まで聞いてくれ」公爵の頬は赤くほてり、目がらんらんと光っている。「明日、まっすぐに民法博士会館《ドクターズコモンズ》へ行って、結婚の特別許可証を取ってきてもらいたい。わかったかね？」

ニックはうなずいた。「朝一番に向かいます」

「そのあと、大急ぎでここに来てくれ」自分の要望を書き留める書記官に語りかけるような口ぶりだった。「この屋敷で結婚式を挙げる」

「それはできません」頭の奥でかすかないらだちがわき起こったが、ニックは気づかないふりをした。エマの名誉を傷つけてしまったのだから、報いは受けなければならないだろう。

「いえ、その前に処理しなければならないことがいくつかあるので」

「たとえば？」公爵はあからさまに不機嫌な口調だ。

「遺言書の件で事務弁護士に会わなければなりませんし、花嫁への結婚の贈り物も用意したいのです」すべてを打ち明けるわけにはいかない。「それにこちらの使用人にも、もう少し時間が必要です。明日までに彼女の部屋を用意するためには」

公爵が穏やかな顔つきになり、鋼のようなブルーの目を輝かせた。「きみなら立派な娘婿になってくれるだろうと前々から思っていたよ」吐息をつく。「もっとも、このような状況になるとは思いもよらなかったが」

恥ずかしさで体じゅうを血が駆けめぐった。「心よりおわびします。エマや公爵閣下ご夫妻の名誉を傷つけるつもりはなかったのです」

「まさかと思うだろうが、わたしだってきみの事情は理解できる」公爵の口元に哀れっぽい笑みが浮かぶ。「運がいいと、男はときに女性に心を奪われてしまうことがあるものだ」

安堵感が全身に広がり、緊張がほぐれるのを感じた。いつのまにか対立関係ではなくなっていた。

「きみは娘を愛しているのか？」ランガム公爵のブルーの目が、ニックが胸の奥に張りめぐらせている錆《さ》びた囲いを――傷つかないように心をしまっている場所を熱で溶かした。

相手が囲いの中にあるものの欠陥を探るのを、ニックはじっと待った。公爵は評判の鋭い洞察力で、彼の欠点をひとつ残らず見つけようとしている。「公爵閣下、ぼくにはその質問に答えを出すことができません」

「じきに答えは出るだろう」公爵はつぶやくように言うと、机の上のものを整理しはじめた。

「それからもうひとつ」ニックの目をじっと見つめる。「われわれが話し合ったことは、エマには言わないほうがいい。あの子が気配を察して騒ぎたてたりすれば『ミッドナイト・クライヤー』の一面記事になって、問題がいっそう大きくなるだけだ。黙っておいたほうが賢明だぞ」

「もちろんです、公爵閣下」

ランガム公爵は笑みを浮かべて立ちあがると、呼び鈴の紐を引いて使用人を呼んだ。そしてニックを呼び寄せることなくサイドテーブルに向かい、クレアの母方の一族が製造したウイスキーをグラスに注いだ。

暇乞いをしようとニックも立ちあがった。次の瞬間、書斎の扉が勢いよく開き、男性たちの明るい笑い声が室内に流れ込んできた。ペンブルックとマッカルピンとウィリアムは、自分たちの名前が呼ばれるのをずっと待っていたようだ。

マッカルピンが手を差し出してくる。「わが家族へようこそ」

「きみは度胸のある男だな、サマートン」ウィリアムがニックの背中をぽんと叩いた。「妹にはそれだけの価値があるとはいえ」

うまく口を利ける自信がなかったので、ニックは感謝をこめてうなずき、胸にこみあげる感情を抑えた。これで文字どおり、家族の一員になれるのだ。

ペンブルックも祝いの言葉を述べた。「本当によかった」ウイスキーがなみなみと注がれたグラスのまわりに集まっているキャヴェンシャム家の男たちをちらりと見やる。「こうなるのがきみの運命だとずっと思っていたよ。いい決断をしたな、友よ」

まもなく全員がグラスを手にした。ランガム公爵がニックに視線を向ける。

「サマートンをもうじき正式な家族の一員に迎えられることをうれしく思うよ。わたしは毎日、わが公爵夫人に惚れ直している。きみとエマもそういう幸せを見つけられることを願っているぞ」

歓声と笑い声が部屋じゅうに響き渡り、乾杯と会話が交わされた。

真夜中を過ぎた頃、気がつけばニックは自宅の書斎にいて、クレアの一族のウイスキーを指一本分グラスに注いでいた。ウィリアムから土産に持って帰るよう、しきりに勧められたのだ。

エマを愛しているのかというランガム公爵の問いかけに、ニックはずっと悩まされていた。本当に愛しているとしたら、まずいことになってしまった。

例によって、不安が心に忍び込んでくる。エマが結婚というものをどう考えているのかわからないが、少なくともそれを望んでいないのはたしかだ。

ということは、結婚式を終えてから彼女を納得させなければならない。エマを妻にしたいと心から望んだのだと。たとえ間違っていても、ほかに方法を思いつかなかった。

生まれてこのかた、女性に言い寄った経験は一度もない。父が飼っていた老いた猟犬を数に含めるなら話は別だが。しかも、その求愛はかなり残念な結果に終わった。雑種の雌犬を夜にベッドに誘おうとして、手を噛まれたのだ。一日の食事をすべて譲ってやったにもかかわらず。以来、その手のこととは距離を置いて生きてきた。だからいまも、どう振る舞えばいいのか、何をすべきなのかさっぱりわからない。

自分はこの結婚を望んでいるのだとエマを納得させたいのに、いい考えが何ひとつ思い浮かばないとは先が思いやられる。

17

雨の名残りがようやく消え、ランガムパークをのんびりと散歩できるようになった。ムクドリの群れが木々のあいだを飛びまわり、今夜のねぐらを懸命に探している。自分の住処《すみか》にいてもそわそわと落ち着かないムクドリに、エマは共感を覚えた。彼女自身はこの庭園の住人ではないけれど、かといってほかに居場所がないからだ。

『ミッドナイト・クライヤー』の記事によって噂は一気に広まり、エマとニックは嘲笑の的になっていた。ダフネから聞いた話によると、アルトンは社交界でもとりわけ噂好きな連中に言い広めていたという――ポーツマスでニックがエマの寝室に入っていくところを目撃したと。噂話に尾ひれがつき、ついには社交界の人々から当てこすりを言われるようになると、アルトンを裁きにかける機会は完全に失われてしまった。それどころか、銀行を立ちあげるという目標に取り組むこともできなくなった。両親からは、ランガムホールから一歩も外へ出てはならないと命じられている。

エマはペリースのポケットに手を入れ、レナがオードラに宛てて書いた手紙の重みを指で感じた。上質皮紙に書かれた手紙を読んでも、今日は慰めと勇気を得られなかった。

さまざまな疑問が頭をもたげる。レナは結婚生活で何かひとつでも喜びを見つけただろうか？　もし彼女がアルトン以外の男性と結婚していたら、自分の結婚に対する認識もまったく違っていた？　両親やクレアとアレックスのように幸福な結婚生活を送っている夫婦もいるけれど、初めから失敗したも同然の結婚をする人がいるのはなぜ？

どんなにニックに好意を抱いていようと、エマは自らに誠実でありたかった。彼から結婚を申し込まれ、心に重りをくくりつけられたかのようだ。求婚を素直に受け入れれば、家族を喜ばせ、安心させられるだろう。けれど、何よりも大事にしている自由を失ってしまうかもしれない。

散歩を終えてランガムホールに戻ると、ピッツが待ち構えていた。「お嬢さま、公爵閣下ご夫妻からお話があるそうです。おふたりは書斎にいらっしゃいます」静かな声で言い添える。「サマートン卿もご一緒です」

とうとう来た。逃げ出したいという強い衝動に駆られたが、エマはその場に立ちすくんだ。ニックは前日にもランガムホールを訪れていたようだが、彼女には面会を求めなかった。訪問の目的は、渦巻く噂にどう対処するべきかを父に相談するためだったに違いない。

今日も求婚のことはさておき、取るべき最善策を父と決めるつもりなのだろう。もうすぐふたりの関係が変わってしまうのだと思うと、心臓が飛び出そうになった。問題は、これまでどおりの友人同士でいられるかどうかだ――友として気楽につきあっていけるのか。それとも噂を静めるために、互いを避けなければならないのか。エマは背筋をしゃんと伸ばして顎を引き、目の前に待ち受けているものに立ち向かう心の準備をした。

「ありがとう、ピッツ」

執事があいまいな笑みを浮かべる。「お嬢さま、わたしの励ましなどなんの役にも立たないでしょうが、すべての出来事には理由があるのはないでしょうか」

エマは何も応えずに向きを変え、父の書斎に向かった。ピッツはよかれと思って言ってくれたのだろうけれど、彼の言葉でいっそう不安が募った。書斎の扉を抜けたとたん、彼女が入ってきたことに気づいた両親とニックがこちらに顔を向けた。

「レディ・エマ、座ったらどうだ？」父が片手を振って、母の隣の椅子を勧めた。父の険しい視線を受け、頰が焼けるように熱くなる。

父が〝レディ・エマ〟と呼ぶのは、彼女が深刻な問題を起こしたときだけだ。暖炉で薪《まき》がはぜる音が嘲笑のように聞こえて、エマはいらだちを覚えた。地獄のような状況が待ち受けているという不吉な予感がさらに高まる。

「エマ、何から話すべきかわからないが」父の口調は穏やかだが、声には激しい怒りがにじんでいた。「とにかく今回の噂は質が悪すぎる。サマートンはこの厄介な事態を収拾するために来てくれたんだ」

返事に窮して、エマはニックにちらりと視線を走らせた。

彼がすばやく近づいてきて、エマの隣に立つ。手を取られた瞬間、彼女は身をかたくした。

「レディ・エマ、不意打ちになってしまうことをどうか許してほしい」ニックは低くささやくような声で言い、彼女の手に身をかがめた。「こうなったら、きちんとけじめをつけなければ」

彼女と結婚するよう、両親に迫られたに違いない。

「やめて！」エマはあとずさりして両親とニックから離れた。「結婚などしないわ！」衝撃のあまり、部屋から逃げ出すことさえできなかった。どういう選択肢があるか相談もしていないのに。自分の意見を述べる機会さえ与えられず、勝手に将来を決められるなんて。裏切られた気がして、のこぎりの刃で胸を深くえぐられたように感じた。

母がすかさず口を開く。「エマ、サマートン卿が申し出てくれなかったら、あなたの評判はどこまで落ちるかわからないのよ。これが窮地を脱する唯一の方法なの。あなたは彼に感謝すべきだわ。そんなに無茶な話ではないでしょう。人生はこういうものなのよ」

母の口調に怒りはこもっていないものの、あきらめが感じ取れた。母はエマが知る中で最も洞察力の鋭い人だ。その母が、この屈辱的な結果をあっさりと受け入れている。

「ポーツマスに向かった時点で、こうなることはおまえ自身もわかっていたはずだ」必死に感情を抑えているらしく、父の冷ややかな声は震えていた。「わたしとしては、おまえの向こう見ずな行動にこれ以上耐えられそうにない。サマートンなら、おまえをおとなしくさせられるだろう」

「おとなしくさせるですって？　今回のことは冒険でもなければ、向こう見ずな行動でもないわ。わたしはレナのために行動したのよ。わたしを物事の善悪の判断ができる人間に育てたのは、お父さまとお母さまでしょう」気力を奮い起こし、いらだちのあまり叫びそうになるのを必死にこらえた。「お父さまとお母さまが、わたしの心に使命感を植えつけたのよ。わたしは自分の心に従っただけ。それなのに罰を受けなければならないの？」

「これは罰ではない。おまえの幸せを願えばこそだ」父が慈悲深い目でエマを見つめる。「子猫ちゃん、これはもう決まったことなんだよ」

彼女は呆然として、懸命に言葉を探した。この窮地から脱する方法をどうにか見つけられるだろうと思っていたのに、希望が砂時計の砂のようにこぼれ落ちていく。

「ポーツマスでは何も起こらなかったのよ。わたしには選択の自由もないの？」

父が不満げなうなり声をもらし、首を横に振った。「選択肢はふたつだ。サマートンか、ポール・バーストウ卿か。ふたりとも、おまえに求婚してくれた。残念ながら、ラトゥーレル卿は噂があれこれ広まってから辞退を申し出てきた。彼は妹たちの評判を守らなければならないからな」

「そんなものは選択肢とは呼べないわ」冷静になろうと努めたが、まったくうまくいかなかった。「ポール卿がわたしに求婚ですって？　彼に会ったのは……」社交界の集まりで最後に顔を合わせたのがいつだったかも思い出せない。「お父さまは何をしたの？　国じゅうの公爵に、ご子息と自分の娘を結婚させてもらえないかと頼んでまわったの？」

「子猫ちゃん、信じられないかもしれないが、彼らのほうから申し込んできたんだ」やさしい声ににじむ険しさが、もう逃げられないと暗にほのめかしていた。

「いいかげんにしなさい」母が部屋を横切り、父の隣に並んだ。「サマートン卿が結婚の特別許可証をもらってきてくれたわ。あなたは結婚するよりほかに道はないのよ」

いまにも卒倒しそうなほど、エマの鼓動が乱れはじめた。結婚？　しかも今夜？　人生の目的を見つけたいという思いはどうなるの？　なんとしてもレナの仇《かたき》を討ちたいという、この気持ちは？

それにニックはどうなの？　彼が結婚を避けていることは社交界の誰もが知っている。少しでも結婚を匂わされるような社交行事には、いっさい出席しないからだ。

彼はあの〈オールマックス〉にさえ顔を見せたことがない。ふたりとも、ポーツマスの一件のせいで窮地に追い込まれてしまったのだ。

エマは反抗したい気持ちをぐっとこらえた。「そんなことないわ」

「いいえ、本当にそうなのよ」母は静かな口調で言ったが、意志は変わらないようだ。「書斎で牧師さまにお待ちいただいているわ。すぐに結婚式を執り行いましょう。出席者はお父さまとわたし、クレアとアレックス、マッカルピンとウィリアムの内輪だけで」

エマは顔をしかめた。暴れ馬がまっすぐ自分のほうへ向かってきているのに、逃げ場所がどこにもないような気分だった。

母がニックに向かって言う。「サマートン卿、あなたのお父さまも出席されるのなら、朝まで待ってもいいのよ」

ニックは礼儀正しいがそっけない口調で答えた。「レントン公爵はぼくの結婚式には出席しません」

母がうなずき、ぎこちない沈黙が流れる。

ニックと彼の父親との関係についてクレアから聞いた話を、エマは懸命に思い出そうとした。たしか仲たがいしていると聞いた気がするけれど、原因はなんだった？　どうしても思い出せず、彼女はますます動揺した。どこに嫁がされてしまうのだろう？　ニックの過去について、詳しいことは何も知らないのに。

「ならば、われわれが実の家族のように振る舞っても差し支えないだろうね。式を挙げたあとは実際に家族になるわけだから、サマートン」父は理解しているというように微笑んだ。

目に見えない暴れ馬に喉を締めつけられている感じがした。いまのところ、両親はニックを気に入っているのだ。

「お母さま、お願いよ」エマは懇願した。「新たな醜聞が起きるまで、わたしがファルモントかエディンバラのクレアの領地で過ごすというのはどうかしら？　いざとなったら、社交シーズンを逃してもかまわないわ」目を閉じて、選択肢を提示することに集中する。もしメアリーが助けを求めてきたときに、自分がここにいなかったら？　事態はどんどん複雑にもつれ合っていく。

両親が断固たる口調で素直に従うようエマに命じているあいだに、いつのまにかニックが背後に立ち、体を支えてくれていた。彼のぬくもりを感じても、ふたりの身に起きている事態が好転するわけではないけれど。

「少しのあいだ、レディ・エマとふたりにしていただけないでしょうか？　音楽室でふたりきりで話すことをお許しいただければ、ぼくの気持ちをきちんと伝えられるでしょう。そうすれば、彼女の不安がいくらかやわらぐのではないでしょうか？」背後でニックの声が心地よく響いたとたん、意思に反して体がざわつきはじめた。

もう何ひとつ、自分の思いどおりにはならないのだろうか？

両親が同意のしるしにうなずく。ニックに肘をしっかりとつかまれた。

その瞬間、少女が森の中でオオカミに出くわしたときの心境がよくわかった。ただし、目の前のオオカミはブリーチズとブロード地の上着に身を包んでいる。髪はオオカミのようにも見えるけれど、鼻は紛れもなく人間のものだった。

ニックは従者のホエーリーから、黒と灰色以外の色を着るようたびたび説得されていた。できるだけ目立たないようにしているので、いつもは従者の提案を聞き流していた。派手な色の服は、雌の前で羽を見せびらかすクジャクを思い起こさせるのだ。ニックとしては、見世物みたいな連中の仲間に加わるのはごめんだった。ところが今度ばかりは、ホエーリーにうまく言いくるめられて流行の服を着てきてよかった。今夜はエマに結婚を決心させなければならないのだから、一分の隙もない服装でいるべきだ。

濃紺のベルベットのベストに淡い黄褐色のブリーチズという姿で、ニックはエマからの厳しい尋問を受ける心の準備をした。力いっぱい音楽室の扉を閉めると、ピアノとハープの弦が振動し、調子外れな音が室内に響いたように感じられた。

エマは直立不動の姿勢を取り、隙あらば逃げ出そうといった用心深い表情を浮かべて、ニックの動きを目で追っている。両腕で自分を抱きしめているのは、寒いせいもあるだろうが、おそらくはこの勝負に勝ち目はないとわかっているからだろう。

「エマ」ニックは彼女を抱き寄せようとした。彼女の香りが、夏とポーツマスでの夜を思い起こさせる。「きみにきちんと説明して、謝らなければならない」

「なぜこんなことを受け入れたの？」エマは嚙みつくように言い、すばやく窓辺に向かった。

傷ついて追いつめられた動物にどことなく似ている――いまにも襲いかかってきそうだ。ニックは彼女に近づいた。エマは身動きひとつしなかったが、左目の下だけがぴくぴくと引きつっている。

「共同戦線を張って、一緒に戦うこともできたはずよ」彼女が顎をあげ、果敢にもにらみ返してくる。反抗的な態度と挑むような目つきのせいで、まるで別人のように見えた。いつもきれいだが、今日は息をのむほど美しい。

だが、いまやるべきことはエマに道理をわからせることだ。「もはや自分たちで決断を下せるような状況ではないんだ。きみを悪意ある噂で苦しめるわけにはいかない」

「どんな状況だっていうの？」目に涙が光っている。彼女は懸命に涙をこらえ、気を取り直した様子でぴしゃりと言った。「ポーツマスの一件があったからって、あなたと結婚するつもりはないわ」

苦々しげな口調だった。ニックはひと呼吸置いた。ふたりの未来が次の瞬間にかかっている。なんとしても思いを伝えなければならない。なぜエマと結婚する必要があるのかを。深呼吸をして、わずかでも助けを得られることを祈った。「ぼくは誠実な人間であろうと努めながら生きてきた。きみが噂の的になったり、当てこすりを言われたりするのは、ぼくの信念に反する」

エマはさらにきつく自分を抱きしめて室内を見まわしたが、目に浮かぶ苦悩の色はごまかせなかった。

「エマ、それがぼくという人間なんだ。その信念を曲げれば、ぼくは価値のない人間になってしまう。頼むから、ぼくの価値を落とさないでくれ」

「自分の名誉を守るために結婚などする必要はないわ」か細い声で言う。「そんなのおかしいもの。もっとわたしを、そして何より自分自身を大切にしてちょうだい」

「きみはどうしたいんだ？　ポール卿のほうがいいのか？」ニックは返事を待った。彼女が出した答えに、この先ずっと悩みつづけることになろうとかまわない。エマが自分以外の男との結婚を望むのならば、彼女が幸せになれるよう最善を尽くすつもりだ。もっとも、彼女が別の誰かの花嫁になるところをぼんやり突っ立って眺める気にはなれないが。

エマが首を横に振る。

彼は安堵のため息をもらした。

「愛情か？　それともロマンスが欲しいのか？」父の言葉がニックの心に新たな傷を刻みつ

け、こんな自分に幸せになる資格があるのかという疑念が脳裏をかすめた。そして次の瞬間、彼にはエマを幸せにする能力が欠けているかもしれないという不安に襲われた。

「わからない」彼女がつぶやき、手で額をさすってニックと視線を合わせた。「もしわたしが結婚する気になるとしたら、わたしが相手を必要とするのと同じように、その人もわたしを必要としてくれないと。わたしの仕事に理解を示し、力になってくれて……わたしの過去の過ちを忘れさせてくれる人がいいの」

「ぼくにそういう夫になる努力をさせてくれないか？」ニックは言った。「ポーツマスの一件があったから、きみと結婚したいわけじゃないんだ。ぼくたちは長年連れ添った夫婦以上にお互いをよく知っているだろう」大股でふたりのあいだの距離を詰め、彼女の両腕をつかむ。「それが結婚したい理由だ」

「わたしがあなたにふさわしいかなんて、どうしてわかるの？」エマがしゃくりあげ、向きを変えて自分の逃げ場に目をやった。ランガムパークに。北極気団に襲われたのかと思うほど、彼女は激しく身を震わせた。ニックは呼吸をするのと同じくらい自然に、彼女に触れたくなった。どうにか不安をやわらげようとエマの両腕を撫でさすり、体をそっと自分のほうに向かせる。

「ぼくがきみにふさわしいかも、わからないだろう？」その言葉を口にしたとたん、父から浴びせられた非難の言葉が頭をもたげた。自分は誰からも愛されたことがない。彼女と一緒になっても同じ結果になるのだろうか？ ニックはその考えを捨て去り、エマを説得にかかった。「何しろ——」吐息をつく。「ぼくの求婚はまったくうまくいっていないようだからね。ぼくがきみに好意を抱いていないと誤解させてしまったのなら、それは違う」

エマが目をしばたたき、つばをごくりとのみ込んだ。その動きに合わせてほっそりした首元も上下する。

「結婚しよう」ニックはやさしい口調で告げた。

彼女が床に視線を落とし、ふたたびこちらを見る。「わたしが心配しているのは——」

「ぼくはきみのことが心配なんだ」エマを抱きしめて、不安を追い払ってやりたい。「最後まで聞いてくれ」ニックはささやきかけた。「ぼくが軽々しく行動を起こしていると思っているのかい？　この件に関しては、ぼくにも選択肢がないんだ。きみと同じだよ。ポーツマスでの一件が、この事態を招いた。きみの兄上たちだけではなく、ぼくたちが一緒にいるところを目撃した人間がほかにもいるんだ。アルトンは復讐のために、きみの評判を台なしにしようとしている。悪い噂を流されて一番つらい思いをするのはきみなんだよ。ぼくがきみの幸せを気にかけていないとでも思っているのか？」

エマの目に、苦悩と自己不信とニックに対する不安が浮かんだ。彼女を失いかけているような気がしてならない。そうなるわけにはいかないのだ。「きみのご両親とも話し合ったが、ほかに解決策が見つからなかった」

彼女が唇を噛んだ。ため息をつくと同時に、決心も崩れたようだ。エマはうなだれ、がっくりと肩を落とした。

「そんなに簡単にきみをあきらめられるはずがないだろう。あんな――」声をひそめた。

「あんなことがあったあとで」

エマが唇をすぼめた。「わたしはあなたのお屋敷を一度も見たことがないのよ。ほかにも領地があるの？　暇なときは何をして過ごすの？　どんな食べ物が好き？　もうすぐ結婚するふたりなら、そういう個人的なことも知っておくべきでしょう？　一時間だけでは足りないわ」

「怖いのか？」

「まさか、とんでもない……いいえ、たぶん少し怖いのね」一瞬、不安が彼女の顔をよぎったが、すぐ口元に弱々しい笑みが浮かんだ。

ニックは胸の中に閉じ込めていた緊張がほぐれはじめた気がした。「いまのところ、ぼくもあまりいい気分ではないな」エマのグリーンの瞳は、遠い昔に見た青々とした草地を思い起こさせる。あの頃は人生への純粋な希望と期待に満ちあふれていた。「どうやらやり方を間違えていたらしい」

ドレスに草の染みがつき、髪もあちこちほつれているのに、今夜のエマはいつにも増して美しかった。ニックは大きく息を吸い込むと、未知の世界に足を踏み入れた。

「さあ、ぼくの妻になってくれ。一緒に人生を築いていこう」

エマの顎に手をかけて顔を上向かせる。ゆっくりと間近に顔を寄せた。唇にかかる彼女の息が、もっとそばに来てほしいと甘く手招きしている。まなざしは不安をぬぐい去ってほしいと訴えていた。

「結婚したら、今夜にでもぼくの屋敷に案内しよう。ほかにはケンブリッジにも屋敷が一軒あって、ロンドンに商品を保管する倉庫をいくつか持っている。船は三隻所有しているよ。食べ物の好き嫌いは特にない。うちの料理人はかなり気難しいが、ありがたいことに腕前は見事だ。以前は青が好きだったが、いまはきみの瞳の色と同じグリーンのほうが好きだな。うちの屋敷では、男の使用人が事実上の家政婦長を務めている。従者は神経質で気難しいが、きみを楽しませてくれるはずだ」

「ありがとう」その声にはあきらめがにじんでいた。どうにかして不安をやわらげてやりたいが、どうすればいいのかわからない。「いつかあなたの家族についても話してくれる？できればわたしも知っておいたほうが――」

「ああ、その話はいずれ」激しい嫌悪感がこみあげてきた。せっかくエマとふたりで幸せな家庭と幸せな人生を築きあげようとしているのに、父の悪意に満ちた言葉に気勢をそがれるのはごめんだった。

「そんなことより、最高の秘密を知りたいかい？」ニックは体を引くと、両手を彼女の頬に当て、上品な顔の輪郭を親指でなぞった。

「ええ」白鳥の羽毛のようにやわらかな声でエマがささやく。

彼は触れるか触れないかのところまで唇を寄せた。彼女がため息をもらし、唇を開いて受け入れようとする。もうあと戻りさせるつもりはなかった。

「きみだよ。今夜、きみとベッドをともにしたい。これからはずっと夜をともに過ごすんだ。それに、きみが思ってもみないような場所へも連れていってあげよう」切なる思いをわかってほしいと願いながら、エマの両手を取る。彼女が幾度となく見せた鉄のような意志とは裏腹に、繊細な指だった。「ヨーロッパ大陸を旅するつもりだし、アメリカでは冒険が待っているだろう。それにミスター・ベンサムと夕食をともにしたいとも思っている。きみのあらゆる質問に直接答えてくれるはずだ」

さりげなくエマの顔をちらりと見た。目がなかば閉じられているせいで、どちらの彼女なのか判断がつかない。レディ・エモリーの舞踏会のとき、的を射た言葉でニックをまっぷたつに切り捨てたエマなのか。それとも、ポーツマスで彼の腕に抱かれていたエマなのか。ニックは一歩うしろにさがり、両手を脇に垂らした。こんなに心の準備ができないのは生まれて初めてだ。エマがどんな決断を下すのかまったくわからない。ニックは片手で髪をかきあげた。「ずいぶんお粗末な告白になってしまったな」

彼女と分かち合えるものは、あとひとつしかない。それがだめなら、もうお手あげだ。「ぼくがきみを求めているのと同じくらい、きみにもぼくを求めてもらいたい。それがぼくの一番の望みだ。わかるだろう?」

次の瞬間、エマが降伏のうめきをもらしたかと思うと、目が熱を帯びた。ニックの髪に指を絡め、そっと自分のほうに引き戻して唇を合わせてくる。彼女の濃密な香り、ぴたりと寄り添ってくる体、自分のものだという刻印でも押すような熱烈なキスの味。

ニックの心臓が激しく高鳴り、熱い血が駆けめぐった。全身が混乱の渦に巻き込まれ、ばらばらになりそうだ。エマをさらにきつく抱き寄せると、どこまでが自分の体で、どこからが彼女の体なのかわからなくなった。互いの引力によって底知れぬ深い穴に引き込まれ、もう逃げられそうもない。

エマが息を求めてあえぎながら体を離した。ニックはすぐに手放す気になれず、もう一度唇を奪うとウエストに手を這わせて、熱い体を胸に抱き寄せた。男性が女性に心を奪われるとはどういうものなのか、彼にはまったく理解できなかった——いま、この瞬間までは。こんな気持ちになるのは生まれて初めてだ。このまま時が経つのも忘れて、いつまでもエマの体を感じていたい。

ほかのどこでもなく、ここが自分の居場所だと思える。

「結婚してくれるかい？　ぼくのことが好きなら、どうか結婚してほしい」

彼女がゆっくりとうなずいた。「ええ、あなたと結婚するわ」

その甘いささやきが永遠にニックの心に刻まれた——鍵をかけて厳重にしまい込んでいた心に。エマの天性の輝きによって、彼は自由になれる場所へと解き放たれるだろう。そして彼女が放つまばゆい光を浴びながら生きていくのだ。ニックの心を占めていた闇は、エマという光に取って代わられた。たとえるなら、夜が明けて朝日がのぼったかのように。

エマが彼を見つけ出し、よみがえらせてくれたのだ。

18

エマの寝室の扉をノックする音が、厳粛な行事の始まりを告げる教会の鐘のように室内に響き渡った。母が戦闘態勢を整え、つかつかと部屋に入ってくる。「席を外してもらえるかしら、エリアル」メイドが部屋を出て扉を閉めると、母はようやく明るい笑顔を見せた。「お式が始まる前に、ふたりで少し話しましょう」

「もし、わたしがだめな妻になってしまったら?」暖炉の前の椅子に腰をおろし、エマは弱々しい声で言った。自分は決して言わないだろうと思っていた言葉を発したとたん、口の中に苦い味が広がる。この不安を理解してくれるのは、おそらく母だけだろう。この日のために——新しい人生のために——母はいままで娘に準備をさせてきたのだろうけれど、この屋敷を離れると思うと怖くてたまらなかった。

母はやさしい笑顔を崩さず、自分のドレスのしわを伸ばした。「だめな妻ですって? スウィートハート、わたしの話を聞いて。あなたの夫になる男性は仕事の時間を犠牲にして、ロンドンに妻を迎える準備を大急ぎで整えてくれたのよ。そのうえ事務弁護士に指示して、ロンドンにある新しい邸宅についても問い合わせているらしいわ。なんでも、伯爵夫人にふさわしいお屋敷なんですって。あなたがだめな妻などではないことは彼が請け合ってくれるはずよ。あなたは幸せ者ね」

母の言葉に打ちのめされた。「彼がこの先ずっとわたしを愛せなかったら？　わたしは自分でもよくわからないもののために、ただ自由をあきらめたことになってしまうわ。海図にも載っていない海を、どうやって航海すればいいの？」

「いいこと、エマ」母が秘密を打ち明けるようにささやいた。「愛にはさまざまな形があって、自分の気持ちに気づくのに少し時間がかかることもあるのよ」いっそう愛情のこもった声で言う。「サマートンは自分の生活を変えてまで、あなたを守ろうとしてくれているわ。さあ、こっちを見なさい」

昔のように子どもじみた行為に訴えたいという衝動に駆られたが、最後はエマが根負けした。母は意志が強く、手ごわい相手なのだ。

母は優雅な身のこなしで、エマの向かいのベルベット張りの椅子に座った。

「わたしがあなたのお父さまと結婚したときに比べれば、あなたはサマートンのことをよく知っているほうだわ。この数年のあいだ、あなたは彼と一緒に過ごす機会があったでしょう。彼はいつも家族の集まりに顔を見せていたわけだから」エマの手に自分の手を重ねてぎゅっと握る。「サマートンは忍耐強くて、思いやりのあるやさしい男性よ。クレアとアレックスの子どもたちをあやしている様子を見たら――」

「お母さま、わたしはあの双子のような子どもではないわ」どうしたらニックを幸せにしたり、彼の自慢の妻になれたりするのだろう？　エマはほかの女性たちとは違う。好きなように自分の人生を生きたいという夢がある。その夢を実現するのに、伯爵夫人に求められる責任は必要ないのだ。

「お父さまとわたしから見れば、サマートンはあなたを大事に思っているわ。そしてあなたのほうも」母が立ちあがり、エマの頬にキスをした。「とにかくやってみなさい。サマートンと一緒に」

「どうしていいかわからないの。どんなふうに行動すればいいのか」自分が置かれた状況をあらためて実感し、エマは息苦しさを覚えた。

「行動なんてしなくていいのよ。ありのままの自分でいれば」母のブルーの瞳は、いつも変わらずエマの人生を見守ってくれる。慰めを得たいときは、いつもそのやさしいまなざしの中に見つけられた。母はふうっと息を吐いた。「夫婦の営みについても教えておかなければならないわね。夫婦は互いを幸せにする責任があるの。互いに慈しみ合うのよ」

よりにもよって、母が今夜のことを――結婚初夜の話題を――口にするとは思ってもみなかった。「そのことならクレアから教わったわ」エマはそう言うと、暖炉の火を眺めながらちらっと母を見た。「心配しないで。心の準備はできているから」

「そうだろうと思っていたわ」母は眉をあげ、エマをじっと見た。「あなたは生き生きとした魅力的な女性よ。彼はあなたの魅力のとりこになっているわ」

「ありがとう」母はやさしい言葉をかけて不安をやわらげようとしたのだろうけれど、あまりにも事実とはかけ離れている。「お母さまとお父さまのそばを離れたくない」まさに自分自身の弱さを認めたようなものだった。「この屋敷を離れたくないの」

母は理解を示してうなずいた。「わたしもお父さまと結婚するとき、怖くてたまらなかったわ」エマの顎をあげさせて視線を合わせる。「でも、お父さまがとてもやさしくて愛情深い人だったから、幾日も経たないうちに、自分の居場所と心のよりどころを見つけられた。わかるでしょう?」

エマは涙をこらえながらうなずいた。

「これはわたしたち家族にとっての大きな一歩だと思うの。あなたがいなくなったら、わたしも寂しくなるでしょうね」そのかすれた声を聞いたとたん、懸命にこらえていた涙があふれ出した。母がエマをきつく抱き寄せる。「サマートンはすばらしい男性よ。あなたを手放す気になったのは、彼ならあなたを大事に思ってくれると確信しているからなの。そしてそれに応えて、あなたも彼を大事に思うようになるだろうって」

「愛しているわ、お母さま」やっとの思いで言った。「お母さまの娘に生まれて、わたしは幸せ者ね」

「わたしも愛してる。あなたの母親になれて、わたしはとても幸せ者だわ」母は一歩さがり、娘の涙をハンカチで拭いた。「涙を流しているあなたもきれいよ」

母は涙をこらえるようにつばをのみ込み、背筋を伸ばした。そして扉のほうに向かい、いかにも公爵夫人らしい口調で言った。

「お父さまと一緒に階下で待っているわね」

教会区牧師の単調な声が大広間に響いている。式にはろくに注意も向けずに、ニックは妻になる女性をじっと見つめた。本人のたっての希望で、エマは結婚式によりふさわしいドレスに着替えていた。もっともニックにしてみれば、散歩のときに草の染みがついたドレスでもかまわなかった。たとえ馬用の毛布をかぶっていようと、彼女の美しさをひとつ残らず見つけ出す自信がある。

ニックは息を吐き、胸に閉じ込めていた緊張を解き放った。牧師が自分の名前を告げたような気がする。ニコラス・アーマンド・ドレイク・セント・マウアー、サマートン伯爵。そして、レディ・エマ・イライザ・ジュリアナ・キャヴェンシャム。いま、まさに結婚しようとしている女性があきらめとも取れるため息をついた。もうあと戻りはできない。これからは一心同体で同じ運命を歩んでいくのだ。

エマが隣に立ったまま、視線を合わせてきた。ニックは安心させるように彼女の手をぎゅっと握った。彼女が望んでいたのはロマンスや甘い求婚期間だったはずだ。娘が嘲笑の的になるのを未然に食い止めるために、両親が大急ぎで取り決めた結婚式などではなく。だが、まもなく彼女はニックのものになる。彼がエマを守り、大事にし、そして何よりも——幸せにするのだ。

ニックが式に集中していないのを察したらしく、牧師が眉間に深いしわを寄せて注意した。

物思いにふけっていたせいで、彼は誓いの言葉を何度も牧師に尋ねなければならなかった。エマも同じ苦しみを味わっているようだ。

牧師がつま先をこつこつと踏み鳴らし、自分のほうに注意を向けるよう促した。

「閣下、指輪を」

「なんだって？」美しい花嫁に夢中になっていたせいで、その言葉を聞き流してしまった。

「閣下、指輪がなければ結婚式を続けられませんよ」牧師は目をぐるりとまわし、ため息をついた。「また出直してまいりましょうか？」

エマが目を丸くし、これまで見たこともないようないたずらっぽい笑みを浮かべる。ニックは意志の力を総動員して、エマを抱きあげて大広間を出ていき、彼女は自分のものだと世界じゅうに宣言したいという衝動を抑えた。

エマが身をひねって立会人たちに——自分の家族全員に背中を向けるようにして、ニックのほうを向いた。会話を聞かれないように。「わたしたち、結婚できないわ」

「なんだって？」心が彼女の言葉を信じるのを拒んだ。

面白がるような表情を浮かべたエマの目が、ダイヤモンドのようにきらりと光る。

「ふたりが結婚して、かたい絆で結ばれたことを表すために、わたしの指に指輪をはめなければならないのよ。指輪はどこにあるの？」

「そのとおりです。指輪はどうされましたか？」聞き分けのないオウムさながらに、牧師がくちばしをはさんできた。彼から種の入った皿を要求されても驚かなかっただろう。

「指輪」ニックは繰り返した。さまざまな感情がせめぎ合ったが、真正面から問題に立ち向かえと理性が命じてきた。「指輪が必要なのか？」

せっかくエマの魅惑的な香りに包まれているというのに、優先すべき問題が持ちあがった。なぜ思いつかなかったのだろう？　結婚式で彼女の指に指輪をはめる必要があることを。

「ええ、そうよ、閣下」エマがおかしそうに答えた瞬間、せき止めていた感情がこみあげてきた。

慎重にことを進めるべきだと、内なる声が警告を発している。指輪がないということは、エマはこの部屋から立ち去れるということだ――ニックの人生からも。誰も彼女を止められない。おそらく牧師が真っ先に彼女をエスコートし、取り残されたニックは自分の話に耳を傾けてくれる誰かと夜を過ごすはめになるだろう。

彼は顔を近づけ、エマが視線をそらせないようにした。本人が望むなら、彼女は堂々と逃げ出すことができる。エマを手放したら孤独感に打ちのめされるだろうけれど、そのことは考えたくもなかった。父の言葉がまたしてもニックのもとに返ってきて、ようやく幸せになれるかもしれないという一縷の望みを奪おうとしているかのようだ。

永遠にも思えるほど長いあいだ、意地を張り合うようにエマはこちらをじっと見つめていた。「さて、どうしたものかしら」彼女の判断を待っているうちに、ひどい熱病に侵されたように頭が重くなり、体もこわばりはじめた。

エマが両開きの扉にちらりと目をやり、ふたたびニックに視線を戻した――輝くばかりの笑みを浮かべて。

彼女の兄のマッカルピンが咳払いをした。

ニックはエマの頭越しに目を走らせた。ランガム公爵が夫人の耳元に顔を近づけている。

「エマ?」公爵の深みのあるバリトンの声が部屋じゅうに響き渡った。

彼女は家族のほうを見ようともしない。

「わたしはね、何事も臨機応変に対応すべきだという考えの持ち主なの」エマが口元をゆがめて笑ったので、ニックの目は赤い唇の脇にあるほくろに吸い寄せられた。「わたしが思うに選択肢はひとつしかなさそうね。もちろん異存はないでしょう、閣下?」

彼女はニックをもてあそんでいた。猫が獲物を殺す前にいたぶるように。

「たしかにきみには選ぶ権利がある。だが、選択肢はほかにもあると思うが」

エマは真面目くさった表情でうなずき、彼の言葉の意味を吟味していたが、やがて口を開いた。「あなたに反論するのは気が進まないけれど、そうとは思えないの」

ニックの背後で彼女の家族がざわつきはじめた。

「やっぱりひとつしかないわ」彼女が視線を合わせてくる。

その瞬間、彼の頭の中で警鐘が鳴り響いた。

「あのふたりはいったい何をしているんだ?」ランガム公爵が声を張りあげた。

「セバスチャン、待って」断固たる決意のにじむ声で、公爵夫人がささやく。「ふたりに任せましょう」

「いったい何を話し合っているんだ？」ペンブルックが言った。

「サマートン卿、レディ・エマ」牧師がいらだちを隠そうともせずに促す。

「申し訳ありません、牧師さま」ニックから視線をそらさずに、エマが言った。「そんなにお待たせするつもりはないのですけど、なんといっても重要な局面なので」

「わたしの指輪を彼に渡してあげて」クレアの落ち着いた声が聞こえてきた。とうとうウィリアムまで首を突っ込んできた。「妹は立ち去ろうとしているのさ。まず間違いなく、ここを出ていくな」

「くそっ」ペンブルックがうめくように言った。「なんだって指輪を持ってこなかったんだ？」

ペンブルックが発した口汚い言葉に、牧師が不満げな声をもらした。

エマが声をひそめて言った。「わたしはあなたと結婚するわ」

彼女のささやきに、ニックはじっと耳を傾けた。

「月まで飛んでいけないのと同じように、もうあなたのそばを離れられそうにないの。だから約束するわ」

胸の中でねじれた臓器がほぐれるのを彼は感じた。

「わたしは永遠にあなたのものよ」エマがニックの左手を取り、ぎゅっと握りしめる。「この印章指輪をわたしにちょうだい」

安堵感が一気に広がるのを感じながら、彼は指輪をすばやく外した。その指輪には盾を構えた二頭の獅子が――サマートン伯爵家の紋章が彫られている。ニックはエマの左手を取って指にはめた。金の指輪には、まだ彼のぬくもりが残っていた。

「きみは才気あふれる女性だと、ぼくは今日きみに伝えたかな？」

「いいえ。でも、それも誓いのひとつにするべきね。さあ、先を続けましょう」彼女はニックの隣に戻り、牧師と向き合った。

「それにとてもきれいだ」彼はささやきかけた。

ニックはほかの誰も見ていなかった。愛しい妻だけを一心に見つめていた。牧師がまだ式を終えていないことなど、どうでもいい。ふたりは結婚した。エマに指輪を渡すという単純な行為によって、ふたりは結ばれたのだ。

彼女が機転を利かせて、ニックを泥沼から引き戻してくれた。父に何度も味わわされた喪失感や屈辱が、これでようやく払拭される気がする。エマとともに歩む人生で。

「そろそろ先へ進めてもよろしいですかな？」牧師が尋ねた。「朝になる前には帰りたいのでね」

エマがニックとともにサマートンハウスに――夫のタウンハウスであり、彼女にとっての新しい生活の地に向けて出発する頃には、すでに日が暮れていた。やがて馬車が速度を落として停まり、彼がしなやかな身のこなしで馬車からおりた。

ニックの手に手を置くと、彼が安心させるように手を握りしめてきた。ニックに導かれて歩道を進みながら、エマは独身男性の――独身だった男性の屋敷に通じている両開きの扉に視線を投げた。エマとエリアルが足を踏み入れた瞬間、男だけの領域が崩壊するのだ。

「ようこそわが家へ、レディ・サマートン」ニックが手袋をはめた彼女の手を取り、自分の唇に持っていった。彼が左目をつぶってみせたのを、もう少しで見逃すところだった。

そんなちょっとした仕草を見ただけで胸が高鳴る。エマは唇を噛んで笑みをこらえようとしたが、うまくいかなかった。

ニックが身をかがめて耳元でささやいた。「うれしくなる眺めだ。自分の妻が、まばゆいばかりの笑みを向けてくれるなんて」

彼女はふたりのあいだの緊張をほぐそうとした。「結婚式が終わってから、話す機会があまりなかったわね。ここに来る途中はどちらも黙り込んでいたから」

「話なら、あとでいくらでもできるさ」彼はエマを連れて玄関の階段をのぼり、タウンハウスに入った。ふたりの男性が王宮の護衛兵のように直立不動の姿勢で立っていた。

「レディ・サマートン、ハムを紹介するよ。ぼくたちの執事だ。彼はこの屋敷に来るまで、副執事として父に仕えていた。そしてミスター・マーティンは、家政婦長の役目を果たしてくれている」

エマは夫の使用人に会釈した。〝レディ・サマートン〟と〝ぼくたちの執事〟という言葉が、まだ頭の中で鳴り響いている。

ふたりの使用人はエマに向かってお辞儀をしたが、どちらも口を開かなかった。彼らの表情は、手品を見ている観客にどことなく似ていた。自分たちが目にしている光景が信じられないようだ。

まさしくこの瞬間のために、最良の師である母の教えを受けてきたようなものだった。エマは緊張感を脇へ押しやって挨拶した。「ハム、あたたかい歓迎に感謝するわ。サマートン卿の予定をきちんと把握するのに、あなたの助けが必要になるでしょう」今度は家政婦長のほうを向く。「ミスター・マーティン、明日この屋敷の管理について話し合いましょう。そのときに屋敷の中を案内してもらえるかしら？」

ミスター・マーティンがうなずいた。「奥さま、わたしはいつでもけっこうでございます。使用人の数が少ないので、全員が互いに助け合っております」

「ありがとう」エマが次の質問をするより早く、ニックが話に割り込んできた。

「伯爵夫人のために風呂の準備をしてくれないか」彼はエマの手を取って自分の腕にかけ、自分の手を重ねた。「階上に行こう」

ふたりは振り返ることなく、階段をのぼりはじめた。

踊り場まで来たところで、彼女は足を止めた。「ほかの使用人たちにも挨拶をしたほうがいいんじゃないかしら？」ただでさえ体が触れ合っているせいで頭がぼうっとしているのに、ことのなりゆきに戸惑っていた。石けんの清潔な匂いに、覚えのあるベイラムと男性独特の香りが入り混じっている。ニックの香りなら、一日じゅうかいでいられそうだ。

「明日まで待たなければならないんだ」彼は次の言葉で会話を締めくくった。「きみの部屋に案内しよう」

エマの部屋の扉をノックしようと手をあげたとき、ニックの上着のポケットにしまってある羊皮紙がかさかさという音を立てた。彼女はこの贈り物を気に入ってくれるだろうか？その答えはまもなくわかる——エマの目がエメラルドグリーンに輝いたら、喜んでいる証拠だ。ニックは今朝、彼女の新たな試みのための手はずを大急ぎで整えていた。

今夜は使用人たちに休みを与えてある。だが、気難しい料理人はどうせなら丸一日休みたいと要求してきたため、事実上の家政婦長であるミスター・マーティンが姉のもとへ出かける前に、軽い夕食と年代物のシャンパンを用意した。ついに今夜、エマとベッドをともにするのだ。これでまた仕事に集中できるようになるだろう。仕事がたまりにたまっていて、すぐに普段の生活を取り戻す必要があった。

軽くノックをすると扉が開き、エマのメイドが膝を曲げてお辞儀をした。「閣下」

「やあ、エリアル」ニックはエマの私室に招き入れられるのを待った。

この一日でなんだか奇妙なことになった。この屋敷は隅から隅まで主《あるじ》である彼のものなのに、数時間で事情が一変したのだ。いまではニックの部屋の隣にある妻の部屋の扉をノックしなければならない。これまではがらんとしていたのに。

妻の部屋。

エマの声がした。「どうぞ入って」彼女が化粧台の前から立ちあがった瞬間、ニックはまさに別世界に足を踏み入れたような気分になった。エマは海の泡を思わせる緑色の美しいドレスに着替えていた。同色のサテンのリボンがあしらわれているせいで、シルクで包装された贈り物のように見える。ふたりきりになったら、すぐに包みを開けられるように。

「もうさがっていい。楽しい夜を過ごしてくれ」エマを見つめたままそう告げると、エリアルは何も言わずにそっと部屋をあとにした。

エマが小首をかしげる。「今夜休みを取るなんて、エリアルは何も言っていなかったけれど」

ニックは大きな二歩で彼女の前に立った。さわやかないい香りがする。「今夜は結婚を祝って、みなに休みを取らせたんだ。ふたりきりで過ごそう」

彼女がごくりとつばをのみ込んだ。驚いたように目を大きく見開いている。

「ああ……」なんて無邪気なんだ。自分の声がどれほどなまめかしく響いているのか、気づいていないとは。

「きみと――」エマの顎を持ちあげてこちらを向かせる。「ぼくのふたりだけで」

ニックは唇を重ねた。彼女の緊張をほぐし、甘美な夜を始めるために。エマの唇はみずみずしい夏のベリーのような味がした。もっと濃厚なキスをしたくてたまらなかったが、まずは何か口に入れたほうがいいと思い直し、そっと身を離す。エマの目がゆっくりと開かれた。彼女はうっとりした表情で、動けなくなっているようだ。

やがてエマが子ヤギの革の手袋に手を伸ばしたので、ニックはその手をつかんで自分の唇に持っていった。「今夜は邪魔が入る心配はないんだ。きみと指を絡めたい」

彼女は視線を落とし、握られた手をそわそわと動かした。

ポーツマスでニックを誘惑しようとした女性とは思えない。彼に怯えているのだろうか？

それともこれから起こる出来事に？ それなら、急に表れたエマの羞恥心を追い払う完璧な解決策がある。

「きみにあげたいものがあるんだ」ニックは内ポケットから例の書類を取り出した。「結婚の贈り物だよ」

「何かしら？」

「開けてみるといい」

エマは封印を破り、書類に目を落とした。やがて最後まで読み終えると視線をあげた。部屋の中がぱっと明るくなるほど、グリーンの目をきらめかせながら。「わたしに銀行を？」

「実際の銀行ではないが、そのための手段と場所を提供するよ。とりあえず一万ポンドあれば始められるだろう。ぼくの仕事上の知人に、ミスター・マカレスターという男がいる。彼はグローヴナー通りとボンド通りの角に建物を所有していて、そこに小さな貸店舗が入っているんだ。きみの調査からすると、うってつけの場所と言えるだろう。それからミスター・セッジワースは長年、ぼくの銀行業務を請け負ってくれている。きみが銀行を立ちあげるのに喜んで手を貸すと言っているよ。彼はきみの事業に投資したいという考えも持っているようだ」

最良の贈り物を選択した証拠に、エマの顔にゆっくりと笑みが広がった。次の瞬間、彼女はつま先立ちになってニックの頬にキスをした。「いままでもらった中で最高の贈り物だわ」

軽いキスだったにもかかわらず、情熱に火をつけられた。ふたりきりの楽しい夜はまだ始まったばかりなのに、エマをずっと抱きしめていたくてたまらない。「気に入ってくれてうれしいよ」

彼女が暖炉の前に行った。ニックは離れた場所から、その姿にうっとりと見入った。前々から美しいと思っていたが、今夜のエマは光り輝いている。

「わたしの豊かな想像力を働かせても、思いつかない贈り物だったわ。宝石だろうと思ったのよ」

胸の中に重い石がどすんと落ちたようだった。あわてていたせいで、まだ結婚指輪を用意していない。歴代の公爵夫人が身につけたレントン公爵家の宝石類は、すべて父が所有している。父に頼みごとをするぐらいなら、悪魔に身を捧げたほうがましだ。

「明日、何か買いに出かけよう」

「お願いだからやめてちょうだい。だって、こんなにすばらしい贈り物なのよ」エマが戻ってきて、ニックの前に立った。「宝石のことを口にしたのは、クレアが特別な日になると、アレックスから安ぴか物の宝石をもらっているからなの」彼女は握りしめた書類をじっと見つめた。「想像力のかけらもない贈り物なのに、クレアはものすごく彼を愛しているわ。きっと彼には欠点を補う長所があるのね」

ニックは小さくうなずくことしかできなかった。エマの笑顔があまりに魅惑的で言葉も出なかった。のぼせあがったクレアと、もっとのぼせあがったペンブルックの姿が頭の中にちらつく。その瞬間、新たに見つけた喜びでいっぱいのニックの胸に刺すような痛みが走った。そういったものをエマとの結婚に求めるのはばかげているし、時間を無駄にするだけだ。行き着く先は失望と苦悩だけ。ふたりの絆をもっと深めたいという壮大な期待など抱いたりせずに、いまの気楽な関係を続けるほうがいい。

エマがドレスのウエストの部分にあしらわれたリボンをいじった。「わたしはあなたへの贈り物を用意していなかったの」

「無理もないよ。とにかく時間がなかったんだ。それにぼくは贈り物などいらない――」ニックはなだめるように、エマの手に自分の手を重ねた。やわらかな肌に触れた瞬間、彼女の体をくまなく探りたいという衝動に駆られた。「いや、本当は欲しいものがある」

さくらんぼ色に染まった頰を隠すように、エマがうつむいた。

「一緒に夕食をどうだい?」

ふたたび視線をあげたときには、彼女はきらめきを取り戻していた。否応《いやおう》なしに世界をわがものにできそうな顔をしている――たいしたものだ。

ニックは彼女を階下へ連れていき、書斎の一画にある小部屋に案内した。恐ろしく狭いが居心地がよく、彼がひとりで読書をするときにいつも使っている場所だ。ミスター・マーティンが暖炉に火をおこしてくれていた。赤々と燃える炎が室内にあたたかな光を投げかけ、ロマンティックな夜を過ごすのに最適な雰囲気をかもし出している。

ひっそりした小さな中庭を見渡せる背の高い窓のそばにテーブルがあり、ふたり分の席が用意されていた。さまざまな蓋のついた皿と、さまざまな長さのろうそくが、テーブルのあちこちに置かれている。

「まあ……すてき」

「喜んでもらえてうれしいよ」ニックは椅子を引き出してエマを座らせると、それぞれのグラスにシャンパンを注いだ。

「今夜始まるふたりの人生の冒険が果てしなく続くことを祈って」乾杯の挨拶を述べると、彼女は感心したようなまなざしをニックに向けたあと、鼻にしわを寄せてにっこりした。本当に結婚をうまく日常に組み入れられそうな気がしてくる。

「すばらしいわ」甘い笑みを浮かべて、エマも乾杯の言葉を述べた。「愛する夫にとって、対等な関係で始める冒険の記念すべき一夜になることを祈って」

グラスに口をつける前に、ニックはためらいがちにうなずいた。「なんだか古典の教本に書いてありそうな言葉だな。たしか、ある哲学者がそんなことを言っていなかったか？〝男と対等になれば女のほうが秀でている〟とかなんとか」

「ソクラテスの言葉よ。ニコラス・リングの『国民の知性』に載っているの。そこから着想を得たのよ」エマはグラスを持ちあげてひと口飲んだ。

ニックもあとに続いた。いざというときに、どうやって彼女より有利な立場を維持しようかと考えながら。「さあ、食べよう」

銀の大皿の蓋を持ちあげ、彼は目の前に現れたかたまりをのぞき込んだ。見ようによっては、ゆでた牛肉とジャガイモにソースらしきものをかけた料理に似ている。よりによってなぜ今夜、あの怒りっぽい料理人に振りまわされなければならないのだろう？

エマは行儀よく、少しずつ料理を口に運んだ。ところがものの数分で胃が不満のうめきを発したので、彼女は目を丸くしてお腹に手を当てた。「失礼」

ニックは立ちあがって片手を差し出し、彼女の手を取った。「厨房に行って、何かないか見てみよう。パンとジャムにありつけるかもしれない」

自分を蹴飛ばしたい気分だった。結婚生活初日の夕食は完全に失敗に終わった。もともと女性を口説くのは不得手だが、今夜は初めてエマとベッドをともにするのだ。ニックとしては、彼女のために情熱に満ちた官能的な夜を演出したかった。それなのに、こんなお粗末な食事しか用意できないなんて。息子がこのような戦略上の誤りを犯したと知ったら、父はきっと大喜びするだろう。

19

手をつないだまま、ふたりは厨房に向かった。ニックの大きな手のひらに、自分の手がすっぽりとくるまれている。ぬくもりと安心を感じる代わりに肌がちくちくして、下腹部がうずきはじめていた。今夜、彼と結ばれると思うだけで神経がひどく高ぶってしまう。

そういえば、クレアが言っていた――初めてのときは痛みを感じるし、少し出血するかもしれないと。どれくらい痛みが続くのだろう？　たくさん血が出るの？　事前によく考えて、クレアにあれこれきいておけばよかった。

シャンパンで乾杯したあと、あの料理が――科学者なら、遠まわしに〝灰色の物体〟と評しただろう――披露されたとたん、またしても会話がとぎれがちになり、堅苦しい雰囲気になった。エマのほうはどうにか会話を続けようとしたが、夫はひと言も発しなくなった。

厨房に行くと、フレッシュチーズのかたまりとパンが一個、テーブルに置いてあった。ニックが松材の戸棚からリンゴを二個取ってきた。「このリンゴはぼくに投げつけないと約束してくれるかい？」

「あなたがお行儀よくしていればね」屈託のない口調を保とうとしたが、かすれた声になった。

彼がどこからかナイフを取ってきて、テーブルに置いた。それから目をなかば閉じて身を乗り出し、唇でエマの頬をかすめる。「今夜はお行儀よくするつもりはない。いや、夜は当分のあいだ無理そうだ」

むさぼるような目で見つめられ、心の奥底まで触れられている気分になった。熱いまなざしを受け、エマは頬がかっと熱くなるのを感じた。両脚が立っていることを拒み、へなへなと座り込んでしまいそうになる。彼女はナイフを取って、パンに手を伸ばした。つかみにくいパンを押さえる前に、ニックがあたたかな手でエマの手を包み込んだ。

「ぼくがやろう」背後からエマの体に腕をまわし、片手でパンを押さえて、もう一方の手をナイフを持った彼女の手に添える。ニックの両腕が胸の脇をかすめた。わずかに触れただけなのに、エマは目を閉じて、はっと身をかたくした。

彼のたくましい胸のぬくもりがエマを包んでいる。これ以上どこかに触れられたら、体が燃えあがってしまいそうだ。

ニックが互いの頬が触れ合うほど身をかがめ、パンとリンゴを切りはじめた。ひげを剃ったばかりの肌に頬を撫でられているうちに、焼きたてのパンの香りが立ちのぼってくる。意思に反して興奮で体がぞくぞくし、食べ物のことは考えられなかった。

彼が薄く切ったチーズをひと切れのパンにのせ、エマの口元に持ってきた。

「先におあがり」

小さくかじるのがやっとだった。食べ物を分け合うという単純な行為がやけに親密に感じられ、頬がますます熱くなる。

今度はニックがパンをかじった。エマもふたたび勧められたが、首を横に振って断った。口と頭がせめぎ合っているせいで、言葉を発するどころか考えもうまくまとまらず、彼が食べる様子をただじっと見つめる。

ニックが食べ物を押しのけたかと思うと、ウエストをつかんでエマの体を持ちあげ、自分と向き合うようテーブルに座らせた。おかげで彼の表情をじっくり眺められるようになった。ニックの唇がぴくりと動く。「リンゴはあとに取っておこう。いまからものすごくお行儀の悪いことをするつもりだ」

不安に襲われて、エマは身震いした。顎をつかまれ、彼から視線がそらせなくなる。ニックの瞳の色が深みを増していき、彼女は戸惑いを覚えた。彼がエマの脚を開かせて、そのあいだに体を割り込ませた。

「きみを味わいたい」かかとから膝の裏にかけて、手のひらでなぞられた。

次の瞬間、エマはニックの首に両腕を巻きつけてしがみついた。彼の情熱を、彼自身を、もっと感じたくてたまらない。不安や緊張はすっかり消え失せた。

もっと近づきたいという気持ちを伝え合うように、ふたりとも熱い息をこぼした。ニックがヒップに手を置いて体を引き寄せると、エマは彼の下腹部のこわばりを感じた。ニックが喉の奥で低いうめき声をもらし、荒々しく唇を奪う。エマも唇を開くと、彼はさらに情熱的なキスをしてきた。それに応えて、彼女もいっそう強く身を押しつけた。

ニックが膝の裏を撫で、ドレスの裾を探り当てる。彼の手がストッキングをはいた脚をゆっくりとじらすように滑っていき、やがてむき出しの腿の内側に触れた。彼は唇を離すと、エマの頬に口づけしながら、ついに耳の下の感じやすい場所を突き止めた。

「下に何もつけていないのか？」

「室内履きとストッキングだけよ」甘い息をついて言う。体も思考もすっかり混乱していた。

「ドレスの下は何も着ていないの」

「さては、ぼくを参らせるつもりだな」彼は一瞬エマの肩に頭をのせたあと、やさしく耳たぶを噛んだ。

「その手には乗らないぞ。この下にたまらなく美しいものが隠れているんだろう」そう言って、脚のあいだのやわらかな茂みを指で撫でる。

親密な触れ方に、思わずすすり泣くような声が出た。

ニックがしゃがみ、床に座り込んだ。「スカートをたくしあげて、ぼくに見せてくれ」くぐもった低い声が彼女を魅了する。

エマは吐息をもらした。ニックが彼女の大事な部分を味わうと考えただけで両脚が震えた。

彼は茂みをもう一度指でなぞってから、腿の内側をさすった。そして脚を両手でそっと押し広げ、そこにキスをした。素肌にニックの息がかかるのを感じる。

巧みな愛撫を受け、エマは目を閉じた。望まれれば、なんでも許してしまいそうだった。

「ぼくを見てごらん」ささやき声が聞こえた。彼が舌を出し、熱く潤ったひだを押し分ける。舌で繊細な刺激を与えられ、彼女は息をのんだ。こんなに甘い責め苦があるなんて……。ニックが微笑み、きらりと目を輝かせて、同じ動きを繰り返した。触れられるたびに、体じゅうの神経が高ぶっていく。舌で攻められながら、彼の髪を撫でる。エマの息遣いが次第に荒くなり、やがてあえぎ声に変わった。

「やめないで」彼女は哀願した。

ニックが同じ動きを続けると、体内にうねるように波が広がり、エマは身を震わせた。

「知っているかい？　欲望が高まると、ここが腫れてくるんだ」彼の目に激しい渇望が宿っているのに気づいて、エマははっとした。ニックも彼女と同じように、この行為を求めているのだ。彼がエマの指を取り、濡れそぼった部分に触れさせた。

ニックの舌が彼女の指と腫れたひだをさまよう。エマは目をぎゅっと閉じた。押しつけるように腰をあげた次の瞬間、熱くきらめく閃光《せんこう》がはじけ、体の芯から熱が解き放たれた。あらがいようもなく、押し寄せる衝撃に身を任せる。だめよ――ああ、もうだめ。

「ニック――」快感が駆けめぐり、全身がとろけるような感覚に包まれた。気づけば両脚に力をこめ、彼の肩をはさんでいた。

ニックが秘所にキスを浴びせながら、称賛の言葉を何度もささやく。

甘い余韻が消えて体に力が戻ってくると、エマは立ちあがってスカートの裾をそっとおろした。

彼が獲物に狙いを定めた獣のような目でこちらを見ているのに気づき、体をこわばらせる。ニックに身を預け、彼の腕に包まれて、自分の中に迎え入れたい。でも、寝室のベッドが何キロも遠くにあるように思える。

息をはずませながら、どうにか問いかけた。「ドレスを脱がせてくれる？」

「ここでかい？」かすれた声には隠しきれない驚きがあった。

エマはうなずいた。「ベッドまで歩けそうにないの」

「いや、結婚初夜を厨房で終えるわけにはいかない」あっというまに、ニックの腕に抱きあげられた。エマは彼の首に腕をまわしてしがみつき、口元から顎へと唇でなぞって肌を味わった。もうすぐ一糸まとわぬ姿になった彼とベッドをともにするのだ。今夜はずっと一緒にいたい。

ニックは彼女を抱いたまま階段をのぼって寝室に入り、扉を蹴って閉めた。そっとおろされ、室内履きが床に着いた次の瞬間、気がつくと扉に押しつけられて、唇を奪われていた。彼が両腕でエマの頭を抱え込む。

かたいものが押しつけられているのを感じたが、それがニックなのか扉なのか、はっきりわからなかった。エマは身を震わせ、彼に体を押しつけた。視線を合わせたまま、ニックが彼女の髪からヘアピンを一本ずつ抜いていく。ほどけた髪がはらりと背中に垂れた。彼はもどかしげにドレスの背中の留め具を外すと、キスを浴びせてきた――肩から首、喉のくぼみにまで。ドレスが床に滑り落ちる。

じれったい思いに駆られ、彼女もニックのグレーの上着と濃紺のベストをはぎ取った。

ふたりとも、一キロ以上も走ったかのように息を切らしている。ニックは自分のブーツを乱暴に脱ぐと手首をひと振りしてクラヴァットをほどき、シャツを引きあげて頭から取り去った。エマは息をのみ、たくましい胸に手を滑らせた。筋肉が引きしまっていて、肌は金色に輝いている。

指を絡め合ったまま、ニックが彼女の体にゆっくりと視線を這わせた。それをひしひしと感じながら、エマは身じろぎもせずに立っていた。炎になめられたように、頬がかっと熱くなる。

「きみは完璧だ」ニックがそっと唇を重ねてくる。ただでさえ感情と思考が入り乱れているのに、彼が親指で胸の先端をもてあそびはじめたので、何がなんだかわからなくなった。

「これからは毎日、きみにそのことを伝えよう」

エマと目を合わせたまま、彼がブリーチズのボタンを外しはじめる。ニックのぬくもりをもっと感じていたかったけれど、彼女はじっと様子をうかがった。やがてブリーチズが床に落ちた。エマは初めて男性の象徴をちらりと見た。みなぎる生命力がそそり立ち、先端は濡れて、真珠のようにかすかに光っている。

一瞬、息をするのも忘れた。広い肩、隆々とした筋肉、引きしまったヒップ。彼女にとっては生まれて初めて見る光景だった。男性の体というのはこんなに美しいものだったの？

猛りたつ下腹部に目が釘づけになった。本当に自分の中におさまるのだろうか？

「そういう状態だと……落ち着かないものなの？」

ニックの顔に得意げな表情が浮かぶ。「もしこの感覚を味わったら、きみは思わず駆けだすかもしれないな」深みのある低い声でささやかれ、エマの下腹部がうずきはじめた。

こんな甘美な拷問は終わりにして、早く彼とひとつになりたい。期待感が恐怖に勝った。彼女はベッドに近づくと、誘うように片手を伸ばした。

次の瞬間、ニックが覆いかぶさってきて、エマは彼の熱気に包まれた。ふたりで上掛けの上に横たわると、彼はがっしりした両手で愛撫を始めた。上質なリネンの肌触りがやわらかで、やけに官能的に感じられる。ふたたび唇を奪われ、ニックが舌を絡みつけてくると、彼女はわれを忘れた。

「お願い」彼の唇に唇を滑らせる。「早く」

ニックがゆっくりと身を起こし、両肘をついて身を支えた。目は欲望に満ちて、口元はエマの体の隅々まで味わおうとしているかに見える。「この夜が来るのをどれだけ待ったことか。その見返りとして、ゆっくりと時間をかけたいんだ」

エマは両手で彼の顔を包み込み、唇をふさいだ。ニックが発したうめき声で、彼の胸が震えるのを感じる。あらゆる感情のこもったキスをしたあと、彼女は言った。「こんな気持ちになったのは――あなたが初めてよ」

ニックの体はどれだけ見ても飽きない気がする。それに何より、彼という人には絶対に飽きないだろう。エマは彼の平らな腹部から縮れた茂みへとじらすように手を這わせ、屹立したものを探り当てた。ニックが彼女の手に手を重ね、触れ方を教える。

それはベルベットのような手触りとは裏腹に、かたく張りつめ、熱気がみなぎっていた。じりじりと先端のほうに手を滑らせてみる。

指先で先端のくびれをなぞった。「ここにキスしてみてもいいかしら。あなたが気に入るかどうか試してみる？」

「もうじゅうぶんだよ」ニックの声はかすれている。彼はエマを引き寄せると、ふたたび濃厚なキスをしながら、彼女の脚のあいだの小さな突起を撫でた。さらにエマの唇に歯を立て、また唇を奪う。ニックが欲しくてたまらない。彼女はじれったくなり、彼の手の中で腰をくねらせた。

「性急に進めるわけにはいかないんだ」きっぱりとした口調だった。

エマは身を震わせて息をつき、ひとまず彼にすべてをゆだねると目で伝えた。するとニックが指を一本、秘所に滑り込ませたので、彼女は鋭く息を吸った。違和感と圧迫感を覚える。彼はエマの首筋に鼻をすり寄せ、感じやすい部分に吸いついた。彼女が甘いため息をもらすと、親指で突起を撫でながら、中指も奥に沈めた。

ニックのささやき声でさえ、愛撫のようだった。「ぼくに触れられると、どんなふうに感じる？」指で体を満たされているにもかかわらず、歓喜の芯を攻められる鋭い快感のほうが勝っていた。またしても高みにのぼりつめそうだ。

彼がそっとエマの頭を抱えて、とろけるようなキスをした。情熱を宿した目がきらきらと輝いている。

「いまから、きみとひとつになる」甘い声がエマを包み込んだ。「初めてのときは痛みを感じるかもしれないが、痛い思いをさせるのはこれきりにすると約束するよ」ニックは許可を求めるようにじっと待った。

その言葉を聞いて、エマは微笑んだ。どうして笑みを浮かべずにいられるだろう？　こんなにニックを愛しているのに。彼女は衝撃を受けて目を閉じた。自分は全身全霊で彼を愛している。ずっと前から愛していたのに、そのことに気づいていなかっただけ。そしてついに、いままで恐れてきたあらゆる感情を味わうことになる。けれども相手がニックなら、文句なしに幸せだ。「わたしにとって大切なのは、あなたと結ばれることだけよ」

彼がゆっくりと入ってきた。エマはニックの腰に両脚を巻きつけ、どうにか不快感をやわらげようとした。彼は必死に衝動を抑えているらしく、体が汗ばんでいる。

「こっちを見てごらん」ニックが彼女の顔に顔を近づけ、そっとキスをしてから軽く唇を噛んだ。彼が気をそらしてくれたおかげで、下腹部の圧迫感を忘れられた。

ニックが一気に身を沈め、彼女を完全に満たした。圧迫感と痛みを覚え、本能的にたくましい体を遠ざけようとする。彼が覆いかぶさったまま動きを止めた。

「動かないでくれ。少し時間をくれないと、きみにいい思いをさせてあげられなくなる」

「わたしは大丈夫よ」か細い声で応えたものの、涙がこみあげてくる。

「本当に……すまない、痛い思いをさせて」彼はエマの鼻先にキスをして顔を伏せた。必死に自制心を保とうとしているようだ。「きみは勇気のある女性だ」そう言って、彼女の顎の片側を唇でなぞる。「きみはぼくに身を捧げてくれた。きみの情熱を感じるよ」反対側も唇でたどった。「すごくいい」

甘い言葉を聞きながら触れられているうちに、体の力が抜けていった。ニックが唇を重ねたまま、ゆっくりと腰を動かす。さらにもう一度。彼が身を引くたびに、体にぽっかり穴が開いた感じがして、エマはすすり泣くような声をもらした。

ニックが両腕で彼女を抱きかかえ、繰り返し突き入れる。やがてまた唇を重ねると、腰の動きに合わせて舌を出し入れしはじめた。快感が押し寄せてくるのに、それほど時間はかからなかった。エマはあえぎ声をあげ、彼に合わせて動いた。歓喜の瞬間が近づいてくるのがわかる。

彼女の体の奥がニックの欲望の証《あかし》を締めつけた瞬間、彼も自らを解放した。うめき声とも、ため息とも取れる声をあげて、エマの名前を呼ぶ。

呼吸が元に戻るまで、ふたりはじっと抱き合っていた。頬が濡れているのを感じ、涙がこぼれ落ちていたことに彼女は気づいた。

ニックの腕に抱かれ、体のぬくもりに包まれていると心が安らぐ。彼の息がそっとエマの顔を撫でた。「ありがとう。こんなにすばらしい経験は生まれて初めてだ」

少しも後悔はないし、結婚初夜まで待ってよかったと心から思えた。夫となったニックと人生で最もすばらしい瞬間を迎えられて、最高に満ち足りた気分だ。

エマにとってはまったく未知の経験だった。理性も欲望もすべてのみ込まれ、自分が完全に別人になったような気がした。

ニックが体をひねって横向きに寝そべり、互いの鼻が触れ合いそうなほど顔を寄せてきた。彼の唇がエマの唇をかすめる。「ぼくと父の関係を知りたがっていたね」

彼女はニックに身を寄せ、悲しみをたたえた目をじっと見つめた。

「ぼくは父に邪険にされ、五歳で寄宿学校に入れられた。かいつまんで言えば、学校が休みに入って屋敷へ帰っても、父はぼくと一緒に過ごそうとしなかった。母はぼくを産んだときに亡くなり、父は再婚しなかった」

ニックは口を引き結んでいるものの、目には苦悩の色が浮かんでいる。秘密を打ち明けるのは、エマには想像もつかないほどの負担を強いられるのだろう。ニックが心の痛みを見せてくれたのだと思うと、彼女は息が詰まった。なんとか彼の苦しみをやわらげたくて、顎の線をやさしく撫でる。

「ぼくにはそれほど多くの友人がいるわけではないが、イートン校にいるとき、なぜかポール卿がぼくを気に入ってくれてね。あるとき、彼はカードゲームで大負けした。一週間以内に金を返すという約束で、ぼくは借用書に署名したんだ。ところが、そのときはまだ知らなかったんだが、彼は賭け事にのめり込んで大きな借金を抱えているともっぱらの噂だった。ぼくとしては、賭けに勝った連中に脅されているのを見て、彼の力になりたかった」

声がかすれていたので、エマは思わずニックの口元に見入った。重苦しい話に気分が沈み込む。けれど、これはずっと胸にしまっておくべき彼からの大切な贈り物だ。

「ぼくは父に援助を求めた。イートン校を訪れた父は烈火のごとく怒ったが、結局金は払ってくれた。だが立ち去る前に、友人たちが見ている前で勘当を言い渡して、ぼくに恥をかかせたんだ。もう二度とレントンホールの敷居をまたぐなと言われた。その日からずっと父との連絡を断ち、レントンホールには絶対に足を踏み入れるまいと心に決めて生きてきた」ニックは目を閉じた。「父より多くの富を築くためならなんでもしようと心に誓って」

話はもう終わったのかと思ったそのとき、彼がまだうっすら痣の残るエマの手首を取り、自分の口元に持っていった。

「父はあからさまにぼくに伝えたんだ、ぼくは誰からも好かれない価値のない人間だと」彼女の手首の脈打つ部分に唇を押し当てたまま言う。声で肌が振動して、くすぐったかった。

「一五歳の少年がそんなひどい言葉をぶつけられたら、本気で信じるに決まっている。だが、父は間違っていることをペンブルックが証明してくれた。体を壊したぼくを、彼は看病してくれた。ぼくたちはそれ以来、ずっと親友なんだ」

ニックが父親から投げつけられた悪意に満ちた言葉を聞かされるうちに、エマの心の繊細な部分がばらばらに壊れそうになった。夫はどれほどの憎しみに耐えつづけてきたのだろう？「それ以後、お父さまとは会ったの？」

「いや。ぼくが先祖伝来の土地に足を踏み入れるのは、父がこの世を去る日だ」ぶっきらぼうな口調とは裏腹に、ターコイズブルーの目には苦悩が浮かんでいる。物悲しげに見える顔のしわが、多くのことを語っていた。エマはニックを傷つけた父親を罵りたくてたまらなかった。

「だからペンブルックときみの家族は——中でもきみは、ぼくにとって大事な存在なんだ」ニックの素直な告白に、彼女は胸が張り裂けそうになった。子どもの頃、彼には頼れる人が誰もいなかった。冷酷な父親が親子の関係を壊したせいで、ずっとひとりで耐えつづけてきたのだ。子どもは大切に守られるべき存在なのに。その頃のニックの孤独をどうにか癒し、二度と傷つくことがないようにしてあげたい。

注意を引きたくて、彼の目にかかったやわらかな髪を払う。「お母さまのお名前は？」

「ローラだ」ニックは低い声で答えると、急に気まずくなったのか立ちあがって洗面台まで行き、手早く布を湿らせた。エマの視線は移り気な獣のように、長身の体の曲線に吸い寄せられた。彼の体は驚くほど美しく、まるで芸術作品のようだ。

ニックはそばに戻ってくると、布でエマの体をやさしく拭いた。小声で彼女のつま先を褒め、肘について何やら甘い言葉をささやく。はっきり口に出すつもりがあるかどうかはともかく、秘密を打ち明けてくれたということは、エマが自分の人生の一部になったと彼は伝えているのだ。間違いなく自分のものだ、と。

彼女もそんなふうになれるだろうか——夫を幸せにしようと心に誓い、彼が悲しみに襲われないように全力を尽くせる女性に。その役割を果たす自分の姿が、ありありと目に浮かんだ。秘密を明かしてくれたニックへの愛を証明したくてたまらない。彼がもう二度と苦しまずにすむのなら、どんなことでもしよう。

ニックはエマと自分の体を拭き終えると、ベッドに戻ってきて彼女を抱き寄せた。

「いつかきみの秘密も教えてくれるかい？」そうささやき、とろけるようなキスをする。

彼の息遣いが静まってきた。エマは腕に包まれながら、彼の心臓の上あたりにキスをした。どうして彼女が懸命に理想を追い求めるのか、いつかニックに話そう。でも、いまはそのときではない。今夜はふたりの関係を台なしにしたくない。

あなたを愛しているわ——そうささやきたかったけれど、彼はきっと同情心から出た言葉だと思うだろう。

本当に、エマはまったくの別人になったようだった。

髪がくしゃくしゃに乱れ、歓喜に満ちた表情のエマを残していくのはまさに拷問だった。彼女はニックの腕を枕にして体を丸めている。片手を彼の胸に置いて。すべての責任を放棄して、ふたりで作りあげた理想の世界でずっと身を寄せ合っていたい。エマと一日を過ごしたい一心から、この数年で初めて仕事をさっさと片づけたいとニックは思った。

寝具がしわくちゃになったベッドから抜け出し、最後にもう一度エマを見る。彼女はベッドの真ん中でぐっすり眠っていた。金色の髪が頭上で王冠のように広がっている。そのすばらしい眺めに思わず目をみはってしまう。彼女がいるだけで、この屋敷自体が新たな感性を備えたかのようだ。

いままで感じたことがないほど明るい気分で、ニックは書斎に向かった。机に座ると、カップに注がれたコーヒーと積みあげられた帳簿が待ち構えていた。

「お邪魔して申し訳ありません、閣下。ご結婚おめでとうございます」従者のホエーリーには演技の才能があり、舞台役者のほうが向いているのではないかと思うほど、いつも芝居がかった物言いをする。ところが今日は、柄にもなくかたい笑みを浮かべていた。

「ありがとう。妻が階下へおりてきたら紹介しよう」

ホエーリーが両手をうしろで組んでうなずく。「奥さまがあまり早くにお目覚めにならなければよいのですが」

「なぜだ？」ニックは問いかけた。

「お客さまです。アルトン伯爵がどうしても閣下にお会いしたいと」淡いスミレ色の夜会服とオレンジ色のベストの取り合わせを見せられたかのように、ホエーリーは顔をしかめた。

ニックは椅子にもたれ、従者をしげしげと見た。「用件は？」

「なんでも、お祝いの言葉を述べたいとか」ホエーリーの鼻がわずかにつんと上を向く。「奥さまが今朝、お会いになりたい相手ではないように思えるのですが」

「ここに通してくれ」ニックは立ちあがり、来訪者を待つあいだに机のまわりを歩きまわった。敵を迎え撃つために。

まもなく、厚地のロングコートの裾を帆のようにはためかせながら、アルトンが颯爽《さっそう》と部屋に入ってきた。コートが黒いせいで、もともと浅黒い顔にすごみが増したように見える。

「サマートン卿、突然の訪問で申し訳ない。あまり時間を取らせるつもりはないが、きみにいい知らせがあってね。結婚おめでとう」

挨拶も祝福の言葉も聞き流した。ニックは怒りを見せずに平静を装い、相手に近づいた。アルトンが笑みを浮かべて向き合ったが、ニックよりも一五センチほど背が低いため、目の高さにも届かなかった。この男の目は、死んだサメの目にどことなく似ている。冷ややかで生気がない。いかにも冷酷な殺人者らしい。

ニックは深呼吸をすると、これから起こることを予告するために、わざとらしく右手の拳をうしろに引いた。アルトンに自分の身を守るための機会を一度だけ与えたつもりだった。

次の瞬間、ニックは拳を突き出し、相手の鼻に一発お見舞いした。骨や軟骨が砕けるぞっとするような音とともに、殴られた衝撃でアルトンがのけぞる。鼻から真っ赤な血が噴き出した。血は顔を伝って流れ、雪のように真っ白なクラヴァットを汚した。

「これは妻に触れた仕返しだ」ニックは声を荒らげた。右の拳がずきずきと痛んだが、意に介さなかった。今度は左の拳で、すでに血で濡れているやわらかな首元にアッパーカットを放つ。アルトンがよろめき、チッペンデール様式のテーブルの上に倒れ込んだ。木製の天板が大きな音を立てて割れ、積みあげられた焚《た》きつけ用の細木の山に落下した。

「いまのは彼女の肌に痣をつけた分だ」ニックは身をかがめ、両手でコートをつかんでアルトンを引き起こした。骨折した鼻から流れ出た血が、すでに黒ずんでいる。

「いいか、よく覚えておけ。今度また彼女に近づいたら命はないからな」

アルトンが身をすくめる。

「やり返されたら、恐怖で縮みあがるわけか」ニックは嘲った。全身を熱い血が駆けめぐっている。容赦ない報復をなおも続けろと命じてくる獰猛《どうもう》な獣を、どうにか抑え込んだ。急所を狙ってあと何発か打ち込めば、アルトンは致命傷を負うだろう。ニックは拳をうしろに引いたが、自制心がやめておけと大声で警告を発した。レディ・レナの仇を討つのはニックの仕事ではない。荒々しく手を放すと、相手が床に倒れ込んだ。「この屋敷から出ていけ!」

卑劣な男は呆然としたまま動こうとしなかったが、やがてハンカチを取り出して鼻の下に当てた。うめき声とうなり声のおぞましい旋律が耳に入ったかと思うと、アルトンがゆっくりと立ちあがった。

顔面を殴られたせいで、両目の下が青黒くなりはじめている。明日の朝になれば、両目のまわりに黒い痣ができるだろう。腹黒い男にはいかにも似つかわしい。妻の名誉を傷つける人間を決して許さないという、いい宣伝にもなる。

「こっちも仕返しさせてもらう。つまりこれは警告だ。きみの野蛮な見世物はなかなか愉快だったよ。その代わりに新たなパーティーにきみを招待しよう」アルトンは痛みに顔をゆがめてつばをのみ込んだあと、咳をして血を吐き出した。

「遠慮しておく」ニックは鼻であしらった。

「いや、もう手遅れだ」アルトンがあざ笑う。「今日、うちの事務弁護士からきみの事務弁護士宛に文書が届くだろう。きみに対して四件の訴訟を起こす旨を記した文書がね」アルトンはよろめいたが、どうにか体勢を立て直した。「心の準備をして、費用を貯めておいたほうがいい。きみはただ、妻をおとなしくさせさえすればいいんだ。ぼくと亡き妻のことで彼女がこれ以上余計な口出しをすれば、次々と訴訟を起こすつもりだ。頭の切れるうちの法廷弁護士によれば、損害賠償として四〇万ポンドは勝ち取れるらしいからな」

「正気とは思えない」ニックは前に進み出た。「ぼくの妻を尾行しているのか？　ぼくたちが結婚したことがなぜわかった？」

アルトンがゆっくりと首を横に振った。「ランガム公爵がロンドンじゅうの製版所に圧力をかけたからだよ。きみと彼の娘が恋人同士だと暗にほのめかしでもしたら、ただではおかないとね」

「長居は禁物だぞ」毒ヘビに与えられる助言はそれぐらいしかなかった。

今回だけは少し気骨を見せ、アルトンは一歩も引かなかった。「きみはまんまと策略にはまったんだよ。なぜぼくが噂を広めたとわかった？」

「見るからに執念深そうだからな。それに何かといえば問題を起こしている」ニックは嘲るように、わざとゆがんだ笑みを浮かべた。

「とんでもない。ぼくはきみたちが結婚すればいいと思ったんだよ。ランガム公爵は太刀打ちできない相手だ。何しろ政界に顔が利くからな。でも、きみならどうだ？　誰もきみになど関心はない。つまりこちらが何をするにせよ、成功の見込みが高くなるというわけさ」アルトンはかたまりかけた鼻血をすすった。「口をつぐんでおくよう、妻によく言い聞かせるんだな。もう二度とメアリー・バトラーに近づかないほうが身のためだと」

意外な警告だった。てっきり、エマがポーツマスへ出かけていった理由を探りに来たのだと思っていたからだ。この男は彼女がメアリーを訪ねたことまで把握している。裁判沙汰にするというのは単なるはったりだとしても、危険が迫っているのは間違いない。これはエマに危害を加えるつもりがあるという事実上の脅迫だ。

とはいえ、こちらが言ったことは本気だとアルトンもわかっているだろう――今度エマに近づいたら命はない、と。ニックは語気を強めた。「決闘で決着をつけるか、この屋敷からさっさと出ていくか、どちらだ？」

アルトンは憎悪に燃える目でニックをにらみつけると、ひどい外見のまま体を引きずるようにして書斎を出ていった。エマが二階で寝ているうちに、あのろくでなしをさっさとこの敷地から追い払わなければならない。

20

エマは目覚めた瞬間、自分がどこにいるのかよくわからなかった。ベッドの上に手を這わせてみたが、ニックが寝ているはずの場所はひんやりしていた。でも、枕やシーツには彼の残り香が漂っている。彼女は笑みを浮かべると、深く息を吸い込んだ。自分の体からも彼の香りがする。その瞬間、前夜の記憶がありありとよみがえった。

多くのものを分かち合ったいま、ニックに会いたくてたまらなかった。子ども時代の孤独を乗り越え、あれほど立派な男性になるのは並たいていのことではない。彼はゆうべ、やさしさと情熱と、驚くほどの誠意を見せてくれた。彼に夢中になってしまうのも当然だろう。エマは目を閉じた。こんなに幸せな結婚ができるなんて、想像したことさえなかった。喜びのため息をついて枕にもたれかかると、至福の一夜を思い出し、今朝への期待に胸をふくらませた。

エマはエリアルを呼び寄せた。それから三〇分もしないうちに熱い湯に浸かり、部屋じゅうがラベンダーの香りに包まれた。

メイドの手を借りて着替えをすませると、簡素だが上品に髪を結ってもらった。ニックの妻として過ごす最初の日には、癖のある巻き毛をきっちりまとめておきたい。夫の顔を見ないまま朝の時間を無駄にしたくなかったので、エマは階下におりることにした。

階段のおり口でミスター・マーティンに迎えられた。「奥さま、ひと言お伝えしてもよろしいですか？　本当にお美しい」

「ありがとう」たしかにモスグリーンのベルベットのドレスは彼女のお気に入りだった。襟ぐりはそれほど大きく開いていないものの、胴着《ボディス》に人目を引く格子柄の刺繍が施されている。

「サマートン卿はどこかしら？」

ミスター・マーティンが背筋をぴんと伸ばす。「サマートン卿は、お仕事中はどなたともお会いになりません。お急ぎのご用がおありでしたら、従者にお申しつけください。ホエーリーだけが、仕事中にお声がけすることを許されておりますので」

ミスター・マーティンが体重を右に移動させた隙を狙って、エマは横をすり抜けた。彼は明らかに何かを隠していて、階段や玄関ホールに彼女を立ち入らせないようにしている。

「いろいろとご親切にありがとう、ミスター・マーティン」

彼が頭をさげてお辞儀をした機会をとらえ、階段をおりはじめた。

「奥さま、どうか――」

踊り場までたどり着いた瞬間、エマはぎょっとして足を止めた。新たなわが家となった屋敷の玄関ホールにアルトン伯爵が立っていて、こちらに一瞥《いちべつ》をくれたからだ。目のあたりが青黒く、服が血に染まっている。

死の化身が現れて時間がぴたりと止まったかのように、何もかもが動きを止め、耳に痛いほどの静けさに包まれた。耐えがたいほど静かだった。たとえるなら、死刑執行人が斧を振りおろす寸前のような、あるいは絞首台の落とし戸が勢いよく開く寸前のような、さもなければギロチンの刃がすとんと落ちる寸前のような静寂だ。

ニックがすぐさまアルトンの隣に立ったのが目に入った。「レディ・サマートン、きみは二階に戻っていたほうがいい」

エマが応える前に、アルトンが自分の顔の前でわざとらしく手を振り、けがの具合を見せつけようとした。

「まったく、このざまだ。レディ・サマートン、おめでとう」声がこもって、祝福の言葉が聞き取りづらい。

「あら、それはこちらのせりふよ」彼女は努めてさりげなく切り返したが、アルトンから目をそらせなかった。心臓が早鐘を打ち、張りつめた神経がいまにも切れてしまいそうだ。

「よくもそんな――」

「エマ、早く二階へ！」ニックが大声で叫んだ。激しい怒りで頬が真っ赤に染まっている。アルトンの血まみれのシャツのように。

「おやおや、すぐに余計な口を利くのは悪い癖だ。しつけ直してもらったほうがいい」

「とっとと消え失せろ、このろくでなしめ」ニックがアルトンの襟首をつかみ、屋敷の外に放り出した。次の瞬間、扉がばたんと閉められた。

扉のそばに立っている使用人は初めて見る顔だった。まるでこの瞬間に備えて練習していたかのように、その男性はうやうやしく頭をさげた。「おはようございます、レディ・サマートン。お見苦しいものをお見せして失礼いたしました。ご挨拶をさせてください。特任の従者、ストーカー・ホエーリーでございます。どうぞなんなりとお申しつけください」

エマが応えるより早く、ニックが彼女の腕を取り、ホエーリーを一喝した。

「そんな話はあとだ。書斎の後始末をしておいてくれ」

夫に連れられて、エマは二階の自室に戻った。ニックの怒りに満ちた獰猛な目が、なんとなく恐ろしく感じられる。昨夜やさしい気遣いと思いやりを示し、情熱的に愛を交わした男性はすっかり影を潜めていた。目の前にいるのは、ものすごい形相で怒りを爆発させようとしている見知らぬ男性だった。

腕をしっかりとつかまれたまま、エマは彼女の寝室に連れていかれた。ふたりが入ってきたのに気づき、エリアルが目を大きく見開いて、新たに届いたエマの旅行かばんの荷をほどく手を止めた。

「さがれ」ニックは不機嫌な声でメイドに命じると、暖炉の前の椅子が置かれた場所へとエマを導いた。

エリアルが視線を投げてよこしたので、エマはうなずいた。ニックのつっけんどんな態度に職務に忠実なメイドは不満そうに目を細めたものの、昨夜のシーツを両脇に抱えて部屋を出ると、扉をかちりと閉めた。

エマは振り返り、目の前の見知らぬ男性をじっと見つめた。「いったいどういうつもり？なぜアルトンをわたしたちの屋敷に入れたりしたの？」

ニックがチンツ張りの椅子にどすんと腰をおろした。黄色と青緑色の明るい配色の椅子とは対照的に、近寄りがたい雰囲気を漂わせている。彼が顔をこすったとき、手をけがしているのに気づいて、エマは息をのんだ。引っかき傷だらけの指の関節が、赤く腫れあがっている。

駆け寄って、彼の手を取った。「何があったの？」

ニックがふうっと息を吐いた。先ほどまでの激しい怒りはやわらいだようだが、顎をこわばらせているのは、まだ腹を立てているからだろう。「アルトンが突然やってきたんだ。あいつはどうしようもない腰抜けだ。きみを傷つけた仕返しに、一発殴ってやったよ」

エマはきれいな水をたらいに汲《く》み、リネンの布を持ってニックのかたわらに行った。膝をついて、両手の傷口をそっと洗いはじめる。それが終わると、彼が手をぎゅっと握ってきた。手放したくないと言いたげに。彼女は息を整えた。もしアルトンが武器を持っていたら、ニックは死に直面していたかもしれないのだ。彼を失う恐怖が脳裏にちらついた。アルトンはまたしても、エマから愛する人を奪おうとした。深呼吸をしても、波のように押し寄せてくる震えがおさまらない。

「ニック……」あからさまに飢えたような目で見つめられ、視線をそらせなくなった。己の身を危険にさらすのもいとわないほど、ニックは彼女を大事に思ってくれている。自身の名誉や男同士の暗黙のルールのためではなく、エマのために戦ってくれたのだ。

「もう一発は、きみの肌に痣をつけた仕返しだ」ニックが身を乗り出し、傷を負った指の関節でエマの頬を撫でた。すりむけた肌で触れられ、彼女は思わず身を震わせた。

彼はためらうことなく、エマの名誉のために戦ってくれた。こみあげてくる感情を抑えきれない。彼女は傷ついたニックの手をそっと取ると、指に唇を押し当てた。

「彼はなんのためにここへ？」

「訴訟を起こすと脅しをかけに来たんだ。今日、彼の事務弁護士からぼく宛に何か書類が届くらしい」ニックは指を曲げたり開いたりして顔をしかめた。「ミスター・オーデルという人物が、ぼくが事業を始めたときからずっと顧問弁護士を務めている。この件について彼と話し合うから、きみも同席してくれ」

「あなたはどこでけんかの仕方を覚えたの？」小声で尋ねる。

「〈ジェントルマン・ジャクソンズ〉で、マッカルピンとペンブルックと一緒に定期的に体を動かしているんだ。彼らのほうが体格はいいが、速さではぼくのほうが勝っている。それで先制攻撃を仕掛けて殴りかかるすべを身につけた」

「わたしのために戦ってくれた人は、あなたが初めてよ」ニックを失うかもしれないという恐怖感はすでに薄れていたが、胸の内を明かした瞬間、胸元と首筋と頬がかっとほてりはじめた。単純な作業で気分を落ち着かせようと、ひたすら布を折りたたむ。「まさか、あなたがわたしのために命をかけてくれるなんて――」

ニックが両手で彼女の頬を包み、視線を合わせた。じっとのぞき込んでくる目は、男性の欲望がむき出しになっている。いまにも襲いかかろうとするトラのように。

「ぼくのものを誰にも触れさせるものか」

「知らなかったわ、わたしがあなたのものだったなんて」かすれた声で、ささやかな抵抗を試みた。「わたしは所有物じゃないわ」

「ゆうべ、きみはぼくのものになっただろう」淡々とした口調に、誘惑するような響きと男性の自尊心がにじんでいた。男らしさを誇示するために、彼が拳で胸を叩きはじめても驚かなかっただろう。「きみはぼくのものだ」

「ええ、でもわたしがあなたのものなら、あなたはわたしのものね」エマは肩をそびやかし、自立心を示した。

返事の代わりに、ニックが耳になじんだ笑い声をあげる。それを聞くと、唇やすりむいた手で軽く触れるだけで、彼は大きな喜びを与えてくれるとあらためて感じた。甘い言葉をささやかれたり、見つめられたり、触れられたりするだけで、なぜこんなに弱くなってしまうのだろう？　まるで恋わずらいをしているガチョウみたいだ。

突然、ニックが彼女を引き寄せた。ドレスのスカートをふわりと広げ、エマは彼の腿にまたがった。ニックがゆっくりと誘惑するように彼女の体に視線を這わせる。そして心を奪われた様子で、肌があらわになっている胸元に見入った。

じっと見つめられて全身が熱くなり、まともに息ができなくなった。エマはうろたえ、とつさに彼の両肩に手を置いた。

彼が熱い息とともに耳元でささやく。「ぼくのものだ」

さっと身を引こうとした瞬間、とろけそうなキスで唇をふさがれた。エマのすべてを奪うように、ニックが舌を絡ませてくる。彼は片手をエマの背中に当てて体をぴったりつけ、反対の手でヒップを押さえて欲望の証を押しつけた。舌でさらに執拗《しつよう》な責め苦を与え、彼女の口の中をくまなく探る。たちまち体の中心が熱く潤いはじめ、エマの中で欲求が目覚めた。

ニックが手際よくブリーチズの前のボタンを外して、そそり立ったものを解放した。ドレスの裾をまくりあげ、エマのヒップを持ちあげて、中に分け入ってくる。

唇を重ねたまま、ニックは彼女のヒップをつかんで動きだした。そのリズムをすぐに覚えて、エマも動きを合わせる。

彼が満足のうめきをもらした。歓喜の瞬間が迫り、エマのあえぎ声が次第に大きくなっていく。ニックの動きもどんどん荒々しくなっていた。彼も快感を覚えているのだと気づき、エマはうっとりと酔いしれた。

「いくんだ、さあ」切迫した声でニックが命じる。

次の瞬間、エマは絶頂にわれを忘れ、彼の名前を叫ぶ自分の声を聞いた。身も心も粉々に砕け散り、もう二度と元に戻らないような気がする。ニックがたくましい腕で彼女をぎゅっと抱きしめ、ぶるりと身を震わせた。彼は熱い精を放ったあとも猛々しく激情をぶつけてきた――ふたりが快感に屈するまで。

激しく交わったあとの放心状態から、ふたりはゆっくりと覚醒した。

「エマ」ニックの口から発せられると、自分の名前が神聖な祈りのように聞こえる。この瞬間を終わらせたくない一心で、エマは彼に身をすり寄せ、首筋をキスでなぞった。愛を交わしたあとの濃厚な香りが漂っている。がっしりした顎を唇でたどったあと、口を探し当てた。唇を重ねると、驚くほどやさしいキスになった。

ニックが鼻で彼女の鼻に触れる。「これでわかっただろう、誰が誰のものなのか」

ざらついているが満足そうな声に、男性ならではの虚勢が感じ取れた。

「ええ」彼の問いかけに応えて鼻をこすりつける。「わたしの勝ちね」

低い笑い声が部屋じゅうに響いた。ニックが彼女のうなじのおくれ毛を指でもてあそぶ。

「さては、ぼくの高慢の鼻をへし折るつもりだな」

「そんなつもりはないわ、閣下。あなたはわたしのものだと念を押しているのよ」

「なんだか恐ろしい気もするが、そう、たしかにぼくはきみのものだ」

「ニック……」エマは彼の顔をまじまじと見た。ハンサムという言葉では表しきれない。この世を華やかに彩るために生まれてきた魅惑的な生き物のようだ。たとえ彼の顔立ちが平凡だったとしても、傷跡があったとしても、その考えは変わらないだろう。持って生まれた上品さが内側からあふれ出ている。ニックと情熱を分かち合ったことで、彼女はあらためて実感した――ふたりとも、こんなにも生気に満ちていると。そしてエマの人生にとって、彼はなくてはならない存在になったのだ。彼女はぎゅっと目をつむり、感情の波にのみ込まれないよう必死にニックの肩をつかんだ。けれども現実には、穏やかではない問題が持ちあがっている。彼の大切さを思い知って、エマは息をのんだ。「ニック、もしあなたを失っていたら――」

「しいっ、その話はやめよう」彼がエマの頰を撫でる。

自信に満ちたその触れ方が、まるで忠誠の誓いのように感じられた。驚きのあまり、思わず息をつく。男性にこんな感情を抱くようになるなんて、想像したこともなかった――ましてや夫に対して。

急にニックが真顔になった。「エマ、レナの仇を討つなんて考えはもう忘れるんだ。アルトンは危険な男だよ。これ以上、関わらないほうがいい」

エマは彼の膝からおりてドレスの乱れを直した。互いへの情熱には侮りがたい力がある。たとえるなら、火のついた火薬のように。でもふたりが結ばれようと、アルトンに脅迫されようと、目的を達成するまであきらめるわけにはいかない。リネンの布をたらいに戻し、険悪な空気にならない答えはないかと思案する。とりわけ、愛を交わしたあとで言い争いはしたくなかった。

この仇討ちは、読みかけの本のように棚あげにできるものではないとニックを納得させなければならない。独立心と自ら選択する自由がなければ、自分が自分でなくなってしまう。ニックが高潔な人間だと自負しているのなら、エマは正義と平和のために勇敢に戦える人間でありたかった。

「きみの夫として命令は絶対だと言うこともできるが、ぼくとしては互いを侮辱するようなまねはしたくない。ただしこの件に関しては、感情に流されずに冷静に考えるべきだ。あの男が自分の妻を殺したのだとすれば、きみにも何をするかわかったものではない」

「何も起きないわ」エマは反抗的に顎をあげて言った。

「そんな甘い考えは捨てたほうがいい」彼が疲れ果てた顔でため息をつく。「きみはもっと頭の切れる女性のはずだ。現にあいつはさっき、階下できみを脅したじゃないか」

こちらの考えに反対する人をなだめるには手段を変えればいいということを、エマは人生の早い段階で学んでいた。「ニック、わかったわ。レナの死に関することで、アルトンには絶対に近づかない」声をやわらげる。「約束するわ」

「ぼくの言うとおりにしてくれ」ニックがきっぱりと言った。「ただでさえ、ぼくたちは噂や当てこすりの的になっているんだ」

「でも、メアリー・バトラーとサイクストン卿を見捨てるわけにはいかないの」これは挑戦状ではなく意志の表明だ。屈服せずに最後までやり通すつもりだった。「サイクストン卿にレナの手紙を渡さなくてはならないのよ。彼女が亡くなる前に書いた最後の手紙を」

真実を見抜こうとするように、ニックが目を細めてエマをじっと見る。長いつきあいのふたりのあいだで隠しごとはできないだろうと思っているようだ。彼にはいつもありのままを伝えてきたから。それでも、きくべきことを尋ねずにはいられないのだろう。

ニックが椅子から立ちあがり、出入り口に向かった。扉を開ける直前、くるりと向き直る。

あんなに優雅な身のこなしを、どこで身につけたのだろう？〈ジェントルマン・ジャクソンズ〉での剣術か、それとも舞踏会でのダンスか、どちらとも言えない。彼の姿を一日じゅう見ていても飽きないけれど、エマにはやるべきことがあった。

「危険なことにはくれぐれも手を出さないように。さて、ぼくは書斎に戻って、たまった仕事を片づけなければならない。きみの予定は？」

「銀行を立ちあげるための準備に取りかかるわ」

ニックがうれしそうに微笑む。

「ひとつ質問してもいいかしら？」

彼はうなずいたが、心ここにあらずという様子だった。おそらく心はすでに書斎にいるのだろう。

「あなたのお父さまよりも多くの富を築いたら、次は何をするつもりなの？」

ニックは目をぱちくりさせた。

「あなたはどんな人生を送りたいの？」やさしく問いかける。けんかをしたいわけではないけれど、おとなしく従えと言われた以上、どうしても尋ねないわけにはいかなかった。ふたりは結婚し、これからともに人生を築いていくのだ。彼のことをもっとよく知りたい。「どんな生き方をすれば、充実して価値のある人生だったと人生の最後に思えそう？」

昨夜のニックは自分の進む道に確信を持っているように見えたし、エマの気持ちも理解してくれていると信じられた――女性たちの力になりたいという希望も、罪の赦《ゆる》しを得たいという願いも。だからこそ、彼は結婚の贈り物として銀行を立ちあげるための手段と場所を提供し、ポーツマスで悲しみに暮れていたときも思いやりを示してくれたのだと確信できた。

ところがいまになって、エマは自らの進むべき道がよくわからなくなった。現実が高波のように襲いかかってくる。結婚したら夫に従うのが当然だと世間は思うだろう。

それで新たな疑問がわいてきたのだ——彼は自分の進むべき道をしっかり考えているのだろうか？

ニックがこちらを一瞥し、あれこれ質問されるのはうんざりだと暗に伝えてきた。

「では、夕食で会おう」そう言って一礼すると、彼は部屋を出ていった。

21

ニックは以前ポルトガルで手に入れた極上のポートワインを三人分のグラスに注いだ。手の込んだ料理の食べ残しが目の前のテーブルに並んでいる。一日じゅう書斎の机に座っていたのだから、自分にささやかなご褒美ぐらいくれてもいいだろう。ましてや、ふたりの義理の兄弟が新婚夫婦と一緒に食事をしようと訪ねてきたのだ——招かれてもいないのに。彼らが結婚したあかつきには、結婚二日目に同じことをして、彼らの厚意に報いるとしよう。そのときになって、〝ちょっと立ち寄る〟ことがどれほど迷惑な行為なのか思い知るだろう。もっとも、エマのほうは兄たちの顔を見たとたん、顔をシャンデリアのようにぱっと輝かせていたけれど。

今日はほとんど妻と顔を合わせていなかった。エマは銀行の仕事に取りかかるために、エリアルを連れて外出していた。おかげでニックは誰にも邪魔されずに仕事を進められた。まだ一日しか経っていないとはいえ、ふたりの結婚生活は不思議なほどうまくいっている。

ニックの右側に座っているマッカルピンが、ラズベリータルトの最後のひと口を食べた。ウィリアムは左側に、エマは真向かいの席に座っている。昨夜エマとふたりで食事をしたのと同じ小さなテーブルなのに、やけに彼女との距離が遠く感じられた。いつのまにか、彼女に触れるのがニックにとって一番の楽しみになっている。

近くにいるエマの香りが漂ってくるせいで、彼女に気を取られながら食事中の会話をするのはこのうえなく退屈だった。彼女は人目を引く深紅のサテンのドレスを着ていて、スカートには黒いチュールが使われている。深みのある色合いが、クリーム色の肌をいっそう際立たせていた。しかしニックがすっかり魅了されたのは、エメラルドグリーンに輝く瞳だった。

「すばらしい食事だったよ。あとひと口でも食べたら、仕立屋に行かなければならなくなるな」マッカルピンが平らなお腹をぽんと叩いた。ポーツマスで言い争いになったとはいえ、ペンブルックを別とすれば、彼はニックにとって最も親しい友人だった。

ウィリアムが身を乗り出す。「内輪だけで話したほうがいいんじゃないか?」

ニックが手をひと振りすると、マーティンがすぐさま席を外した。

エマが笑いをこらえながらニックの視線をとらえ、軽く首をかしげて、それとなく軽食用のテーブルを示した。

従僕の役目を務めている従者のホエーリーが、あろうことか銀の大皿を鏡代わりにして、一心にクラヴァットを直している。見られていることに気づくと、彼はこちらに目を向け、何か言いたげに片方の眉をあげた。ニックはひとにらみで、ホエーリーを部屋から追い出した。

扉が閉まると、マッカルピンがエマに言った。「父上と母上が、ぼくたちをおまえの初めての訪問客にしたいと言ってね」やさしい気遣いの表情を浮かべる。これまで幾度となく目にした、兄らしい表情だった。性格のまるで違う三人のきょうだいが、大人になってもこんなに仲がいいことにいつも驚かされる。「エマ、どうやら結婚生活はおまえに合っているようだな。輝いて見えるよ」

彼女が頬を赤らめた。暖炉の火の明かりを受けて、うっとりするほど美しく輝いている。

「さっそく本題に入ろう」ウィリアムが口を開いた。「今日、アルトンに脅迫されたそうじゃないか。夫の意見に従って、この件に首を突っ込むのはもうやめるんだ。聞いたところでは、アルトンの事務弁護士から四件の訴訟に関する書類が送られてきたらしいな」

エマがニックに視線を向ける。「本当なの？　四件も？」

「今夜ぼくの事務弁護士が書類を受け取って、ひととおり目を通した。当然といえば当然だが、不愉快極まりない内容だったそうだ」ニックは胃が締めつけられるのを感じた。アルトンには、必ずこの愚かな行為の報いを受けさせてやる。だが何より腹立たしいのは、くだらない訴訟などで時間を無駄にしなければならないことだ。

「訴訟はいずれ取りさげられるだろう。きみたちにいやがらせをしているだけだろうから」ウィリアムがエマに言った。「とはいえ、もうだめだ。レナの死についてあれこれ詮索するのはやめるんだ」

「これはわたしの問題よ」エマが身を乗り出し、ニックだけに注意を向けた。「アルトンはどんな訴えを起こしているの？」

「たとえば名誉毀損だ。彼の妻に対する扱いについて、事実に反することをきみが舞踏会でレディ・ダフネ・ホールワースに伝えたと彼は主張している」

エマの呼吸が速まるのに合わせて、胸が上下した。心配のせいで眉間に深いしわが寄っている。「ほかには？」

「姦通罪《かんつう》だ。アルトンの主張によると、彼の妻の存命中に、きみが彼女を不貞行為に誘い込もうとしたそうだ」ニックはウィリアムとマッカルピンには目もくれず、エマの注意を自分に向けさせた。他人の口からそんなばかげた話をいきなり聞かされて、彼女が恥をかくような事態は避けたかった。兄たちのいる場で告発の内容を聞かされるのも決まりが悪いだろうが、彼らは妹の力になるためにここにいるのだ。「彼に言わせれば、レディ・レナときみとぼく、みんなで情事を始めようときみが誘いかけた、と」

エマが目を大きく見開く。「そんな話は聞いたこともないわ。世間の人たちが聞いたら――」頬がみるみる紅潮した。「ばかばかしい。わたしがレナにロンドンへ来るよう勧めたのは、彼女がアルトンの暴力から逃れられると思ったからよ」彼女は声を震わせることなく言った。「しかも何年も前の話だわ」

マッカルピンが先を続けた。「それからおまえのせいで、メアリー・バトラーとの雇用契約が反故《ほご》になったとも訴えている。レナについて彼の屋敷へ来たときに、彼女は契約書に署名していたらしい」

アルトンから受けた最後の侮辱について、ウィリアムが遠慮なくはっきりと告げた。

「おまけに、おまえが彼の亡き妻の所持品と宝石を盗んだとも主張している。正当な所有者は夫である自分のはずだと」

自らの言い分が正しいことを納得させようと思ったのか、エマの視線がふたりの兄のあいだを行ったり来たりした。「メアリー・バトラーは、レナからもらった手紙をわたしに託したのよ。手紙を持っていてほしいという直筆の手紙をもらったの。それだけよ。アルトンといざこざが起きたのは、わたしが結婚する前なのよ。それが、なぜいまごろになって訴訟を？　だいたい、サマートンではなくお父さまを訴えるべきでしょう？　すべては結婚前に起きたことのはずなんだもの」

「そういう事情なら、訴えは取りさげられるはずだ」マッカルピンがきびきびした口調で言う。「だとしても、アルトンには関わるな。ろくなことにならないぞ」

「わたしたち夫婦は一致団結しているから大丈夫よ」エマは椅子にもたれた。いくらか呼吸が落ち着き、顔色も普通に戻ったようだ。「それで損害金はいくらなの？」

「最低でも一〇万ポンドは請求するそうだ」ニックは答えた。

「四件の訴訟に一〇万ポンドも？」彼女はナプキンをテーブルに置き、そわそわといじった。

「一件につきだぞ」マッカルピンが言い添える。

エマがぎょっとしたように息をのんだ。

マッカルピンはナプキンをたたみ、妹をじっと見つめた。「あまりにも危険すぎるんだよ、エマ。サマートンの忠告に耳を傾けて、危険なことには関わらないほうがいい。これ以上、この件に首を突っ込むな」

もしアルトンが四件の訴訟のすべてに勝てば、ニックは破産するだろう。あのろくでなしが一件だけ勝訴したとしても、事業はとんでもない打撃を受けることになる。損失を埋めるために、船を一隻手放さなければならないかもしれない。金を稼ぐ能力まで妨げられそうなほどの壊滅的な打撃だ。

氷のように冷たいものが血管に流れ込んできた感覚に襲われ、ニックは椅子の肘掛けを握りしめた。

もちろん、手に入る資源を総動員して、あのろくでなしが二度と立ち直れないほどの打撃を与えるつもりだ。こちらの生活をおびやかす人間を許すわけにはいかない。事務弁護士の陰に隠れ、法廷弁護士に汚れ仕事を押しつけるような臆病者となればなおさらだ。

やわらかな手がニックの手を握りしめてきた。いつのまにかエマが席を立ち、彼の隣に立っている。物思いからどうにかわれに返ると、手を握っている妻の手を見つめた。彼女のぬくもりを感じたとたん気分が落ち着き、冷たい怒りが徐々におさまってきた。

「アルトンは破産したの。お金目当てで、こんな策略をたくらんだのよ」エマが口を開いた。

ウィリアムが妹のほうを向く。「なぜそのことを知っているんだ?」

「レナから婚姻継承財産設定の内容を教えてもらったからよ。レナが二五歳になるか、子どもが彼女の年齢を超えるまでは、アルトンは彼女の財産を受け取れないという条件だったの。それでアルトンは一年前に相続したのだけど、下手な投資をして、すべて失ったのよ」エマは笑みを浮かべた。「でも、わたしに――わたしたち夫婦に任せて。アルトンの困窮した経済状態につけ込んで水面下で交渉すれば、この問題を一挙に解決できると思うの」彼女がニックを見おろす。「和解金を払えば、訴訟は取りさげられるはずよ」

「あのろくでなしには一シリングたりとも払うつもりはない」あの男がエマに脅しをかけ、薄汚い手で触れていなかったとしても。傍若無人にもこの屋敷に押しかけてきて、自分たちふたりを脅迫していなかったとしても。どんな代償を払おうと、どれだけ多くの時間を取られようと、いまいましい裁判をひとつずつ戦ってやる。「こちらも法廷弁護士を雇おう」

エマが思わせぶりにため息をついた。その瞬間、ランガムホールで彼女がウィリアムと口論したあとにニックが慰めたときのことを思い出した。あのときも、ふたりは心をひとつにしていた。そして今度もまた、ともに力を合わせて戦うのだ。

ニックの心の中に、不気味なほど激しい渇望がわき起こった。エマに見つめられるだけで、人生で望んでいたものすべてがどうでもよくなり、あの手で触れられるだけで激しい欲望に駆られ、しなやかな体を押し倒さずにはいられなくなる。

まったく、何がどうなっているんだ？

「わたしは先に休ませてもらうから、あなたはお仕事を終わらせてちょうだい」エマが告げた。「今夜は来てくれてありがとう。お父さまとお母さまに、万事うまくいっていると伝えておいて」

マッカルピンが立ちあがる。「エマ、ぼくたちのためにも、くれぐれもサマートンの言うことに従ってくれよ」

ウィリアムもあとに続いた。「そのとおりだ。強情を張るのはよせ。おまえらしくもない」

ろうそくの光を受けて、エマの瞳が反抗的に光った。「人のことに干渉しないほうが、よほどお兄さまたちらしいわ」

ニックは彼女を扉の前までエスコートすると、兄たちから見えない位置に立った。

「兄上たちの意見にも耳を貸したほうがいい」

彼女の目に軽蔑の色が浮かんだ。エマが次の言葉を口にするより早く、ニックは彼女の手首を自分の口元に近づけて黙らせた。羽根でそっと撫でるように、やわらかな肌に唇をつける。エマが身を震わせたので、彼は得意げな笑みを浮かべた。手首の脈打つ部分に舌で触れてみる。

彼女が息をのみ、目を大きく見開いた。

「きみのとぼくのと、どちらがいい？」ニックはささやきかけた。

「な、何が？」

「今夜はどちらのベッドで一緒に寝ようか？」なめらかな肌に唇をすり寄せる。

エマがごくりとつばをのみ込んだ。

いとも簡単に彼女を動揺させられるという事実に、満足感がこみあげてくる。ニックは自制心を総動員して、エマが理性を失うほど激しく唇を奪いたいという衝動を抑えた。

「とはいえ、ほとんど眠らないだろうが」

彼女が目を大きく見開き、わずかに鼻孔を広げるのを見て、下腹部が痛いほど張りつめた。からかってみたかいがあったというわけだ。今夜、美しい妻をどうやって歓ばせようかとあれこれ想像しながら、義理の兄たちをもうしばらくもてなすとしよう。

「あとでわたしのところに来て」エマが向きを変えた拍子に、スカートの裾がニックの脚をかすめた。

彼女はヒップを揺らしながら、ゆっくりとした足取りで部屋を出ていった。

どうやら雌猫の逆襲が始まったらしい。

ニックは真夜中になってようやく書斎を出た。仕事の進み具合にかなり満足していたが、今夜は罪悪感も心につきまとっている。寝室に行くと約束したにもかかわらず、夕食を終えてから、まだエマの顔を見ていなかった。彼女が自室に引きあげたあとも、マッカルピンとウィリアムがさらに何時間か居座りつづけたからだ。

眠っているエマを起こすつもりはないけれど、同じベッドに入って彼女のぬくもりを感じたかった。アルトンに裁きを受けさせるのはあきらめるべきだと説得するのは、また明日にしよう。続き部屋になっているふたりの寝室へ向かううちに、エマの存在をますます強く意識した。なめらかなクリーム色の肌が頭にちらつき、ニックは全身をこわばらせた。彼女をそのまま寝かせておこうという気遣いさえ、欲望が押し流そうとする。

こんな遅い時間に起こすなんて身勝手にもほどがある。それでもエマの寝室に近づくにつれ、気持ちがはやった。

自制心を欠いた行動に走ったことはいままでに一度もないが、彼女と同じ屋根の下に暮らしはじめて、意志の力はどこかへ行ってしまったようだ。

廊下のテーブルに置かれたランプが、ニックの寝室の扉にやわらかな光を投げかけている。体を寄せ合っているわけでもないのに、エマがここに暮らしているというだけで、屋敷全体が以前よりもあたたかく、活気にあふれているように思えた。ずっと抱いていた孤独感も、寄る辺のなさも、いまは感じない――彼女のおかげだ。

自分の寝室に足を踏み入れると、暖炉で火が赤々と燃えていた。ニックは暖炉のそばの椅子に腰をおろして、ブーツと靴下を脱ぎ捨てた。ふたたび立ちあがり、上着とベストを脱いで真向かいの椅子に放り投げる。

「続きを手伝いましょうか?」

甘くやわらかな声のしたほうに目をやった。まるで幻想の世界から抜け出てきたかのように、薄暗がりからエマが姿を現した。金色に輝く髪を背中に垂らし、黒いサテンの飾りのついたモスグリーンのシルクのガウンをはおっている。

ガウンの下には何も身につけていなかった。

「兄たちの振る舞いを大目に見てくれてありがとう。わたしを気遣ってくれたのね」

ニックはぎこちない笑みを浮かべた。「生き地獄とはまさにこのことだな。だが、きみの喜ぶ顔が見られてよかったよ」

「それから銀行のことも感謝しているわ。ミスター・マカレスターの貸店舗は理想的な場所だったし、ミスター・セッジワースはたぐいまれな才能の持ち主ね。すでに何人か顧客を見つけたの。エリアルが今日の午後に掲示した広告を見た女性たちよ」

「それはよかった」

エマが探るような目つきでこちらに近づいてくる。話を聞いてほしいと言いたげに。こんな状況で拒めるはずがない。こんなとき、男が自分の妻にできることはひとつしかなかった。

ニックは彼女を胸に抱き寄せ、唇を重ねた。

エマが彼のシャツを少しずつ脱がせて、素肌をあらわにした。魅惑的な菓子を味見するかのように、時間をかけて胸に手を這わせる。触れられた肌が敏感に反応し、筋肉が盛りあがった。彼女が胸の突起に唇を押し当てて軽く噛む。さらに舌でなぞり、口に含んだ瞬間、ニックは鋭く息を吸い込んだ。

このままでは、朝になる前に頭がどうかなりそうだ。

エマは彼のたくましい胸を探ったり、指でなぞったりしている。彼女の体に押しつけられた欲望の証が猛りたっていた。エマがズボンのボタンをゆっくりと外して引きおろし、人差し指を彼の下腹部に滑らせた。

「アルトンにつきまとうのはやめるわ」ささやきながら、胸にやさしいキスを浴びせてくる。

ニックは彼女をさっと抱きあげ、ベッドに寝かせた。エマが手を伸ばしてきたので、上に覆いかぶさる。彼女はニックの胸から腹部へと指を走らせた。

彼はその指をつかんだ。「エマ、約束してくれ」

「アルトンはもういいの」身を乗り出し、唇を合わせてくる。「でもお願いだから、レナのことを忘れろとは言わないで」

今夜はずっと、この甘い唇を味わうのが待ち遠しくてたまらなかった。アルトンなどに邪魔されてなるものか。

「本当だな？」

「約束するわ」彼女は誓いの言葉を口にすると、キスで封をした。

22

結婚してからの数週間で、ほとんど休みなく仕事をするのがエマの習慣になった。だが、今日は例外だった。思いがけない呼び出しを受けたのだ。日曜日を除いて毎朝〈E・キャヴエンシャム商会〉に出勤しているが、今朝はまわり道をして、サイクストン伯爵のロンドンの屋敷へ向かっていた。前日に伯爵本人から、ロンドンに戻ったのでご足労願えないかという短い手紙をもらったからだ。不便をかけて申し訳ないが、社交目的の訪問は控えているから、と。

ところがエマは一時間以上も待たされた。そしてようやく扉が開いたとき、目の前に現れたのは、理想の結婚相手として社交界で名を馳せたサイクストン伯爵とは似ても似つかない男性だった。痩せこけた体と伸びすぎた茶色の髪は、物乞いと間違えられてもおかしくない。茶色の瞳だけが、非の打ちどころのない紳士だった、かつてのジョナサンの面影を残していた。

足元もおぼつかないようで、彼は杖をついて体を支えていた。左足を踏み出すたびに、苦痛に顔をゆがめている。

ふたりは昔から気のおけない友人同士だった。ジョナサンがレナとエマを社交行事にエスコートしてくれていた時期があったからだ。ウィリアムの親友として、彼はランガムホールにもたびたび訪れていた。

そういう間柄だったにもかかわらず、ジョナサンはまるで見ず知らずの人間に会ったかのような目でエマを見つめている。

「おかえりなさい、ジョナサン」エマは立ちあがり、彼のそばまで行った。

「レディ・サマートン」ジョナサンはよそよそしい態度で一礼すると、小さなテーブルに注意を向けた。いろいろな種類の蒸留酒の瓶と、グラスがいくつか置かれている。「何か飲むかい？」

彼女は首を横に振った。

「では、ぼくはもう一杯」そう言って、彼はブランデーグラスに指三本分のブランデーを惜しげもなく注いだ。そしてぐっとあおると、エマのそばに戻ってきた。

彼女が先に座るのも待たずに、ジョナサンはどっかりと椅子に腰をおろし、大きく息を吐き出した。体力と気力をすべて使い果たしたかのように。

「また会えてうれしいわ」勧められてもいないのに、エマは彼の真向かいの椅子に座った。

「ウィリアムがよろしく伝えてほしいと。近いうちに立ち寄るそうよ」

ジョナサンは挨拶を無視して、代わりに彼女をまじまじと見た。

「けがの具合はどうなの？」前置きを抜きにして本題に入る。

彼は大きな笑い声で応えると、自分に褒美を出すことにしたらしく、またしてもブランデーをぐいと飲んだ。「誰も言いだせないことを遠慮なく尋ねてくるのは、あいかわらずきみらしいな」

もしレナが生きていたら、いまの兄の姿を見て愕然《がくぜん》としただろう。もともときょうだいの仲はよかったけれど、病気になった両親が数日のあいだに続けて亡くなってからというもの、ふたりの絆はいっそう強まった。それから一〇年以上も、ジョナサンとレナはたったふたりきりの家族だったのだ。兄がこんな状態になっているのを見たら、彼女はひどい衝撃を受けたに違いない。

「あんなに荒れ果てた戦場で、ぼくは三年間も無傷で生き延びた。レナが亡くなったという知らせを受け取り、すぐに将校を辞して帰国する手はずを整えたんだ。ところがなんと、馬に乗って野営地をあとにしようとした矢先に、フランスの反乱分子が攻撃をしかけてきた。ぼくの脚は銃弾を受け、ずたずたになったよ。熟練の軍医に切断を勧められたが、ぼくは拒否した。ロンドンでは片脚の伯爵なんぞお呼びじゃないし、命など、もうどうでもよかったからだ」ジョナサンは首をのけぞらせて天井を見つめた。「近頃では、死を話題にするのもうんざりだよ」

彼は投げやりな態度を装っているだけで、本心は違う。「あなたがいなくなったら、わたしは寂しくてたまらないわ。ウィリアムだってそうよ」

ジョナサンは当惑の表情を浮かべると、もうひと飲みしてグラスを空けた。「喉が渇いたよ。エマ、悪いが、もう一杯注いでくれないか」

グラスを受け取り、ブランデーを指一本分だけ注いで、彼のそばのテーブルにそっと置いた。エマがまた腰をおろすと、グラスはすでに空になっていた。

ジョナサンは椅子の背に頭をもたせかけて目を閉じた。アルコールと前日の煙草の匂いが部屋じゅうにこもっている。

「ジョナサン？」彼を起こそうと立ちあがった。三カ月以上も待ち望んでようやく会えたのに、うたた寝などで時間を無駄にさせたくない。「話し合わなければならない問題があるの」

「まあ、座ってくれ。ちょっと目を閉じているだけだ」彼は身じろぎもしない。

エマはため息をつくと椅子に座り直し、レティキュールを開けた。ジョナサンに同情を感じているので、無作法な振る舞いは大目に見るつもりだった。ひねくれた態度の下に、昔の彼が見え隠れしているような気がする。そう信じたかった。何しろ彼は、レナがほかの誰よりも愛した人なのだ。

「レナは亡くなる直前に、わたしたちに手紙を書いていたの」苦しさが胸に押し寄せて目頭が熱くなったが、必死に涙をこらえた。いまは悲しんでいる場合ではない。「メアリー・バトラーがその手紙をわたしに託したのよ。あなたが帰国するまで預かっていてほしいって。一通はわたしに宛てたもので、あなた宛の手紙は封を切っていないわ。それから彼女がオードラに――死産した子に宛てて書いた手紙も持っているの。あなたにも読んでもらいたいのよ」

「ああ、気が向いたときに」ジョナサンがぼそりと言う。

「ポーツマスに行ってメアリーと話をしてきたの。アルトンがレナを殺したのよ」

彼は身じろぎもせず、目を開けようともしない。

「彼女の検視報告書も読んだわ。アルトンは検視官を買収して、レナがお酒に酔って階段から落ちたと書かせたのよ。そのうえメアリーと、たまたま自分の屋敷で家政婦長をしていた彼女の母親を脅したの。この件を口外したら、盗みを働いたとしてふたりを訴えると」

刻一刻と怒りが増していく。相づちさえ打ってくれないなんて、あまりにも無礼だ。それに何よりレナに対して失礼ではないか。ジョナサンはむっつりと黙ったまま、凍ったように動きを止めていたが、やがて椅子の肘掛けをつかむと、拳が海の波しぶきのようにみるみる白くなった。

「ジョナサン、わたしの話を聞いているの?」

「ひと言ももらさず聞いているよ」彼は椅子の背から身を起こした。「なぜぼくにそんな話を?」

怒りを覚え、エマは頬の内側を噛んで、非難を浴びせたい衝動を必死にこらえた。ジョナサンの両肩をつかみ、歯がかたかた鳴るほど激しく揺さぶるところを想像する。そうすれば少なくとも、何かしらの反応を得られるだろう。

「アルトンを告発するべきだわ。その能力と資格があるのはあなただけなんだもの。アルトンを罰するには、それが最善の方法よ」彼女は声をやわらげた。「あなたには従軍歴と爵位があるし、それに何よりもレナの実の兄なんだから、貴族院もあなたの訴えに応じて彼を裁判にかけるはずよ。あなたが声をあげれば、みんな耳を傾けてくれるはず。レナの仇を討って、アルトンに当然の報いを受けさせるのよ」

「まず勝ち目はないだろうな。検視報告書にはぼくも目を通したが、きみの主張と何もかも食い違っている」彼は空のグラスを手に取ると、あちこち向きを変えながらじっと見つめた。それからエマにグラスを差し出す。「誰も屁《へ》とも思わないさ」

「いったいどうしてしまったの？」信じられない思いで尋ねる。解決法を見つけようとするにせよ、ブランデーに慰めを求めるにせよ、戦争はジョナサンの脚だけでなく、判断力まで損なわせてしまったようだ。「わたしはこんなに気にかけているわ。ウィリアムだって」

「これは失礼、レディ・サマートン。下品な言葉で、きみの耳を汚してしまったな」打ち消すように手を振り、薄笑いを浮かべる。「そろそろ舞踏会か午餐会にでも行ったらどうだい？」

　相手が差し出す餌に食いつくよりも、侮辱の言葉を聞き流すほうが簡単だった。ジョナサンの目が血走っているせいで疲れ果てているように見えるけれど、少しずつ関心が高まっているようにも思える。

「アルトンを殺人罪で告発すべきよ。あなたには社会的影響力があるし、わたしの夫も家族もあなたを支持するわ。みんなで彼に罰を受けさせましょう」彼の振る舞いにいらだちを覚えてずっと拳を握りしめていたせいで、手が痛んだ。「わたしもあらゆる手を尽くしてみたの。でも結婚した以上、夫にもじゅうぶん配慮しなければならないのよ。お願いだから、レナのために行動して」

「それはできない相談だな。もうわかっただろう？」ジョナサンは勢いよく立ちあがってよろめいたものの、どうにか体勢を立て直した。

杖をついて足を引きずりながらサイドテーブルまで歩いていき、自らグラスを満たす。盛大にこぼれようとおかまいなしだったが、エマにしてみれば、こぼれたおかげでちょうどいい量になったように見えた。次は彼の顔にブランデーを浴びせてやるつもりだ。

「これはレナの話なのよ」ジョナサンはすっかり変わってしまった。昔の彼なら、とっくにアルトンに決闘を申し込んでいたに違いない。ジョナサンは射撃の名手として知られていたから、アルトンは撃ち殺されるか、真夜中にイングランドから逃亡するはめになっていただろう。

「まだわからないのか？」ジョナサンが不機嫌な声で言う。

「ええ、残念ながら」エマは答えた。

「ぼくの口から全部言わせる気か？」グラスをテーブルに叩きつけた拍子に、デカンターのひとつが傾いた。

デカンターは一瞬くるくるとまわったが、倒れずに一度は持ち直したように見えた。ところが徐々に戦意を喪失したかのように――まるでジョナサンのように――床に転げ落ちた。クリスタルのデカンターが暖炉の前の大理石の床に叩きつけられ、ガラスの破片とブランデーのしぶきが飛び散る。強い香りが室内に充満し、蒸留所さながらの匂いがした。

なんともひどい状態を眺め、ジョナサンが頭を振った。「ぼくの能力なんて、せいぜいそのデカンターと同じぐらいさ。いや、そいつはもうデカンターでもないか」向きを変え、顎をあげて挑戦的な目でエマをじっと見る。「このありさまを見てくれよ」

「何を言っているの？」彼女は怒りを抑えようともせず、噛みつくように言った。「情けないわ。あなたは彼女の兄でしょう」

「もう昔のぼくではないんだ、エマ。念のために言っておくが、ぼくはまともに歩くことさえできない。階段ののぼりおりなど、悪夢以外の何物でもないよ」

抑揚のない声を聞いたとたん、彼女はようやく悟った――いまのジョナサンは亡霊だ。すっかり自己嫌悪にとらわれている。

「話はこれでおしまいだ。ぼくに言えることは何もないし、何かしたところで妹が生き返るわけでもない。妹の件にも、ぼくにも、もうかまわないでくれ」彼は顔をゆがめたが、目には驚くほど傷つきやすい表情が浮かんでいた。レナの死を凌駕《りょうが》するほど深い傷を心に負っているのだ。

エマが苦悩を感じ取ったことに気づいて、彼が表情を取りつくろった。

「ジョナサン」エマは一歩踏み出し、慰めたい一心で彼の手を取った。一緒に悲しんだり、黙って話を聞いたりすることならできるはずだ。ジョナサンが望むなら、なんでも助けてあげよう――ブランデーを注ぐ以外のことならば。

のが落ちだ。

「もう帰ってくれ」彼が背を向けた。「今日は忙しいんだ」

「そう」エマは口を閉ざした。予定といっても、どうせまた酒に手を出して自己嫌悪に陥るのが落ちだ。

いまの時点では、誰が何を言っても無駄だろう。

「わざわざ時間を割いてもらってすまなかった。それから、妹の手紙を預かっていてくれたことも感謝するよ」あらたまった口調が、話はもうおしまいだと告げていた。

「ジョナサン、あなたは心に痛みを抱えているのね。でも、レナのために行動を起こせば――」

「ごきげんよう、レディ・サマートン。申し訳ないが、ごらんのとおりぼくはかなり多忙でね」

彼女はレティキュールを手に取った。涙をこぼさずに扉の前までたどり着けたのは、奇跡としか言いようがない。どんなに不愉快な振る舞いをされようと、ジョナサンが心配でならなかった。エマはもう一度だけ振り返った。彼が自分を守るために立てた壁を、なんとか打ち破れないかと期待して。

「サマートン卿もわたしも、ぜひあなたと一緒に夕食をとりたいと思っているの。近いうちに招待状を送るわね。兄たちも誘ってみるわ」

ジョナサンは返事すらしなかった。

エマは涙をこらえてどうにか馬車に乗り込むと、銀行へ向けて出発した。すっかり意気消沈していた。どうすればジョナサンを助けられるのかさっぱりわからない。あんなふうに酒浸りの日々を送っていたら、一年も経たないうちに命を落としてしまうだろう。

戦争がレナの英雄を――そしてエマが心から尊敬していた男性を――めちゃくちゃにしたのだ。ジョナサンがひと役買ってくれなければ、アルトンは野放しのままだ。レナの仇を討つ最後の機会が失われてしまう。

彼は手紙の束をちらりとも見ようとしなかった。ブランデーのことで頭がいっぱいだったのだろう。

エマは座席の背に頭をもたせかけ、馬車の天井をじっと見つめた。レナを殺した犯人に裁きを受けさせるという決意に誰も取り合ってくれない。馬車の屋根の上から叫んだとしても、耳を傾けてもらえないような気さえしてくる。

このままでは、罪の赦しを得たいという彼女の望みも絶たれてしまう。とはいえ、わが道を進む以外にできることは何もない。ほかにどんな選択肢があるだろう？

耳飾りに埋め込まれた宝石は、エマの親指ほどの大きさがあった。光を浴びて、サファイアが踊るようにきらめいている。「ミス・ローソン、この銀行には鍵がしっかりかかる金庫があって、この建物の所有者の指示で二四時間警備されているの。その人の会社と住まいは、この真上の階にあるのよ」

「ありがとうございます、レディ・サマートン。この耳飾りは父が母に贈ったものなんです。

母が亡くなったあと、わたしが受け継いだんですけど」ミス・ローソンは頬を赤らめ、耳飾りを小さな袋に戻した。そして何も言わずにエマのほうに差し出すと、両手を握りしめた。「もうすぐわたしの信託財産を使えるようになります。お金は早いうちにお返しするつもりですけれど、もし羊毛の価格が下落してしまったら、次にお金が入ってくるのを待ってからでないと返済できないかもしれません」

「それでけっこうよ、ミス・ローソン」目の前の女性が居心地の悪さを感じているのは一目瞭然だった。エマは心の中で、もうひとりの女性を思い浮かべてみた――こんなふうに経済的に困窮し、家宝の宝石を借金の担保に入れなければならなくなった、自分にそっくりの女性を。彼女は相手の手に手を重ねてぎゅっと握った。「どうかエマと呼んで」

「わたしをマーチと呼んでくださるなら」彼女は大きく息をついた。「あなたがこの銀行のことを知らせてくれなかったら、とんでもないことをしでかしていたかもしれません。ミスター・ガラードが提示した額は、たったの五ポンドだったんです。しかも即金で買い取るって」

たしかにミスター・ガラードは摂政皇太子がひいきにしている宝石商かもしれないが、彼の商売のやり方はエマの家族の誰もが知っている。マーチのような女性の弱みにつけ込むのだ。

「それに期日を過ぎた支払いをすませようと思って屋根職人に連絡したら、すでにあなたから払ってもらったって。そちらのほうも、必ずお返ししますから――」

「いいのよ、わたしがそうしたかっただけだもの」みなまで聞かずに応える。地所を管理しながら弟とふたりの妹を育てる責任を負うなんて、気の遠くなるような話だ。そんな彼女を尊敬しているし、できるだけ負担を軽くしてあげたかった。マーチは人差し指でこつこつとカウンターを叩き、口をすぼめた。「ちょっとお尋ねしてもいいでしょうか？」ふうっと息を吐く。

エマはうなずいた。

「管財人にお金のことを何度問い合わせても、なしのつぶてなんです。わたしが雇えそうな事務弁護士を紹介してくださるとありがたいのですけれど」マーチは頭を傾け、覚悟を決めた表情でエマを見た。

「夫がミスター・オーデルという弁護士を雇っているの。できるだけ早く彼に連絡を取ってもらうわ」エマは請け合った。

「何から何までありがとうございます」マーチがエマの目を見てうなずいた。それからカウンターに置かれた三五ポンドをまとめ、レティキュールに滑り込ませる。「もう行かないと。夕方までに、弟にラテン語のレッスンを受けさせなくてはいけないんです」

「また困ったら、いつでも相談に来てちょうだいね」エマは出入り口まで見送りに出た。

別れの挨拶を交わし、マーチが父親と言ってもいいくらいの年齢の男性と一緒に馬車へ乗り込むのを見守る。お金を工面できたとはいえ、彼女は神経をすり減らしているだろう。マーチが口をかたく結び、用心深い目をしていなかったとしても、それは容易に想像できた。

彼女とのやりとりでいっそう胸が痛んだのは、エマと同い年だと打ち明けられたことだ。

「レディ・エ——レディ・サマートン、どうやら今日もまたひとり、あなたの崇拝者が増えたようですね」警護の役目を務めている従僕のジョン・スモールが言った。〝スモール〟とは名ばかりで、父の使用人の中でも一、二を争う長身だ。

「それと同時に彼女の崇拝者も増えたわ。ミス・ローソンは強い女性だから、きっとこれからも家族の面倒を見ていけるはずよ」耳飾りを金庫にしまうと、先ほどまでの悲しい気持ちが薄れ、満足感がこみあげてきた。これこそ、ずっと思い描いてきたものだ——女性に安心感を与えられる銀行。

戸口の呼び鈴が鳴り、新たな顧客の訪れを告げた。「ごきげんよう、レディ・サマートン」身なりのいい男性が、同じように身なりのいい女性を従えて入ってきた。

男性があわただしくお辞儀をする。「自己紹介をさせてください。セント・ジョン・ハウエルです。妹とぼくに、少しだけお時間を割いていただけませんか。あなたの助けがどうしても必要なのです」

23

ニックはこの数週間、アルトンの根拠のない告発について法廷で争ったり、日々の業務をこなしつつ、新たに手に入れた〈スプレンダー号〉の修理工事が仕様書どおりに進められているか監督したりとやるべきことに追われ、日中はエマとあまり関われなかった。もっとも、夜は予定がないかぎりは一緒に過ごしていたが。

アルトンが起こした訴訟は徐々に無効になりつつあった。姦通罪と契約の不法妨害の訴えは、どちらも事実無根だとしてただちに却下された。名誉毀損と窃盗容疑については、依然として厄介な状況下にある。

アルトンの法廷弁護士と事務弁護士は、ミスター・オーデルと新たに雇った法廷弁護士の目の前で、ことあるごとに検視報告書をちらつかせた。ミスター・オーデルの見解によれば、名誉毀損の申し立てがしりぞけられるのは時間の問題だが、メアリーとエマの窃盗容疑についてはもう少し作戦を練る必要があるという。

「ホエーリー、伯爵夫人はどこだ？」ニックは階段をおりながら、シルクの灰色のベストの上にウールの黒いモーニングコートを身につけた。服装を整えてから衣装室を出たほうがいいという従者の勧めには従ったためしがない。何事も効率を重視するのがニックのやり方だった。

ホエーリーはハムと並んで階段の下に立っていた。「閣下、奥さまは水曜日には毎週〈E・キャヴェンシャム商会〉にいらっしゃいます」屋敷の中の出来事を主人に逐一報告するという崇高な任務を負っているにもかかわらず、そんなことも知らないのかと言いたげに間延びした口調で従者は告げた。

そこへエマのメイドが洗濯物の入った籠を抱えてやってきた。ニックはホエーリーには見向きもせず、メイドに尋ねた。「エリアル、伯爵夫人の予定を教えてもらえるか？」

「かしこまりました、閣下。レディ・サマートンは毎週月曜日に、王立考古学協会の会合に出席されます。今月の講演内容は、アメリカ大陸にあるマヤの古代遺跡についてです。毎週火曜日は、大ロンドン歴史協会の会合です。議題についてはよくわかりませんが――」

「ありがとう」エリアルが気を悪くしないように、彼は魅力的な笑みを浮かべた。「それで今日は、彼女は何時頃に帰宅するんだ？」

エリアルが首を横に振る。「それはわかりかねます。ランガム公爵閣下ご夫妻がロンドンにお戻りになられたので、レディ・サマートンは銀行でのお仕事を終えられたら、その足でランガムホールに向かわれるとのことですので。公爵閣下ご夫妻はちょっとしたカードゲームのパーティーや、親しいご友人をご招待して音楽鑑賞会を開かれることもあります。今夜もそのような催しが行われれば、数時間は滞在されるかもしれません。もちろん、閣下がご在宅でなければの話ですが」彼女はにこやかに微笑んだ。

なんてことだ、エマはニックを置いて出かけたということか。彼に嫌気が差したに違いない。何時間もひとりで過ごすうちに、ほかの楽しみを見つけたのだろうか？　思わず動揺が顔に出た。

「閣下、絶対に安全ですから、どうかご安心ください。公爵閣下の馬車でお戻りになられるそうですし、レディ・サマートンのお気に入りの従僕が、いつも中までエスコートしていますから」

絶対に安全なんてことはありえない。「ハム、馬車の用意をさせてくれ」

「かしこまりました、閣下」執事が応える。

ハムが眉をあげ、エリアルとホエーリーに向かってにやりとしたのをニックは見逃さなかった。

そのとき玄関の扉が開き、警護の役目を務めているランガム家の従僕とともにエマが姿を見せた。

「まあ、閣下、ちょっとお時間をいただけるかしら？」彼女は無駄のない動きでペリースと帽子と手袋を脱いだ。「ものすごく緊急な事態が起きて、あなたと話し合う必要があるの」

ニックはうなずき、片手を差し出した。エマが指を絡めてくると、彼女を連れて書斎に足を踏み入れた。うずたかく積まれた机の上の書類の山に目をやる。その手前には、レントン公爵から新たに届いた手紙が置かれていた。あの人はこの五年間で、どれだけの便箋を無駄にしたのだろう？

エマがスカートのしわを伸ばし、背筋を伸ばして視線を合わせてきた。その瞬間、先ほどまでの緊張がほぐれ、ニックは体を縛りつけていた縄がほどかれたような感じがした。

「とにかく座ってくれ。〈スプレンダー号〉の修理の提案書の見直しが終わったから、ちょうどきみの顔を見に行こうと思っていたところだ」

エマは彼の机の前に置かれている、濃紺のブロケード張りの大きな椅子の端にちょこんと腰かけた。彼女が座るのを待ってから、ニックも机の前の革張りの袖椅子に腰をおろす。

「行き違いにならなくてよかったわ。銀行で大変なことが起きて……そのことで、あなたと話し合う必要があるの」彼女はいったん言葉を切り、ゆっくりと目をしばたたいた。唇を震わせているものの、深呼吸をしてどうにか平静を取り戻そうとしている。激しい感情を必死に抑えつけているのが見て取れた。嵐が吹き荒れる前兆だ。

ニックの中で、それまでの安心感が一瞬にして消えた。

「聞かせてくれ」もしアルトンの手先が妻につきまとっているのなら、五〇〇人の事務弁護士と同じ数の法廷弁護士を雇って、あのろくでなしを何年も手こずらせてやる。エマの銀行の前で見張りをする警護の人間を、もっと大勢雇わなければならない。アルトンが起こしたとんでもない訴訟のせいで午前中ずっとこらえてきた怒りが、いまにも爆発しそうだった。

「今日、ある紳士が妹さんと一緒に銀行を訪れたの。あなたと知り合いだそうよ。イートン校で一緒だったって……」エマが言葉を濁し、自分の指をくるくるまわしてもてあそぶ。その瞬間、ニックは空中に電流が流れたように全身の毛が逆立つのを感じた。

「誰だ？」机に両肘をつき、冷静な声を保つのが精一杯だった。動揺と憤りが入り混じり、頭の中が大混乱に陥る。〈ジェントルマン・ジャクソンズ〉で練習相手とやり合えるのなら、なんでも差し出したい気分だ。いらだちを静めてくれるものが必要だった。さもないと怒りの炎が燃えあがってしまう。みじめな学生時代を知る何者かがエマにいやがらせをしたのであれば、そいつをこてんぱんに叩きのめしてやる。こんなこともあろうかと、日頃から体を鍛えているのだ。誰かにばかにされたり、傷つけられたりするのはもうたくさんだ。もちろん妻に対しても、それは例外ではない。

「ハウエル家の人たちよ。セント・ジョン・ハウエル卿と妹さんのミス・ブライズ・ハウエル」エマが言った。

ハウエルという名前を聞いたとたん、頭がくらくらした。あの運命の日に彼から受けたひどい仕打ちについて、エマに語ったことは一度もない。あの卑劣漢が図々しくも彼女の銀行に足を踏み入れたのだとすれば、よほどのばか者か、死にたいと思っているかのどちらかだ。

ハウエルは何かにつけて、ニックが父から侮辱を受けたことをあざ笑い、長年悩ませつづけたのだ。ハウエルがニックに地獄のような毎日を送らせるのと同じだけの時間を勉強に費やしていたら、あの下劣な男は成績優秀な学生になっていただろう。

もっとも、ニックのほうもしっかり復讐を遂げていた。学期末にハウエルをつかまえ、血だらけになるまで叩きのめしたのだ。振りあげた拳を顔に打ち込んだ瞬間、ハウエルは驚愕の表情を浮かべた。彼の鼻がひん曲がるのを見て、それまで待ったかいがあったと思ったものだ。それ以来、ふたりは一度も顔を合わせていないし、ハウエルとは鉢合わせしないように気をつけていた。

エマがいらだたしげに部屋の中を行ったり来たりしはじめた。「彼と妹さんのミス・ハウエルは、借金の申し込みに来たの。でも、希望金額が銀行の積立金よりも多いのよ。なんとかできるかしら？」

「だめだ」ニックは一番手近にあるものをつかんで握りつぶした。ちらりと目をやる。手の中でくしゃくしゃになった紙は、父からの手紙だった。レントン公爵家の紋章が押された封《ふう》蠟《ろう》が粉々になっている。

偶然にも、父とハウエルを思うがままにできるというわけだ。

「いかなる事情があろうと、あんなろくでなしを助けるつもりはない」淡々とした口調になり、自分でも少し驚いた。天気の話でもしているみたいだ。もっとも、ハウエルが妻の銀行に足を踏み入れたと聞かされ、内心は煮えくり返っていた。

どうにか呼吸を整えて、椅子にもたれかかる。獲物を仕留める直前のジャッカルを思わせるハウエルの笑い声が、いまも耳に残っていた。自分の身を守るために築いた頑丈な心の壁は、どんな攻撃にも耐えられるはずだ。たとえ自分の妻からの攻撃であろうとも。どれほど激しい非難を浴びせられようと、ニックは断固として拒否するつもりだった。

エマが静かな足取りで近づいてきて、机の端に両手をついて目の前に立った。漂ってくるバラの香りが、もっと身を乗り出してと手招きしている。けれどもハウエルのことが頭の中で大きな位置を占めている以上、彼女の魅力や説得に屈するわけにはいかない。ましてや事態はこんな厄介な展開になっているのだ。

「彼が学生時代にひどく残酷で、意地の悪い人だったのは知っているわ。でも、彼は自分の行いを後悔しているの。お願い、ニック。彼らはせっぱつまっているのよ」エマが懇願する。「ほかの融資機関も当たってみたけれど、ことごとく断られたらしいの。わたしたちが力になってあげないと、別の手段に頼らなければならなくなるわ。それこそ金貸しとか――」

「彼らが通りに放り出されて、セブンダイヤルズの貧民街で寝泊まりするはめになろうが、ぼくの知ったことか。彼らを助ける必要はない」机をばんと叩くと、木製の天板が抗議のきしみをあげた。ニックの怒鳴り声から逃げ出すように書類が床に散乱する。「一シリングたりとも渡さないぞ」

エマが驚きに目をみはり、机からあとずさりした。瞳に浮かんでいた希望の光が薄れていく。彼女は唇を噛みながら、窓の向こうの景色に目を向けた。一日じゅう霧が立ちこめているせいで、書斎の窓から通りはまったく見えない。虚ろな目をして、激しい口論を始めようかと思案しているエマの心の声が聞こえてきそうだった。

「ミスター・ハウエルは、妹さんの婚約を破棄するお金がなくて困っているのよ」穏やかな声には冷ややかさがにじんでいた。「妹さんは結婚を望んでいないの」

エマは目的を達成するためならどこまでも食いさがる。さすがはニックの妻だ。入念に策を練り、巧みに議論を進めようとしている。見事にカットされたエメラルドのようにきらめくグリーンの瞳と上気した頬に、彼はすっかり魅了された。こんな状況でなければ、仕事を投げ出してエマを抱きしめ、彼女の気持ちをなだめていただろう。しかし、残念ながらそういうわけにはいかない。いや、なんとしても屈するつもりはない。たとえ甘く誘惑されようとも。この議論において、彼女に勝ち目はないのだ。

「なぜぼくが驚かないと思う？　昔から、あいつはとんでもない浪費家だからだ」ニックは机の上に積み荷目録を並べ直した。怒りがふつふつとわいてきたので、ほかのことに注意を向けたかった。

「たしかに彼はお金にだらしないようだし、本人も愚かだったと認めているわ。何しろ貯金をせずに、馬小屋を立て直すのに手持ちのお金をすべて注ぎ込んでしまったわけだから。でも、知らなかったらしいの……」エマがまた机に身を乗り出し、ニックの手に自分の手を重ねた。あたたかな手の感触が、こちらを見てと訴えている。「ミス・ハウエルの婚約者がアルトン伯爵だということを。アルトンは何がなんでも、ミス・ハウエルと結婚する気らしいわ」

「ハウエルはあいかわらず大ばか者だな」ニックは言った。

エマが頭を振る。「とにかく、彼らにはわたしたちの助けが必要よ。妹さんはレナと同じような状況に置かれているの。彼女も二五歳になったら、かなりの財産を相続するんですって。アルトンはお金に困り、彼女の財産を当てにしているのよ。レナのときのように、アルトンが彼女を殺したらどうするの？　ミス・ハウエルの財産を手に入れたら最後、何をしでかすかわかったものじゃないわ」

　ニックは自分の拳を握りしめているエマの指を見つめた。小さくて形のいいこの両手は、いざというときには大きな安らぎを与えてくれ、ニックの求めに応じて狂おしいほどの歓びを与えてくれる。だが、この手が震えているところは見たくない。彼女の傷ついた顔も、思いつめた表情も。エマはハウエルから融資の申し込みを受けて神経をすり減らし、書斎に足を踏み入れたときから、心配そうに眉間にしわを寄せていた。

　まったく、こんなことはばかげている。彼女の要望を検討するのも、友好的に議論を進めるのもとうてい無理だ。ハウエルやエマの要求を、黙って受け入れるわけにはいかない。

「ハウエルが……アルトンの評判を知ったときには、もう手遅れだったそうよ。ミス・ハウエルは一カ月以内に結婚しなくてはならないの。もうあまり時間がないのよ」

「結婚はしたくないと伝えればいいだけだろう？　ハウエルが自分で後始末をするべきだ」

　彼女が話し尽くすまで、ニックは議論を続けるつもりだった。「女性のほうから婚約を破棄するのは、決して珍しい話じゃない」

　エマがため息をついて頭を振り、平常心を逃がすまいとするかのように口に手を当てる。

「ミス・ハウエルは結婚できないと伝えて謝罪したの。でもアルトンは笑い飛ばし、約束不履行で訴えてやると彼女を脅したそうよ。結婚式の準備で、すでに大金を費やしているからって」

「ハウエルの事務弁護士はどうした？　示談で解決することさえ思いつけないほど無能なのか？」エマの顔をちらりとうかがい、それが失敗だったことに気づいた。彼女の瞳に映し出された情熱には太刀打ちできそうにない。もう一度あの顔を見たら、負けてしまうだろう。

「その費用をハウエルが支払うのなら、結婚を取りやめてもいいと言ったそうよ。合計で一万ドルだと主張しているらしいわ。そのうえアルトンが妻をめとるまで、彼女は誰とも結婚しないと約束しなければならないの。アルトンは自分の評判を守ろうとしているのよ」急に寒気を覚えたらしく、エマは自分の両腕をさすった。「守るべき評判なんてありもしないのに」

「気の毒な話だが、ぼくはハウエルを助ける気はない。あいつが借りた金を返すとは思えないからね」ニックは立ちあがり、エマの片手を取って自分の口元に持っていった。おかげで彼女の表情以外のものに注意を向けられるようになった。「ぼくの結論は変わらない」そうささやいて、彼女の手を放す。「そろそろ仕事に戻ってもいいかな？」

「だめよ」そのひと言の語気の鋭さに、思わず目をあげてエマの顔をのぞき込んだ。冷静さがみるみるうちに消えていく。彼女はあとずさりすると、挑戦的に顎をあげた。「これは重大な問題なの。ミス・ハウエルはレナと同じ状況に直面しているのよ。同じ結果を招くかもしれないのに、放っておくことなどできないわ」

「ぼくはできるし、実際そうするつもりだ」ニックの強い自制心がほころびはじめた。もう我慢の限界だ。大きな二歩で机の向こう側に行くと、ほとんど手が届きそうなほどエマとの距離を詰めた。怒りの炎をみなぎらせて。

「このままだとミス・ハウエルはどうなるの？　彼女にどんな人生を強いるつもり？」静かな口調に揺るぎない信念がうかがえた。引きさがる気はないらしく、射抜くような視線を投げてくる。

エマのスカートがニックの脚をかすめたとたん、その重みに動きを封じられた。身動きができなくなったが、胸の中では怒りが渦巻き、いまにもあふれ出しそうだった。

「まず、彼女の腕に痣ができるでしょうね。おそらく手形の痣が。その次は顔に痣ができて、ぼんやりしていて扉にぶつかったと言い訳するのよ。それから腕の骨が折れ、食料庫で籠を取ろうとして転んだと言ってごまかすんだわ」荒い息をしているせいで、彼女の胸は大きく上下している。「そして最後は、階段を踏み外して転落するのよ。運よく首の骨が折れればいいけれど。彼の子を産まなければ、母親が目の前で壊れていくさまを子どもたちに見せずにすむし、子どもたちが彼女と同じ運命を――あるいはもっとひどい運命をたどらずにすむもの」

「ぼくには関係のないことだ」そっけなく言ったが、エマがこと細かに語った人生に恐怖を覚え、胃がむかむかした。彼女はニックを巧みに操って、思いどおりにしようとしている。

「そうかしら」まばたきひとつせず、エマが彼の目を見据えた。ふたりの巨人が意地の張り合いをしているようだった。ただし彼女はわかっていない。ニックが絶対に屈服しないということを。

エマが仕掛けた罠は質が悪かった。きらりと目を光らせ、小剣で刺すような鋭い視線を投げてくる。ニックの強固な意志から流れ出した血が彼女の苦悩と混じり合い、彼が長年かけて築きあげてきたものすべてをおびやかしていた。ニックは両手をきつく握りしめ、自制心を必死に保とうとした。

「わからない？　これはわたしに関係のあることだったのよ。レナの身を案じていたのに、わたしは何も手を打たなかった」エマは弱々しい声で言うと、むせぶような声をもらし、胸の前で手を握りしめた。「彼女は手紙で自分の恐ろしい生活についてすべて打ち明けていたのに、わたしは何もしなかったのよ」

「エマ、貸した金は二度と返ってこないんだぞ」

「いいえ、そんなことないわ。ミス・ハウエルが約束してくれたもの。彼女が財産を相続したら、最高の利率で返済するって。たとえ返ってこなかったとしても――」息を吐き出す。「それならそれでかまわない。彼女の命を救えるのなら」

エマは責任を感じて、人助けをしようとしているのだ。もし彼女がひと粒でも涙をこぼしたら、屈服していただろう。いまほど誰かを慰めたいと――いや、慰めなければならないと――思ったのは生まれて初めてだった。彼女の良心に巣くっている苦悩を取り除いてやりたい。

「やめるんだ」ニックはささやいた。磁石のようにエマのほうへ引きつけられる。どんな犠牲を払おうとも、彼女を慰めなければならない。彼はエマを抱き寄せた。「自分を責めてはいけない」

エマがくるりと向きを変え、暖炉のそばへと逃げ込んだ。ちらちら瞬く炎が悲しみをぬぐい去るように、顔に影を落とす。

「だったら、わたしを助けて」彼女がこちらに向き直った。暖炉の炎がまわりに赤い光を投げかけている。エマの内側から、ほのかな光が放たれているようにも見えた。その姿は天使さながらで、彼女が発した言葉はまさしく魂の訴えだった。

その声がニックの心に響いた。長いあいだ、ずっと大事に守りつづけてきた心に。反抗的な臓器が彼の胸郭を叩いて打ち破り、エマに手を差し伸べようとする。

「あなたがミス・ハウエルを助けてくれたら、それでわたしも解放されるのよ。レナの死を知らされてからずっと、わたしの心を締めつけていた鎖から」エマは目を閉じ、勇気を奮い起こそうとするかのように首をそらして天井を見あげた。「だからお願い、わたしのためと思って」

ニックは何も言わなかった。あのろくでなしを助けることが、ぼくにとってどれほどの犠牲を伴うか、わかっているのだろうか？　自分の手足を切断するようなものだ。悪魔に魂を捧げたとしても、そこまでは苦しまないだろう。

「求婚してくれたときの言葉を覚えている？〝ぼくのことが好きなら……〟」こわばった声が、エマの傷つきやすさをあらわにしていた。「今度はわたしから言わせて。もしわたしに少しでも愛情を感じているのなら、どうか――」

万力で締められたように喉が苦しくなり、ニックは咳払いをした。彼女の苦悩は心から理解できるし、すべてを引き受けていくつもりだ。でもだからといって、自分自身への誓いを破るわけにはいかない。信念や真理に従った生き方ができなければ、どんな人間になってしまうだろう？

「やめてくれ、エマ。きみにはすまないと思うが、どうしてもだめだ。ぼくは何年も前に心に誓ったんだ。金輪際ハウエルとは関わらないと」息を深く吸ってから吐き出す。もうくたくただ。そろそろ決断を受け入れてもらわなければならない。「答えはノーだ」

エマががっくりとうなだれた。これがほかの人なら、敗北と降伏のしるしと受け取っただろう。彼女は首を横に振った。そして鮮やかなグリーンの瞳でじっと見つめてきた。心のどこかではわかっていた――彼女は屈するつもりはないだろうと。ニックはほっとして、思わず感謝しそうになった。さすがは彼が結婚した女性だ。美しく、聡明で、誰にも負けない強さを持っている。

「あなたは許す力を身につけようとしないのに、どうしてわたしには自分を許せだなんて言えるの？　レナに何もしてあげなかったという事実を受け入れろというの？　彼女は助けが必要なときに、そばに家族がいなかったのよ。頼れるのはわたしだけだったの」エマはついに涙をこぼしたが、これが最後だというふうに息をのんだ。「あんなに恐ろしい怪物と結婚しているあいだも」

絶対に負けるまいと心に決め、ニックは首を横に振ると、彼女から遠ざかって机の前に座った。エマは守りの壁を破ろうとしている。彼女自身の壁だけでなく、ニックの壁まで。いくら彼女のためでも、信念を変えるわけにはいかない。しかしエマはいとも簡単に、ニックのすべてを奪い去ることができる。彼が信じてきたものすべてをむしり取り、地面に叩きつけて粉々に砕いてしまえるだろう。

「ニック」彼女がささやいた。「いまの道を歩みつづければ、あなたもいずれお父さまのようになってしまうわ――孤独でわびしい人に」

「エマ、余計な口出しはやめてくれ」父を引き合いに出して考えを変えさせようとしたのなら、彼女は戦略的な誤りを犯したことになる。なぜなら父のことを持ち出された瞬間、ニックはふたたび決心をかためたからだ。

「お願いよ、これはわたしたちのためでもあるの」エマが両手を握りしめて懇願する。

「こんなやり方でぼくを裏切るのか？」その言葉を思わず口にしてから後悔した。エマが一歩よろめいた。青ざめた顔に驚きの色が走っている。

「あなたを裏切る？」声には隠しきれない憤りがにじみ、グリーンの瞳にはかぎ爪を思わせる鋭い光が宿った。「わたしは融資するお金を出してもらえないかと頼んでいるだけよ。ひとりの女性の命を救うのが、どうしてあなたを裏切ることになるの？」

決して感情をあらわにしないと自分に言い聞かせ、ニックはエマをじっと見つめた。

彼女は唇を引き結んだものの、やがてふうっと息を吐き出した。誤った考えに気づいたのだろうか？　エマが自分の両手を見つめる。「あなたを裏切るなんて、考えたこともないわ。

あなたは……わたしの夫よ。わたしのものなのよ」熱のこもったささやき声が、本心から出た言葉だと告げていた。ニックはほっと息をついた。エマにかぎって、わざと彼を傷つけたり邪険に扱ったりするはずがない。ひどい振る舞いをしたと妻を責めたせいで、二度と消えそうにない、いやな後味が残った。

彼女が咳払いをする。「それなら、クレアか母に援助を頼んでみるわ」

「それはだめだ。断じて許さない。きみはぼくの妻であり、きみへの責任はぼくが負っているんだ」ニックは片手で髪をかきあげて続けた。「きみの面倒はぼくが見る。この件にきみの家族を巻き込むべきではない」

「あなたに責任を負ってもらおうなんて思っていないわ。わたしはあなたのパートナーとして、対等な関係でいたいのよ」

「言い争いはしたくない」彼はぴしゃりと言った。

「あなたは資産家でしょう。それなのに、わたしのためにお金を使おうとはしないのね」低い声で指摘され、ニックは平手打ちを食らったような衝撃を受けた。

エマは彼の胸の奥底の一番弱い部分に触れようとしていた――彼女はニックを愛したいと願っているのだ。それなのに、彼のほうは気持ちを打ち明けることができなかった。なぜなら胸の内を明かせない臆病者だからだ。そのうえ、エマに向かってひどい言葉を口にしてしまった。もし愛する価値のない人間だと彼女に非難されたら、二度と立ち直れないだろう。だからニックは、自分が知っている唯一の方法で応えた。その方法しか受け入れられなかった。「もう仕事に戻ってもいいか？」

「あなたなら、彼女の人生を変えられるのよ」エマが暖炉の前を離れ、彼の前に立った。「前にもそうしてくれたでしょう。メアリー・バトラーがひどく怯えていたとき、母親ども彼女を受け入れようと申し出てくれたじゃないの」

エマが謎めいた目でニックを見つめた――足をすくわれて、はじき飛ばされてもおかしくないような目つきで。「問題は、他人に手を差し伸べられる勇気があなたにあるかどうかよ。お父さまやほかの人たちに行動を左右されるのはやめて。あなたはまったく違う人間なのよ」

燃えるような視線に焼き尽くされそうだったが、ニックは目をそむけた。それがふたりにとって最良の選択だからだ。「今回の件は、ポーツマスやメアリー・バトラーのこととはわけが違う。ぼくにとって個人的な問題が絡んでいるんだ。きみとアルトンに浅からぬ因縁があるのと同じだよ。ハウエルと父だけには絶対に関わりたくない」引きつった笑みを浮かべる。「もう終わりにしてくれないか、エマ。何度頼まれても、だめなものはだめだ」

「そう、よくわかったわ、ニック。あなたは選択の余地さえ残してくれないのね」持って生まれた上品な身のこなしで、エマは彼の前から離れた。

自分のもとから離れるという単純な行為が、ニックの信念の礎を削り取った。一瞬、拒絶された気がした。父が自分を置いて走り去ったときのように。

「別の方法を探すからいいわ」エマの言葉が槍《やり》のように空を切って、部屋の向こう側から飛んできた。彼女は扉を開けると、最後にもう一度こちらを振り返った。あのときの父と同じく、目に失望の色を浮かべて。やがて扉がそっと閉まる音が聞こえた。

古代ケルト人の戦士を彷彿《ほうふつ》とさせる見事な槍投げだった。ニックの心は突き刺され、良心が血を流していた。

なぜこんな事態を招いてしまったのだろう？　生まれてからいままでずっと、愛され、大切にされていると感じられる言葉を聞きたくてたまらなかったはずだ——そう、自分のものだとずっと誰かに言われたかった。ところがエマがレナへの愛情を熱く語った瞬間、ニックの心の中のすべてがぴたりと動きを止めた。またとない貴重な機会がめぐってきたのに、自ら無駄にしてしまったのだ。ニックは気が変わって彼女のあとを追ってしまわないように、机にきちんと並んでいる書類に目をやった。けれども安堵を覚える代わりに、身に覚えのある無感覚に襲われた。

イートン校でのあの運命の日以来ずっと味わってきた、しびれるような感覚に。

それに対処するのは簡単だった。ただ……机について仕事を再開すればいいだけだ。

しばらくすると、ニックは図書室に向かった。時間をつぶすために、クレアの一族が製造したウイスキーを小さなグラスに注ぐ。スモーキーなピートの香りがニックの好みに合った——力強く、舌を焼くようなひりひりする味だ。書斎を出ていったエマの姿が思い浮かんだ。

こちらの考えを受け入れるよう、彼女を説得しなければならない。まさかニックの価値観や主義を曲げさせてまで、ハウエルに手を貸すべきだとは思っていないだろう。もしハウエルが介入せずに、ミス・ハウエルがひとりでエマのもとを訪れていたら、ニックも異なる決断を下していたかもしれない。だが、あの高慢ちきな男が借金を申し込んできたとなれば問題外だ。

父との関係を修復したらどうかという忠告にいたっては考慮するまでもない。レントン公爵とふたたび顔を合わせるぐらいなら、次に出航する船でロンドンを離れたほうがましだ。

「閣下、奥さまは今夜、夕食をご一緒にとられないとのことです」布告を町に触れまわる役人のような仰々しい口調で、ホエーリーが告げた。

「彼女はどこだ？」ニックはウイスキーをもうひと口飲んだ。

「奥さまはご気分がすぐれないそうです」この屋敷の正式な布告者の仮面を脱ぎ捨て、従者はニックに面と向かって言った。「エリアルから聞いたところによりますと、伯爵夫人は何かに動揺されているらしいのですが、理由はわからないとか」急に無愛想な口調に戻る。

「何かご存じですか？」

「ぼくの夕食は書斎に運んでくれ」ホエーリーの芝居じみた振る舞いを黙殺し、心の痛みがやわらぐのを期待して残りのウイスキーを飲み干す。「今夜はひと晩じゅう仕事をする」

エマが夕食をともにしないと知って胸がちくりと痛んだが、なんとか忘れようとした。彼女はニックと関わりたくないのだろう。つまり夕食に同席したくないと思うほど、彼女を傷つけてしまったのだ。

そういえば、かつて父からも同じことを言い渡された。

手に入らないものを欲張って望んだ自分がばかだったのだ。己の弱さにうんざりする。父の前で見せた、昔の弱い自分そのものではないか。ニックは慰めを得られるはずの唯一のものに取りかかった——仕事に。

やはり自らを偽るべきではない。ハウエルなど、くたばればいいのだ。

〈E・キャヴェンシャム商会〉の窓から、真昼の太陽の光が差し込んでいる。どんなに光が入ってきても、事務所の隅々にまで染み込んでいるわびしさが消えるわけではなかった。

昨夜、エマは結婚して初めてニックと別々のベッドで寝た。あまりに激しいけんかだった。結局は徒労に終わったけれど。彼女は震える息を吐き出し、懸命に反抗心を保とうとした。でも、うまくいかなかった。エマは恋に落ち、悪あがきをしているだけだ。最初は気のおけない関係が理想的だと思っていたが、いつのまにかニックに気を許していた。そしてあっというまに、結婚に抵抗を感じなくなった。

ところが、自分のまわりに築きあげていた強固な壁が徐々に崩れ落ち、とうとう真実から目をそむけられなくなった。

完璧な結婚をしたとエマは思い込んでいた。彼女の価値観や信念をわがことのように大切にしてくれる夫と結婚できたのだと。まさか冷たくあしらわれるという厳しい現実に直面するとは思ってもみなかった。ニックが自分さえよければいいという考えの持ち主だという真実は受け入れがたい。けれど紛れもない事実なのだから、受け入れなければならない。たとえエマを傷つけようとも、彼は個人的な復讐を断念する気はないし、罪の赦しを得たいという彼女の願いもまったく気に留めていない。

両親と兄たち、そしてジョナサンとのやりとりから、エマは信じたくない事実をついに受け入れていた——レナの仇討ちは正当化できないと。そしていやになるほど何度も自問自答を繰り返した——もしアルトンのほうが妻に殺されていたら、正義の基準も変わったのだろうか？　その答えが出ていたら、完全にわれを見失うほど打ちのめされただろう。

ひと粒の涙が机の上にこぼれ落ちた。恐れていたとおり、身勝手な男性との結婚にはまり込んでしまった。夫は——エマが全身全霊で愛する男性は——妻の頼みなど聞き入れる必要はないと考えている。富を築くという自らの誓いを捨ててまで、若い女性の命を救うつもりはないのだ。彼は何よりも自分の利益を優先する冷淡な貴族になってしまった。

そのとき、戸口の呼び鈴が鳴った。

エマは深呼吸をした。ニックにとってはどうでもいいことかもしれないけれど、彼女にとっては重要な問題だ。だからこそ今日も銀行にやってきたのだ。困っている人がいたら、すぐに手を差し伸べられるように。誰も自分を助けてくれないという問題については、いまは考えたくない。

「邪魔してしまったかな」ニックが目の前に立っていた。堂々とした男らしい姿が、どことなく数週間前の結婚式を思わせる。

深みのある低い声を聞いたとたん、エマは胸が締めつけられた。何か言葉をかけられたら打ちのめされ、弱気の虫に取りつかれてしまいそうだ。彼女は目を閉じた。ああ、この無力感がいやでたまらない。

「いいえ、閣下」ばかなまねをしてしまわないように、まばたきをしてどうにか自制心を保った。

ニックがジョン・スモールに会釈し、分厚いコートを脱いだ。そしてエマをじっと見つめたまま、ゆっくりと近づいてきた。親しげにも見えるが、危険な雰囲気を漂わせて。ターコイズブルーの目にくすぶっている情熱の炎が、エマが必死にかき集めたなけなしの自制心を焼き焦がした。彼女はもう、ただの獲物でしかなかった。

ニックがエマの手を取り、口元に持っていく。その瞬間、彼女の意思に反して、心臓が何度も宙返りをしはじめた。

彼は部屋の中をしげしげと眺めたあと、ジョンに視線を定めた。「すまないが、ちょっと外へ出て、客が入ってこないようにしてもらえるかな?」

従僕はお辞儀をして部屋を出ていった。

「彼はずっとここに?」ニックが尋ねる。

彼がどんな用件でやってきたにせよ、いつまでもばかみたいに作り笑いを浮かべているわけにはいかない。エマはうなずき、胃袋がひっくり返りそうな吐き気をこらえた。

「仕事中は付き添いをつけたほうがいいと父が言うものだから」

「ぼくとしたことが……」ニックは顔をしかめ、ふたたび室内にちらりと目をやった。「ミスター・マカレスターの会社が上の階にあるから、四六時中、付き添いをつける必要はないと思っていたんだ。お父上に感謝して、費用をお返ししなければならないな」

「その必要はないわ。ちょっと大げさすぎると思うもの」エマは言った。

「エリアルから聞いたよ。ジョンはきみのお気に入りの従僕で、いつも屋敷まで送り届ける役目を果たしているそうだね」

そう言って笑顔を見せたとたん、ニックが結婚したときの男性に戻った。ふたりが満足するまで、エマをからかったり甘い言葉をささやいたりしていた男性に。ミス・ハウエルを助けてほしいという願いをはねつけた男性とは、まるで別人のようだった。

「ぼくもランガム公爵家のお仕着せを試着してみるかな。きみのお気に入りになりたいからね」ニックが片手でエマの顎を持ちあげて視線を合わせてきたので、彼女はキスをされるだろうと身構えた。ところが、彼は唇でエマの頬をなぞった。「きみの仕事ぶりを見せてくれないか」

その瞬間、なぜか急に涙がこみあげてきた。深く絶望していたからだろうか？　よりによって、なぜこんなときに涙があふれてくるのだろう？　エマは深く息を吸い、手に負えない感情をどうにか抑えようとした。「一度見てもらいたいと思っていたの」

「どうやら妻を動揺させてしまったようだ」ニックはポケットから刺繍入りのハンカチを取り出し、彼女に手渡した。「きみの涙を見るのは耐えられない。きみが涙をこぼすたびに、ナイフで心臓を切りつけられたような気分になるよ」

「そんなこと言わないで」かすれる声で言う。今度のハンカチには、美しい渦巻き模様の〝N〟の文字が金色の糸で刺繍されていた。不覚にも流れてきた涙をハンカチでぬぐうと、エマは微笑もうとした。「あなたがここに来てくれてうれしいわ」

彼の顔に気遣わしげな表情が浮かんだ。「エマ――」咳払いをする。「ゆうべは……」

エマは引き出しを開け、ミセス・ジョーンズが大切にしている木彫りを取り出した。昨夜は悪夢のようだったし、また議論を蒸し返したくない。せめていまだけは。ふたりのあいだに何が起きたのか、まだ頭の中で整理ができていなかった。「ミスター・マカレスターに会う約束があるの？」

「いや、きみに会うために来たんだ」ニックはエマを抱き寄せると、頭のてっぺんにキスをした。クレアの娘のレディ・マーガレットをなだめるときのようにやさしく。

彼の一挙一動と言葉には思いやりがにじんでいて、エマの決意が崩れそうになった。ふたりはささいなことでけんかをしたかのように――たとえば、子羊の脚のローストと一番合うワインはどれかをめぐって意見がぶつかったとか――ニックは振る舞っている。彼が歩み寄ってくれているのは一目瞭然だ。もしかして、お金や過去の因縁よりもエマを優先してくれたということだろうか？

「ところでそれはなんだい？」ニックがきいた。

エマはリネンの包みをそっと開け、木彫りを彼の前に置いた。「これは昨日、融資の担保として受け入れたものなの」

「融資の額は？」その言葉に疑念がにじんでいる。

「二ポンドよ」

彼はエマにちらりと視線を投げてから、木彫りに目を戻した。

「金を持ち逃げされる心配はないのか？」

「うちの顧客の中でも早いうちに返済してくれると思うわ。彼女は洗濯係として一生懸命働いているのだけど、身なりはちゃんとしているし、借金を返済するために新たに仕事を増やす手配まですませているの。息子さんの妻が妊娠中で、お医者さまにかかる必要があるらしいのよ。彼女にとっては家族が世界のすべてなの」ニックがよく見えるように、彼女は木彫りを差し出した。「その世界がここに表現されているのよ、閣下。この木彫りは息子さんが彼女への贈り物として彫ったものなんですって。彼女にとっては何よりも価値のあるものよ」

エマは最後にもう一度、木彫りを指でなぞった。「お金以外にも、人をやる気にさせるものはあるのね。親身になって話を聞いてみると、必ず何かしら事情が見えてくるの」ニックが眉をあげたということは、彼女の持論に納得できないのだろう。ニックが示した反応によって、彼が何を大事にしているのかがさらによくわかった。これまでは見て見ぬふりをしてきたけれど、いまはそのつもりはない。失うものはもう何もないのだ。

「わたしの経営方法は単純明快よ。担保と引き換えに資金を提供して、わかりやすい金利で貸付金を回収するの」エマは木彫りを元の場所へ戻すと、今度は宝石箱をしまってある引き出しを開けてみせた。「担保として差し出せる宝石を持っている女性が大半だけれど、中には銀製の燭台《しょくだい》を持ち込む女性もいるわ。利益はすべて経営資金に当てているの。この調子でいけば、ポーツマスやエディンバラ、さらにはバースにも事務所を開設できるかもしれない。女性にはこういう場所が必要なのよ。いつかじゅうぶんな資金を確保できたら、女性のための慈善事業も始められるんじゃないかしら。たとえばレナやメアリーやミス・ハウエルのような……」

エマの声は次第に小さくなり、やがて消えた。こみあげる悲しみにも、突然訪れた沈黙の気まずさにも耐えられなかった。深呼吸をして胸を張る。「今日は半日だけ営業するつもりなのだけど、帰る前にたまっていた帳簿づけを終わらせなければならないの」彼女は立ちあがり、いくつかのものを金庫にしまった。「用件は何かしら?」

ニックが彼女の手を握りしめた。「ハウエルの件だ」

24

エマが部屋の奥にある金庫室に鍵をかけ、ニックのそばに戻ってきた。じっくりと話を聞いてもらうために、書き物机の前に置かれたマホガニー材の椅子に彼女を座らせる。ニックも別の椅子を引き寄せ、向かい合って座った。

エマの顔は青ざめ、目には絶望の色が浮かんでいる。この話題は慎重に始めなければならない。彼女は本にはさんである押し花みたいに、もろそうに見えた。ニックは罪悪感にさいなまれた。こんなにもぼんやりした生気のない様子になるほど、エマを押しつぶしてしまったのだ。目の前の彼女はすっかり打ちのめされている。

「なぜぼくがハウエルを助けられないのか、そしてなぜきみにも彼に手を貸してほしくないのかわかってほしい」ニックはエマの指の関節を親指で何度も撫でた。エマの手は氷のように冷たいが、自分のために彼女に触れずにはいられなかった。やはり彼は身勝手なろくでなしだ。

エマがゆっくりと頭を振った。「ハウエルは胸が悪くなるほどいやな人で、あなたをひどい目に遭わせたのよね。あなたがお父さまに勘当された弱みにつけ込んで」手を引き離し、指をそわそわと動かす。動揺しているときの癖だ。「ほかにも理由があるの？」

ニックはうなずいた。「あいつと彼の仲間たちには絶対に手を貸すまいと心に誓ってから、ぼくはその信念に従って生きてきた。誓いを忘れれば、ぼくという人間がだめになってしまうんだ」

彼女が目をそむけて唇を噛む。ふたたび見つめ返してきたとき、その目には不信感が浮かんでいた。「これがあなたの話し合いたいことなの？」

エマは椅子にもたれかかり、体をかばうように両腕で自分を抱きしめた。ニックから身を守ろうとしていることを意図的に仕草で示したようだった。

もう帰ってほしいと思っているのだ。

「昨夜はひとりで寝るのは気が進まなかった。きみもそうだろう？」ありのままの真実を告げればエマの態度がやわらぎ、話し合いがうまく進むのではないか？ ここを訪れたのは、彼女と仲直りをするためだ。そうすれば屋敷に戻って、また一緒に人生を築いていける。

「あなたのベッドは寝心地がよくなかったの？」エマが妙に無邪気な口調で尋ねてきた。どうやら心の中のおてんば娘が、顔を出したくてうずうずしているらしい。ニックは胸の内で笑ったが、声には出さなかった。

「エマ、ぼくにその誓いを捨てさせてまで、きみはハウエルを助けたいのか？」なだめるように言う。「ぼくに生き方や価値観を変えろと言いたいのか？ すべてを投げ出せと？」

彼女が目を輝かせ、身を乗り出してきた。「わたしを助けてほしいと言っているのよ。お金は必ず全額返すわ」ひたむきな目でじっと見つめられ、ニックは落ち着かない気分になった。「わたしはあなたにすべてを捧げた。だからあなたも同じことをしてくれると思ったの。ふたりで、あの気の毒な女性の力になってあげましょうよ」

「すべてを」オウム返しに言い、必死に返す言葉を探す。「たしかにきみの持参金は多額だったが、きみの言う〝すべて〟というのはどういう意味だい？」

エマが目を閉じる。彼女が築いていた防御の壁がしぼんでいくのがわかった。彼女がふうっと息を吐き出したので、ニックは胃が締めつけられるのを感じた。

「あなたと結婚したとき、わたしは一番大切にしていたものを捧げたはずよ。あれがわたしの〝すべて〟だったの」唇を震わせ、自分の胸の真ん中を指差す。「あなたに捧げたのは……わたし自身よ」エマはささやいた。

静かな口調で告げられて、ニックは胸が苦しくなった。ハウエルを拒絶するのにはそれなりの理由があるとエマに言い聞かせるつもりだったのに、自信がぐらつきはじめている。彼女を傷つけたことを償いたくてたまらなくなり、思わず手を伸ばした。大切なものを捧げてくれたことをどれほど感謝しているか、理解してもらうまでは彼女の手を放すつもりはない。ところが触れたとたん、エマは手を引っ込めた。結婚してくれるよう説得したときと同じように。言うとおりにしろと説き伏せられ、またしても彼女は心に傷を負ったのだ。

「エマ――」

「覚えている？　わたしがあなたにふさわしいかなんて、どうしてわかるのかときいたこと」張りつめた声にはっとして、ニックは彼女をじっと見つめた。

彼はうなずいた。エマが何を言おうとしているのか見当もつかない。

「レナ、ミス・ハウエル、それから銀行の顧客のミス・マーチ・ローソン、みな貴族の家柄に生まれた女性よ」彼女はこちらに視線を注ぎ、ニックがうなずくのを待った。

「それにきみもだ」彼は応えた。

「ええ、そうね。でも彼女たちのほうが、わたしなどよりずっと気高いわ」エマが大きくうなずいた拍子に、陽光を受けて巻き毛がきらりと光った。「レナは怪物に殺されそうになりながらも、毎日必死に生き延びようとした。それと同じ運命に直面しているミス・ハウエルも先行きは暗いけれど、尊厳を失わずに生きていくでしょう。たぐいまれな強さを持った女性だから。それから気の毒なマーチは、家族が食べるものと着るものに困らないように毎日悪戦苦闘している」息を吸い込み、ニックと視線を合わせる。「レナのことを気にかけてもらえるよう、わたしの家族やジョナサンを説得できていたら、女性は世の中で大切な存在なのだと証明できたはずなの。そういう女性たちが幸せになれるよう、みなが親身になって考えるべきなんだって。彼女たちのために行動を起こせば、悲しみが癒えると思ったわたしがばかだったのね。レナの仇を討ちたいと言っても誰も取り合ってくれなかったとき、何をしても無意味だと悟ったわ」

「自分に対して批判的になりすぎだ」

「現実的になっているだけよ。ミス・ハウエルを救えるかもしれないとわかったとき、真っ先にあなたのことが思い浮かんだわ」エマが唇を嚙んで頭を振る。「この世界じゅうであなただけは、親身になって考えてくれると思ったから」

「親身になっているさ。きみのすることを尊重しているじゃないか」

「まあ、そうだったの！」彼女は涙ぐみながら笑い声をあげた。

その声に楽しげな響きはまったくない。ニックの頭の中で警鐘が鳴り響いた。まんまと彼女の思う壺にはまっていた。

「ジョナサンに――レナのお兄さまにもう放っておいてほしいと言われたときも、同じように伝えたわ。わたしが彼とレナを気にかけているって。そしてレナを殺した犯人を野放しにしていることについて、ジョナサンを激しく非難したの」エマは涙をぬぐった。「でも、軽蔑に値するのはわたしも同じよ。わたしだって、何もしなかったんですもの」

ニックは身をこわばらせた。「待ってくれ。いつサイクストンに会ったんだ？　その件にはもう関わるなと言ったはずだぞ」

彼はエマの冷ややかな視線を受けた。

「ハウエルがここを訪ねてきた日の朝、ジョナサンから彼の屋敷に来てほしいと手紙をもらったのよ。でも、心配することは何もないわ。もう終わったことだから。ジョナサンはまったく関心を示してくれなかったの」彼女はまばたきをして、美しい弓形の眉をあげた。「よそよそしい態度が冷ややかなまなざしに取って代わる。「レナの仇を討つために行動を起こしてほしいと頼んでみたけれど、ジョナサンにも断られたわ」

ニックは当惑し、どう返事をするべきか言葉を失った。とはいえ、エマに慰めが必要なのはたしかだし、彼女をこれ以上苦しませるわけにはいかない。サイクストンに拒絶され、ハウエルの妹を助けたいという願いもはねつけられ、エマはポーツマスのときよりも大きな悲しみに襲われているに違いない。ニックが手を伸ばすと、彼女は手の届かないところへさっと椅子を滑らせた。

「こんな話をしても信じてもらえないでしょうけれど、あなたがわたしに言ってくれた言葉はすべて覚えているのよ。あなたがわたしに投げかけてくれた微笑みもウインクもすべて。わたしがファルモントへやられる前、あなたはランガムパークで意味深い言葉を口にしたわ。ほら、わたしをからかったでしょう。〝きみが高い知性を備えているのは知っていたよ。読書家であることは少しも悪くない〟って」

当時を思い出して、ニックは微笑んだ。エマはあまのじゃくで、とんでもなく魅力的だった。いま思えば、あの日に心を奪われたのだ。そのことに気づいた瞬間、必死に築きあげた頑丈な心の壁が取り壊された。彼は何年も前から彼女を愛していたのだ。遠くからずっと。ポーツマスで親密な関係になる前から。なぜこうなったのかわからないが、自分は国じゅうで最も幸運な男だ。

息をのむほどのすがすがしさで胸がいっぱいになった。心臓が一瞬止まったかと思ったあと、胸が高鳴りはじめ、頭に血がのぼった。いまのこの気持ちも、エマがニックの人生にどれほど影響を与えたかも、彼女にはわからないだろう。彼にとってエマがどれほど大切な存在なのかわかってもらうまでは、帰らせるわけにはいかない。ニックは彼女の両手に触れた。今度は手を引き離されないように力をこめて。

エマが肩をすぼめたので、いっそう意気消沈したように見えた。「あの本を手に取らなければよかったのね。あれを読んで、わたしでも変化を起こせるのではないかと思ったのよ……だけどレナが殺されてしまって……」

彼女は窓の外を眺めてから、安心を求めるようにニックに視線を戻した。その期待に応えて、エマの手をぎゅっと握る。

「なぜ誰も気にかけようとしないのかわからなかった。どうしても受け入れられなくて、わたしが彼女のために戦おうと思ったの。でも、扉を開けるたびに目の前でばたんと閉められて、とうとう真実に気づいたわ。レナやミス・ハウエルやマーチのような女性たちは――わたしを含め、こういう家柄に生まれた女性たちは、世の中ではなんの価値もないのだと。つまり、わたしもなんの価値もない人間なのよ」

「そんなことを言わないでくれ。きみはぼくのすべてだ」

エマがじっと見つめてくる。まるでニックの背後にいる誰かを見透かそうとするように。

「価値があると思ってくれているなら、わたしを助けてくれるはずでしょう。あなたがわたしの頼みを聞いてくれないのは、最初はお金の問題だと思っていたわ。でも実際は、もっと根深い問題だったのね」

「ぼくはきみを気にかけているよ」ニックは身を乗り出し、彼女にキスをした。そっと触れるだけだが思いのこもったキスを。エマがどれほど大切な存在なのか、わかってほしかった。

「愛している」彼はささやいた。

彼女が疑わしげにグリーンの目を細める。

「エマ、ランガムパークで『ベンサム随筆集』と引き換えにキスをしたときから、ぼくはきみを愛していたんだと思う」いまの状況では、彼女がニックを愛しているかどうかは問題ではない。ありったけの説得力を駆使して、エマがどれほど特別な存在なのかを理解させ、とにかく連れて帰りたい。そして思いつくかぎりの歓びを与えるのだ。彼がどれほど愛しているのか思い知らせるために。

「こんなふうにこじれてしまった愛を修復できるものかしら。現時点ではそうは思えないわ」エマがゆっくりと手を引き離した。「わたしの一番の望みは、あなたがわたしに対して敬意を抱くようになることよ。あなたについても同じことが言える。わたしもあなたの信念に敬意を払うべきね」唇を噛んで顔をしかめる。「あなたの人生の決意は、わたしのものとはまったく相容《あいい》れない。あなたはミス・ハウエルを支援したいというわたしの希望よりも、お金とハウエルへの恨みを選ぶんでしょう。でもわたしは彼女を助けることで、レナの仇を討ってアルトンを打ちのめしたいの」ランガム公爵家令嬢としての上品さを保ちながら、彼女は椅子から立ちあがった。

ニックも立ちあがる。「エマ――」

「このことがわたしにとってどれほど大事か、あなたにうまく伝えられないみたい。それにあなたにとっては、わたしはそこまでの価値はないのかもしれないわね」彼女は一歩さがって机から離れた。「もういいかしら、まだ仕事が残っているの」

「話がつくまで、ここを動くつもりはないぞ」

その答えとしてエマは扉のほうを向き、ペリースを手に取った。

ニックのすべてが――心臓が、呼吸が、そして人生が――動きを止めて静かになった。エマは彼を残して立ち去ろうとしている。

「わたしは不安を抱えながら生きていくのはいやなのよ。申し訳ないけれど、しばらくひとりになりたいの。最後に鍵をかけておいてもらえるかしら」彼女はジョン・スモールのほうをちらりとも見ずに出ていった。従僕は慣れた様子で一歩うしろをついていき、ふたりはロンドンの街へと姿を消した。ニックは呆然としたまま、何が起きたのか理解しようとした。とうとう妻に愛を告白した。彼の心をとらえ、幸せな人生をともに築きたいと心から思える女性に。

考え違いでなければ、エマも彼を愛していると言ったように聞こえた。彼女も同じように愛情を抱いているのだと思えば、高揚感に包まれても不思議はなかった。

だが、別れ際のエマの言葉が頭から離れなかった。ふたりのあいだに生じた亀裂を愛情で修復することはできないと彼女は考えているようだ。こんなにも純粋ですばらしい愛が、なぜ簡単に台なしになってしまったのだろう？　言葉と感情の激しさが、運命のあの日に父からひどい言葉を浴びせられたときと気味が悪いほど似ていた。

ニックは拳を握りしめた。こういう胸の痛みから、何度もわが身を守ってきたのではないか？

無防備に身をさらしていたから、エマはここぞとばかりに彼の心を押しつぶしたのだ。

自分はまだ懲りていないのか？

ニックは書斎の炉棚に置かれた時計と、赤々と燃える暖炉の炎を食い入るように見つめた。もう三時間三分ものあいだ、真剣なまなざしを向けつづけている――彼の集中を妨げるのはエマだけだ。

銀行の扉に鍵をかけると、ニックはまっすぐに自らの聖域へ、この書斎へ戻ってきた。エマをこんなに深く愛しているのに、彼女のほうは関わりたくないという。ブランデーをひと口飲んだ。体が焼けるように熱くなったが、慰めにはならなかった。ニックの人生はめちゃくちゃだった。父が予想したとおりの結果だ。彼はグラスを掲げ、炎に向かって乾杯した。父に敬意を表して。

ハムが部屋に入ってきた。「閣下、サイクストン伯爵がお見えになっています。レディ・サマートンを訪ねていらしたのですが、奥さまはお会いになれないとお伝えしたところ、少しだけでかまわないので閣下とお話しできないかと」

「通してくれ」いったい彼がなぜエマに会いに来たのだろう？　彼女の訪問は失敗に終わり、早々に追い返されたはずではなかったか？

ハムの案内でサイクストン伯爵が姿を見せると、書斎の扉が閉められた。

「サマートン卿、急な訪問にもかかわらず、お時間を作ってくださりありがとうございます」サイクストンはいかにも軍人らしく、動かずにじっと立っている。軍服は着ていないものの、仕立てのいい服が几帳面な性格と趣味のよさをうかがわせた。彼は背筋をしゃんと伸ばし、無表情を装っている。

ニックは手を振って机の前にある椅子を示し、じっと待った。サイクストンはぎこちない足取りで杖を使って歩いているが、その物腰から誇り高い人物のように見受けられる。ニックが手を貸したら気を悪くしただろう。

彼はニックのそばまで来ると、そろそろと椅子に身を沈めた。「事前に手紙でお伝えせずに申し訳ありません。あまり時間がなかったものですから。このあと〈マントン射撃場〉で練習をする予定があるので」

「お気になさらず」ニックも腰をおろす。「飲み物か軽食はいかがです?」

「いいえ。酒はけっこうです、今日のところは」サイクストンは息をついた。「奥方が妹と姪の死に関することで、ぼくを訪ねてくれました。だが、ぼくは無礼な態度を取ってしまった」気まずそうに咳払いをする。「それでおわびにうかがいました」

「たしかに妻は少しばかり動揺していました」控えめな言い方だった。実際にはまったく取り合ってもらえず、すっかり取り乱していたのだから。そして非常に残念なことに、ニックはハウエルを助けたいという頼みをはねつけ、彼女をさらに深く傷つけてしまった。

簡単に言えば、ニックが彼女に大打撃を与え、エマのほうも彼に同じことをしたのだ。

サイクストンが膝に両肘をつき、床に視線を落とした。ふたたび顔をあげたとき、彼の顔には苦悩と悲嘆のしわが刻まれていた。「レナの死の真相を明らかにするべきだとエマは主張したのですが、ぼくは自分を見失っていて、彼女が与えてくれたものに気づくことができなかったのです」

「妻は何を与えたのです？」ニックは尋ねた。断固たる決意でサイクストンに立ち向かうエマの姿が目に浮かぶ。

「少なくとも数日間は、自分が置かれたつらい状況を忘れることができました。エマのおかげで、妹の苦しみについて思いをめぐらす勇気を奮い起こせたのです」サイクストンが片手で自分の顔をさすった。「妹は悪魔のように残忍な男と結婚しました。そしてぼくは、そんな結婚を認めてしまった自分を一生許せないでしょう」彼はじっと考え込んでいたが、やがて椅子の中で背筋を伸ばした。「エマに――レディ・サマートンに伝言をお願いできますか？」

ニックはうなずいた。

「アルトンに決闘を申し込みました。あの間抜けは拳銃を武器に選びましたよ。明日の明け方、ハムステッドヒースで行います。剣を武器に選んでいれば、やつにも勝算があったでしょうね」冷静に伝言をことづけるサイクストンの態度は自信に満ちあふれていた。彼が暇乞いをしようと腰をあげる。

「介添人が必要なら、ぼくが引き受けましょう」

サイクストンは頭をさげた。「ウィリアム卿が引き受けてくれました。とはいえ、お心遣いに感謝します。ぼくが生き残ったら、ひどい醜聞になるはずです。あなたは関わりたくないでしょう。それにしてもなぜ？」

エマのためだ。彼女のためなら地獄の業火の中でも歩いてみせる。いまなら自信を持ってそう言えた。「妻のためにも、なんとしてもきみに勝ってもらわねば。妻は妹さんの死の衝撃から、いまだに立ち直れずにいるのです。あなたの役に立てば、妻を助けることにもなります」

「下心があるわけですね」サイクストンがのんきな口調で冷やかす。「ご心配にはおよびません。ぼくが勝ちますから。いずれにしても、今夜はいろいろと準備があります。どうかエマに伝えてください。レナとオードラとぼくのためにいろいろ手を尽くしてくれたことを感謝していると」

「必ず伝えます」ニックは机を離れて相手に近づいた。「幸運を祈っています」

「ありがとう。終わったらご連絡します」

サイクストンが出ていって扉が閉まると、ニックは椅子に倒れ込んだ。レナの仇を討つというエマの誓いが、ついに果たされる。ただし、彼女が思い描いていたものとは違う形になった。エマはサイクストンにアルトンを告発させようとしていたが、サイクストンの念頭には別の計画が浮かんだのだ。決闘のあとは醜聞になるだろうけれど、レナの思い出はそのまま残るだろう。アルトンが裁判の場で、亡き妻の人格と美徳を汚すという最悪の事態は避けられるわけだ。

ふとサイクストンが言ったことを思い出し、ニックは啓示でも受けたように体じゅうの血がたぎるのを感じた。エマはいわば人生を変える機会を彼に与えたのだ。

まさにそれと同じ機会を、彼女は自分にも与えてくれたのではないか？

たしかにエマの存在は仕事の励みになっていた。しかしそんなことよりも、彼女はニックの目を開かせ、いままでどれほど無味乾燥な人間だったかということに気づかせて、人生を生きる価値のあるものに変えてくれた。エマのおかげで彼は人を愛することを知り、自分には富を築く以上の値打ちがあると心から信じられるようになったのだ。それに金もうけは、生まれてからずっと渇望してきた愛情や人との交わりといったものの粗悪な代用品でしかなかった。

時計の針を戻してエマに言うべきことをきちんと伝え、彼女の望みをかなえられるのなら、なんでもしたい気分だ。いままで道理をわきまえているつもりでいたが、じつはでたらめを言っていただけだと認めざるをえない。己を守ろうとするあまり、富と権力を蓄えたり、傷つかないために自分を強く見せる能力を高めたりすることでしか、自身の価値を認められない人間になっていた。

エマと一緒にいられなければ、そんなものがなんの役に立つ？

人生において価値があると信じていたものが――いわゆる名誉が――一転して凶器となり、

かえってエマを深く傷つけてしまった。ニックは富を築くことを信条に掲げ、悪魔の言葉にずっと耳を傾けてきた。だから自分がどれほど成功したのかを表す、上っ面なお世辞しか受け入れられなくなっていたのだ。

息苦しいほど鼓動が速まり、胸が張り裂けそうだった。胸の中の金床に金づちを打ちつけられているかのようだ。これまで彼が口にしてきた陳腐な言葉が耳の中でこだまする。エマに愛していると言っておきながら、愛情をどう表現すればいいのかわからなかった。ふたりとも幸せを見つけられないだろうと彼女が思うのも無理はない。

そのとき、ハムが真っ赤な顔をして書斎に駆け込んできた。「お邪魔して申し訳ありません、閣下。それがまたお客さまでして。急用だそうです」執事の声が数オクターブさがった。

「訪問カードはあるのか?」ハムが答える前にニックは歩きだした。新たな客を迎えている時間はない。エマを見つけ出し、この屋敷に連れ帰らなくては。

「閣下、大広間にお通ししました」ハムがやわらかな口調で言い添えた。「レディ・サマートンの居間の隣の部屋です」

「言われるまでもなく、大広間がどこにあるのかは知っている。ぼくが自分の屋敷の中を把握していないとでも思っているのか?」ニックは小言を言った。おおかたホエーリーから演技の仕方でも教わっているのだろう。じつのところ、この屋敷の使用人は誰も彼も、主人を間抜けだと思っているに違いない。

まあ、当たらずといえども遠からずだが。ニックは今日初めて笑い声を立てた。

とにかく最優先に考えるべきはエマのことだ。五分間だけ客人に応対してから、妻を探しに行くとしよう。両開きの扉を押し開け、足取りを乱すことなく大広間に入った。暖炉で真っ赤に燃える炎が、部屋を居心地よくあたためている。

けれども客がこちらに顔を向けた瞬間、ニックは凍りついた。突然北極の寒さに襲われ、心にひびが入ったような気がする。彼はその場で足を止め、息を詰めた。

「あなたはここでは歓迎されませんよ」

25

「歓迎されないのは重々承知している」レントン公爵は皮膚のたるんだ顔を伏せ、自分の両手をじっと見つめた。「いままでさんざん思い知らされてきたんだ。頼むから、わたしに少しだけ時間をくれないか」

どうやら歳月は、目の前の見知らぬ男性に味方しなかったらしい。ブロンドは白髪になり、顔に刻まれた深いしわが苦難の人生を物語っていた。そして何より驚いたのは、あれほど貫禄《かんろく》のあった父の腰が曲がっていたことだ。ここにいる人物は、ニックの記憶の中にある公爵の抜け殻だった。

例によって胸がちくちくとうずきはじめ、きびすを返してすぐさま部屋を出ていくべきだとニックを急きたてた。これほど激しいいらだちに襲われるのは、最後に父に会ったとき以来だ。自分には価値があるのだという感覚がもろくも崩れ、苦悩と怒りがじわじわと忍び寄ってくる。あれから何年も経っているというのに、父の出現によって呼び起こされた恨みと恥辱が目まぐるしくまわりだし、老いた父への侮蔑の渦にニックを引き込もうとした。

だめだ、父の残酷さに屈してなるものか。ここは自分の屋敷だ。不快感を取り除く方法はひとつしかない。このろくでなしの襟首をつかんで屋敷から放り出したあとで、大広間の隅から隅まで掃除をしろと命じればいい。

ニックの苦しみには気づきもせず、レントン公爵が片手を振って椅子を示した。

「座ってもかまわないかね？　こんな空模様の日には膝が痛むんだ。ミスター・マーティンがわざわざ火をおこしてくれたんだが」

「ぼくが親身になってくれると思ったのなら、思い違いですよ」ニックは先制攻撃を仕掛けた。父をまっぷたつに切り捨てるつもりだった。

「一六年待って、ようやく会えたな」公爵の目が赤く潤んでいる。「息子よ、わたしはどうしても――」

「もうお帰りください。われわれには話すことは何もないはずです。ハムが玄関まで見送りを――」

「毎朝目覚めるたびに、おまえと最後に会った日のことをずっと後悔してきた。おまえに対してひどい態度を取ってしまったと」ほとんど聞き取れないほど押し殺した声だった。公爵はソファのそばにあるブロケード張りの椅子にゆっくりと腰をおろした。「頼むから座ってくれないか」

この場を立ち去りたいという衝動に駆られ、体がかっと熱くなる。悪魔がおこした地獄の業火に放り込まれたかのようだった。ひょっとして、この男は死者の国からやってきたのだろうか？　だとしたら、冥府《めいふ》の神ハーデースの退屈な話を延々と聞かされるほど不愉快なことはない。

けれども頭の別の部分が、父の口から吐き出される嘲笑と辛辣な言葉に耐えるべきだと訴えていた。エマがこの場にいたら、彼自身のために我慢するべきだと言い張っただろう。ニックは気が変わらないうちに父の向かいに座り、何も言わずに待った。

「ありがとう」息子のうわべだけの善意に対して、公爵は礼を言った。「あの日イートン校を去ったあと、おまえのもとに戻ろうとしたのだ。じつを言うと、一、二キロ進んだところで馬車を停めた」

かつてはニックに一瞥をくれるたびに、公爵の目はいつも非難めいた光を宿していた。ところが今日は、深い後悔の念が揺らめいている。ニックは背筋を伸ばした。これは思いすごしに違いない――謝罪をするなど、父の自尊心が許さないはずだ。長年つきまとっている厄介な自己不信が、ニックを焼き焦がそうとした。

「吐き気がしたよ。おまえにきつく当たってしまった自分の残酷さに嫌気が差して、胸が悪くなった。おまえはわたしの息子で、たったひとりの家族なのに、ごみくずのように放り捨ててしまった」公爵の苦悩があまりにも生々しくていたたまれなくなり、ニックは父の思いつめたまなざしから顔をそむけて暖炉の炎を見つめた。まさに目の前で、長年自分を支配してきた父が、痩せ衰えたしわだらけの弱々しい存在になりつつある。

レントン公爵は後悔の涙をぬぐおうともしない。「何より深く恥じているのは、あの日、おまえに嘘をついたことだ。いまさら手遅れかもしれないが、償いをしないと死んでも死にきれないと思うようになった。せめてやれるだけのことはやってみようと……」父は体の前で両手を握りしめた。エマがそわそわと指を動かすのと同じように。「おまえの母親はおまえを愛していたよ」

「なんですって？」聞き間違えたのかと思った。胸が締めつけられ、いまにも肺が張り裂けそうだ。

ニックは長年、父から浴びせられた痛烈な言葉に幸せを奪われてきた。自分は価値のない人間だから誰からも愛されないのだと思い込み、自分の殻に閉じこもってわが身を守りながら、人と交わらずに生きてきた。ところがようやく勇気を奮い起こし、その殻を妻に打ち破ってもらった。もっとも、彼女の気持ちはもう離れてしまったかもしれないが。それでも、いまさら空っぽの殻の中に戻る気にはなれない。

「彼女がおまえを身ごもっていたとき、わたしたちはよく一緒にベッドで寄り添っていた。彼女はわたしの手を取って、お腹に当てさせたものだ。おまえが蹴っているのを感じられるようにな。おまえの愉快な動きを笑い合いながら、彼女は生まれてくる子についてあれこれ夢を語っていた。あんなに幸せそうな彼女を見たのは初めてだったよ。眠りに落ちる前、彼女はいつもささやいてくれた。おまえとわたしの両方を愛していると」公爵は頭を振った。「思い出があまりにつらすぎて、話すのが苦しいのだろう。「彼女と一緒にいたときほど人生を楽しめたことはない。彼女はわたしの太陽だった。わたしの世界のすべてが彼女を中心にまわっていたんだ」

「母上を愛していたのなら、なぜ母上がぼくに愛情を抱いていたことを否定したのですか？」まったくわけがわからない。両親の人生をようやく垣間《かいま》見ることができたのに、どこか他人事のように感じられた。父が語った男性は、ニックが憎んでいる冷酷で尊大な公爵とは似ても似つかなかった。

父が自分の手から視線をはがしてニックに向けた。目に苦悩の色が宿っているが、その奥にはさらに深いものが浮かんでいる。自責の念だ。

ニックが人生で大切にしてきたものすべてが音を立てて崩れ落ち、疑念のがれきと化した。彼は肩をそびやかした。老人が謝罪と哀れな弁明をしたからといって、忌まわしい過去を水に流すつもりはない。

「わたしはおまえと彼女にふさわしい愛し方ができなかった。彼女が亡くなり、ついに自分の弱さを露呈してしまった。わたしは……すっかり途方に暮れていたんだ。先の人生に虚しさしか感じなくてね。悲しみを乗り越えるためには、彼女の思い出を心から追い出すしかなかった。だが、おまえは何よりわたしの心をかき乱す存在だった。毎日おまえの顔を見るたびに彼女の顔がちらついて、喪失の苦しみを何度も味わわなければならなかったんだ」公爵が息を吐き出す。体がみるみるしぼんでいき、威圧感が空虚さに取って代わったように見えた。

「すまなかった、いい父親ではなくて……おまえを育てることさえできなかった、だめな人間だ」

目の奥から熱いものがこみあげ、ニックは思わず目を閉じた。いままでずっと、父は自分を憎んでいると思っていたが、実際は彼が父に思い出させる記憶を憎んでいたのだ。心の中のわだかまりがいくらか解けたものの、その分、子どもの頃に失ったものに対する深い悲しみが芽生えた。傷ついたときに親が与えてくれたかもしれない——当然与えるべきだった安心と慰め。喜びを分かち合いながら、ともに過ごす時間。自分の子どもにも話して聞かせられるような、さまざまな思い出。そのすべてが奪われたのだ。自分の悲しみをうまく乗り越えられなかった男によって。父は弱い人間だった。どうしていままで気づかなかったのだろう?

万が一、エマが出産で命を落とすようなことになったら、ぼくは悲嘆に暮れるに違いない。でも結局は生まれた子を手元に置いて、彼女のやさしさと思いやりがその子の記憶にとどまるように全身全霊を注ぐはずだ。エマへの敬意を表して、自分たちの子が大切にされ、愛されるように手を尽くすだろう。

ああ、愛するエマ。これは彼女が教えてくれたことだ。彼女に惜しみなく愛情を注ぐためには、自分の中に幸せを見いださなければならない。エマの話に耳を貸さず、意見を考慮しようとしなければ、そのうちに多くの貴重な瞬間が失われてしまうだろう。

そんな人生の教訓を与えてくれた人物が目の前に座っている。父は愛する機会を失い、貴重な時間を無駄にしてきた。自分も父のような人間になっていたのだと気づき、苦痛で胃がねじれた。

「ニコラス、わたしは身勝手にもおまえを追い払った」公爵が声をやわらげた。「おまえがわたしに思い出させる記憶と向き合うよりも、おまえを非難して追い払うほうがずっと簡単だったからだ。だが、最高の家庭教師を雇っておまえを手元に置くべきだった。わたしの最大の後悔は、おまえのそばにいてやらなかったことだよ」

沈黙が流れた。暖炉で薪がはぜる音以外、何も聞こえなくなった。やがてレントン公爵が顔をあげた。

「イートン校に持っていった二〇〇ポンドは、領地が不作だったあの年にどうにか工面した金だ。じつはいまだに借地人の面倒を見たり、修理費を払ったりするのに借金をしなければならないような状況でね」

「先日五〇〇ポンド送ったばかりですよ。まだ足りないのですか？」ニックは驚きを隠すために、頭をぐるりとまわして首を伸ばした。こわばった筋肉をほぐすためと、そのあいだに父の話を咀嚼するためだった。レントン公爵が領地の運営で金銭的な問題を抱えていたなど初耳だし、運命のあの日の前後に領地の様子を見に行ったこともなかった。

公爵が首を横に振った。「いや、そうではない。あの年、わたしは土地の一部を抵当に入れた。豊作が何年か続いて投資がうまくいけば、公爵領にはまた現金が入ってくるはずだった。ところが気づいたときには、くだらない自尊心に負けていた。なんとか援助してやろうと……」父はごくりとつばをのみ込んだ。サハラ砂漠で発見され、渇きで死にかけている男のように。「あの日、わたしはおまえを選んだのだよ」

公爵の姿はみじめで、見る影もなかった。父の言葉を信じたくてたまらなくなり、ニックの喉もからからになった。

「ポール卿の借金を肩代わりしなければ危害を加えられるかもしれないとおまえが手紙で知らせてきたとき、思わず怒声をあげた。わたしとしては、ポール卿が引き合わせたごろつきどもの暴力からおまえを守ってやることもできたし、二〇〇ポンドを借地人の家の屋根の修理費用に当てることもできた。結局はおまえを選んだが、わたしにそんな決断をさせたおまえに無性に腹が立った。だから、わたしがこうむった損失の責任を——物的な損失も、感情的な損失も、金銭的な損失も、すべておまえのせいにしていた。時が経つにつれて、わたしはますます偏屈な人間になった。それでも心の底ではわかっていたんだ。あの日、わたしが選んだのはおまえだったと。息子よ、わたしにとっておまえは、おまえの母親との最後の接点なんだ」

ニックは目をしばたたき、その告白の意味を理解しようとした。父は公爵領に対する責任を彼に押しつけていたということか？　嫌っていた息子に？

理解できない。あの父が、あのレントン公爵が、打ちひしがれて謙虚にかしこまり、許しを請うているとは。

「そんな——」ニックは深呼吸をして、悲しみを抑えようとした。

「こんな話は聞きたくないだろうな……」公爵はため息をつくと、咳払いをした。「おまえにわびたいと思って手紙を書いていたんだ。わたしの手紙は受け取ってくれたかね？」

「ええ、でも一度も目を通していません」良心をなだめるために嘘をつく気にはなれない。

当然の罰を受け入れるように、公爵がゆっくりとうなずいた。「大学を出てからのおまえのめざましい成功ぶりは、遠くから見守っていたよ。どうやらペンブルックが、おまえの人生に大きな影響を与えたようだな。彼がうらやましくてしかたないが、大いに感謝もしている。よくできた男だ」

「ペンブルックと親友になれたのは幸運でした。彼がぼくの身の上に関心を持ってくれなかったらどうなっていたか、考えただけでもぞっとします」

その言葉を聞いて公爵はたじろいだが、事実をやわらげて伝えるつもりはなかった。いまのニックがあるのはペンブルックの友情のおかげなのだ。「じつは結婚したんです」思わず口をついて出た。「ランガム公爵令嬢のレディ・エマと」

父の口元に初めてかすかな笑みが浮かんだ。「ランガムから手紙をもらったよ。その手紙に勇気づけられて、こうしておまえに会いに来られたんだ。おまえに面会を断られても、おまえの妻が説得してくれるのではないかと思ってね」公爵の目は血走っていた。「彼女には一度だけ会ったことがある。まだ幼かった頃に。それでもよく覚えているよ。元気いっぱいで、本当に美しい娘だった。彼女なら、すばらしい公爵夫人になるだろう。おまえの母親のように」

あの父が褒め言葉を？　ニックは生まれて初めて、公爵という爵位と虚飾の下に隠れている生身の人間をうかがい見たような気がした。父は愛情を示すことができる人だったのだ。

「彼女はいま留守にしていますが、いずれご紹介しましょう」いつのまにか、ニックの声から苦悶の色が消えていた。胸のつかえがおりて、呼吸もいくらか楽になっている。

「それは……近いうちに、ということかな？」哀願するような口調は聞き逃しようがなかった。

父がニックを母との最後の接点だと考えているのなら、彼にとっても父は同じように母との接点なのではないのか？　三〇年前に亡くなったひとりの女性への愛情があれば、父子《おやこ》の関係は修復できるだろうか？

自分の人生に父が必要かどうか、じっくり考えてみなければならない。昨日のニックならば、迷わず〝必要ない〟と答えていただろう。今日、エマに銀行に置き去りにされたときならば、〝たぶん必要ない〟という表現に変わっていたはずだ。そしていまは、はっきりとした答えは出せないものの、ひとつだけ確信できることがある――肩を落とした孤独なこの老人をエマが見たら、許してあげるべきだと言うに違いない。それどころか、この機会を利用して父とのあいだに残っている感情を救い出す努力をしてみたらどうかと促されるかもしれない。新たなスタートを切って、過去の過ちから前向きな何かを作りあげるべきだ、と。

「妻はすぐにでも義理の父親に会いたがるでしょう」誘いの言葉を口にしたとたん、ニックの自己不信が粉々に砕けた。自分でもなぜかわからないが、父と穏やかな関係を築く努力をしてみようと思う。もしかすると、それが妻の愛情を取り戻すための方法なのではないだろうか？

「ありがとう、ニコラス。まさかこんなことが……いや、心のどこかで彼女に会わせてもらえるよう祈っていたんだ」レントン公爵の目に紛れもない感謝の念が浮かんだ。「わたしにできることがあれば、遠慮なくなんでも言ってくれ」

そのとき、ある考えがひらめいた。エマがどれほど大切な存在なのかを示す方法が。途方もなく愛していることを証明すればいいのだ。

「明日、ハムステッドヒースに来てもらえませんか？　サイクストン伯爵がアルトン伯爵と決闘をするのです。彼らは互いの恨みを晴らすために決死の戦いに挑みます。いらっしゃりたくなければ、それはそれでかまいません。ですが、もしサイクストンが勝ったら、貴族院で彼に懲罰が科されないよう、うしろ盾になってもらえませんか？」

「わかった、そこでおまえと落ち合って、サイクストン伯爵のうしろ盾になろう」父はうなずくと真顔になった。「彼女を愛しているのだな？」

ニックの心が静まり返った。エマを愛している。誰はばかることなく、世界じゅうに公言したいほどに。彼は笑い声をあげ、こみあげる感情に身を任せた。「ええ、死ぬほど」

エマのもとへ行き、決闘のことを知らせなければ。そして彼女がどれほど大事な存在かを伝えるのだ。ニックにとってだけではなく、彼女の善意と強さに助けられた人たちみなにとっても大事な存在なのだと。

エマが関わったおかげで人生が好転した人たちがいることも伝えよう。彼らを見捨てることはできないはずだ。なぜなら、彼らはエマを必要としているから。

それに何より、ニックには彼女が必要だった。見捨てられては困る。もっともその前に、いくつか用事をすませて、明日の準備を万端に整えておこう。

運命の日は、どうやらあわただしい一日になりそうだった。ニックにとっても、ひどく当惑しているはずの美しい妻にとっても。

エマは何時間も歩きつづけたあげく、気がつくとランガムパークに来ていた。心にぽっかり穴が開いているせいで、慣れ親しんだ逃げ場所が生まれて初めて寂れて見えた。彼女を叱りつけてくるリスや鼻をすり寄せてくる犬もいなければ、爛漫《らんまん》と咲き乱れる花も見当たらない。冷たい北風だけが、葉の落ちた木々のあいだを吹き抜けている。何もかもが受け入れがたい事実を予言していた。

夫は愛していると言ってくれたし、実際にそれは本心から出た言葉なのだろう。けれど、この二日間の彼の言動はその言葉とは完全に矛盾している。

「隣に座ってもいいかしら?」クレアの緑色のマントが風になびき、赤褐色の巻き毛が顔にかかっていた。いとこは言うことを聞かない髪を手なずけようとしているが、風が強すぎるようだ。

エマが横にずれると、クレアは隣に腰をおろした。庭園を眺めながら、エマの手を取る。

「どうしたの? 何もないとは言わせないわよ。顔を見ればわかるもの」

「自分が何をしているのかわからないのよ――結婚生活でも、人生でも」意思に反して、ひと粒の涙が頰を伝って流れた。冷たい風が吹きつけ、涙に濡れた頰がひりひりする。「レナが亡くなる前や、わたしが結婚する前は、人生のすべてを自分の好きなように作りあげていたの。それがいまでは、何ひとつ思いどおりにならない」涙がエマの平静を破ろうと一斉攻撃をかけてきた。彼女自身よりも強い意志を持って。

クレアが眉をひそめ、エマをまじまじと見る。「あなたがどんな気持ちでいるか、あなたの旦那さまは知っているの？」

「ええ」エマはぶるっと身震いすると、息をついた。「彼は気にも留めていないわ」

クレアがエマの肩を抱いて自分のほうに引き寄せた。体をぴたりと寄せ合うと、風の勢いを感じなくなった。「わたしがこれまでの結婚生活で学んだことを教えてあげる」いとこの抑えた声を聞いたとたん、エマは何日も失っていた落ち着きに包まれた。「解決策が見つかるかもしれないわよ」

「あなたに会えなくて寂しかったわ」エマは言った。

「わたしも」クレアがエマの手を取って自分の頰に当てる。「結婚の大変さは誰よりもよくわかっているつもりよ。覚えているでしょう、わたしが一度はアレックスとのことも、家族を持つこともあきらめようとしていたのを。わたしには重荷を背負っていく勇気も願望もなかった。でも、アレックスがすべてを背負ってくれたの。わたしがもう一度やってみようと覚悟を決めて、お互いに歩み寄れるようになるまで」

エマはクレアの手に自分の手を重ね、ぎゅっと握った。「もちろん覚えているわ、あなたがどれほどつらい思いをしたのかも。たしかスコットランドに移ろうとしていたのよね」

クレアが眉をあげる。「あなたが独立心旺盛で正義感が強いことは知っているわ。でもね、結婚は望んだものを手に入れるための手段にもなりうるのよ」

エマは鼻で笑った。「いやだわ、クレア、ばかを言わないで」顔をしかめ、声を震わせる。「わたしは心構えができていなかったのね。この先だって、できるかどうか自信がないわ。もともと従順な妻になれるような女ではないもの。いまはなけなしの自制心を必死に保とうとしているところよ」

「サマートンが従順な女性を求めていると思う？　もしそうなら、彼はあなたのあとを追ってポーツマスなどに行かなかったでしょうね。サイクストン卿の屋敷まで付き添って、レナのメイドと彼女の母親を雇い入れることを申し出たりしなかったはずだわ。彼はあなたを求めているのよ」クレアは手を伸ばし、エマの顔にかかった髪を払った。「彼を愛しているの？」

「ええ」エマはしゃくりあげた。「でも、それがいやなのよ。彼のやることなすこと、行動の真意を確かめようとしてしまうの。恋わずらいにかかった愚かな娘みたいに、卑屈になってしまうのよ」小さな笑い声をもらす。「わたしがこんな罠にかかるなんて、誰が予想したかしらね」

「エマ、それは違うわ」かぶりを振ろうとすると、クレアが片手をあげて制した。「最後まで聞いて。あなたが部屋に入ってくると、彼はあなたのそばへ行き、あなたの隣に座り、あなたを見つめているわ。それに何よりも、あなたと一緒にいると彼の心が落ち着いている。アレックスもわたしもそう思っているのよ。白状すると、アレックスはこの数週間、サマートンの心ここにあらずといった様子を楽しんでいるの。あなたがこのベンチにいるのを見つけたあの晩、サマートンはアレックスを叱責してくれたのよ。あなたとあなたの信念をばかにしたことを、きちんと謝るべきだって」

エマはまたしゃくりあげた。クレアには真実を知る権利がある。「アルトンの婚約者が婚約を解消しようとしたら、お金を払わなければ応じないと脅されたの。その女性はニックが嫌っている人物の妹さんなのよ。彼女に融資する資金を貸してほしいとニックに頼んだら、断られてしまったわ」

クレアが片方の眉をあげた。

「その女性を救うことができたら、わたしも悲しみを乗り越えられると思ったの」エマは目を閉じて、こみあげてくるみじめさをのみ込んだ。「でも彼は、わたしよりもお金と過去の因縁を選んだのよ」

「自分の気持ちを彼と話し合ってみたの？」クレアはエマの巻き毛を耳のうしろにかけると、マントのフードを頭にかぶせた。

「この二日間ずっと」

クレアは灰色の景色にじっと見入った。「彼に関係を修復する機会を与えてあげて。あなたたちは歩み寄るのが下手なのよ。折り合うのに時間がかかるの。でも、彼はあなたを愛し

されない人生もあるのよ」

「ああ、クレア、あなたは人生を完璧なものだと思っているのね。実際は、愛だけでは満たされない人生もあるのよ」

クレアが口の左端から息を吐き出した。もう我慢の限界だという合図だ。

「エマ、わたしの話をよく聞きなさい。あなたにはすばらしい人生を送る才能があるのよ。愛と幸福と家族と、自分が望むもので満たされた人生を。それなのに勧められた馬車に乗らずに、人生を棒に振るつもり？　本当に貴重で美しいもののために、心をさらけ出すのがそんなに怖いの？　あなたはそんなおばかさんじゃないでしょう？　ねえ、サマートンと築く家庭を想像してみて。彼と力を合わせて、生まれたその日からあなたを愛してくれる家族を養っていくのよ。けれど最も大切なのは、あなたを愛してくれる夫。あなたのためならなんでもしてくれる夫よ」

「わかってもらえないのね」エマはつぶやいた。「そんなのはわたしの人生ではないわ」

「あなたが順調に銀行を始められるように、彼は一万ポンドも出してくれたじゃないの。その手の事業を始めたいと思っても、ほとんどの男性が話し合う機会さえ作ってくれないわ。でも、サマートンは話を聞いてくれた。彼は自分が知る最良の方法で、あなたの信念を支持してくれているのよ」クレアはかすかなため息をついた。「エマ、結婚のいい面を見つけて、そのほかの面はよりよくなるように努力なさい」

エマは首を横に振って拒否しようとした。

クレアはエマに話す機会を与えなかった。「いちかばちかやってみればいいの。心を開くのよ。彼は心からあなたを求めているわ。サマートンは愛情深いすばらしい男性よ。彼がいなかったら、アレックスとわたしは結婚生活を続けられたかどうかわからない」

いとこの顔に大きな恩義を感じている表情が浮かんだので、エマは驚いた。

「そうなの？　彼があなたたちに力を貸していたなんて知らなかったわ」

クレアがうなずいた。「詳しい話をするつもりはないけれど、サマートンはアレックスに助言してくれたの。ロンドンへ来てわたしにわびるようにと。しかも彼はアレックスに付き添って一緒に来たのよ」エマの手を取って指を絡める。「あなたの人生は前途洋々なのよ。真のパートナーと結婚できたんだもの。これ以上は望むべくもないでしょう。いちかばちか賭けに出てみないことには手に入らないわ。キャヴェンシャム家の人間ともあろう者が、挑戦しないでどうするの？」

「たぶんもう手遅れよ」ふたりの結婚はうまくいかないと、はっきりニックに伝えてしまったのだから。けれど途方もない愛を注いでくれる男性に、どうして見切りをつけることなどできるだろう？

「愛があれば遅すぎるということはないわ。彼に機会を与えてあげて」クレアがエマの手を放して立ちあがった。

エマも立ちあがり、いとこの頬にキスをした。「ありがとう。屋敷に帰って夫に会うわ」

クレアがエマの腕を取り、ふたりはランガムホールへ戻りはじめた。「やっぱりあなたはすばらしい人ね」

クレアと別れたあと、エマは屋敷に戻って自分の寝室でニックの帰りを待った。エリアルを寝かせてからも、もう少し待つことにした。もし今夜、彼が帰ってこなかったら？　彼女は怯えていた。あんなことを口走ったせいで、ふたりのあいだに埋めることのできない大きな隔たりが生まれてしまった。どうしても眠れず、エマは窓辺に座って待ちつづけた。やがて夜が白みはじめる頃、扉をそっとノックする音が聞こえて窓から目を離す。

「どうぞ」

ニックが部屋に入ってきて扉を閉めた。身じろぎもせず、無言のままエマと視線を合わせる。彼を見たとたん、エマは言おうと思っていた言葉を思い出せなくなった。ニックはひどく疲れているようで、顔がこわばっていた。

「おはよう」彼が低い声で言う。

愛情がこみあげ、一瞬心臓が止まりそうになった。「おはよう」

ニックがゆっくりと近づいてくる。警戒させて、彼女を追い払おうとするかのように。ところがそばまで来ると、彼はエマの頬に唇を押し当てた。彼女は息をのみ、ニックの頬にキスを返した。もし先週に時間が戻せるのなら、ふたりは厳しい現実に直面せずにすむのに。

「着の身着のままじゃないか」ニックが言った。

奇妙な平和を乱すのが怖くて、うなずくのがやっとだった。

「きみも眠らなかったのか？」彼は床に座り込み、エマと向き合った。黒のモーニングコートの前がはだけ、体にぴったりした濃い灰色のベストがあらわになる。几帳面に結ばれたクラヴァットの結び目が、首と肩のたくましさを際立たせていた。引きしまった体は、自分のものを守るために飛びかかろうとしているライオンを思わせる。そしてエマは彼のものだ。

彼女はうなずいた。「あなたと話をするまでは眠れなかったの」ニックの鋭い顎の線を指でなぞる。彼がエマの手を取って自分の頰に当てさせた。「あなたに謝らなければならないわ」

ニックが眉根を寄せる。「なぜだ？」

つばをのみ込み、やっとの思いで彼の視線をとらえた。「わたしのせいで……レナの件にこだわりすぎたせいで、わたしたちの関係がぎくしゃくしてしまったからよ。結婚してからのわずかなあいだに、あなたは何度もわたしに力を貸してくれたのに」エマは自分の手に当てられている長い指をじっと見つめた。ニックは力を加減して、彼女の手にやさしく触れている。「あなたにひどい仕打ちをしてしまったわ。もし、わたしにもう一度機会を与えてくれるなら——」

「ああ、もちろんだとも」ニックが手に力をこめ、なだめるように彼女の手を握りしめた。「きみの悲しみはわかっているつもりだ。ぼくもよく似た感情を抱えているからね。これからは互いに助け合いながら、悲しみをともに癒していこう。きみがぼくに与えてくれたものだけでもじゅうぶんだが——」

「いいえ」どうしても理解してほしくて、彼をひたと見据えた。「あなたはわたしのすべてを手に入れたのよ——わたしの心も献身も。わたしにそれを証明させて」

ニックが視線で彼女を愛撫する。エマは目を閉じ、彼の額に額を寄せた。それはキスよりも親密な触れ合いで、ふたりの誓いだった。

「残念だが、あまり時間がないんだ」ニックがささやき、唇で彼女の唇をかすめる。「そろそろ出かけないと」

「どこへ?」エマはかすれた声をあげた。

「きみを決闘の場に連れていく。さあ、急ごう」

信じられない思いで目を見開いた。「なんですって?」

「サイクストンがアルトンと会うことになっている。夜明けにハムステッドヒースで。レナの仇討ちが果たされる場に、きみも立ち会うんだ」

「ジョナサンはいつ決闘を申し込んだの?」

「昨日だ」ニックがエマの両手を取って立たせた。

「彼はお酒を飲んでいなかったの?」

「完全にしらふのようだった」ニックに連れられ、彼女は化粧台の前に立った。彼はエマの三つ編みの髪をねじってひとつにまとめたが、長く太い指でヘアピンを留めるのに手間取った。

「わたしにやらせて」まとめた髪を手早くピンで留める。「アルトンは何を武器に選んだの？」

「拳銃だよ。昨日の午後、サイクストンから聞いたんだ」

エマは立ちあがり、ドレスのしわを伸ばした。ニックが値踏みするような視線を投げ、満足げにうなずく。

「完璧だ。詳しい話は馬車の中で」ふたりは手をつないだまま階段をおりはじめた。階段の下に、エリアルとホエーリーとハムが立っていた。

「おはようございます、奥さま」エリアルが笑顔で挨拶する。手にした美しい黒のマントは、ベルベットの生地にグレーの紐でコード刺繡が施されていた。「昨日、閣下が奥さまのためにお買い求めになったものです」

マントの上品さにエマは息をのんだ。毛足の長い上質な生地が、光を受けてきらきら光っている。エリアルが彼女の肩にマントをかけた。手触り、ダイヤモンドのボタン、エマの雰囲気や体格によく似合っている。

「店先に飾ってあるのが目に留まってね。すぐにきみが思い浮かんだよ」ニックが秘密めかしてささやいた。

熱っぽい目で見つめられ、エマは頭がうまくまわらなくなった。エリアルがマントの裾を直す動きにひたすら注意を向け、どうにか呼吸しようと努める。

ホエーリーが例の芝居がかった調子で、ニックの黒いコートを差し出した。「閣下」

ハムがさっと扉を開けた。オペラの初日の公演が始まるときのように颯爽とした動きで。

ニックが手を差し伸べてきた。「準備はいいかい？」

エマは彼の声に気づいて顔をあげ、落ち着かない気持ちで上質なベルベットに手のひらを滑らせた。マントの美しさとは裏腹に、生地はしっかりして丈夫だ。その手触りが、夫のハンサムな外見の下に不屈の精神が隠れているという事実を教えてくれた。目の前にいる男性は、エマが心から望んでいた人生を約束してくれている――互いに愛情と思いやりを持って、ともに未来を築いていく人生を。一度は不信感を抱いた夫のおかげで、ふたたび希望を持てるかもしれない。彼は正義が行われる場にエマを連れていき、ずっと待ち望んできた罪の赦しを得られる機会を与えようとしているのだ。なくしたと思っていた夢と希望を見つける機会を。

「これを贈ってくれてありがとう」彼女はマントをさっと撫でた。ずっとつきまとっていた不安が薄れていき、この瞬間がかけがえのないものに思えてくる。「今朝のこともありがとう」

ニックは何も応えなかったが、顔にはいかにも満足げな表情が浮かんでいた。エマは彼の手を借りて馬車に乗り込んだ。たちまち馬車は北へ向かって全速力で走りだした。決闘が行われるハムステッドヒースには、三〇分足らずで到着するはずだ。

ニックはうしろ向きの席にエマと向かい合って座った。彼女が口を開こうとすると、片手をあげて制した。「ききたいことは山のようにあるだろうが、まずはぼくに話をさせてくれ。サイクストンが手紙の件できみに直接礼を言いたいと、屋敷を訪ねてきた。彼はすべての手紙に目を通し、すぐさま〈ホワイツ〉でアルトンを見つけ出したそうだ。そして昨日の朝、ほかの客たちの見ている前で決闘を申し込んだ。アルトンとしては、応じるほかなかったわけだ」

ニックが身を乗り出し、エマの両脚を自分の両脚ではさんだ。厚手のベルベットのマントを通して彼のぬくもりが伝わってきたが、それでも物足りなさを感じて、エマも身を寄せた。

「どうしてわたしを連れていくことに？」体が触れ合っている部分が熱くほてりだす。ニックの腿は、彼女の脚よりもはるかにたくましかった。

エマの注意を引くように、ニックがそっと彼女の顎をあげさせた。そんなことをされなくても、彼の力強いまなざしに魅了されて目が離せないというのに。

「ベンサムの本を手に入れようと躍起になっているきみを初めて見た瞬間から、ぼくはきみに魅せられていた」ニックは指の関節で彼女の頬を撫でた。「あれほど心惹かれたのは生まれて初めてだったよ。ぼくはよこしまな考えを払いのけ、仕事に集中しようとした。ところが、ぼくたちはそれから何度も顔を合わせた。ぼくの期待と欲求はますます高まり、とうとう無視できなくなった」

情熱的な目で見つめられ、いまにも体が燃えそうだ。彼が真面目な顔つきになったので、エマはその場に釘づけになった。

「昨日サイクストンに会ったあと、別の客人がぼくに面会を求めてきた。父だ」

エマは慰めを与えようと、思わずニックに身を寄せた。彼にとっては青天の霹靂《へきれき》だったはずだ。顔に不安の気配を探してみたものの、ただ真剣な表情をしているだけだった。

「わたしが付き添ってあげられたらよかったのに」

「むしろきみが留守にしていてよかったと思っているよ。父とぼくは互いに押しつけ合っていた悲しみに、向き合わなければならなかったからね」ニックが口を引き結んだ。「初めて父と腹を割って話をしたよ」

「お父さまはなんとおっしゃっていたの？」またしても彼が傷つけられたのではないかと思い、胸に重苦しさを感じた。

「父はぼくに謝ってくれた。長年の自分の過ちをあっさりと認めてね」

夜明けの光を受け、彼の瞳は生き生きと輝いて見えた。エマは何も言えなくなり、ただじっとニックを見つめた。

「父の告白はそれだけではなかったんだ、エマ」彼の口から発せられると、自分の名前が誓いのように聞こえる。「父の人生の中心にあるのはずっと母だった。その母を失った瞬間、父も壊れてしまったらしい」ニックは顔をしかめて一瞬ためらった。ハンサムな顔に悲しみがにじむと、エマの心臓が抗議するように不規則に打った。「母を失って、父は誰も愛せなくなった。父はどうしたらいいのかわからなくなり……ぼくを……放っておいたんだ」

安心させようとニックの手を握りしめた。愛していると伝えたくて。親の心の中に自分の居場所がないと聞かされたら、エマならすっかり打ちのめされるだろう。それなのにニックがくじけなかったのは、彼が驚くほど強い心の持ち主だからだ。

「かわいそうに」彼女はくぐもった声でささやいた。

ニックは無言で物思いにふけっていたが、やがて悪夢から目覚めたように頭を振った。

「父が自分の虚しさや悲しみを打ち明けているあいだ、ぼくはきみの言うとおりだと思い知らされていた。ありのままの自分でいなければ、きみにふさわしい愛し方はできないと。ぼくは決して癒えることのない傷を胸に抱えている。痛みに気づかないふりをするすべを身につけたんだ」

自分の要求が彼をさらに苦しめていたことに気づき、エマは激しい苦悩に襲われた。

「ニック——」

「しいっ、最後まで聞いてくれ」ニックが指先で彼女の唇に触れた。「いくら想像をたくましくしても、ぼくは完璧な人間とは言えない。でも、変わろうと思っている。そのために正しい行いをしたいんだよ」深く息を吸い、ゆっくりと吐き出す。眉間のしわが消え、顔の表情から悲しみの色が薄れたように見えた。「ゆうべはハウエルに会っていたんだ、彼がアルトンに返す金を融資する件で。アルトンが生き延びるかどうかはどうでもいいが、どこかの相続人がぞろぞろ出てきて和解契約書をちらつかせ、ミス・ハウエルに結婚するか二万ポンドを払うかどちらかを選ぶよう迫るような事態を招きたくないと思ってね。彼女は自由の身になれるよ、エマ」

思いがけない話に驚き、エマは彼をただじっと見つめた。

「もっとも、ぼくはすっかり改心したわけじゃない」ニックがにやりとする。「ハウエルにはそれ相応の金利で返済してもらわなければならないし、彼の一番優秀な競走馬を担保として受け入れた」

その知らせを聞いて、エマの心臓が激しく打ちはじめた。ニックは願いをかなえてくれた。献身を示し、彼女を信頼してくれたのだ。エマは彼の胸に飛び込むと、ふたりのこの瞬間が永遠のものとなるようキスで封印した。ぞくぞくするほどニックを愛している。この愛は決して薄れることはないだろう。それどころか毎日愛を分かち合えば、ますます深まっていくに違いない。

「きみはぼくの心の隙間を埋めてくれているんだ、エマ。それだけはたしかだよ」

そのとき、馬車が急に停まった。その勢いでエマはうしろに投げ出されたが、座席から落ちないようにニックがしっかりと抱き止めてくれた。彼がエマをさっと抱きあげて膝にのせる。そして短いキスをすると、馬車の窓の外に注意を向けた。

明け方の太陽が、ひとけのない野原にピンク色の光を投げかけていた。その一角に、早朝の霧が地面にへばりつくように低く垂れこめている。うっすらとたなびく霧は、過去に行われた血みどろの決闘で失われた魂のようにも見えた。

男性の一団が人影のまわりをそわそわと歩きまわっていた。人影は足を引きずっていることから、ジョナサンだとすぐにわかる。エマが馬車の扉に手を伸ばした瞬間、ニックに手をつかまれた。

「ぼくたちはここで待っていよう。きみが来ることをサイクストンは知っているが、アルトンには知らせていない。そのほうが安全だからね。きみがここにいることは誰にも知られないほうがいいんだ。わかるだろう?」なめらかな声には、一歩も引かない決意がにじんでいた。

エマはうなずき、ジョナサンの隣にいる男性に視線を向けた。いつまでもとどまっていた霧が消えつつある。数分のうちに日がのぼり、血まみれの一日が始まるのだ。

「決闘で命を奪うのは法律で禁じられているのではないの?」エマは目を細め、男たちの顔をもっとよく見ようとした。「あの人たちは誰? あれはわたしの父ではないかしら?」

「レディ・レナのために正義が行われるよう、心を砕いている人たちだよ」ニックが身を寄せて彼女の頬に頬を寄せ、西側にいる男性たちを指差した。「サイクストンの隣にいるのはウィリアムだ。彼が介添人を務める。その隣にいるのがマッカルピン。ペンブルックと話をしているのはランガム公爵とレントン公爵だ。貴族院の議員をしているあの三人が、サイクストンが今日のことで裁かれることのないよう、うしろ盾になってくれる」

エマは驚いて身をこわばらせた。「あなたのお父さまもいらしているの?」

ニックがさらに身を寄せてくる。「彼らがここにいるのは、レナの問題がきみの問題だからだよ。きみは並々ならぬ決意を持った女性だ。彼らはそんなきみに感服し、力になりたいと思っているんだ」

「これはあなたが――」夫が昨夜のうちに手はずを整えてくれたのだとわかり、彼女は声を詰まらせた。

ニックがうなずく。「ゆうべはきみの家族に会って説得していたんだ。きみへの支持を示すために、どうしてもこの場にいてもらわなければ困ると」

エマの人生に関わる人たちが団結し、レナの名誉を守ろうとしている。夫が証明してくれたのだ。レナやほかの女性たちの力になりたいという考えは重要な意味を持つのだと。エマのような女性たちも大切な存在なのだと。

胸がいっぱいで息もできないほどだった。手に負えない獣と格闘してみたものの、不毛な戦いだった。こらえきれなくなって、彼女はありのままの気持ちをニックに伝えた。「愛しているわ」

ひと粒の涙が頬を伝うと、彼が軽くかすめるようなキスでぬぐい去ってくれた。

「生涯――いや、その先もずっと、きみを愛しつづけるよ」

エマは目を閉じ、胸の震えを必死に抑えようとした。ニックが彼女の手と手首にキスをする。

言うべきことはまだあったが、ふたりの男性の戦いが始まろうとしていた。ウィリアムとアルトンの介添人が念入りに拳銃を調べる。ふたりは厳粛な面持ちで、背中合わせに立っている決闘者たちに拳銃を手渡した。この修羅場を取りしきる別の男性が、シルクの白いクラヴァットを振った。いよいよ決闘の開始だ。

アルトンとジョナサンが死の行進を始め、やがてふたりの距離が一〇メートル以上開いた。エマの見たところでは、それぞれが二〇歩ずつ進んでいた。

決闘者たちがくるりと向きを変え、目をそらすことなくにらみ合う。ふたりは同時に武器を構えた。彼らを取り巻く空気が濃密になり、ゆっくりと動いているように見えた。時間が止まり、あたりが静寂に包まれる。鳥たちのさえずりがやみ、風が凪《な》いだ。静けさの中に、両者が同時に拳銃の撃鉄を起こす音だけが響いた。

これから起こる残虐な出来事から逃れようとするように、スズメの大群がいっせいに空へ飛び立った。シルクの赤い布が地面に落とされる。二発の銃声が静寂を破り、野原に響き渡った。

恐ろしい果たし合いが行われているあいだ、エマはいつのまにかニックの手を握りしめていた。ぎゅっと目を閉じてひたすら祈る――どうか終わらせてください、レナとジョナサンが自由になれますように。もし本当に正義というものがあるのなら、アルトンは絶命するはずだ。

自分を血に飢えた人間だと思ったことは一度もないけれど、今日は初めて心の中に暗がりの底があるのを知った。エマは古くからの友人が訪ねてきたような心持ちで、その事実を受け入れた。たとえ地獄に落とされようと、アルトンに死んでもらいたかった。

エマは目を開けた。医師のひとりが駆け寄り、アルトンの様子を確認した。彼は地面に倒れている。ジョナサンは無傷で堂々と立っていた。彼女はぞっとするような場所から離れたいという衝動と必死に闘った。

アルトン側の医師が地面に倒れている彼をしげしげと眺め、首を横に振る。医師はささやかな敬意を払い、アルトンの亡骸にコートをかけた。

エマの憂いや悲しみが震える息となってこぼれた。喉が締めつけられ、口が利けない。目を閉じてニックにもたれかかると、彼はエマを腕に抱いてやさしく揺すった。慰めの言葉をささやく声が聞こえたが、何も頭に入らず、彼女は泣き崩れた。たったいま目にした恐ろしい光景と、亡き友を思って。

ついに終わった。レナは完全に自由になれたのだ。

26

アルトンが絶命してから数分後、エマはニックの手を借りて急いで馬車からおりた。父のランガム公爵とレントン公爵が彼女の様子を見に近づいてくる。

「子猫ちゃん、終わったんだよ」父は小声で告げると、身をかがめてエマの頬にキスをした。

「おまえに会わせたい人が――」

「ぼくの父だ」ニックが紹介した。「レントン公爵だよ」

レントン公爵がエマの手を取り、自分の唇に持っていった。夫が父親によく似ていることに、彼女は感銘を受けた。

すっかり取り乱しているせいで、エマは返事もできなかった。体がしびれるような感覚に襲われている。ニックは彼女を放すまいとするかのように、ウエストに腕をまわして立っていた。決闘のあとに心強い支えになってくれる彼に対して、深い感謝の念がこみあげてくる。手足のだるさと胸の痛みで、ほかのことは何も考えられない。

良心の呵責にさいなまれるだろうと思っていたけれど、実際は、冷たくなって野原に横たわるアルトンの姿に衝撃を受けただけだった。彼に究極の罰を科したという満足感で、精神がゆっくりと浄化されていくような感じがする。何カ月にもわたる努力の末に、ようやく終わったのだ。

アルトンの遺体が運び去られると、ジョナサンが彼女のほうに歩み寄ってきた。

「ありがとう、エマ。きみのおかげで気がすんだよ」彼がうしろにさがった瞬間、茶色の目がきらりと光った。「メアリー・バトラーと彼女の母親は、ポーツマスのぼくの屋敷にいる」

エマはただ、うなずくことしかできなかった。

隣に立っていたウィリアムが彼女を抱きしめる。「エマ、ぼくたちみんなにとっていい一日になったよ。おまえのおかげで、ぼくは友人を取り戻すことができた」

前が見えないほど、涙がどっとあふれ出した。ウィリアムはエマの頰にキスをすると、すぐさま妹をニックに返した。夫の腕に抱かれて、世界がふたたび落ち着きを取り戻す。

マッカルピンも彼女の頰にキスをして、一瞬だけニックの腕から妹を引き離し、きつく抱きしめた。「おまえのためならなんでもするからな、エマ」

兄は彼女を放し、ジョナサンとウィリアムに目を向けた。三人が話を始めると、今度はアレックスが彼女の手を取ってぎゅっと握った。「エマ、ぼくたちはみな、きみを愛している」低い声で言う。

春の嵐を思わせる灰色の目をのぞき込み、エマは手を握り返した。自分もみんなを愛している。これまでの人生で出会った、すばらしい男性たちを。

数時間にも思えるほどの時間が経ったあと、彼女とニックは血まみれの野原をあとにして家路についた。彼はエマを抱きかかえ、やさしい言葉をそっとささやいた。彼女は呆然としたまま、夫の膝の上に座っていた。やがて馬車が停まると、ニックはエマをさっと抱きあげて、二階の自分の寝室へ運んだ。部屋に入って鍵をかけ、彼女をそっとベッドに横たわらせる。

彼はエマを見つめたままドレスを脱がせた。それから自分も着ているものを脱ぎ、大きなベッドのまわりを囲っているカーテンを閉める。ニックもベッドに入ってきて、彼女を抱き寄せた。恐ろしい思いをした日に、彼の体に包み込まれるのは何よりも安心できる。ニックの強さに甘えたくてたまらない。エマは自分が失ったものを思って泣きじゃくった。かたくなにこらえつづけてきた悲しみが一気にあふれ出す。抑えようがなかったし、抑えたいとも思わなかった。

ニックは果てしない愛とやさしさで、彼女に逃げ場を与えてくれていた。夫の腕の中で赤ん坊のようにそっと揺らされながら、エマは悲しみを解き放った。言葉に出して言われなくても、ニックが彼女を慰めようとしてくれているのがわかる。最後にもう一度、震えながら嗚咽をもらすと、エマはようやくレナに最後の別れを告げた。

ニックの腕に抱かれているうちに心が安らぎ、彼女はいつしか眠りに落ちていった。

まどろみから覚めたエマは、ニックのやさしいまなざしに見守られていることに気づいてはっと息をのんだ。

「気分はどうだい?」彼が指先でエマの目にかかった巻き毛を払う。

「くたくたに疲れているけれど幸せよ」何を言うべきかも、何をするべきかもわからず、ただじっとニックを見つめた。その奇妙な瞬間、エマは自分が何を求められているのかはっきりと悟った。「ニック、わたしはまだ――」

「ぼくに言わせてくれ」彼がエマの唇に指を当てる。「言うべきことがたくさんあるんだ」触れ合いを求めるように、ニックが彼女の下唇を軽く噛んだ。彼がそんな無防備な姿を見せるなんて、以前はまずありえないことだった。

「昨日、ぼくは人生最悪の一日を始めた。自分のしていることに気づきもせずに、きみを失ったと思ったからだ。身勝手な願望のために、父やハウエルよりも自分のほうが優れていると思い知らせたいがために、すべてを――きみを失うところだった」

その言葉を聞いたとたん、いままでとは違う熱い思いがこみあげてきた。エマは全身全霊で彼を愛していた。

「だが、そんなことが起きるのを許すわけにはいかなかった。それほど簡単にきみを手放す気にはなれなかったんだ」誠実なまなざしが、彼女の心の奥のある場所を開かせた。「エマ、ぼくは昨日、きみに愛していると言っただろう」ニックはかすれ声で言った。「でも、きみがひとりで銀行を出ていくそのときまで、それがどういう意味なのか心からは理解していなかった。ぽつんと取り残されて呆然としながらも、どうしたらきみを取り戻せるだろうと思っていたぐらいだからね。それまでのぼくは、自分の心を守れればそれでよかった。だが、そんな人生は虚しいときみが教えてくれたんだ。ぼくは自分勝手にしか人を愛せない人間にはなりたくない。愛というものを知って、こんなにすばらしいものを手放すのは寂しいと思った。きみのおかげで気づけたんだよ。人を愛せる人間になりたければ、愛されるにふさわしい人間になろうとしなければならないと」

次の瞬間、唇を奪われた。つかのま唇が触れただけだったが、心のこもったキスに、エマは思わず甘い息をこぼした。

「人の気持ちには法則がないと学んだよ。自分の本能を信じて、覚悟を決めて真っ逆さまに落ちるしかないと」ニックが両手で彼女の頬を包み込む。「ようやくその覚悟ができたんだ」

またしても、エマは夫のすばらしさに驚かされた。

「ようやく、きみにすべてを捧げる覚悟ができた——ぼくの欠点も、弱さも、財産も、身も心も。きみはぼくのすべてを手に入れるんだ。もうどうにでも好きなようにしてくれ。とにかく、すべてがきみのものだ」深く息を吸って微笑む。「きみのおかげで、人生で大事なことがわかったよ。ぼくに機会を与えてくれないか。ふたりにとって、人生を価値あるものにする機会を」

「愛しているわ」エマはささやいた。ニックが指先で彼女の顔を撫でながら、愛撫するようなやさしいまなざしで見つめる。「何もかもが失われたと思ったとき、そうではないとあなたが証明してくれた。あなたと結婚したことが、いままでもらった中で最高の贈り物だと教えられたの」深呼吸をして懸命に涙をこらえる。「あなたはわたしが人生に望んでいたものを全部与えてくれたのよ――わたしの本質を見抜いて、それでも愛してくれた。あなたはまさに理想の男性だわ。わたしはなんて幸運なのかしら」

ニックがさらに身を寄せ、彼女を抱いて唇を重ねた。ふたりの心がひとつに溶け合うようなキスだった。唇を重ねるたびに、ひたむきさと親密さが増していく。

それまでのふたりは情熱と欲望を分かち合っていた。けれども互いに胸の内をさらけ出したいま、愛と喜びに満ちた人生が彼らを待ち受けていた。

いつまでも消えない影につきまとわれたとしても、ふたりの愛の光で照らせば、洗い流せるだろう。エマはニックを幸せにしようと心に決めた。彼にふさわしい人生を送らせてあげたい。

「わたしを愛して」彼女はささやいた。

ニックが覆いかぶさってきた。彼の体のぬくもりは、記憶にあるどのときよりも心地よかった。

「ああ、どんなときも」

彼がエマのヒップから胸にかけて手を滑らせる。彼女の欲求に火がつき、触れられたところがかっと熱くなった。

「ニック」つぶやくように言う。

「うん?」彼が胸の頂を口に含んだ。

エマは背中をそらして胸を突き出した。ニックをもっと感じたくて。「わたしは昨日、あなたの質問に答えなかったわ」

かたくなった胸のつぼみを舌でなぞられ、甘い声をもらす。体の上に覆いかぶさったまま、ニックが身を引いて彼女を見つめた。

「その前の晩にひとりで寝たことについてきいたでしょう?」彼の顎にキスをして、ささやきかける。「わたしもひとりで寝るのはいやだったわ」

彼の目がきらりと光った。陽光の降り注ぐ海のように。「きみの夫として、二度とそんなことはさせないと約束するよ」そうささやき返し、エマの口の端にキスをする。

「本当に?」

「ああ、もう二度と」ニックは小声で言った。「ぼくにはきみの明るさが必要なんだ。きみに出会う前のぼくは孤独な人間だった。自分の居場所を見つけようと放浪していたんだ。そんなとき、きみが現れた。夜空に光り輝く星を見つけた気分だったよ。ぼくはきみが照らしてくれる道をたどることにした。きみがぼくを立ち直らせてくれたんだ」

エピローグ

三カ月後
ランガムパーク

前の晩に降りだした雪が地面を覆っていた。庭園は見渡すかぎりの銀世界だ。のどかな静けさがいっそう強調され、真っ白な雪のキャンバスは足を踏み入れるのがためらわれるほど美しい。リスたちでさえ木々のあいだを駆けまわるダンスをあきらめ、静かな風景を守っている。

エマはミス・マーチ・ローソンからもらった手紙を見つめた。読み違えではないかと期待して。手紙の文面が、冬の風にキスされたように彼女の自尊心を傷つけた。庭園に目をやり、どうしてこんなことが起きたのか理解しようとする。

新雪を踏みしめる足音が聞こえ、エマは小道のほうに視線を向けた。夫が大きな足取りでこちらに近づいてくる。その姿を見て、彼女は口元に笑みを浮かべた。灰色のコートと山高の黒いビーバーハット、立派な体格に思わず目を奪われた。何度見ても、見飽きるということとがない。

「レディ・サマートン、やっぱりぼくたちのベンチにいたのか」ニックは帽子を取って腿に叩きつけ、枝を突き出した木の下を通り過ぎるときに帽子の毛皮にうっすら積もった雪を払い落とした。それから身をかがめて、彼女にキスをする。「うん、新鮮な空気の中でするキスはまた格別だ」

それほど寒さは感じないけれど、空気はひんやりしていた。ニックの体のぬくもりが、黒いベルベットのマントを通して伝わってくる。

「しばらく座って、美しさを堪能しましょうよ」エマはベンチの座席をぽんと叩いた。

ニックは隣に座り、彼女を自分のほうに引き寄せた。

「どうかした?」彼の真剣な表情に当惑の色がにじんでいる。「わたしの顎にジャムでもついている?」

彼女を見つめたまま、ニックが首を横に振った。「美しさを堪能しているんだ」そう言って、ふたたびキスをする。「妻の美しさを」

「もうやめて」彼の言葉に頬が熱くなった。「あなたがよからぬことを始める前に、そろそろ中に入ったほうがよさそうね」

ニックが彼女のうなじを撫で、また唇を重ねようとしてささやいた。「じゃあ、入ろう」

こんな深みのある官能的な声を聞かされたら、今日のような天候の日でも、ミツバチが巣から出てきそうだ。エマにも彼の魅力にあらがえるほどの意志の強さはなかった。

「マーチから手紙をもらったの。銀行の仕事を手伝ってほしいと頼んでいたのだけど、辞退したいって」彼女は手紙を握りしめた。自分が読んだ手紙の内容が信じられなかった。「兄妹《きようだい》殺しについて、あなたはどう思う?」

彼が笑い声をあげ、エマを抱き寄せる。「ウィリアムが今度は何をしでかしたんだい?」

エマは首を横に振った。「驚いたことに、今回はマッカルピンお兄さまなのよ。マーチは銀行の仕事を手伝えないと知らせてきた。とりあえず羊の毛刈りが終わるまでは、彼女のお兄さんの地所で働かなければならないらしいの。なぜだかわかる?」

ニックが彼女のシニョンからほつれた巻き毛をもてあそぶ。「いや、なぜだい?」

エマは深呼吸をした。腹を立てたところでどうなるものでもないけれど、兄を部屋に閉じ込めて、ひと言文句を言ってやりたかった。いままで長兄のことは高く買っていたのに、いつのまにわからず屋の冷血漢になっていたのだろう?「マッカルピンお兄さまは新たにローソン家の信託の管財人になったのに、マーチからのお金の相談を完全に無視していたのよ」

ニックはほつれた巻き毛から注意をそらし、彼女の話に耳を傾けた。「ぼくから彼に話をして、うまく処理しておこう」

「だめよ」手紙をサーベルのように宙に突き出す。「ふたりで話をしましょう。マーチは二五歳になったから、信託財産を受け取る権利があるの。彼女がどれほど大変な生活を送っているか、マッカルピンお兄さまはわかっているのかしら?」

「まあまあ、落ち着いて」彼がなだめた。「よし、わかった。ふたりで一緒に対処しよう」ニックを愛している理由はいろいろあるけれど、彼のこういうところも大好きだ。彼はエマを対等なパートナーとして扱う。自分の事業や投資についてエマの意見を求め、彼女の銀行のことにもあれこれ手を貸してくれる。

「銀行の仕事については、ダフネに手伝ってもらえないかきいてみたらどうだろう。彼女は数を覚えるのが得意なようだから」ニックが提案した。

「すばらしい考えだわ」やはり彼は非の打ちどころのない理想的な夫だ。

ニックが満足げにため息をつく。「そろそろきみを中に連れ戻さないと。きみやお腹の子を凍えさせるわけにはいかない」

「まだ中に入りたくないわ。だって、こんなに美しいんだもの」エマは抵抗した。

「もう名前は考えているのかい？」ニックはそう尋ねると、ベンチから立ちあがって彼女の前で身をかがめた。情熱的なターコイズブルーの瞳をのぞき込んだとたん、彼のぬくもりが奪われた寂しさは消え失せた。

形のいい彼の鼻先にキスをする。「もし女の子だったら、ローラ・レナという名前はどうかしら。きれいな名前だと――」

いきなり唇を奪われた。胸のときめきが抑えられないほど激しくなり、全身が震える。ニックが身を引いてじっと見つめてきても、体の震えは止まらなかった。

「すばらしい。ぼくの母ときみの親友を、いつまでも記憶にとどめておけるじゃないか」庭園の中の雪片をすっかり溶かしてしまうほど、興奮した口調だった。「完璧な名前だ」

「気に入ってくれてうれしいわ」涙がこみあげてきた。子どもを授かってから、どうも涙もろくなったようだ。

「一緒に中へ戻ろう。公爵夫人がきみに会いたがっているよ」ニックはエマの手を引いて立たせると、ウエストに腕をまわした。ゆっくりとランガムホールへ引き返しはじめる。彼女が足を滑らせたり転んだりしないように、しっかりと抱いたまま。

「生まれてくる子が女の子だといい」彼が唇でエマの耳をなぞった。「大胆不敵で、勇敢で、予測がつかなくて、美しくて、愛情深い、母親にそっくりの女の子だ」

彼女は立ち止まると鼻にしわを寄せ、夫の腕の中で向きを変えた。「わたしも女の子が欲しいわ。でもその次は、男の子ができるようにがんばってみましょうよ」ニックがいたずらっぽい目をしたのは、〝がんばって〟という言葉に胸が躍ったからだろう。

「ああ、喜んで」彼は指でエマの耳のうしろのやわらかな肌をなぞったあと、巻き毛の房を払った。「ひょっとしたら、体位によって決まるのかもしれないぞ。女の子ができるか、それとも――」

「黙りなさい、このならず者」エマはささやいた。「そんなにうまくはいかないわ」

「試してみなければわからないだろう」ニックは眉を動かしてみせ、彼女をランガムホールの中へと導いた。

エマの家族全員とニックの父親が〝青色の間〟に集まっていた。巨大な暖炉で赤々と燃える炎が部屋をあたためている。エマはあたたかすぎるように感じたので、庭園を見渡せる大きな窓のそばに立った。夫にもたれかかると、彼は身をかがめてエマの頬にキスをした。ニックが彼女を抱きすくめ、お腹に手を当てる。「愛しているよ」彼はエマの耳に唇をつけた。何度聞いても飽きない言葉だ。初めてそう言われたときと変わらず、いまもぞくぞくする。

「わたしも愛しているわ」

にぎやかな雰囲気の中、ランガム公爵がグラスを掲げた。「全員そろったようだな。今夜は主賓に乾杯しよう」

エマは小首をかしげ、父の言葉の選び方に異論を示した。

「子猫ちゃん、主賓はおまえでもサマートンでもない。お腹の子だよ」公爵が笑い声をあげる。

ニックがさらに大きな声で笑った。けれども父には励ましなど必要ない。観客がいれば、何時間でも脚光を浴びようとしつづけるだろう。

「今夜、この喜ばしい機会にレントン公爵においでいただき誠に光栄だ」父はそう言うと、レントン公爵が立ちあがれるように脇へ寄った。

レントン公爵が咳払いをする。不安を感じているのは傍目にも明らかだ。

「まず、この場にお招きいただき、家族として迎え入れてくださったことを感謝します。要するに――」もう一度咳払いをした。「わが息子と勇気ある彼の妻に伝えたい。サマートン、おまえはわたしが知る中で最も名誉ある人物のひとりだ。おまえとおまえの優れた功績を、わたしは誇りに思っている。今夜はこの祝いの集いへの参加を許してくれてありがとう。この老いぼれは、もう思い残すことは何もない」

ニックが同意のしるしにうなずき、エマの手を握りしめた。

父と息子のあいだには、まだまだ修復すべきことがたくさん残っていた。それでも今日は、どことなく打ち解けているように見える。彼女はため息をついた。夫はようやく自分の家族を取り戻せた。もうひとりぼっちではない。

レントン公爵が話を続けた。「そしてサマートン伯爵夫人、愛しのエマ」彼女にあたたかな笑みを向ける。「きみに会った瞬間、息子を幸せにしてくれる女性だと、わたしの孫の完璧な母親になってくれる女性だとわかったよ。ああ、それにわたしの完璧な娘にも」

エマは涙を浮かべて微笑んだ。あふれる感情を抑えきれないのは、お腹の中の赤ん坊の仕業に違いない。

「そして完璧で勇敢な妻にも」ニックが身をかがめ、彼女の耳元でささやいた。「ぼくは幸せ者だ」

訳者あとがき

ジェナ・マクレガーの処女作『レディに神のご加護を』の続編『孤独な伯爵と純真な令嬢』をお届けします。

今回の主人公は、前作でたびたび登場したあのふたり――クレアのいとこで公爵令嬢のエマと、アレックスの親友サマートン伯爵です。前作では舞踏会から雲隠れしたエマをサマートンが連れ戻し、最後のほうでクレアが「あのふたりには絶対に何かある」と意味深長な発言をしていましたから、予想していた読者も多いのではないでしょうか。

著者のジェナ・マクレガーが弁護士でもあるせいか、彼女が描くヒロインは逆境に負けない意志の強い女性が多いようです。今作の主人公エマもまたそんなひとりで、結婚をゴールとすることをよしとせず、男性に頼ることなく生きていきたいと考えるキャリア志向のヒロインです。特に今作は、ドメスティック・バイオレンスが絡むなど、女性の権利をめぐる問題も大切なテーマとなっています。

ベンサムの本を手に入れるために舞踏会を抜け出したことが両親に知れ、エマは田舎に謹慎させられることになりました。彼女を連れ戻したサマートンが、おわびと慰めの意味をこめて彼女が求めていた本をプレゼントしてくれます。それまでサマートンを恨めしく思っていたエマですが、感激のあまり彼にキスをします。それが彼女のファースト・キスだったことは、お互いにとってじつは大きな意味がありました。

三年後、エマは親友レナを亡くし、失意と後悔の中にいました。生前レナがお腹にいた赤ん坊に向けて書いた手紙が届き、そこに夫からの虐待を思わせる記述があったのです。レナは死の直前、その手紙をエマに送るようメイドに指示していました。表向きは階段からの転落事故とされているものの、レナは夫に殺された可能性が高く、エマは友人を救えなかったことに苦しみます。さらに結婚のプレッシャーも強まってきたことから、エマはある決心をします。レナを死なせた夫のアルトン伯爵に公正な裁きを下そう、そして自分で銀行を立ちあげ、困難な状況にある女性の力になることを生きる目的にしよう、と。

一方、サマートン伯爵ことニックは、レントン公爵家のひとり息子でありながら一五歳で父に勘当されるという過去を持っています。逆境をバネに貿易事業で成功しましたが、父とは長らく断絶状態のまま、送られてくる手紙も完全に無視。親友のペンブルック夫妻との交流を通じてランガム公爵家に出入りする以外、ほとんど社交の場に姿を見せず、仕事漬けの毎日です。

けれどもある日、ニックはいつも情報提供をしてもらっている裏通りの本屋で偶然エマに会い、彼女がまたもや冒険をたくらんでいることを知ります。エマのまっすぐな情熱に惹かれながらも評判に傷がつかないよう止めようとするニックと、ハンサムな彼に心ときめきながらも目的に突き進もうとするエマ。あれやこれやの末、彼女はある目的のために単身ポーツマスに向かい、事情を知ったニックがあとを追いかけます。そのポーツマスで一緒に過ごした時間は、ふたりの関係を大きく変えることになるのでした……。

前作に引きつづき、クレアとアレックス、アレックスの妹ダフネ、ランガム公爵夫妻、エマのふたりの兄マッカルピンとウィリアムも登場し、物語を豊かに彩っています。また前作同様、主人公を悩ませるポール・バーストウ。本当にいやなやつなのですが、とぼけた味わいがあると言いましょうか、なかなかいないタイプの脇役です。今後も登場するのか気になるのですが、さてどうなるでしょうか。

性格は違えど、ともにわが道を行くタイプのエマとニックのロマンス、甘さもほろ苦さもたっぷりです。どうぞ存分にお楽しみください。

二〇一八年五月

ライムブックス

孤独《こどく》な伯爵《はくしゃく》と純真《じゅんしん》な令嬢《れいじょう》

著　者　　ジェナ・マクレガー
訳　者　　島原《しまはら》里《り》香《か》

2018年6月20日　初版第一刷発行

発行人　　成瀬雅人
発行所　　株式会社原書房
〒160-0022東京都新宿区新宿1-25-13
電話・代表03-3354-0685　http://www.harashobo.co.jp
振替・00150-6-151594
カバーデザイン　松山はるみ
印刷所　　図書印刷株式会社

落丁・乱丁本はお取替えいたします。
定価は、カバーに表示してあります。
 ISBN978-4-562-06512-7 Printed in Japan